湖北省社科基金项目成果
中国文化传承与发展省级优势特色学科群经费资助

网络写作新文类研究

唐小娟 著

中国社会科学出版社

图书在版编目（CIP）数据

网络写作新文类研究 / 唐小娟著. —北京：中国社会科学出版社，2018.3

ISBN 978 – 7 – 5203 – 2269 – 0

Ⅰ. ①网… Ⅱ. ①唐… Ⅲ. ①网络文学—文学创作—研究—中国 Ⅳ. ①I207.999

中国版本图书馆 CIP 数据核字（2018）第 059692 号

出 版 人	赵剑英
责任编辑	刘志兵
特约编辑	张翠萍等
责任校对	李　斌
责任印制	李寡寡

出　　版	中国社会科学出版社
社　　址	北京鼓楼西大街甲 158 号
邮　　编	100720
网　　址	http://www.csspw.cn
发 行 部	010 – 84083685
门 市 部	010 – 84029450
经　　销	新华书店及其他书店

印刷装订	北京明恒达印务有限公司
版　　次	2018 年 3 月第 1 版
印　　次	2018 年 3 月第 1 次印刷

开　　本	710×1000　1/16
印　　张	17.75
插　　页	2
字　　数	284 千字
定　　价	78.00 元

凡购买中国社会科学出版社图书，如有质量问题请与本社营销中心联系调换
电话：010 – 84083683
版权所有　侵权必究

网络与新文类

昌 切

说到唐小娟的这本书，还得从十年前说起。十年前，唐小娟在武汉大学文学院完成并提交一篇题为《新文类探析》的博士学位论文，顺利通过答辩，随后获得文学博士学位。那个时候研究网络文学的人还不多，不多的研究大都集中讨论网络文学的一般问题，即新兴的网络文学与传统的纸媒文学有什么区别，网络文学有着怎样的性质，网络文学以什么样的方式运行……很少有人关心网络写作（网络叙事文学）本身，个案研究不多见，文类研究几乎无人问津。缺少可资参考的研究材料，可想而知，当时选做这个题目，该需要多大的勇气，该有多大的难度，该付出多大的艰辛。唐小娟后来跟我说，她有时坐在电脑前发愣，不知道如何下手，怀疑自己还能不能完成这篇论文，真有放弃这个题目的想法。值得庆幸的是，她硬是挺了过来，写出了一篇质地优良的论文。北京大学的温儒敏教授，作为通讯评审专家和答辩委员会主席，就从选题新颖、研究具有开拓性的角度给了这篇论文较高的评价。

《网络写作新文类研究》就是以《新文类探析》为底本修订和扩充而成的一部专著。新作篇幅增大，内容有所调整，研究更为精进，论析更为精细，却沿用了原文的论述框架。十年间持续思考网络写作新文类的问题，认识加深了却不弃原文的论述框架，说明作者坚信她原来的研究，思路是正确的，布局是合理的。新作分成上下两编。上编与原文的绪论和前三章对应，从语境、生产与传播、话语资源和言说方式这四个方面探讨网络写作新文类的"外缘"。下编与原文的后四章对应，具案分析玄幻小说、穿越小说、悬疑小说、盗墓小说和同人小说这五种新文类的构成和特质，不同的地方是新作剔除了原文论列的手机文学和博客写作，代之以穿越小说和盗墓小说。也许作者发现原文存在分类标准不统一，题材与体裁混搭的毛病，所以有针对性地做了调整。新作与原文的研究程序也完全一致，即从一般到个别（从共性到个性），或从外部到内部。无论研究网络写作的一般还是个别，唐小娟所设置的参照系都是纸媒叙事文学，也就是说，在整个研究过程中，她自始至终关注的是网络赋有的新性能，是网络写作与纸媒叙事文学在文类上的实质性区别。

　　读《网络写作新文类研究》，始终在我脑子里盘旋的问题是：网络写作的文类到底算不算一种新文类？如果算，那么网络写作与纸媒叙事文学到底有没有区别？如果有，那么到底是什么区别？读是对写的追问。写论证"是"和何以是"是"，读验证"是"，追问"是"何以成立。追问的结果，坦率地说，是不错的，唐小娟的论证令人信服。她让我相信，相对于纸媒叙事文学，网络写作的文类确实是一种新文类，这种新文类确实因以网络为载体而有了独到的特征。我一直有一个看法，就是认为网络文学所有的秘密都理应隐藏在网络的新性能之中，研究网络写作，离开对网络的钻研，将寸步难行。下面我想就着唐小娟的新作，简单谈谈我的看法。

　　在我看来，网络是一种综合了人类两种交际方式优长的混合型媒介，它是所有网络写作在文类上出新的真正的源头。

　　人类现存两种交际方式，一种是面对面交际，一种是通过媒介交际。面对面交际有一对一与多人同场交际之分。面对面交际是直接的"在场"交际，交际者可以随机互动，他们的言谈举止，音容笑貌，喜怒哀乐，全都在可以具体感知的范围之内。而通过媒介交际则是间接的"缺席"交际，交际者处于不同时空之中，"授受不亲"，不可以随机互动，接受方只能经由媒介、凭借自己的经验和理智去推断和想象"言说"现场可能发生的一切。交际者是不是处于同一时空之中，有没有中介和交际现场，是这两种交际方式根本的差异所在。正是这种根本的差异决定了这两种交际方式互有优劣长短：前者有可以具体感知的现场却因无中介而行之不远，后者没有可以具体感知的现场却因有中介而能横跨千万里、纵越千万年。面对面交际就像人之徒步疾趋，也像限时限地以物易物的商品交换；而通过媒介交际则类似于人之坐车乘机，也类似于不受时地限制的用铜钱银元纸币购物。

"大数据时代"来临，偌大的世界转眼间就浓缩成了一个无分时地互联的小小的"地球村"，或者说，扩展成了一个无分国界族别互联的超级的"数字帝国"。在此前漫长的人类交际史上，作为人体感官延伸物的传播媒介，从泥版龟甲到金石竹帛，到纸张广播，到电影电视的演进，在使人类在不同时空中的交际变得越来越迅捷便利和遥远悠久的同时，却不可避免地丧失了人类在同一时空中交际可以具体感知的优长。超越是必然的，却不得不为此付出沉重的代价。这或许是人类交际方式的改进遗存下来的巨大缺憾。网络的横空出世，基于比特的电子数据光速般的信息传输，如美国学者尼葛洛庞帝在他的《数字化生存》中所说，相对于过去基于原子的人类交际行为，已经极大地改变了人类交际以至生存的方式。过去人类借助书籍杂志之类的媒介传输信息是间接的、单向的，主从授受的权力关系相当清晰，由于受到物质条件的诸多限制，速度相对缓慢，范围相对有限。利用电子设备在交际者之间建立的直接通道传输信息就大不一样了，信息传输成了异地远程、即时飞速的直接双向互动的信息交流，主从授受的权力关系变得模糊而不易分辨。网络经营者每为客户开发出一个客户终端（交际软件），也就意味着为使用它的"客户"提供了一个自行发布和相互之间交换信息的自媒体。带引号的客户是十分可疑的。在QQ和微信之类的媒体上发布和交换海量信息的那些男男女女，你还能不假思索地把他们叫客户吗？对于网络经营者来说，他们当然是客户；但对于在数据交换平台上直接双向互动的交际者来说，你却很难把他们称作客户。我想，促成人类交际以至生存方式产生这种巨变的基本动因，说到底，应该是人类渴盼重返直接交际现场的本能欲望。网络不过是一种俗称，它的实名是互联网。直接互联而非间接单联，这才是网络这种新型媒介区别于纸媒等传统媒介的实质。取面对面直接交际之长，补通过媒介间接交际之短，网络在不但没有失去反而更能发挥原有媒介优长的同时，创造性地弥补了其无法现场直接双向互动的巨大缺憾。

毫无疑问，现场，直接，双向互动，这是网络新添的性能、特有的禀赋。没有这样的新性能，就没有网络可言；没有网络，网络写作便不知从何谈起。这样的新性能是打开网络写作在文类上出新之门的一把钥匙。几年前曾经写过一篇短文①。拙文认为："网络有什么，网络文学才能有什么。网络提供给文学的空间有多大，网络文学的空间就有多大。网络有多少可能性，网络文学就有多少可能性。"拙文还认为，自上世纪90年代中文的网络文学问世以来，随着网络通讯技术不可思议的迅猛发展，在网络世界迅速形成了一个足以与我们熟悉的文坛比肩的新文坛，从而改变并重绘了中国文学的版图。使用"比肩"这个喻词可能并不一定恰当，因为单从体量上来看，无论作者的人数还是作品的数量，这个新文坛都占有令人惊异的压倒性优势，称之为巨型文坛是不过分的。网络写作犹如泉涌井喷，势不可挡，前景不可估量。

　　网络文学的强势崛起迫使学界放下身段正视网络文学，探讨网络和网络文学的人逐渐多了起来，取得了一些成绩，形成了一些共识。"零门槛"、"全民写作"、"互动写作"、"超文本"、"超链接"、"仿真"和"拟像"，等等，就是人们用（多为译用）来揭示网络和网络写作的秘密、如今已失去新鲜感的"关键词"。这些词大致可分两类：一类源自网络写作，如"零门槛"和"全民写作"；一类用于描述网络文学的样态、表现形式，如"超文本"和"拟像"。这两类词或有交叉，但都与纸媒文学绝缘。网络文学有自己专属的一个"场"，有纸媒文学所不具备的一套生产和传播机制。唐小娟说，这个场"游离于传统的主流文坛之外，代表了一种全新的文学运作方式，从生产、传播、接受到消费都有自己的一套规则，体现了作者、读者和网络运营商（市场）多方博弈的结果"②。网络写作多被视为作者与读者直接沟通的写作，中间环节似有若无，似乎可以忽略不计，所以才有"零门槛"和"全民写作"之类不无夸张之嫌的说法。网络写作当然也会有门槛，但相对来说门槛很低。在中国，只要不触碰那些敏感的话题，不逾越道德的底限，网络写作是没有多少禁忌可言的。什么人都可以写，写什么和怎么写都行，无所谓写的好坏，

---

① 昌切：《新老文坛的权力消长》，《湖南文理学院学报》2009年第2期。
② 引文见《网络写作新文类研究》。以下引文和转引文均见此书。

好坏都可以上传。过去传媒学所谓握有作品生杀予夺大权的"把门人",在这里起不到任何作用。在网络文学的生产和传播系统中,原本就没有也没有必要为这种"把门人"留出一个位置。网络经营者只是为作者与读者提供一个沟通的平台,为他们之间的沟通推波助澜,并从中获取巨大的利益,并不扮演为作品严格把关的角色,网络写作者拥有不小的自主权。由此可见,是网络赋予网络写作者以一定的自主权,并使"全民写作"成为可能,是这种可能使得克罗齐理想中的人人都是诗人变成了虚拟空间的现实。最能体现网络写作特长的是"互动写作"一词。与纸媒文学写作间接单向的"互动"截然相反,网络写作的互动是直接双向的互动。叙述学里面有"隐含作者"和"隐含读者"之类的概念,放在纸媒叙事文学中肯定是管用的,但放在网络写作中却毫无意义,彻底失效。在网络写作中,作者与读者是共生或互生的关系,写与读唇齿相依,一路同行,直至作品的完成。在这个过程中,作者和读者都在明处,彼此心知肚明,哪里需要去揣摩什么"隐含"的对象!从这个意义上讲,读者也是直接参与写作的作者,最终的成品不过是作者与读者不断协商并最终达成协议和默契的一个结果。这种协商式的互动写作,根本不可能出现在纸媒文学世界。网络写作在叙事方式或表现形式上也有其独到之处。"超文本",指的是由多种或不同文本通过链接形成的文本。从一个文本跳到另一个文本,这很接近人们在日常生活的交际中不断跳转话题的谈话方式。"超链接"不限于文字,它既链接文字,也链接声音和图像符号。一般来说,超链接往往带有随机性,经常以非理性的方式呈现,什么东西,不论其性质如何,都能随心所欲地搅拌在一起,很难从中找到必然的逻辑联系。网络写作中充斥着无厘头和恶搞的东西,恐怕与此不无关系。"仿真",在鲍德里亚那里,是"拟像"的第三序列。新媒介技术使仿真类型化成为可能,仿真仿类型而不仿实物。代码主宰了一切,拟像超越了真实,拟像的世界取代了真实的世界,而真实的世界其实只是虚拟出来的类型。

　　网络写作之所以能够产生新文类,是与网络特有的性能分不开的。对此,唐小娟做了比较深入的研究,分析多有出彩之处,给了我不少的启发。

　　按唐小娟的理解,文类是文学类型的简称。在她那里,网络写作的新文类，是专指"那些在新媒体中产生的，具有不同于传统媒体文类特征的类型"。文类可以指文学体裁，如小说、诗歌、散文和戏剧，也可以指同一文学体裁如小说在不同媒介上呈现不同特征的文学类型。同样是小说，在网上写与在纸上写，效果明显是不同的。那些能够体现网络写作突出特征的文学类型，应该就是唐小娟所说的新文类。前面说她论列了玄幻小说等五种新文类。她这个分类并不是绝对的，各类型之间的区隔并不那么严格，往往是你中有我，我中有你，譬如，同人小说即可容纳其他新文类的小说，其特征亦可从盗墓小说和穿越小说中见出。这是因为，承载它们的媒介都是网络，网络特有的性能注定会从不同的新文类中折射出来。就此而言，唐小娟分析任何一种新文类的特征，在很大程度上是分析所有新文类区别于纸媒叙事文学的共有的特征。虽然这五种新文类貌似与纸媒叙事文学有着这样那样的联系，但是它们都因托生于网络而与纸媒叙事文学有了十分显著的区别。

现仅以唐小娟对同人小说的分析为例。先看她的界定："所谓同人小说，就是指借用已有作品的角色、背景等元素，发展新的故事情节，甚至诠释出新的故事的文学作品。"已有作品如古典小说《西游记》、香港电影《大话西游》、金庸的武侠小说、史书《三国志》和日本动画《灌篮高手》等，都可以借用来进行二度创作，演绎出新奇的同人小说。曾经风靡一时的同人小说的开创之作《悟空传》，就是对《西游记》和《大话西游》的借用。这种借用不是因袭，不是仿写，不是续写，而是取其一点因由，借其框架，听凭作者自己的意趣，随意点染，衍化成篇。《悟空传》中的人物，唐僧师徒也好，玉皇大帝和王母娘娘也好，妖魔鬼怪也好，全部被作者戏剧性地"还原"成现今俗世间拥有七情六欲的凡人，原作的人物关系因此被肆意"篡改"，其恶搞的程度丝毫不亚于周星驰等人演示的《大话西游》，文字游戏的气息弥漫在整个作品的字里行间。随心所欲地嫁接（链接）小说和电影，"戏仿"（又译"戏拟"）而不求坐实（拟像），取今而不泥古，尽情尽兴地戏耍原作，消解原作的意义，可谓"别立新宗"，别开生面。因袭、仿写和续写名作，从来就不是多么新鲜的事情，《红楼梦》等名著，林（纾）译《巴黎茶花女遗事》，就诱引出许多跟进的作品。按叙述学，这种跟进是依循、沿用和延伸原有母题的"重写"或"改写"。但《悟空传》绝对不是这种跟进之作。它无视母题，不走故道，刻意求新，另辟蹊径，自成一格。比《悟空传》更"离谱"的是另一部受到众多粉丝热烈追捧的同人小说《此间的少年》。它只是借用了金庸十多部武侠小说中人物的原名，讲述的却是"每个人都难以忘记的大学校园生活和年少轻狂的青春时光"。这个小说跟原作相去之远，简直不可以道里计。金庸的那些武侠小说不过是一个由头、一种口实，它就像一条纽带，把共同喜爱金庸的作者与读者紧紧地连接在一起。作者与读者情投意合，形成了一个"趣缘群体"或趣味共同体，并借金庸的名义组建了一个"同人党"，他们眉来眼去，相互激励，共同完成了这个作品。

据唐小娟核查，同人小说阅读的主体主要是年龄在 15—25 岁之间的青少年。他们与作者共享网络的便利，直接互动，他们的阅读是参与式或介入式的。美国学者约翰·费斯克有个提法叫"生产性受众"。这个提法很妙，确能有效地解释读者在同人小说的生产和消费过程中所起到的作用。读者一身二任，既是消费者又是生产者，他们通过留言、回复、发帖和跟帖发表意见，表明态度，主动介入到作品的生产中来。作者在写作中会不时考虑和照顾读者的趣味，参考和采纳读者的建议，根据读者的要求适当调整作品的内容和表达方式。《网络写作新文类研究》录有《明朝那些事儿》的作者当年明月所写《后记》中的一段文字，不妨照录如下：

> 我还记得三月十日的那个夜晚，在孤灯下，我写下了自己的第一篇文章，由于第二天就要出差五天，我写完后就离开了，我当时认为此文可能会掉到十几页后，而五天后我回来时，居然在第三页找到了我的文章，而且萧斑竹已经加了精华，我认真的看了每一个回复，五天共有十七个，那时我刚下飞机，正是这些鼓励使我感动，我便提笔继续写了下去，因为我相信，只要认真的去写，认真的努力，是会有人喜欢历史，爱看历史的。于是我以每天三篇的速度不断更新，大家的鼓励和关注也越来越多，从每天几百到几千，再到几万，是大家与我一同成长。

这里提到了三种人：作者，版主，读者。作者写，版主推，读者捧，三者互动，共同推进作品。写作随作品的推进提速，读者随作品的推进增多，版主为作品的推进加成。这个直接互动的过程，毋宁说是一个完整的生产和消费的过程。生产与消费共时互生，作者与读者互为依托，相互协商，达成默契，最终形成完整的作品。

近些年来媒介融合的说法十分流行。其实这个说法并不确切。新媒介本身就是一种兼容性的媒介、全（能）媒介。网络集文字、声音和图像于一身，视、听、触的感应能力一应俱全。说融合远远不如说收编来得妥帖。准确地说，是传统媒介向新兴媒介靠拢，投奔新兴媒介，是网络收纳和整编传统媒介，把传统媒介文字呈现、摄像录音和通电通信的功能"一网打尽"。网络不仅具有强大的收编能力，而且可以为它所收编的传统媒介加持在场直接互动的新功能。网络写作的文类之新，新就新在这加持的新功能之上。而这加持的新功能，才是同人这个缘聚的趣味共同体赖以形成的根本原因。一个同人党，即使它的人数再多，也只能算是一个小圈子、一个"专业"团体。同人小说在这个小圈子里产生、流传乃至于衍生，映现并印证了新媒介专业化（specializaton）或分众（小众）传播的趋势。唐小娟说，同人小说在传播的过程中常常会产生连锁反应，这种连锁反应加固和加长了作品的产业链。一部同人小说一旦走红，就有可能带出一大批与它联系在一起的衍生作品。衍生出来的不仅是文字作品，还包括同人歌曲、同人动漫、同人影视和同人游戏等。唐小娟引以为证的是美国学者詹金斯的一段论述。詹金斯说："粉丝群不对读者与作者进行彻底的区分。粉丝不仅消费预先生产的故事，还生产自己的粉丝杂志故事和小说、艺术图画、歌曲、录像、表演等。"他说的有道理，确实没有必要把读者与作者彻底区分开来，因为如前所说，作为消费者的读者在同人作品的生产过程中就是作者即生产者。同人作品的再生产，实际上是重复了作为其"母本"的同人作品的生产过程。而与同人作品的生产和再生产相伴始终的，是同人作品的消费和再消费。美国学者比尔·奎恩巧妙地把"producer"与"consumer"合成"prosumer"一词，是有现实依据的。

从某种意义上讲，写作是一种自我确证的方式。令人欣慰的是，在为写这篇文章阅读《网络写作新文类研究》的过程中，始终盘旋在我脑子里的问题，可以不断地从唐小娟条分缕析的论述中得到满意的解答。唐小娟对网络写作新文类精细的分析，不仅加深了我对于网络和网络文学的认识，而且使我进一步确信：网络文学的所有秘密都隐藏在网络之中。

目　录

绪论 ………………………………………………………………（1）

上　编

第一章　共谋与博弈：新文类的文学场 ……………………（23）
　　第一节　新媒体技术的发展及其对文学观念的改变 ………（24）
　　第二节　消费文化及其对文学观念的影响 …………………（30）
　　第三节　多方博弈的文学场 …………………………………（36）

第二章　新文类的创作、传播与接受 ………………………（45）
　　第一节　全民写作与互动创作 ………………………………（46）
　　第二节　分众传播 ……………………………………………（55）
　　第三节　"轻阅读"的盛行 …………………………………（64）

第三章　新文类的话语资源 …………………………………（77）
　　第一节　个人体验 ……………………………………………（77）
　　第二节　流行化的亚文化 ……………………………………（86）
　　第三节　重写经典 ……………………………………………（94）

第四章　新文类的言说方式 …………………………………（102）
　　第一节　互文性 ………………………………………………（103）
　　第二节　戏拟与恶搞 …………………………………………（112）

第三节　身体叙事 …………………………………………… (121)

下　编

第五章　玄幻小说与商业化写作 ………………………………… (135)
第一节　玄幻小说的定义及发展 …………………………… (135)
第二节　玄幻小说的文本特点 ……………………………… (137)
第三节　类型小说的商业运作 ……………………………… (145)

第六章　悬疑、盗墓小说与"奇观化"写作 …………………… (157)
第一节　悬疑小说与神秘体验 ……………………………… (157)
第二节　盗墓小说与热血情怀 ……………………………… (167)
第三节　网络类型小说的"奇观化"写作 ………………… (175)

第七章　穿越小说与女性话语 …………………………………… (188)
第一节　穿越小说的文本特点 ……………………………… (188)
第二节　穿越言情小说的三种女性话语模式 ……………… (206)

第八章　同人小说与粉丝文化 …………………………………… (228)
第一节　同人小说的定义及发展 …………………………… (229)
第二节　同人小说的情感性特点 …………………………… (232)
第三节　粉丝文化与网络写作 ……………………………… (237)

结语 ………………………………………………………………… (251)

参考文献 …………………………………………………………… (261)

后记 ………………………………………………………………… (269)

绪　论

　　文学的创作就像古老的炼金术，各种各样的材料被放在思想的坩埚里熬煮、搅拌、提纯直至成型，这是一个把抽象的理念实体化的过程，如果没有媒体来承载，这个过程就永远不可能完成。文学自诞生之日起，经历了从岩壁、龟甲、金石、竹简、丝帛、纸张到电视、广播、网络的漫长媒体演进，每个阶段表现出来的不同面貌都和当时传播媒介的发展水平密切相关。媒介的变革对于文学发展有着直接的影响，这种影响主要在两个向度上体现出来：一个指向文学外部，媒体技术的发展加速了文学的普及，同时改变着受众的文学观念；另一个指向文学内部，媒体的特性在相当大的程度上影响着文学的文本形态。可以说，媒体革命往往会带来文学革命，我们所处的时代正处在媒体技术革命的火山口，这使得我们有幸见证媒体变革喷涌出的火红岩浆，同时感受到文学板块开始的剧烈震动。

一

　　新媒体（互联网络、手机无线通信等）在国内的大规模普及是近十几年的事情，但是它的发展速度是惊人的，根据中国互联网络信息中心（CNNIC）2017年1月发布的第39次《中国互联网络发展状况统计报告》（以下简称《报告》）显示，截至2016年12月，我国网民规模达7.31亿，互联网普及率为53.2%，其中手机网民规模达6.95亿，增长率连续3年超过10%，网民中使用手机上网人群达到95.1%。从这些统计数据我们可以看到，智能手机、平板电脑作为移动终端在都市人群中几乎实现了人手一机或人手数机的普及，通过无处不在的4G接入技术实现随时随地联网的效果。我国社会（尤其是都市社会）继互联网时代之后，进入了基于宽带无线接入技术和移动终端技术的移动互联网时代。

在这次继工业革命以来最为壮观的信息技术革命中，新型的电子媒体成为当下社会最具生命力的技术范式，它快速地渗透到社会的各个方面，文化的传播真正进入"后纸张时代"。如同尼葛洛·庞帝在他的《数字化生存》中所宣布的那样，新媒体出现之后，传统的集权模式将解体，真正的个人化时代即将来临。新媒体为我们推开了真正的大众媒体时代的大门，它不仅改变了整个社会的信息传播方式，而且带来了一种全新的文化和审美理念，在影响文学的生产、传播、接受、消费过程的同时也改写着中国当代文学的生态格局。相对于报纸和传统的电子媒体，网络真正地实现了大众媒体的功能，借助网络媒体，每个普通人都可以走出"沉默的大多数"的失语状态，加入喧嚣的话语世界中来，发出自己的声音。电视和电影没有能够撼动的纸质文学传统遇到了真正强劲的对手，我们所熟悉的一切将在这个崭新的时代被重新组合。

新媒体对文学的影响是全方位的，它不但改变了文学赖以生存的外部条件，而且更重要的是由于生产传播方式的变革使得文学的各种审美要素得到重新的组织，催生了许多新的文本类型，从而影响了文学的内部组成，这种影响一个很明显的表现就是新文类的大量诞生和流行。

"文类"（genre）是一个在西方普遍使用的概念，指那些按照形式、技巧或者题材将文学作品组合而成的不同类型。自柏拉图以降，西方文类的划分一直采用三分法：悲剧、喜剧和史诗，到今天比较普遍的划分是：抒情诗、叙事文学和戏剧。在我国，从古代开始用"体""文体"来进行类的划分，现在通行的文体是四种：小说、诗歌、散文、戏剧。"文体"（style）和文类在文学理论上有着一定的区别，文体相对来说是一个稳定的概念，特别是当这些基本的文体发展成熟之后，每一种文体都形成了自己的规范，一部作品属于诗歌还是散文，是抒情诗还是叙事诗都有清晰的标准，新的文体的出现或旧文体的消亡都会给文学带来巨大的格局上的革命。一般来说，"文类"这个概念可以视为"文学类型"（literary genre）的简称，它在具体使用的时候往往比较灵活，没有太严格的概念等级和范围大小限制，有时候用来指包容较大的主要类型，如戏剧、史诗、小说，有时候又指涵盖较窄的小类，如十四行诗、民谣、言情小说等。在文学发展的历程中，各种各样的新的文类会不断出现、不断消失，在文类这个范畴里，变化是一件很平常的事情。所以当我们面对名目繁多的各种媒体文本时，用"新文类"来命名就成了最方便的策略。

在这本书里，"新文类"专门用以指涉那些在新媒体运作中产生的，具有不同于传统媒体文类特征的文本类型，如网络玄幻小说、穿越小说、悬疑小说、盗墓小说和同人小说等，还有基于互联网和移动网络而出现的各种自媒体文本，如博客、微博、微信公众号等，它们的"新"是与传统纸媒文类相对而言的，在它们的生产传播方式和文本内涵上都表现出与新媒体息息相关而与传统文类大相径庭的特点。这些全新的文本类型在近十几年的时间当中持续不断地大量地涌现出来，同影视、动漫产业联手造成了一个又一个大众媒体热点和文化奇观。同时，"新文类"是一个开放性的概念，随着新媒体的发展，必将有更多的新文类出现并且加入这个集合中来。

这些新文类占据了现代都市青少年阅读的巨大份额，并且从根本上改变着人们的阅读习惯和写作方式。它们活跃在传统的文坛之外，基本上游离于权威的文学刊物、各种文学团体、文学评奖制度和专业文学评论的圈子外，而与市场、新媒体密不可分，形成了自己的文学场。这个文学场由少数的专业"写手"、大量的青少年读者（他们中的很多人也同时参与写作）和网络运营商组成，拥有自己的"评奖制度"——这个文坛的成名机制与传统文坛中的专家认可无关，一切取决于点击率。而决定点击率的不仅仅是网民的喜好，还有网络运营商的引导和操纵，这是一种不为传统文学研究者熟悉的全新的运作方式；新文类开启了"全民写作"的大门，为所有有书写欲望的人提供了自由表达和自由发表的可能。写作不再是少数人的专利和荣耀，也不再是承担国家民族命运和国民道德教育重任的工具，新文类代表的写作方式是一种游戏的、自我表达的自由书写。具体到形形色色、层出不穷的新文类文本，它们在话语资源和言说方式上也表现出相对于纸媒文学全新的特质，在海量的文本当中提取具有代表性的类型及作品，分析典型文本中蕴含的思想内涵、艺术手法和审美倾向，了解和梳理这些特质以及它们形成的原因，便是本书所要着力完成的任务。

　　作为一名文学研究者，应当对文学世界中时刻发生的新变革保持足够的敏感和关注，建构理论固然是非常重要的，对于具体的文学现象、文学文本也应当能够作出及时有效的反应。当然，对于"新文类"这样一个开放的、发展中的概念，它能够在多大程度上引起文学生产传播方式的变革，对我们的文学格局能产生怎样的影响，都是无法预计的，而我们在没有足够现成理论支撑之下的探讨也可能是吃力的，甚至冒险的，但是绝不会是徒劳的。作为与研究对象同时代生长的亲历者，我们目睹新媒体技术给文学世界带来的巨大变革，掌握最感性、最真实的第一手材料，因而也可以尽自己的能力全面地展示正在发生的文学现象或文化现象的特点，并努力探讨这些文本背后的精神向度。即使由于能力的原因不能透彻地分析出这些现象背后的实质，作出准确的预言或价值判断，但至少能够为这些飞快更新和消逝的文学现象留下一张速写，为后来的研究者们提供一点资料上的借鉴。

二

　　本书将研究对象定位于新媒体语境下的新文类，由于研究对象的特殊性，在展开分析的时候不可避免地涉及对于新媒体的态度问题，而这也正是媒体研究的一个重要内容。媒体研究是传播学、社会学和文学理论的结合，一直以来都是新理论层出不穷的前沿地带。

　　西方媒体研究起步较早，先后出现了许多有影响的学派和学说，形成了系统、连贯的媒体批判理论。媒体批判研究的主要研究对象是大众媒体，包括报纸、杂志、广播、电影、电视、广告以及后来出现的互联网等，它的出发点和研究方法都不同于传播学的研究："倘若说传播学的实证研究是从科学主义出发，遵循工具理性，以事实判断为基础，着眼传播如何，意在揭示传播活动的规律；那么，传媒批判理论就是从人本主义出发，遵循价值理性，以价值判断为基础，着眼传播为何，意在探究传播活动的意义。而且，如果传播学的实证研究更多的是作为一个'学科'而存在，那么，传媒批判理论就主要是作为一个学术'平台'而存在。"① 媒体批判理论认为传媒不是客观的事物,而是意识形态的总和,是对现实的重新书写。它集合了语言学、哲学、心理学、人类学、政治学、经济学、社会学、美学与文艺批评学等多种学科,从各个方面探讨大众媒体所蕴含的深刻意义。

在西方媒体研究的学派当中主要有两种价值取向,一种是以法兰克福学派为代表的悲观的抽象意识形态化的批判立场,一种是以英国文化研究学派为代表的乐观的具体文本阐释的立场,无论是在方法论上还是在具体操作上,这两种理论倾向都对我国的媒体研究产生了巨大的影响。

法兰克福学派因为1923年成立的法兰克福社会研究所而得名,它继承了马克思主义经典作家对资本主义原始积累时期文化生产批判的理论立场,率先关注作为文化工业的集中体现的大众媒体,并且提出了自己的"媒体控制理论",指出在资本主义文化工业的生产和消费过程中,国家意识形态通过控制大众传媒来控制大众。媒体不仅作为意识形态工具,而且作为意识形态本身实际上成为维护政治统治合法化的工具,它通过制造虚假的需求、制造各个阶层利益的统一幻象以及对现实进行美化来欺骗大众,使大众丧失批判性和反抗性,满足于媒体构筑出的虚幻现实而忽略实际社会生活中的压榨和不平等。在这样的情况下,人成为媒体的奴隶。法兰克福学派的学说开创了媒体批判理论的先河,他们把媒体研究从传播学研究的"微观研究""效果研究"中解脱出来,把目光投向大众传媒对人的异化和控制,他们的意识形态批判立场在相当长的时间内成为学院知识分子评判资本主义文化生产的基本出发点,在媒体研究这个领域具有巨大的源远流长的影响。

法兰克福学派出于意识形态的批判立场,更多地关注大众传媒的消极影响,关注异己的文化力量对人的自由的销蚀,却有意无意地忽略了大众文化生产中隐含的能动力量,他们把大众传媒及其带来的一切都视为垃圾,陷入了非此即彼的理论盲点。文化研究(cultural studies)是对这种二元框架式理论结构的超越,它立足于大众文化,发掘大众主观意识对于媒体意识形态的能动性,从而将大众传播的过程视为文化生产与

---

① 潘知常:《批判的视境:传媒作为世界(上)——西方传媒批判理论的四个世界》,《东方论坛》2007年第3期。

意识形态再发现的过程，是对法兰克福学派中的精英主义倾向的修正。文化研究兴起于20世纪六七十年代的英国，以威廉斯和霍尔为主要的代表人物，形成了著名的"伯明翰学派"，并且深刻地影响了美国的大众文化和媒体研究。

英国文化研究的代表人物威廉斯对于大众对媒体的积极反应持乐观态度，他认为只要现代社会在使用媒体的过程当中保持人民介入和双向对话的民主模式，就会创造出富有活力的"共同文化"。这种设想虽然过于理想化，但是为我们提供了一种新的媒体交流模式。斯图亚特·霍尔注意到大众传媒在国家、民族、种族以及个人意识中的文化生产、建构作用，并且将意识形态概念与霸权概念引进文化研究，从意识形态角度研究大众文化，使权力分析成为可能。他关注到意识形态编码与大众的解码策略的相互作用，揭示出当代媒体意识形态生产的复杂实践。美国的文化研究学者约翰·费斯克接受了霍尔的编码/解码理论（encoding/decoding），认为文化消费者完全有能力发挥主动性对媒体霸权所发送的意识形态进行适合自己的"解码"。他在《理解大众文化》一书中乐观地宣称："大众文化不是文化工业生产的，而是人民创造的。"[①] 他对于大众抵抗媒体霸权的能动性的肯定为弥漫着悲观态度的媒体研究注入了新的活力。文化研究学说摈弃了关注超验、本体和形而上学的媒体批判学视角，转向对微观、具体、经验和日常的世俗生活的关注，将大众传媒作为一个独立的文本世界来考察，对各种社会文化现象，包括媒体传播现象中隐含的阶级、身份、性别、种族以及意义生产的操纵与控制进行全新的阐释，为媒体研究引入了新的研究向度。文化研究理论进入中国以后，也成为近年来国内学界新的热点和学术生长点。

20世纪后半叶特别是90年代以来，在科技飞速发展和经济全球化浪潮的推动下，媒体全球化的形势也越来越明朗，特别是互联网的出现和迅速普及完全改变了媒体市场的格局，为媒体研究提供了许多新的现象和素材。马歇尔·麦克卢汉提出的"地球村"概念形象地表现了这个时代的特征：大众媒体跨越国界而形成的体系把全世界联系在一起，在媒体信息的传播过程中，发达资本主义国家的消费主义价值观对于发展中

[①] John Fisk, *Understanding Popular Culture*, London, Unwin Hyman, 1989, p.24.

国家的文化传统几乎具有无坚不摧的威力。这种情形引起了许多学者的关注和深思,对于这种不平等关系他们提出了媒介帝国主义(或文化帝国主义)的理论。媒介帝国主义"主要是指一个国家的传媒,无论其软硬件还是其他主要传播方式,单独或整体地,不论在控制权或拥有权上,都被另一个国家所主导,并且在这个过程中给本地社会的文化、规范及价值观带来了有害的影响。概而言之,所谓媒介帝国主义,即认为一个国家的传媒为另一个国家所主导,并给本地社会的文化、规范及价值观带来了钳制性的影响"①。媒介帝国主义思考的是跨国媒体可能造成的媒体霸权问题,它尖锐地指出:跨国媒体所造成的传媒霸权所制造的"民族国家""东方文化"都是对对象的"他者化",是想象出来的,借以表现自己的优越感以及更好地控制他们文化上的"殖民地"。但是媒介帝国主义学说和法兰克福学派一样,片面强调了媒体的压制性和控制性,忽略了受众的主体选择性。实际上,媒体信息的接受过程正是两种不同文化的对话和碰撞,在这个过程中接受者并不是被动的,他可以在接受中对媒体信息进行适合自己的解读、诠释和改写。

随着西方社会由现代向后现代转型,后现代主义的媒体研究应运而生,它对于消费社会中大众传媒"符号"语境的关注开辟了传媒研究新的思路与视角。鲍德里亚(Jean Baudrillard)对消费社会中的媒体研究是后现代主义媒体理论的重要组成部分,他最著名的观点是关于"仿真"的论述。他认为在当代符号繁衍的时代,"仿真"是文化秩序的主导形式,他把后工业社会看成一个完全符号化的幻象,是一个由"类像""符码""内爆"与"超真实"所构成的后现代传媒景观,人们生活于其中的现实已经被符号以及对符号的模仿所替代,当代生活就是一个符号化的过程,媒体制造"仿真"和"符号",而人们深刻地被媒体控制。面对飞速发展的新媒体技术,鲍德里亚的态度显得非常悲观,他认为新媒体消解了社会的所有价值与意义范畴,把大众卷入盲目追求技术和信息的"漂浮的能指流"中,主体性在泛滥的类像中无所适从,被媒体挟裹走向虚无。而面对无理性膨胀的媒体和符号,人们唯一能做的就是"沉默、

---

① 潘知常:《批判的视境:传媒作为世界(下)——西方传媒批判理论的四个世界》,《东方论坛》2007 年第 4 期。

拒绝和调侃"。后现代主义媒体理论消解了媒体的意义和之前媒体批判理论关注的"权力中心",但是从另一个方面说明了权力的无所不在,它面对全新的媒体传播技术为我们开辟了新的视野和思维方式,也为研究者提供了解读大众媒体复杂内涵的新的可能性。

愈演愈烈的全球化趋势将世界置于同一个巨大的语境当中,媒体技术的革命和大众媒体的飞速发展不再是西方社会独有的景观,特别是20世纪90年代以来,处于社会转型期的中国也迎来了自己的"大众媒体时代",媒体在日常生活中无所不在、无所不能,渗透到社会的各个层面,国内的媒体研究在21世纪初也随之兴起,尽管起步较晚,但是发展的势头却异常强劲:西方的媒体研究著作纷纷被翻译引进,各个高校争先恐后地建立起新闻传播学科开展相关研究,有关大众媒体与消费社会、公共空间、文化话语的学术论文大量地出现,媒体研究从此成为人文学术研究的前沿课题。综观我国的媒体理论研究,主要是对西方媒体批判理论的"中国化",一般而言有三种方式:一是翻译引进,二是梳理归纳,三是本土化实践。

21世纪以来,我国学界对西方媒体文化理论进行了大规模的引进和翻译,主要有南京大学出版社2000年翻译出版的"当代学术棱镜译丛"(包括鲍德里亚的《消费社会》,马克·波斯特的《第二媒介时代》,阿瑟·阿萨伯杰的《通俗文化、媒介和日常生活中的叙事》《麦克卢汉精华》,约翰·斯莱特的《文化理论与通俗文化导论》,吉姆·麦克盖根的《文化民粹主义》等),商务印书馆的"文化和传播译丛"(包括《通俗文化理论导论》《认识媒介文化》《表征》《文化:社会学的视野》《媒体文化》等),中央编译出版社的"大众文化研究译丛"(包括《理解大众文化》《后现代主义和大众文化》《电视的真相》《午后的爱情和意识形态》等)还有一些学者综合这些研究成果,对西方媒体理论进行了整理和重新表述,主要有张锦华的《传播批判理论》,肖小穗的《传媒批评》,陆扬、王毅的《大众文化与传媒》等。

当研究者们熟悉了西方的媒体理论后,就积极地投入理论的"中国化"工作中来,运用法兰克福学派的批判眼光或者文化研究学派的个案分析方法审视国内的媒体事件,著述颇丰:江苏人民出版社从1999年开始陆续出版的"大众文化批评丛书"包括王晓明的《在新意识形态的笼罩下》、南帆的《双重视域——当代电子文化分析》、包亚明的《上海酒吧》、戴锦华的《隐性书写》、胡大平的《崇高的暧昧》、蒋原伦的《媒体文化和消费时代》等本土化研究成果。2001年，清华大学新闻与传播学院及新媒体研究中心的熊澄宇出版《新媒介与创新思维》。2002年，中国人民大学金元浦的《叩问仿真年代》，南京大学传媒发展研究中心的潘知常、林玮的《大众文化与大众传媒》，清华大学新闻与传播学院的尹鸿、李彬主编的《全球化与大众传媒：冲突·融合·互动》相继问世；厦门大学的黄鸣奋也相继出版了《电子艺术学》《超文本诗学》《网络媒体与艺术发展》《数码艺术学》等学术著作。2003年，孟繁华出版了《传媒与文化领导权——当代中国的文化生产与文化认同》。2004年1月，中央编译出版社推出了"媒体文化丛书"（包括《文学网景：网络文学的自由境界》《欲望花窗：当代中国广告透视》《媒体文化与消费时代》《脱口成风：谈话的力量》《霓裳神话：媒体服饰话语研究》《花园声音：MTV的意义空间》等）。2010年，北京师范大学的赵勇出版了《大众媒介与文化变迁：中国当代媒介文化的散点透视》，并在2016年出版《法兰克福学派内外：知识分子与大众文化》。金元浦教授一直持续关注文化研究，2013年出版的《娱乐时代：当代中国文化百态》，2016年出版的《当代中国的文化研究（约1990—2010）》对20年来中国文化研究的发展进行了全局式的回顾。2015年马中红、陈霖出版的《无法忽视的另一种力量——新媒介与青年亚文化研究》，将伯明翰学派的青年亚文化研究本土化，并持续关注这一领域。

随着互联网技术的成熟和移动互联时代的到来，媒体研究成为中文和新闻传播类专业新的学术生长点与跨学科研究的重镇，许多高校和研究机构形成了专门的研究团队，同时，网络文学/写作开始进入当代文学研究领域，并逐渐发展壮大起来。以欧阳友权教授为首的中南大学网络文学研究基地从网络文学诞生起就对其保持着及时的关注和学术跟进，并于2013年成立全国网络文学研究会。欧阳友权教授的《网络文学论纲》早在2003年就由人民文学出版社出版，是我国第一部有关网络文学基础理论的学术专著。由他主编的《网络文学教授论丛》于2004年出版，是国内第一套专题研究网络文学的学术丛书。此后，2008年"网络文学新视野丛书"、2011年"新媒体文学丛书"、2014年"网络文学100

丛书"相继推出，通过对网络文学前沿和基础问题的梳理与评论为网络文学的研究提供了可贵的思路及实践。2011年起，北京大学中文系副教授邵燕君开始开设"网络文学研究"课程，将网络文学引入大学课堂，并于2014年下半年开始招收两年制的创意写作方向的专业硕士。2011年，我国首本网络文学评论期刊出版，由广东省作协和广东网络文学院主编，至2014年10月，《网络文学评论》已出版5辑。此外，各个大学的媒体研究中心都有自己的学术刊物，各种刊物上关于网络文学/写作和媒体研究的讨论与文章也很多。至此，网络文学研究作为当代文学学科领域内的媒体研究的主要形态并渐成体系。

我国当代学界媒体文化研究的立场是很有趣的，它对法兰克福学派和文化研究学派这两种看似水火不容的立场进行了综合，既保持了法兰克福学派的精英立场，尖锐地批判媒体文化与消费主义对大众精神的销蚀，又采用了文化研究学派的研究方法，深入媒体文化现象当中进行具体的个案研究。应该说，这种视角是可取的，为抽象空疏的法兰克福式意识形态批判提供了令人信服的事实依据，使我国的媒体研究更加贴近现实，更具有说服力和干预现实的可能性。

但是另一方面，这些浩如烟海的研究成果普遍地存在着一个倾向，那就是抽象化和概念化：在当代文学研究领域，研究者们更多地关注的是媒体形式的变化给大众思想、审美带来的影响，热衷于对媒体文化的价值取向、受众心理的社会学、哲学思考，而恰恰忽视了承载于媒体形式之上的"文学文本"。涉及具体的新文类研究，学者们一般都站在精英文化的立场上将这些文类归结为消费主义文化工业带来的时尚泡沫，具体的研究论文多停留在对新文类作品的定性分析和总体性的价值评判上，相应地，针对具体作品和文本特征的学理性分析非常少见，更不用说用较大的篇幅专门对它们进行研究了。我们可以看到不少对于特定作品或文学现象的价值判断和批判，如对于玄幻小说"装神弄鬼"的批判、对于穿越小说"亵渎历史"的批判、对于宫斗小说"比坏"心理的批判、对于盗墓小说"助长犯罪"的批判……与此同时，这些具体文类的文本特点和针对文本本身的结构、语言、情节、人物等内部分析在相当长一段时间内却非常罕见。究其原因，在很多学院派批评家的价值天平上，这些文类可能还够不上被称为文学、成为专门研究的对象，新文类作品的"文学性"一直以来都是存在较大争议的话题。

但是另一方面我们不得不承认，在当代都市社会青少年人群（这个人群将在10年之内成为我们社会的主导力量）当中，除了为应试教育而学习的课文之外，能够得到自觉自愿阅读并吸引他们参与写作的正是这些被文学研究者拒绝在传统的文坛之外的新文类，在他们的思想中，新文类和传统经典一道构成了"文学"这个概念。考虑到这些新文类实际上的巨大影响力，任何拒绝它、无视它、排斥它的想法和行为都是不明智与自欺欺人的。面对一个无法回避的文学现象，无论它与自己的文学观、价值观是否冲突，都应该正视它，主动地去了解它、分析它，这才是一个文学研究者积极客观的态度，也正是此次写作的目的所在。

事实上，正如前文所说，文学与媒体有着密不可分的关系，媒体形式的变化会给文学观念带来根本的影响，进而反映在文学的文本形态上。新媒体的出现不仅冲击到大众的文学观念和接受习惯、改写了文学的语境，甚至在某种程度上改变了整个社会的价值取向，它对于文学有着更为直观本质的影响，如文学的生产与传播方式、话语资源、言说方式等。这些影响势必在文学文本上有所反映，而那些随着新媒体发展新兴的文本类型则更加集中地体现了这些变化。因此，笔者将把研究目标锁定在伴随新媒体发展而出现的新文类上，着重从对它们外部特征和内部特征的解读中探寻新媒体为文学带来的种种改变，并探讨这些变化的根源所在，这是吸纳了文化研究的方法，从具体的现象入手，注重个案分析；但是另一方面，我们也应当看到消费文化和新媒体相得益彰，因此在新文类文本中渗透了许多消费主义商业文化的痕迹，模式化、重复和恶俗的审美品位在新文类中大量存在，某种程度上使得一些新文类滑入商业运作的流水线生产，而文本中存在的许多创新的可能被引向流俗。关于这些问题，我们就需要参照法兰克福学派的媒体批判理论和鲍德里亚关于后现代文化状况的精彩论述作出一个文学研究者应有的思考。

三

全书正文分为上、下两编，分别从新文类的共性和个性两个方面进行分析。上编分四章，集中讨论新文类的存在方式，主要从语境、生产与传播、话语资源和言说方式四个方面展开。

第一章着力探讨新文类生存于其中的具体语境。媒体技术的发展与都市消费文化一起为新文类打造了一个完全不同于传统文坛的生存环境，它们共同营造了一个游离于主流文坛之外的新的"文学场"，这个文学场的运作方式决定了新文类在创作与传播上完全不同于传统的文学，同时也为新文类提供了全新的言说方式和话语资源，从而在根本上孕育出与传统文类截然不同的新文类。首先，新文类是伴随着新媒体的普及而出现的，以互联网和手机无线通信为代表的新媒体在技术上为新文类的生产传播创造了客观条件：它提供了无限大的虚拟空间，极大地降低了文学创作、发表和阅读的成本；同时，新媒体打破了传统媒体对于话语权的垄断，为大众提供了自由发言的平台；更重要的是，新媒体技术对传统的文学观念产生了巨大的冲击，使文学审美走向多元化，并且消解了文学的神秘感和作家的权威感，实现了文学的"解魅"。

另外，当代都市的消费文化在主观上也潜移默化地改变着传统文学观念和审美观念：消费文化使文学远离宏大叙事，转向对拟像世界的迷恋，它在构建休闲时尚文化空间的同时回避了现实社会中存在的深层苦难和矛盾。消费文化无限认同和纵容人的欲望的无止境膨胀，消费的审美化，对都市化生活方式、享乐主义和欲望的无限认同贯穿在当代都市青少年的思想中，成为他们的主导价值观念。而这个群体是新文类的主力创作人群，他们同时也构成了新文类的庞大接受市场，他们对新媒体的运用得心应手，为自己的创作和接受创造了宽松自由的技术平台。在客观方面，商业文化将都市消费人群的兴趣和购买能力联系起来，在市场策略、营销方式上改变着新文类的性质，从而间接地影响新文类的选题、取材、文字技巧等方面。

这样一来，新媒体和消费文化就一道为新文类的生存构造了一个新的"文学场"：它游离于传统的主流文坛之外，代表了一种全新的文学运作方式，从生产、传播、接受到消费都具有自己的一套规则，体现了作者、读者和网络运营商（市场）多方博弈的结果。在技术上，这个文学场主要由新媒体承载运行，同时巨大的商业利益也使一部分传统媒体积极地加入运营中；在文学观念上，它与消费文化天然亲近，本身就是消费文化重要的组成部分。新文类在这个特殊的语境中叱咤风云，不再寻求传统主流文坛的认可，按照自己的逻辑繁衍生息，在都市青少年人群中拥有了不可忽视的强大影响力。

第二章详细分析了新文类的创作、传播与接受状况，这个方面也正是新文类区别于纸媒文学最显著的外部特征。

文学观念与文学语境的变化投射到实体上主要表现在文学的创作和传播方式的变革上，新媒体的发展为传播方式的变革创造了物质条件。相对于Web 1.0时代用户通过浏览器获取信息的被动接受方式，Web 2.0技术使用户的参与性和交互作用得到充分的发挥，网络用户既是网站内容的消费者（浏览者），也是网站内容的制造者，他们的身份变化在本质上改变了新媒体世界中的话语逻辑。首先，在创作上，各个新文类都呈现出全民写作、大众参与的热潮。在新媒体世界里，"作家"的崇高地位被更讲求实际的"写手"身份所代替，为了获取写作和发表的乐趣，为了展示自我、进行交流或者为了获取经济利益都成为社会各个阶层的个体纷纷投入新文类写作的动机。全民写作催生出许多生动活泼的文学形态，满足了人们互相交流的需求，也成就了一些专业"写手"的致富梦想。

在传播上，社会的进一步发展使社会阶层日益多元化，人们的个性意识增强，他们需要通过传媒技术的改进来达到对信息的个性化配置，"分众传播"这一革命性的传播方式应运而生。新文类在传播过程中按照人群的需求将信息进行细分，针对不同人群提供不同的信息内容，为信息的交流和传播提供了宽松自由的媒体界面。在这个界面上用户可以轻松地获取自己需要的信息，并且与人进行有效的互动式交流。在新文类的创作和传播过程中，商业化的运作贯穿始终。新媒体为文化经济带来了新的增长点，而新文类的商业化运作作为新媒体经济的重要文化实践自然广受关注，它不仅可以为新文类写作者带来更丰厚的市场收益，而且在本质上塑造着新文类的文体特质，影响新文类创作的内容和写作技巧。商业化力量为文学版图注入了创新的活力，当下活跃在新媒体上的文学类型正是在商业化进程中诞生的，并且还将随着商业化的进程不断涌现出其他新的形式和内容。

在接受方面，新文类带来"轻阅读"现象的盛行。所谓"轻阅读"指的是没有太多目的性，为了消遣娱乐而进行的带有很强随意性的阅读。

这种阅读状态一般会自动回避让人觉得沉重的内容，阅读的过程也不求甚解，较之传统阅读的"厚重""深刻"显得相对"轻松""表浅"。轻阅读的特点主要从三个方面表现出来：首先是阅读目的的娱乐化和社交性，新媒体时代的轻阅读多半是打发碎片时间来获得消遣和社交谈资的。其次是阅读内容的碎片化和图像化，在移动阅读中占据重大份额的微信公众号和微博都采用图文结合的文本呈现方式，图像化在类型小说中则集中地表现为剧本化的文字表述、奇观化的写法方法，这也直接造成了轻阅读内容的表浅化。最后则表现为阅读方式的移动性和灵活性。轻阅读的盛行是伴随移动网络普及的一种文化现象，同时也反映了新媒体时代传播方式的变化给文学创作和接受带来的震荡。这是一个正常的文化发展过程，我们在分析轻阅读的各种现象时，不应忽略它的多面性和复杂性。

在对影响新文类面貌的外部环境作了详细论述之后，第三章开始进入文本，着重探讨新文类作品在表现的内容上同传统的纸媒文学有何差异。

与传统文类相比，新文类为我们提供了更加个性化和多样化的话语资源：首先是写作者的个人体验。博客写作作为新媒体时代最具代表性的写作形式首次大规模地将个人体验搬上公共媒体，其中不仅有大量的对个人琐细生活，甚至私密体验的日常叙事，更有以个人体验书写历史和现实生活的随笔感想，并且在与读者的即时有效的互动交流中充分实现个人媒体的魅力。被流行化的亚文化构成了新文类的另一个重要的话语资源。新文类中最常见的亚文化种类有同性恋亚文化、神秘亚文化和游戏动漫亚文化等，这些亚文化中蕴含的抵抗和边缘因素在消费时代被流行化快餐化之后作为一种"奇观"成为商业文化的"卖点"，迎合了都市青少年群体追求新奇刺激的猎奇心态，因而在新媒体平台上被打造成为新的时尚和潮流，带有浓厚亚文化色彩的"同人小说"、星象占卜、日本动漫等成为新人类群落的流行文化，成为新文类中大量出现的叙事元素。经典作品也成为新文类中被借用和改写的对象。经典的人物形象、情节模式、语言风格都成为新文类的"原料"，经过写作者的重新诠释之后构筑起新文类自己的经典，代表着新媒体逻辑和都市青少年的价值观念，与象征传统文坛权威和评定标准的经典分庭抗礼，互不认同。

第四章讨论新文类的言说方式。文学传播媒介的变革在带来文学写作方式的改变之余，也会影响到写作者处理题材的手法，在新文类文本中就呈现出一些典型的特点：首先是对互文手法的大量应用。新媒体在可操作层面上为新文类写作提供了方便的文本相互关联，这就使得新文类文本较之传统书写具备了普遍的互文性言说方式。具体来说主要有两种表现：一是在文本内容上（又称"外互文性"），通过拼贴、引用、戏拟、用典等手法实现两个甚至多个文本的借鉴和融合，产生出新的互文文本，这种形式在传统的文类中早有存在，但是在新文类的手机段子、同人作品中得到了集中的体现。二是在文本形式上（又称"内互文性"）。如在博客写作中出现继而延续至微博、微信文本中的一些文本形态：读者留言与正文相互补充说明的"对话状态"，图像、视频与文字有机结合、互为表里的"互文模式"等，都是新媒体条件下全新的言说方式。"恶搞"作为戏拟手法在新媒体时代的变形其实也是属于互文性范畴的叙事方式，它代表了新媒体世界的最新流行风尚以各种形式出现在受众面前。一系列"恶搞"作品借助先进的计算机图像处理技术和互联网传播，多数以视频短片、图片、flash等视觉模式在博客空间或者网络论坛上呈现出来，也有大量对具体文本的"恶搞"，特别是对具有特殊文体或语言特色的文本的"恶搞"非常流行，如网络上一度流行的"梨花体"诗歌、"凡客体"等。"恶搞"改编或模仿的对象不像戏拟那样更多地集中在经典和权威上，也不再承担任何对于意识形态或者权威的消解和批判作用，而是更注重对象的形式特点，即对象有没有足够引发"爆笑效果"的特质，或是语境的错位能否带来荒谬的审美效果，实质上是一种无意义的戏拟，体现了新媒体时代的娱乐精神。身体叙事策略也是新文类的一个重要的言说方式，一度在手机段子和某些博客文字当中以草根阶层的审美趣味为掩护，表达了对权威正统的嘲弄，但更多地被消费文化滥用，在诉诸感官的图像和文字刺激中成为被消费的对象。这一点可以从博客中"一脱成名"模式的所向披靡和网络幻想作品中对于性与暴力文字的缺乏节制中得到有力的证明。在新文类的言说方式中还有一个值得研究者注意的特点，那就是新文类书写的图像化倾向，这一点在网络小说中表现得尤其突出，也是传统纯文学和网络类型小说在叙事手法上的一个显著区别。为了适应"读屏时代"的阅读需求，在网络类型小说（尤其是玄幻、悬疑类小说）中，环境描写和人物心理描写几乎不再出现，取而代之的是剧本式的对话和动态或者极具画面感的场景描写。青少年读者在阅读玄幻作品的战斗文字时，可以获得类似于游戏实战的阅读快感，悬疑作品的氛围营造紧张刺激，读者阅读体验自然会更容易进入情节。图像化叙事建立的快感机制同类型小说的诉求不谋而合，相得益彰，因而得到了极致的发展。

下编进入具体新文类的分析，笔者选取了比较有影响的五个新文类进行详细的论述，包括玄幻小说、悬疑小说、盗墓小说、穿越小说、同人小说，并结合每种文类最突出的特质予以深入分析。限于篇幅，自媒体的相关形式（手机文学、博客及微博写作、微信文本等）暂时不予详细介绍。

第五章主要分析了玄幻小说与商业化写作。玄幻小说是对西方奇幻小说的中国化。它一方面保留了西方奇幻小说的许多特点，如对架空世界的设定、人物情节发展的角色扮演游戏模式等，另一方面却对奇幻小说作了一些中国化的改造，将那些国内读者接受起来有困难或者是不适合中国人审美口味的地方改换为读者比较熟悉的内容，如对人物性格、场景和魔法等的改造。玄幻小说融合了中国传统的神怪文化、道教佛教信仰、武侠小说和电脑网络游戏的特点，扩展了幻想小说的内涵和外延，为幻想小说增添了新的特质，成为继科幻小说、奇幻小说和恐怖小说之后又一个全新的文类。

玄幻小说的商业化运作同网络文学的产业化进程几乎是同步的：在新媒体写作的各种文类当中，玄幻小说的发展典型地体现了商业化的清晰轨迹，商业化在为新媒体写作的生存、发展和壮大提供机遇的同时，也塑造了新媒体写作的某些特点。对其进行细致的分析，可以帮助我们厘清通俗文学发展的特点和困境。

第六章涉及的是悬疑和盗墓类小说。一类是以"鬼故事"形式出现的"心理悬疑小说"，以蔡骏的《地狱第19层》《荒村公寓》等为代表；一类是以探险寻宝形式出现的"盗墓小说"，以《盗墓笔记》《鬼吹灯》等为代表。"鬼故事"是普遍存在于不同民族民间文化中的母题，在很多民族形成了体系庞杂的亚文化。网络鬼故事着力于营造恐怖气氛，是对恐怖小说这种类型文学的中国式探索。总体来看，我国的网络心理悬疑小说受到东方神秘文化的影响，其中的悬疑恐怖之处都是由超自然的鬼神幽灵因素造成的主观心理的恐惧。心理悬疑小说的精彩之处和目的并不在于知识或文化上的"揭密"，而是表达人类对未知世界和自身的恐惧，并通过强化这种恐惧刺激自己的神经来达到某种心理的宣泄平衡。盗墓小说在2007年前后非常走红，热度一直持续到10年之后。这类故事一般是以盗墓为主线的探险寻宝小说，小说中有完善的奇观化的场景设置，对丧葬文化、风水、地理、民俗传说均有涉猎，穿插着大量奇禽怪兽、僵尸妖怪和盗墓的术语，可读性很强。情节紧凑、悬念迭出的冒险情节给生活平淡的读者以强烈的刺激，从而获得酣畅淋漓的阅读体验，因此热度持续不减，并且衍生出各种媒体形式，形成一个独立的网络小说类型。

二者有一个共同的特点，就是在写作方法上的"奇观化"倾向。"奇观化"是影视艺术在后现代社会呈现出来的一种倾向，在同属于消费文化的网络类型小说中也不同程度地存在。小说着力营造光怪陆离的故事场景、设置奇异诡谲的意象、采用亦真亦幻的叙述语气，通过这些技巧将读者带入远离现实世界的神秘氛围中，并产生身临其境的阅读感受。在具体文类的写作过程中，有许多作品表现出对奇观化效果的过分依赖，而忽略了小说创作的根本，陷入炫技、猎奇、追求感官刺激的低质循环，应当引起写作者的充分自觉和文学批评者的重视。

第七章对流行于2007年前后的穿越小说进行了分析。穿越小说的写法深受性别影响。男性向的穿越小说多为历史题材，如《新宋》《回到明朝当王爷》《庆余年》等；而女性向的作品则偏向于爱情题材，其中最流行的是穿越到清代的"清穿"小说，代表作有《步步惊心》《梦回大清》《鸾》等，并且随着影视的改编和热播形成了"穿越年"的文化奇观。

穿越言情小说代表了网络文学时代女性书写的典型话语方式，反映了当代多元的女性意识。新媒体为女性提供自由发声的平台，女性通过写作，获得一定的话语空间和自我表达的渠道，女性意识在写作和阅读中得到启发与张扬，这些都在穿越小说的女性话语中得到了实践。同时，我们也应当看到，整个网络小说场域中的女性话语呈现出驳杂多元的价值取向，甚至有部分作品在女性意识上出现了倒退，回归到男权时代将女性"他者化""对象化"的做法，这些倾向在有些男性作家的笔下尤为明显。而这种情况的出现，不能仅仅以网络小说是通俗文学来解释，进而承认其合理性，通俗文学不代表价值观滞后；相反，作为网络通俗文学的女强文、无CP小说都显示出女性意识的觉醒和进步，为多元化的网络伦理生态提供了健康向上的可能性。

第八章对同人小说和粉丝文化进行了分析。同人小说的创作和阅读主体主要是青少年"粉丝"，他们的年龄主要集中在15—25岁。这一代青少年的成长过程正是流行商业文化在我国兴起的过程，网络类型小说和欧美日韩的流行文化构成了他们主要的文化资源，也成为他们创作同人小说的主要素材来源。无论是玄幻盗墓作品中的江湖儿女、快意恩仇还是言情小说、动漫作品中的浪漫青春、少年心事抑或欧美影视中的奇幻世界、无穷想象都强烈地吸引着这些阅历尚浅，却充满好奇心的青少年受众。特别是所有这些文艺作品中都充满着浓烈的情感因素，成为同人作品主要的书写对象。多数作品将原始作品中人物之间的情感作为演绎的话题，热衷于给人物"配对"并描写他们之间的缠绵爱情。由于受到日本一些描写同性爱情的动漫影响，一种"耽美同人"小说在近些年来大量地出现并且占据了同人小说创作的主流。这种小说用泛化的同性恋关系结构文章，描写唯美浪漫的同性（特别是男性美少年之间）的情感和炽热激烈的爱恨纠葛。这类作品拥有独立的生产传播链，作为一种亚文化始终活跃在粉丝中间。

粉丝文化作为一种典型的"参与式文化"贯穿于流行文化发展的各个阶段，在同人小说的生产、传播、接受和评价的整个过程中都有典型的体现。相对于传统媒体同受众之间单一向度的"传播—接受"关系，新媒体时代的大众拥有了更多的话语权和自主性，他们不仅欣赏文艺作品，还可以自己生产和传播喜爱的作品，并且拥有了遴选经典、创造经典的机会。可以说，粉丝文化中蕴含了巨大的革命性和创造力，为网络时代的文化生产传播提供了一种新的范式和理念。

新文类是一个开放的、发展中的概念，它能够在多大程度上引起文学生产传播方式的变革，对我们的文学格局能产生怎样的影响都是无法预计的，一切都在进展之中。可以预见各种新的类型小说将在新媒体上不断出现，而具有形式革命意义的新文类也将不断涌现，与传统文类一道构成社会多元文化的独特格局。对于变动不居的各种新文类，我们可能暂时无法厘清它们的脉络和走向，但是应该尽量全面地展示它们的特点，探讨文本背后的精神向度，至少能够为这些飞快更新和消逝的文学现象留下一张速写。"或许网络本身并不能改变什么，真正能够带来改变的只能是人本身，但是，这些都无碍于我们将网络时代的来临以及它所预示的改变迹象视为一种标志和征兆，征兆着一个旧的文学时代的终结和一个新的文学时代的来临。在可能性面前，让我们保持尊敬。"①

---

① 张业松：《中国现代文学的下限问题》，载章培恒、陈思和主编《开端与终结——现代文学史分期论集》，复旦大学出版社2002年版，第236页。

上编

第 一 章

共谋与博弈:新文类的文学场

新媒体技术的发展与都市消费文化一起为新文类打造了一个完全不同于传统文坛的生存环境,正是这个游离于主流文坛之外的"文坛"为新文类提供了全新的言说方式和话语资源,从而在根本上孕育出了与传统文类截然不同的新文类。在进入新文类的具体特征分析之前,这一章里我们将着重探讨新文类所生存其中的具体语境。首先,新文类是伴随着新媒体的普及而出现的,以互联网和手机无线通信为代表的新媒体在技术上为新文类的生产传播创造了客观条件:它提供了无限大的虚拟空间,极大地降低了文学创作、发表和阅读的成本;同时,新媒体打破了传统媒体对于话语权的垄断,为大众提供了自由发言的平台;更重要的是,新媒体技术对传统的文学观念产生了巨大的冲击,使文学审美走向多元化,并且消解了文学的神秘感和作家的权威感。另外,当代都市的消费文化也潜移默化地改变着传统文学观念和审美观念。消费主义文化使文学远离宏大叙事,转向对拟像世界的迷恋,它在构建休闲时尚文化空间的同时回避了现实社会中存在的深层苦难和矛盾。消费文化无限认同和纵容人的欲望的无止境膨胀,消费的审美化、对都市化生活方式、享乐主义和欲望的无限认同贯穿在当代都市青少年的思想之中,成为他们的价值观念。这个群体是新文类的主力创作人群,同时也构成了新文类的庞大接受市场,他们对新媒体的运用得心应手,为自己的创作和接受创造了宽松自由的技术平台。这样一来,新媒体和消费文化就一道为新文类的生存构造了一个新的"文学场":它游离于传统的主流文坛之外,代表了一种全新的文学运作方式,从生产、传播、接受到消费都具有自己的一套规则,体现了作者、读者和网络运营商(市场)多方博弈的结果。在技术上，这个文学场主要由新媒体承载运行，同时巨大的商业利益也使一部分传统媒体积极地加入运营中，在文学观念上，它与消费文化天然亲近，本身就是消费文化重要的组成部分。新文类在这个特殊的语境中叱咤风云，不再寻求传统主流文坛的认可，按照自己的逻辑繁衍生息，在都市青少年人群中拥有不可忽视的强大影响力。

第一节 新媒体技术的发展及其对文学观念的改变

20世纪90年代中期以来，互联网进入大规模、商业化应用阶段，90年代后期继美国建立信息高速公路后，中国也建设了高速宽带骨干网络。随着科技的发展，网络传播技术日新月异地更新和普及，互联网接入成本不断降低，能够在办公场所和家庭实现宽带上网的技术与物质门槛都降低到了普通百姓可以接受的范围。中国互联网络信息中心（CNNIC）发布的第39次《中国互联网络发展状况统计报告》显示：截至2016年12月，我国网民规模达7.31亿，全年共计新增网民4299万。互联网普及率为53.2%，较2015年底提升了2.9个百分点（见图一）。同时，截至2016年12月，我国手机网民规模达6.95亿，较2015年底增加7550万人。网民中使用手机上网人群的占比由2015年的90.1%提升至95.1%，提升5个百分点，网民手机上网比例在高基数基础上进一步攀升。我国社会（尤其是都市社会）已经进入真正意义上的以互联网技术和无线移动通信技术为基础的新媒体时代。

"新媒体"是一个发展中的概念，电视、电影等传统的电子媒体相对于报纸杂志等纸质媒体而言，在问世之初也曾被称作"新媒体"，当新型的电子媒体出现之后，"新媒体"的概念范畴也随之出现了变化。中国互联网实验室发布的《中国新媒体发展报告（2006—2007）》是这样定义新媒体的："新媒体是基于计算机技术、通信技术、数字广播等技术，通过互联网、无线通信网、数字广播电视网和卫星等渠道，以电脑、电视、手机、PDA、MP4等设备为终端的媒体。能够实现个性化、互动化、细分化的传播方式，部分新媒体在传播属性上能够实现精准投放、点对点的传播，如新媒体博客，电子杂志等。"① 按照传播网络媒介的不同，可以将新媒体划分为以下几种类型：一是基于互联网的电子杂志、电子书、网络视频、博客、群组、其他类型的网络社区等；二是基于无线网络的手机短信、微博、微信、网络直播等；三是基于数字广播网络的手机电视、数字电视、车载电视、公交电视等；四是基于跨网络的IPTV等。在这里我们主要讨论的是跟我们日常生活有着密切联系，与文学的发展关系较为紧密的互联网和移动互联网。因此，在我们具体探讨新媒体对文学的影响之前，有必要再次缩小范围，对这个概念作一个明确的界定：本书所讨论的"新媒体"，特指那些以计算机信息处理技术为基础，以电信网络为运作平台的媒体形态。

图一　历次调查网民总数和普及率②

每一次媒体革新都是对现存媒体形式的综合和改进，同时，每一次媒体革新都会改变信息的传播方式，从而影响到人们的生活方式、文化观念乃至整个社会的意识形态。新媒体在短短十几年内在我国蓬勃地发展和普及开来，不仅改变了整个社会的信息传播方式，而且带来了一种全新的文化和审美理念，在影响文学的生产、传播、接受、消费过程的

---

① 《中国新媒体发展报告（2006—2007）》。
② 来源于第39次《中国互联网络发展状况统计报告》。

同时也改写着中国当代文学的生态格局。正如麦克卢汉所说:"媒体会改变一切,不管你是否愿意,它会消灭一种文化,引进另一种文化。"① 在技术手段上,新媒体为文学提供了前所未有的广阔舞台:首先,它有效地整合了纸质媒体的文字传播和传统电子媒体的直观感性展示功能,实现了以文字、图像、声音等方式结合,全方位传播信息的可能性,使文学的呈现方式突破了纸质媒体的局限,而具有了文字与图像、声音有机结合的优势。网络上早已出现以 flash 动画形式演绎的诗歌、散文和小说,给读者以动态的妙趣横生的阅读体验;同时新媒体还催生了一些新文类的出现,比如兼容了图片、文本、声音和视频内容的博客、微博和微信,它们代表了新媒体时代的全新写作方式。其次,新媒体具有空前强大的传播能力,最大限度地实现了传播的自由。它一方面为文学创作和传播提供了理论上无限大的虚拟空间,新媒体写作不再像传统写作那样需要考虑版面的限制,文学生产和传播的成本几乎降到了零。我们可以看到,基于新媒体的新文类写作几乎都是"全民写作",无论是类型小说的创作(如玄幻小说、悬疑小说、穿越小说等)还是自媒体文本的写作(如博客、微博、微信写作等),在新媒体上出现的作品没有了对写作者身份的审查和规约,每一个使用者在新媒体上都享有相对自由平等的话语权。另一方面,新媒体大大地提高了信息的传播速度、拓展了信息的传播范围。"传统媒体使用两分法把世界划分为生产者和消费者两大阵营,我们不是作者就是读者,不是广播者就是观看者,不是表演者就是欣赏者,这是一种一对多的传播,而新媒体与此相反,是一种多对多的传播,它使每个人不仅有听的机会,而且有说的条件。"② 新媒体具备即时互动性,它的传播方向由点对面变成点对点,由自上而下变成全方位,信息在新媒体世界里可以做到无障碍传播,这在以往的媒体条件下是不可能实现的。在新媒体世界每个人都可以既是接受者又是作者、传播者,每个人都可以通过互联网和手机方便地进行创作,自由地把作品发布在交流平

---

① [加] 埃里克·麦克卢汉、弗兰克·秦格龙编:《麦克卢汉精粹》,何道宽译,南京大学出版社 2000 年版,第 248 页。

② 方兴东、胡泳:《媒体变革的经济学与社会学——论博客与新媒体的逻辑》,《现代传播》2003 年第 6 期。

台上，同时对于别人的创作发表自己的看法，甚至进行改写。这种交流几乎不受时间和地域限制，也不受传统媒体"把关人"的管理，具有空前的自由。正是这种自由大大地鼓励了人们的创作和传播热情，面对着免费的自由的比特世界，所有的写作和自我表达的欲望都可以得到尽情的释放。这只要看看各个文学网站、博客、微信和微博每天有多少内容更新就可以得到具体的感性认识，那是我们无法想象的天文数字。新媒体技术为文学普及作出了巨大的贡献，同时使得大众彻底摆脱了传统媒体时代的"失语"处境，获得了言说的自由，这无疑是文学传播史上一个革命性的巨大进步。

在为文学的普及提供强大的技术支持的同时，新媒体技术的发展直接影响到人们的文学观念，从而从文学内部影响着文学的创作方式，这种变化典型地表现在新文类的创作中。首先，新媒体技术使审美走向多元化，新奇有趣成为新文类的流行法则。互联网为阅读提供了无限的资源，许多曾经陌生的亚文化现象借助新媒体的便利得以进入大众的视野，它们所代表的多样化的审美特征给受众带来了强烈的心理震撼和新鲜的阅读体验。比如网络悬疑小说大量采用日本恐怖文化的因素，从日常生活中微小的细节入手，一步步地从内心调动出人的恐惧感。更有代表性的是在许多论坛和网站上流行的"鬼故事"，内容多数是正统文化所回避的"乱力怪神"，比如诅咒、僵尸、鬼打墙、幽灵等，而写作过程当中又大量使用渲染血腥场面，阴森诡异气氛等刺激感官的写法。这些内容一直都被我们传统的纯文学审美所排斥，却因为契合了当代的阅读需求而吸引了大量的读者，成为青少年阅读的新时尚。

在审美价值评判标准上，由于纸质媒体为文学提供了稳定、准确、时间充足的创作和传播平台，在这种传播方式中生长的文学，创作讲究精雕细琢，欣赏讲究细嚼慢咽，作品也自然以深刻、有哲理、经得起再三回味为审美诉求。如果说，纸质媒体的文学审美讲究"深""静"的话，新媒体则正好相反，它的价值和魅力体现在它所承载信息的巨大数量和信息更新的极快速度上，这种海量的、转瞬即逝的、却又完全不可能穷尽的选择纵容了受众求新求变的心理。可以说，"新"和"变"就是新媒体的生命。这样的文学审美观念与浮躁喧嚣的消费文化一拍即合，共同孕育出了玄幻小说、博客写作、微信个人订阅号、穿越小说等新文本类型，营造了一派目迷五色的繁荣景象。在这样的语境中，新文类的创作一方面要追求题材的新颖，一方面要保证更新速度，否则就会迅速被淹没在新生的文字海洋中，面对这样的双重压力还能够静心创作、精雕细琢的作者可谓是凤毛麟角。以玄幻小说为例，一写就是洋洋百万字，很多写手写到后来笔力明显不逮，甚至有头无尾、半途而废。在网络上，这种开了头却不写下去的行为叫作"挖坑"，好像作者挖了个陷阱让读者陷进去。有早期的研究表明，在2003年某书库1500部连载的玄幻小说当中，完成率只有3.5%—4%，这个数据可以让我们大致了解玄幻小说创作的基本状况①，这种状况普遍存在于新文类的创作当中。新媒体写作对新奇有趣的追求取代了深刻永恒，创作往往陷入急功近利的困境，文字如水银泻地，满目繁华却无法收拾，在很大程度上影响了作品的质量，因此新文类作品虽多，佳作却甚少。

这种粗放的生产方式造就了一大批新文类"写手"，传统文学观中作家的地位和角色意识受到冲击。"文以载道"是中国传统的为文之道，作家被视为"道"的传播者，象征了真理和权威。在新媒体出现之前，作家的身份地位也曾几经沉浮，但是大体上，作家的身份在普通人眼里享有崇高的地位，他们具有驾驭文字的能力和语言表达的天赋，有着深沉的思想和教导众生的启蒙意识，一度与教师并称为"人类灵魂的工程师"。人们对于写作，对于作家的信赖与景仰之情显而易见。在这样的"期待视野"中，作家面对写作的态度也自然是认真慎重的。在传统的写作中，作者的主体性贯穿于整个创作过程，从选材、构思、表达到成文都是作者的人生价值观、审美艺术观的表现。虽然有很多文学作品因为这样那样的原因在创作过程中加入了其他成分的影响，甚至有相当长的时间我们都认为文学应该是"时代的号角"，是国家意识形态的图解，但是我们也应当看到，在任何时代真正意义上的文学都没有断流，它或隐或显，一直忠实地承载着作家对于社会人生、文学艺术的理想和理念。文学就是作家的灵魂与自我、与世界的对话，这个对话的过程反映在文学作品中就是作者表达出来的文学理想、社会理想和自我认知。真正的

---

① 参见 aitv《玄幻文学总论——现象篇》，2016年12月27日，龙的天空网站（http://www.dragonsky.net/zip/zip5273.html）。

优秀的作家绝对不会让自己的思想受到任何强权的左右，作家的思想就像军人的武器，主动交出武器是莫大的耻辱；然而这种信念在新媒体时代显得像与风车作战的堂吉诃德一样不合时宜，新媒体创造了自己的"文坛"，这个文坛的最高目标是点击率和注意力，新奇有趣无疑比深刻的思想招人喜欢。在新媒体文坛上叱咤风云的新文类作家都自称为"写手"，他们不以知识分子自居，也自然不愿意承担知识分子的启蒙责任和批判功能。他们的"写"只为两个目的：for fun or for money，要么为了找乐要么为了赚钱，殚精竭虑的写作不适合文坛的新生态环境，所以被自然地拒绝于新媒体的文坛之外。同时，新媒体为写作提供了最大限度的自由，它具有前所未有的互动性，每个人都可以自由地发布自己的作品，也可以对别人的作品进行随心所欲的改写和评论，潜藏在许多人心里的"作家梦"得到了实现的机会——或者至少是满足一下写作并发表出来的欲望。新媒体时代的写作成为一种人人可以参与的娱乐活动，点击率就成为写手们取得自我肯定、获得成就感的主要指标，这样，新媒体顺利地完成了对作家角色的祛魅[①]，进而实现了对文学的祛魅。

新媒体时代读者的功能和角色定位也出现了巨大的变化，并且进一步影响到了传统文学的真实观和权威感。纸媒基础上建立的文学观念是恒定的，人们对于印刷出来的文字都有着天然的信任和崇拜感，即使在电子媒体出现以后，大量的文学文本被改编为广播、电视、电影的脚本，但"忠实原著"在相当长的时间内仍然是评价改编成功与否的重要标准。人们对"原文"的信任代表了大众的传统文学观，即文学作品一旦写成就是一个相对稳定的客观存在，一切对文学的改写都是在"原文"基础上进行的加工，而"原文"的恒定状态则象征着权威、真实、不可复制。相应地，传统文类的接受过程也基本上是单向的，即由作者指向读者，在这个接受过程中，读者欣赏作品是一个单纯的被动接受流程，即使对作品有别样的解读方式、对作者的写法有异议或不同看法都不会对文本的客观存在产生任何影响。当然，读者可以通过各种方式与作者进行交

[①] 祛魅（disenchantment）一词源于马克斯·韦伯所说的"世界的祛魅"（the disenchantment of the world），指对世界的一体化宗教性统治与解释的解体，它发生在西方国家从宗教社会向世俗社会的现代化转型中。这里指的是对文学整体性意义和崇高性的消解。

流，交流的意见可能会反映在作家对作品的修订中，但是这种修改仍然是建立在作家的主观选择上的，也就是说，作家对自己作品的面貌有着完全的主宰和控制权。而新媒体出现之后带来的全新传播方式无形中消解了"原文"的概念。在互联网和手机短信平台上，原作者的概念是难以认定的，一篇文章写出来，发布到新媒体平台上，很快就会被转贴、删节、节选、引用、改写、评论，而加工过的文章又会在下一轮的传播中被裁剪、拼贴……直至面目全非。因此，在新媒体中传播与改写是同步的，作者和读者的界限消失了，"原文"的概念也不复存在。任何作品一旦发表就同时进入了传播领域，在传播中，每一个读者都有自由对它进行重新加工，读者在新媒体时代获得了前所未有的主动权，他们与作品的关系不再是单纯的接受与被接受的关系，只要兴趣所至，读者与作者的身份转换没有任何障碍。由此，与作者身份相关的文学的神秘感与权威感也随之消解，新媒体对文学的祛魅也自然而然地带来了对经典的祛魅，新媒体环境中的文学作品不再像纸媒时代那样与"经典"联系起来，"读者以自己的词语层序代替了作者的词语层序。作者与读者之间的区分因电子书写而崩溃坍塌，一种新的文本形式因此出现，它有可能对作品的典律性（canonicity）甚至对学科的边界提出挑战"[①]。

第二节　消费文化及其对文学观念的影响

波德里亚在《消费社会》一书的开篇写道："今天，在我们周围，存在着一种由不断增长的物、服务和物质财富所构成的惊人的消费和丰富现象，它构成了人类自然环境中的一种根本变化。恰当地说，富裕的人们不再像过去那样受到人的包围，而是受到物的包围。"[②] 消费社会正是这样一个被过剩的物质所包围、以大规模的消费为基本生活方式的社会。这个概念是与"生产社会"相对而言的，后者以商品稀缺为主要特征，

[①] [美]马克·波斯特：《第二媒介时代》，范静哗译，南京大学出版社2000年版，第86页。

[②] [法]波德里亚：《消费社会》，刘成富、全志钢译，南京大学出版社2000年版，第1页。

社会的主要目标是增加生产以满足社会需求；而消费社会的主要特征是生产能力相对于适度与节俭的传统生活方式而过剩，为了生产方式自身的生产与再生产，社会就要不断地刺激消费，使大规模消费成为社会的基本生活方式。

20世纪60年代，随着西方社会工业化进程的完成和现代社会的进一步发展，消费主义生活方式占据了西方发达国家的主流。这种改变不仅是社会经济结构和经济形式的转变，同时也是一种整体性的文化转变。消费主义文化（culture of consumerism）在改变人们衣食住行的同时深刻地影响到人们的价值观，改变着他们对于自身和世界的认识。在消费主义文化中，人们消费的目的不再是满足实际的需要，而是满足不断被刺激出来的欲望；人们所消费的也不再是商品的使用价值，而是它们所承载的符号意义。"人们购买商品也越来越忽视使用功能，而更注重商品对于身份、地位和声望的象征意义。也就是说，现代社会少部分人群中出现的夸饰性、炫耀性、奢侈性的消费，在后现代社会中已成为人们越来越普遍的消费需求和行为。在这里，消费已不仅是一种单纯的经济行为，更是一种社会行为和文化形态。"[①]

通信和传媒技术的革命在消费文化的发展过程中起到了推波助澜的作用，特别是新媒体出现以后，消费文化作为当下西方文化中占支配地位的文化再生产模式伴随全球化的浪潮迅速地扩张到世界各地，把越来越多的人卷入它的生活方式和价值观念中。20世纪90年代以来，随着市场经济体制的建立健全、商品生产的日益丰富和新媒体在我国的迅速发展，我国都市社会具有了明显的消费文化特征。在新旧媒体共同制造出来的消费"需求"（needs）驱使下，"消费"成为都市人群自我表达的主要形式和意义来源，对符号意义的消费过程在不知不觉之中建构了新型的社会关系与社会生活方式。在日益强大的消费文化语境中，文学不再是高居神坛之上的具有启蒙意义的精神建构，它同电影、电视、流行歌曲一样，成为文化消费的一个组成部分。文学作为一种文化资源，被纳入符号价值的生产体系，从而以文化产品的形式进入商品流通领域。

另外，在消费社会中，文化产品的生产和传播者必须考虑到消费者

[①] 管宁、魏然：《后现代消费文化及其对文学的影响》，《文艺理论研究》2005年第5期。

的口味，这样才能使制造出来的文化产品获得市场的认可。新文类面对的接受市场与传统文类的截然不同，这个数量庞大的群体主要是由都市青少年构成的，他们一般出生在改革开放以后，与我国的市场经济一同成长，他们熟练地掌握新媒体的使用技巧，网络和手机成为日常生活中须臾不可缺少的组成部分，消费文化理念融入他们的血液。可以说，从价值观念到审美品位，这个人群是最与国际接轨的一代，当这个群体逐渐成为消费市场的主流和社会的中坚力量之后，他们的价值观也将逐渐取代传统价值，成为社会的主流。

　　这一改变对文学的价值观念和审美倾向都产生了巨大的影响。首先，在价值观念上，消费主义文化使文学从主流意识形态所构建的宏大叙事中抽身，却转向了另一个极端，那就是对拟像世界的迷恋以及对现实生活的冷漠。"拟像"（simulacrum）是波德里亚分析后现代社会、生活和文化的一个重要术语，用以指称在消费社会和大众传播媒介的共谋下被大量复制、极度真实而又没有客观本源、没有任何所指的图像符号。拟像以现代电子技术为基础，完全不同于语言、绘画和音响等自然符号系统，它不仅以极度逼真的视听方式彻底置换现实事物，而且还以自由想象、海量复制和远距离传播的方式创造出现实生活中根本不存在的真实，创造出一种比真实更加真实的"超真实"（hyperreality）。这样一来就从根本上颠覆了人们长期以来形成的"真实"观念，使后现代文化整体上处于一种虚拟现实和"仿真"逻辑之中。在消费文化语境中，文学参与了对拟像世界的建构，这一点在新文类中得到了尤其集中的表现，新文类通过铺天盖地的海量文本包围了与新媒体密切接触的都市人群，并且在新媒体的技术条件支持和其他大众传媒的着力渲染下将自己定位为个性、自由、时尚的文本类型，相比较高高在上满纸沉重的传统文类更能满足都市人群的阅读需求。同时，对新文类的消费被认定为时尚个性的体现，比如拥有自己的博客空间、微博或微信个人订阅号，用手机看小说等平常的消费行为在大众传媒的宣传中被同抽象的社会属性认定联系起来，被赋予了一些象征意味，如主体的社会地位（新人类或白领）、审美品位（时尚新潮）、收入水平（有钱有闲）以及知识水平（受过良好教育，有使用新媒体的能力），共同形成对主体的自我价值认同的虚假表征。新文类的消费行为给消费主体以特定的自我心理暗示，他们在消费文学的同时消费着象征的自信和优越感。

　　消费文化对文学价值观更深层的影响在于：新文类在构建休闲时尚、畸形繁荣的文化空间的同时规避了社会的深层苦难和矛盾，它在用享乐主义的佻挞态度解构一切时，所营造出的拟像世界恰好投合了主流意识形态需要稳定、淡化矛盾的需求，因而在国家意志的默许甚至纵容下飞速地发展起来。人们为消费文化制造出来的欲望而痛苦，为欲望的满足而快乐，沉浸在自我的世界中，一切与自身没有直接关系的命题都被悬置起来，因此，消费社会中人们对"拟像"世界的迷恋从另一个方面来看正是对现实世界中出现的种种问题的逃避，这实质上正体现了一种犬儒主义（cynicism）的价值观。在已然出现的新文类文本中，我们可以看到这种价值观的蔓延迹象：新文类将自己定位于都市消费文化，无论是各种类型小说还是博客、微博写作中都大量地充溢着对欲望的毫不掩饰的赞美和渴望、对自我毫无批判的专注和迷恋，以及对社会伦理道德的漠视和嘲弄；与此同时，传统文学中作家对终极价值的追问，对生存境遇的忧患，对现实苦难的悲悯都被归结为主流意识形态孕育的"伪崇高"而被摈弃于新文类的价值诉求之外，消费主义文化引导人们超越被意识形态"污染"的沉重现实，转向娱乐至上、欲望至上的无意义的"真实"。

　　消费文化同样也深刻地影响到文学的审美倾向，消费社会为多种审美趣味提供了宽松的生存空间。消费文学的生产要考虑到接受群体的喜好和接受能力，单一的价值理念和美学范式已经不能适应这个口味多变的市场，因此文学的审美呈现出前所未有的多样化形态。在消费社会里，新文类的主要消费群体集中在都市青少年这个人群，他们正处于好奇心旺盛、追求新奇刺激的年龄阶段，伴随着市场化进程成长起来的人生经历使他们对于冷酷的生存法则了然于心，并且在内心里认同甚至崇拜创造财富神话的成功人士。消费文化不遗余力地为成功人士打造迷人的光环，使他们成为个人奋斗式的、拥有非凡毅力和天赋的"青年偶像"，同时承担了普通人对于未来的想象和自我激励的目标，已经成为一种流行的文化符号。"从它（指'成功人士'形象，作者注）背后，我分明看到了一系列政治和商业权力的或直接或隐蔽的运作，在很大程度上，它正是这些运作的产物。更重要的是，在当代中国人的精神生活中，它所起的主要的作用，似乎就是把复杂的现实单一化，它放大现实的某一方面，却又将另一些方面遮盖起来。"① 他们在满足普通人的成功梦想的同时，将这样一种人生观传递给受众，那就是要想获得成功就必须认同弱肉强食的丛林生存法则，专注于目的的达成而不必在意采取何种手段。这种人生观使新文类中的许多作品呈现出资本经济原始积累阶段特有的非现代性审美倾向，比如说"酷"这样一种广为都市青少年追逐的审美风格中就包含了很大程度的冷漠、自私和不择手段。这种审美特征在玄幻、悬疑和穿越小说中都有体现，在内容驳杂的手机段子和博客、微博写作中更是遍地开花。就拿玄幻作品来看，很多小说都表现了"一将功成万骨枯"的内容，为了主人公的成功，众多的配角不惜牺牲并死得心甘情愿；而许多同人小说以人物情感为重点，形成一种在"人性"的名义下否认是非善恶，热衷于为反面人物翻案的文本模式。当整个消费文化的主流都把这种相对主义哲学视为合理并予以大力渲染时，文学最珍贵的对人性的悲悯便荡然无存。我们可以看到，在新文类的作品中难以寻觅到温情、爱慕和谦卑，取而代之的是戏谑、惨烈和狂热，是对传统伦理和道德底线的挑战。

此外，消费文化中欲望被感官化、合法化，"身体"成为新文类重要的文学资源。消费社会的产生建立在大众媒体对欲望的制造和欲望满足的循环之中，因此，消费文化表现出对欲望的无限制肯定，并且通过各种媒体反复强调其合法性。以往文学对欲望的表现总是与某种理性诉求相联系，体现为一种理想、愿望和追求，如道德追求、人生理想、与命运抗争等，在审美品格上则更多地表现对宏大叙事、人物形象、理性蕴含的追求。而权势、金钱、性等原始欲望对人性的扭曲也是传统文学中最常见的严肃主题，在这里人的原始欲望是万恶之源，需要受到理性的规约和压抑。在消费文化语境下，欲望脱下了崇高人文外衣，理直气壮地成为文学顶礼膜拜的对象：新文类中充斥着各种形式的对欲望和身体的或艳羡或炫耀的书写，玄幻作品中金钱、权势、美女的白日梦模式、后宫穿越小说中对阴谋、算计和权力争夺的热衷、悬疑及同人小说里对人物罪恶欲望的细致刻画……如同费瑟斯通在《消费文化与后现代主

---

① 王晓明：《半张脸的神话》，南方日报出版社 2000 年版，第 16 页。

义》里所说:"狂欢中的荒诞不经的身体是不纯洁的低级身体,比例失调、即时行乐、感官洞开,是物质的身体"①,当身体反过来成为精神的主宰之后,它的革命性意义就荡然无存,成为一种公开展览、招徕顾客的商品。消费文化用商业性代替了文学的批判性,对人性的认同多过反思,纵容人的欲望的无节制膨胀,因为这欲望正是消费文化生长的土壤。

当然,消费文化也为新文类带来了全新的审美风格和艺术表现手法,它的审美趣味丰富多变,风格多样杂陈,其中闪烁着机智锋芒的反讽、戏拟手法的广泛运用使新文类显示出活泼流动的生机。新文类同时发掘出一些亚文化因素并且将之推向流行,使人们能够接触到更多不为我们熟悉却也体系谨严、源远流长的文化现象,比如西方的奇幻小说、民间的"鬼故事"、日本的动漫产业和长期被社会主流所误解和避讳的同性恋亚文化,这些都为建构具有多样性的当代文化体系增添了重要的内容。

自20世纪90年代初期以来,我国的文学体系不得不面对消费文化的强力冲击,纯文学或者放弃市场坚持对艺术性的探索,躲入象牙塔成为专供文学研究者们欣赏和解剖的对象,或者半遮半掩地与消费文化妥协,加入商业化写作的市场运作,消费主义在某种意义上的确改变了我国的文化生存环境,并且从各个方面对文学的传统存在方式提出了挑战。但是正如上文提到的,消费文化也为文学带来了新的感觉方式、生活资源、价值取向以及新的市场传播和接受形式,这些变化都集中地在新文类身上得到体现。因此,深入地分析新文类语境的具体状况,探讨它的构成方式、运作细节和积极意义比起空洞地批判媒体霸权和消费文化来,应当更有助于我们对当前文学发展状况的把握。我深信,任何媒体霸权和消费文化都永远无法销蚀真正的文学精神,它根植于人类智慧和人性深处,汲取一切有利于自己的养料,在文明的传承中生长了几千年并且将一直枝繁叶茂地生长下去。

---

① [英]迈克·费瑟斯通:《消费文化与后现代主义》,刘精明译,译林出版社2000年版,第115页。

第三节　多方博弈的文学场

在任何时代，科学技术和意识形态的变革总会给文学带来相应的改变，新文类就是伴随着新媒体技术与消费文化的出现和发展而诞生的。消费文化使文学的生产和传播由"大众化"转向了"分众化"，文学生产者依据消费群体的需求和喜好有针对性地对文化产品进行运作。同时，新媒体深刻地改变了文学的生产与传播方式，网络具有近乎无限的巨大虚拟空间，容纳了多样的、持续更新的信息，足以满足具有各种审美倾向的人群的不同阅读需求，而人们也可以通过搜索引擎很方便地搜索到自己感兴趣的内容。新文类独特的生产过程也将它与传统文类明显地区别开来。这些都将在后面的章节中得到详细的阐述。总之，消费文化同新媒体一道为新文类营造了全新的生存环境，创造了一个独立于传统文坛之外的另一个文坛，或者借用布迪厄的术语，创造了新的"文学场"，使新文类在这个全新的语境里得以恣意生长。

根据布迪厄的场域理论，所谓"场"（field），就是一个由拥有不同权力或资本的团体或个体，按照他们占据的不同位置之间的客观关系构成的"一个网络"或"一个构造"。对这些权力或资本的占有也就意味着对这个场的"特殊利润"的控制。而"文学场"则是一个遵循文学自身的运行和变化规律的空间，组成其内部结构的成分包括文学生产机构（由文学杂志、出版社等组成）、文学价值认定机构（由批评者、文学评奖委员会、学院、沙龙、文学史写作者等组成）、文学的直接生产者（作家）。这些团体和个人为了取得自身的合法性，为了控制这个"场"的"特殊利润"处于不断的斗争之中。[1]

随着新媒体技术在人们日常生活中的迅速普及和消费文化在都市话语空间中逐渐占据主导地位，与之相适应的新文类也作为都市青少年人群主要的阅读消费形式占据了文学接受的极大份额，这一点可以从近年来各种新文类的火爆程度看出来。然而我们也发现这样一个有趣的现象：

---

[1] 参见［法］皮埃尔·布迪厄《艺术的法则——文学场的生成和结构》，刘晖译，中央编译出版社 2001 年版，第 262—270 页。

面对新文类的走红，传统文坛陷入了集体失语的尴尬境地，既有的文学话语似乎无法解释这些看似直白简单的文字为何能吸引众多读者，传统的文学批评除了将之斥为机械复制时代的赝品之外，也难以判断这些文字的价值何在。另外，新文类也不再像之前的一些流行文学那样主动地去寻求主流文坛的认可。比如像某些号称远离文坛的"80后"作家仍然积极地加入与传统文坛的对话，更有莫言、马原、曹文轩等成名作家、评论家对"80后"写作的提携和评点；而新文类根本不去谋求所谓专家的认可和文坛的接受，甚至有很多著名的新文类作品连作者是谁都不清楚，"作者"的概念在新媒体上早已弱化为一个符号，然而这并不妨碍它们的走红。

新文类拥有自己的作者、读者和批评者，拥有独立的价值认定体系，可以说，新文类构造了自己的文学场。在这个场域中，文学生产机构主要由网络运营商及其所控制的互联网文学板块和手机平台承担，当然也有相当的部分由传统出版商体现，作者、读者和网络运营商之间利益的博弈或合作的过程构成了新文类的生产方式；文学的直接生产者和消费者身份几乎重合，主要由都市青少年人群构成，文学的价值认定权也由这个人群掌握，他们通过网络点击率和网络批评来表达他们对具体文本的态度。

新文类的生产具有多方合作的性质，是作者、读者和网络运营商（ISP）博弈的结果。后两者在创作中起到的作用有时甚至大到改变作者主观创作意图的地步，这一点在强调作者创作的独立性和主体意识的传统文学创作观中是不能被接受的，然而在新媒体这个平台上却成为文学的潜规则。新媒体时代是注意力经济的时代，点击率就是经济效益。网络运营商为了保证网站的正常运营和盈利就要千方百计提高点击率以吸引广告投资，他们敏锐地捕捉读者的趣味和需求，根据这些来决定自己网站或手机平台上作品的题材和写法，根据读者的反应来调整作品在新媒体平台上的位置：是首页还是链接，是重点推介还是让它自生自灭或者用更有吸引力的作品代替它……写手们为了获得更高的稿酬也要谋求点击率，希望自己的作品能吸引更多读者，于是读者，这个提供点击动作的对象就成为网络运营商和写手关注的焦点。读者的趣味和选择成为新媒体世界不证自明的真理，点击率成为写手孜孜以求的最高理想，新文类的写作者在网络运营商和读者点击率的双重影响下渐渐失去自己的锋芒和风格，汇入千人一面的话语洪流当中。本质上讲，新媒体一方面为创作个性的展示提供了最大的自由，另一方面却又在话语强权的巨大同化力中销蚀了真正的创作个性。

　　新文类的发表渠道也与传统文类有很大不同。纸媒传播时代的文学生产机构通过直接控制印刷品的物质形态来达到对思想的控制，基于纸媒的传统文类要取得"发表"的资格，进入大众传播领域不是一件容易的事，要经过媒体把关人的审查和筛选。传统的媒体把关人由编辑担当，他们在履行职能时首先要考虑主流意识形态给定的界限，并结合自己的价值标准进行判断，还要充分考虑到传播的效果与压力，因为传统媒体的公信力来自尽可能多的公众的认可，因此获得趋同的舆论环境才是公信力的标志，是媒体追求的效果，也是媒体权威的象征。而在新媒体时代，把关人的角色和功能都发生了巨大的变化：从技术层面上来讲，新媒体打破了信息垄断的可能性，真正实现了无纸传播，各种新文类以电子文本的形式活跃在新媒体平台上，不再需要为了获得面世的机会而顾虑到文本内容对意识形态、道德伦理和受众的接受习惯的冲击；另外从受众方面看，读者通过新媒体接受作品的主动性和匿名性使得把关人权力难以实现。在这样的情况下，主流意识形态的控制和渗透能力受到很大限制，把关人功能也就被大大地弱化。但这绝对不是说新媒体的传播实现了完全的自由，在网络和手机平台上，受众获得怎样的内容很大程度上还是要受到网络运营商的影响，他们对作品的影响主要体现在他们实际上起着传统文学编辑的作用，对什么样的作品能够进入受众的视野进行"把关"。不同于传统把关人对于主流意识形态和文学审美倾向的关注，运营商们和网络编辑们在把关时遵循的是商业利益至上的规则，他们着眼于"点击率"，目的是获得最大的利润。他们的"把关"行为主要体现在对卖点的发掘和制造上：一是在海量的文字中进行筛选，发掘出可能引起受众兴趣的内容，并且对于他们认为具有盈利潜力的"卖点"进行包装和炒作；二是他们还要对读者群体的审美趣味和阅读期待有所把握，灵敏地捕捉到受众的关注点，不断策划出新的"卖点"以满足受众的好奇心和猎奇欲望。比如在玄幻文学的庞大写作圈中，网络运营商根据点击率的高低给写手支付稿酬，对于那些拥有较高点击率的写手他们就与之签约，作为签约作家、驻站作家以保证网站拥有充足的稿源和旺盛的人气，对于更受读者欢迎的写手就给予 VIP 待遇，在稿酬和宣传力度上重点倾斜，与写手实现"双赢"，互相提供出名和获利的机会。

在"把关"的过程中，网络运营商一方面为了获得更多的关注和点击率需要顺应受众的心理，另一方面通过商业策划、宣传和炒作塑造了自己的受众群体，这个塑造的过程常常被我们忽略。媒体对同类信息的反复灌输会对受众的审美品位和知识结构起到潜移默化的作用，比如从 2005 年开始红遍全国的"博客"现象就是一次成功的商业炒作，仅仅不到两年，中国就有 2080 万人加入了博客的行列，成为"有博一族"，"你开博客没有"也随之变成了当时出现频率颇高的问候语。但是冷静地估量一下，究竟有多大比例的博客真正有写作的需求呢？又究竟有多少博客在最初的新鲜过后就被主人遗忘，进入"沉睡"状态呢？根据中国互联网络信息中心发布的《2006 年中国博客调查报告》显示：距博客走红仅仅一年之后，在近 3400 万的博客空间总量中就有超过 70% 的博客空间平均一个月更新不到一次，继而成为名副其实的"睡眠博客"。这样看来，恐怕绝大多数人申请博客空间都是在媒体鼓噪下的赶时髦行为，并不是出于真正的需要。媒体营造了虚假的需求，大众受到媒体话语的催眠，获得这些需求的满足同时实际上是配合媒体完成了一次成功的话语圈套。这是一个典型的例子，网络运营商们通过自己掌控的新媒体平台实际上塑造了自己的目标受众，他们对文学消费起到了推波助澜的作用。

新文类的创作主体和接受对象主要是都市青少年人群（见图二）。当社会进入多元文化并存的阶段，每个特定的人群都在为自己寻找文学上的代言人，以承载他们的文化追求和价值理念，展现他们对世界的经验和想象，都市青少年人群的思想倾向和审美体验就集中地表现在新文类的创作当中。这一代人亲历了消费文化在中国从出现到兴盛的整个时期，他们的集体记忆中没有 20 世纪 50 年代人那种沉重的历史苦难积淀，体会不到 60 年代革命理想的澎湃激情，更难以理解 80 年代知识分子充满启蒙理想的救世豪情，伴随他们的是销蚀一切的最强大的消费文化的浸染，他们面对的是中国社会有史以来最激烈最残酷无情的市场竞争。在这一背景下成长起来的都市青少年主动地认同消费文化逻辑，认同弱肉强食、优胜劣汰的丛林法则,崇尚个人奋斗的财富人生。具体表现在新文类创作当中,从现实自我、想象性自我一直到虚拟的自我,从社会空间、私人空间一直到想象性的寓言空间和虚拟空间,都体现了都市青少年群体对于消费社会的感受和想象。

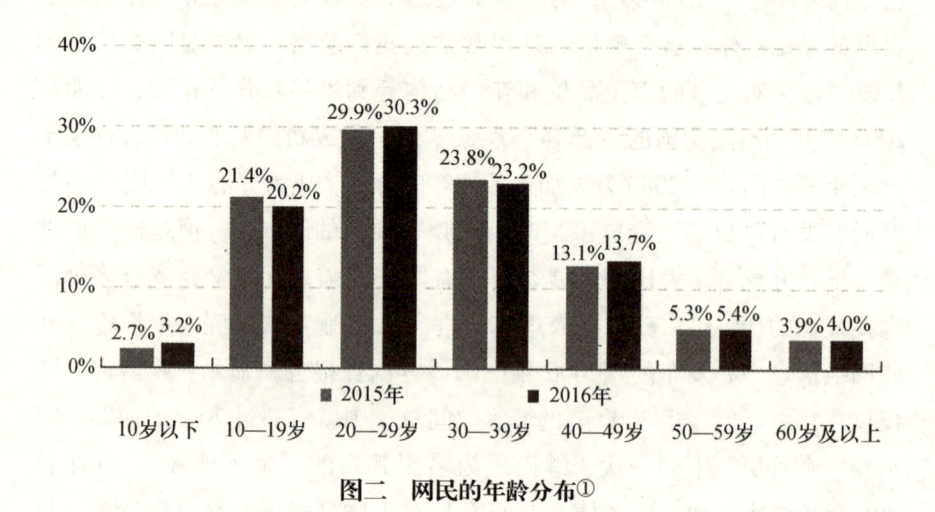

图二　网民的年龄分布①

年龄段	2015年	2016年
10岁以下	2.7%	3.2%
10—19岁	21.4%	20.2%
20—29岁	29.9%	30.3%
30—39岁	23.8%	23.2%
40—49岁	13.1%	13.7%
50—59岁	5.3%	5.4%
60岁及以上	3.9%	4.0%

同一切青春期的人群一样,这一群体呈现出"青春亚文化"的主要特征,即在社会心理方面表现出对自我和对社会的高度关心、对异性兴趣的增强和对父母的反抗性,同时在心理上缺乏安定感,容易神经过敏和处于紧张状态,他们常常发展出自己的文化来对抗成年人的主流文化,以取得某种安定感。"抵抗"是青少年群体对待主流文化的态度,他们以反叛的态度拒绝主流文化对他们的教化和改造,试图以独立的姿态宣告追求自由个性的决心。但吊诡的是,这种反叛越激烈,越能受到广大同龄人的欢迎从而成为他们的精神偶像,而在消费社会中,无论这种反叛是表现在文学、艺术还是行为上,都会被嗅觉灵敏的商业机制利用,制造成畅销的文化产品销售给崇尚反叛的青少年群体。也就是说,对主流的反叛常常导致自己变成主流,对商业的反叛往往被卷进商业化的旋涡。

新媒体为每一个有条件上网的人提供了言说的自由,只要你愿意随

---

① 参见第39次《中国互联网络发展状况统计报告》。

时可以将自己的言论发布在自己的博客、微博或者微信中，网络类型写作的零门槛准入使得"写手"这一角色人人可以扮演，新媒体就这样轻松地为作家形象完成了"祛魅"的过程。都市青少年人群普遍受到良好的文化教育，同时对新媒体的性能烂熟于心，每个人既是新文类的直接生产者，又是新文类的消费者，这种角色的变化构成了新文类相当宽松的存在语境。在新文类的生产过程中，"写手"亦即新文类的直接生产者通常由非专业的文学爱好者担当，他们的写作行为有相当一部分是为了获得的快感，享受被关注的乐趣，当然也有很多人写作是纯粹出于经济利益的考虑，毕竟互联网和短信为他们提供了离金钱最近的写作路径，对文学艺术本身的探讨和创新不再是他们关注的内容。在这样的普遍创作心态下，新文类一方面具有传统文类不可比拟的生机和活力：新的文本形式、话语风格、审美意象层出不穷，实现了叙事的种种可能；另一方面，为了获得经济效益，实现文化资本的最大化，新文类的创作不得不迎合市场需求、接受消费文化的同化，从而牺牲掉创作中文学性较强的新锐、深刻因素，无论在观念上还是技巧上都整体趋向于平庸。

新文类的价值认定体系是通过读者对文本的点击率和读者在网络上的即时批评来实现的，读者在新文类的文学场中占据了一个重要的位置，同传统媒体时代处于被动接受地位的读者身份相比有着很大的不同。在传统的文坛当中，文学价值的认定是建立文坛等级秩序的头等大事，这个过程通常是由各种级别的官方或民间文学评奖、文学研究机构的学术研究、文学史的记载来体现的。另外，传统文坛的价值认定体系基本上是由专家主持的，这个群体包括代表国家意识形态的各级文联、作协，学院文学研究者，文学评论家和资深的作家等。他们根据国家意识形态给定的界限，根据大多数专家认可的审美规范来评价文学文本，对于那些符合审美规范的文本授予各种奖项（如茅盾文学奖、鲁迅文学奖、五个一工程奖等），进行专门的文学研究并且在编写文学史的时候把它们记载下来（获得文学奖、进入文学史等行为由于有史可查标志着作品取得了专家的认可），至于那些不符合审美规范的作品就经常遭受被"遗忘"的命运。一部作品如果文学史不记载，学者不研究，媒体不宣传，即使它本身再优秀也难以进入大众的视野，很快就会被人们忘记。传统的文学价值评定受到中华人民共和国成立之后以现实主义文学为正宗的文学观念，无论是评奖还是研究都更倾向于采用现实主义手法的作品，不论是"改革文学""新写实""现实主义冲击波"还是晚近的"底层写作"都是这种审美倾向的延续，其他风格的文学作品当然也有自己的发展空间，但始终没有占据文学格局的主流，在文学史上也是作为现实主义的补充而流传下来的。在这个过程中，读者的接受习惯也被塑造成为偏向于现实主义叙事方式的，其他风格的作品很难在读者群体中引起强烈的反响和共鸣。可以说，传统文坛的价值评定过程实质上是主流意识形态或权威对文学艺术的规训过程，读者的参与和艺术评判作用都被限制在比较狭小的范围之内，他们的审美口味也同文学作品一同被规训了。

从20世纪90年代开始，商品经济的发展和国家意识形态的松动促使文化格局日趋多元化，各种审美形态获得自由生长的空间。新媒体出现以后，文学获得了更大的自由空间，新文类的价值认定呈现出与以往完全不同的局面。在这个全新的文学场里，专家退场，点击率为王，呈现出一种新的权威逻辑。都市青少年群体作为这个文学场的接受者不需要任何专家和权威的指导，他们的点击率就是对文本最直观最公正的评价。这个评价体系与传统文坛的评价体系相比，更容易被消费文化利用，变成一场商业利益暗地运作的伪民主话语狂欢。权威和专家在新文类文学场中的失语状态表面上看把文学作品的价值认定权交给了读者，其实操控读者口味的仍然是代表了消费文化和经济逻辑的网络运营商，而他们关注的永远不可能是关乎形而上的文学本身的价值问题，他们所制造出来的读者口味以及读者代表的文学评价体系都注定了只能停留在浮躁喧嚣的消费文化层面上。

同时，专家退场的另一个直接后果是新文类评价标准缺乏艺术价值和审美品位上的提升，评判者本身的素质参差不齐，整体上说比较平庸，因此大部分的优秀作品都会因为接受者的鉴赏力问题而被忽略被遗忘，流行起来的恰恰是与评价者水平仿佛的平庸之作。"亲切好看"或"新奇刺激"都是新媒体上最流行的评价标准，可以为许多从艺术手法到思想内容都很粗糙的作品赢得莫名其妙的高人气。许多当红的玄幻小说都是点击率过千万的作品，而它们的内容万变不离其宗，都是生活在新媒体时代的男性青少年群体关于金钱、权势和美女的"白日梦"，因为表达出这个特定群体的特殊需求而声名大噪。如果客观地说，这些大部头的作品比起传统的武侠作品来无论在思想上还是艺术上都呈现出某种程度的倒退,盛名之下,其实难副。

网络平台上的即时评论是读者除点击率之外对新文类的另一种评价方式,这种方式延续了传统的"读者来信"模式,以留言的形式附着在作品后面,可以为写作者和读者提供直接交流的机会。这种形式固然为读者提供了自由表达意见的平台,问题在于在信息随时更新倒序排列的互联网上,即时评论往往还没来得及进入作者的视野就被新的留言挤出了首页,而在网络上,很少有人有耐心去点击翻页的留言,这样一些有价值的评论就很容易被淹没在海量的垃圾信息当中。此外,大多数即时评论都只是表达读者阅读之后的心情,缺乏理性的沉淀,能够切中肯綮地指出作品缺点的评论非常少见,更不用说鞭辟入里条理清晰的专门批评了。一般而言,点击率较高的作品其留言也相应地呈现出杂乱无章的状态,写手本人想要从充斥着无用信息的评论中获得有价值的内容是非常艰难的事情。新文类的价值认定体系在专家缺席和批评缺席的情况下进入自娱自乐的状态,成为都市青少年恣意狂欢的KTV包房,直接影响到新文类文本整体的文学价值和审美品位。

当新媒体发展刚刚展露雏形的时候,美国学者威廉·米切尔在他的《伊托邦——数字时代的城市生活》中为我们描绘了一幅未来城市的社会景观。他创造了一个名词:"伊托邦"(E-topia)。这个名词特指提供电子服务和全球互联的当代生活和未来城市,用"一个不分时间、无论地点的全球化互联世界"取代了由地点和时间来维系大众的传统社会结构,这场以万维网为标志的由异类数字精英引领的革命,其意义并不小于以往任何一次科技和社会革命。[1] 这无疑会带来一种新的全球共存的方式,也会引发我们对传媒与文艺研究空间的新思索。短短几年之间,我们所处的E时代渐渐显现出"伊托邦"的轮廓来。然而与米切尔教授描绘的"中性化的实体"不尽相同,数字虚拟世界并不是一片高科技的净土,它成为我们日常生活实实在在的一个组成部分,消费主义逻辑主宰着新媒体的意识形态,新文类的生产传播过程整个地表现出商业化的特征。不

---

[1] 参见[美]威廉·J.米切尔《伊托邦——数字时代的城市生活》,吴启迪等译,上海科技教育出版社2001年版,第11页。

仅如此，消费主义逻辑还深刻地渗透到新文类表现的内容和采用的艺术技巧当中，使新文类呈现出娱乐化的倾向。

在这场新文类的狂欢中，新媒体技术和消费文化扮演了怎样的角色，起了怎样的作用呢？它们共同消除了文学和文学活动的精英化地位，为"文学"完成了"祛魅"（这里的文学指的是传统意义上的纯文学和文学经典）：新媒体技术打破了文学话语资源和参与手段的垄断，消费文化撤销了经典的光环，将新的审美趣味引入大众生活。在它们的共同作用下，写手、网络运营商和读者构成了新文类生存的文学场，在新文类的生产过程中相互依存又相互塑造，并且进一步地影响到新文类的话语资源和言说方式，从根本上改变着新文类的面貌。可以说，这种改变从实质上讲是由新媒体技术与消费主义共同造成的。面对花花绿绿的文化商品市场，我们也不必为新文类的前途忧心忡忡，这样的语境固然容易使消费化的文化商品如同繁花异草般疯狂地生长，仿佛覆盖了我们的整个精神花园，但是在我们目光所不及的地方，一定有更多的着意于文学艺术本身的作品在酝酿和生长。新的语境为文学注入了新的活力，为有心探索的人提供了新的可能性。整体来说，对于文学本身，再剧烈的动荡、再严峻的挑战比起死气沉沉、生机全无的尴尬僵局来毕竟要好得多。

第二章

新文类的创作、传播与接受

　　文学的创作和传播方式的变革往往昭示着一个时代文学的本质变化，Web 2.0 技术的广泛应用为新文类的诞生和发展提供了技术保障，也大大地改变了文学的创作与传播形态。首先，在创作上，各个新文类都呈现出全民写作、大众参与的热潮，在新媒体世界里，"作家"的崇高地位被更讲求实际的"写手"身份所代替，为了获取写作和发表的乐趣，为了展示自我、进行交流或者为了获取经济利益都成为社会各个阶层的个体纷纷投入新文类写作的动机。全民写作催生出许多生动活泼的文学形态，满足了人们互相交流的需求，也成就了一些专业"写手"的致富梦想。在传播上，社会的进一步发展使社会阶层日益多元化，人们的个性意识增强，他们需要通过传媒技术的改进来达到对信息的个性化配置，"分众传播"这一革命性的传播方式应运而生。新文类在传播过程中按照人群的需求将信息进行细分，针对不同人群提供不同的信息内容，为信息的交流和传播提供了宽松自由的媒体界面，在这个界面上用户可以轻松地获取自己需要的信息，并且与人进行有效的互动式交流。在新文类的创作和传播过程中，商业化的运作贯穿始终，新媒体为文化经济带来了新的增长点，而新文类的商业化运作作为新媒体经济的重要文化实践自然广受关注，它不仅可能为新文类写作者带来更丰厚的市场收益，而且在本质上塑造着新文类的文体特质，影响到新文类创作的内容和写作技巧，在增添文学的影响力和活力的同时也带来了一些问题，值得研究者深入思考。

第一节　全民写作与互动创作

相对于纸媒时代作家的精英化和写作的专业化，新文类的创作被称为"全民写作"应该不算夸张，这个说法借用了媒体对博客写作的评价："博客开启了全民写作时代"①，主要有两重含义：一是说新文类的写作门槛降低，人人都可以在新媒体构造的话语空间进行写作；二是说新文类的写作呈现出某种"未完成性"，作者与读者之间的界限消失了，读者也可以加入对文本的写作当中来，"作者不再是个人，而是一个群体，一个复数"②，在某些情形下呈现为"互动写作"。这两种情形交叉出现在各个新文类的生产过程当中。

当我们返观当下流行的各种新文类写作时，不难发现不仅博客、微博，其实包括手机文学、玄幻小说、同人小说等具体文类的整个新文类的创作都呈现出了"零门槛"的状态。任何人，只要具备起码的终端设备（能上网的电脑或手机）都可以在新媒体时代自由地写作，而不再需要受到纸媒时代诸如身份认定、篇幅字数、出版印刷、发表渠道等条件的限制。博客、移动文学（手机段子、微博、微信朋友圈等）的创作与传播过程几乎是同步进行的，在交流互动中共同营造着文本，而这个文本是变动不居的。由精英写作到全民写作的变化，从根本上讲是文学观念的变化。新媒体在改变人们生活方式的同时，也改变了人们对于文学的认知，特别是对于伴随着新媒体成长起来的都市青少年而言，他们的文学观念同传统的文学观念有着巨大的差异，因而，作为新文类的主要消费者和创作者，他们的观念也影响到了新文类的生产与传播，造成了新文类迥异于传统文学写作的种种特质。

从客观条件来看，随着电脑软硬件技术的发展和互联网在世界范围内的普及，大容量的电脑硬盘和无远弗届的互联网架构不断地从神秘的实验室数据投入现实的大规模民用当中，特别是在都市社会中，家用电脑、宽带上网直至无线网络在10余年的时间里飞快地普及，进入了日常

---

① 刘轶：《博客：开启"全民写作"时代》，《社会观察》2006年第5期。
② 金元浦：《艺术：从独创性写作到创意产业》，《中国艺术报》2005年12月16日。

的百姓生活。4G网络的推广带动更多人上网，运营商大力推广"固网宽带+移动通信"模式的产品，通过互联网OTT业务和传统电信业务的组合优惠，吸引用户接入固定互联网和移动互联网。据CNNIC（中国互联网络信息中心）发布的《第35次中国互联网络发展状况统计报告》显示，截至2014年12月，我国网民规模达6.49亿，互联网普及率为47.9%，而在这6.49亿上网者当中，手机网民规模达5.57亿，较2013年增加5672万。网民中使用手机上网的人群占比由2013年的81.0%提升至85.8%。移动互联网无论是在网民规模上还是增速上都呈现出压倒PC端上网的态势。

在这样的技术条件下，无论是通过PC端还是通过移动终端上网的资费都在不断下调，同时上网的速度在不断提升，大大地降低了上网成本，为网上写作和阅读提供了非常好的硬件条件。在理论上无限大的互联网空间面前，纸媒时代的传播媒介（如报纸、书籍、杂志等）中最珍贵的"空间""篇幅"都已经不成问题。这样一来，媒体世界的发言权也就不能再作为珍稀资源和少数精英权贵享有的特权而受到重重严密限制，它的权威性和神秘性轰然倒塌，成为大众也可以消费和分享的寻常事物。在这样的媒体环境之下，人们的文学观念也发生了巨大的变化，而这种变化，正是伴随互联网的普及应用而逐步发生和扩大的。

在纸媒社会中，写作和发表曾经意味着对创作主体文学天赋与写作能力的肯定，因而"作家"这个头衔在传统文坛中还是很受人尊敬的。这种尊敬和肯定多少根源于媒体资源的短缺，在空间有限的纸质媒体上，稀少的话语权就如同一顶桂冠，取得话语权便是无形的加冕，不让作家公开发表作品意味着他们崇高社会地位的终结。另一个有趣的例子就是在20世纪八九十年代，朦胧诗在我国风靡一时，许多文学青年模仿朦胧诗人忧伤迷惘的文风，创作出风格高度一致的"跟风"之作。更有许多不务正业的青年以"诗人"自诩，到处招摇撞骗，一时间诗人辈出。原本在文学世界中最富有才气和浪漫气息的诗人，在人们的心里被漫画化为矫揉造作甚至虚伪卑劣的形象。我们可以在王朔的不少小说里看到对这类人物的刻薄嘲讽。由此，我们可以大致地得出这样的论断：某个特定身份的社会地位和获得这种身份的艰难程度是成正比的。倘若我们研究一下民众的心理，就不难看到，在早先的社会话语秩序中正是因为

"诗人""作家"的相对数量少，且占据了话语权，因此作为精英而居于大众之上，令大众产生敬畏。而当这种身份成为人人都可以得到的东西时，笼罩在它头上的神秘光环就瞬间消失了。对于失去神秘光环的"圣物"，人们最普遍的反应是加倍地鄙夷和亵渎，作为曾经万众景仰的"神圣事业"，脱冕后的文学在新媒体世界里的地位大体上也是如此。

在新媒体世界里，人们既然不再将文学奉为精神导引和人生指南，文学的创作也就不必被附加上传道、授业、解惑的重任，从而回归到了艺术起源的"游戏说"。在游戏冲动中获得心灵的自由，这也正是"全民写作"一个最主要的创作动机。

2004年开始突然走红的博客写作给网民的自由书写提供了最经济便捷的方式。博客空间的申请非常便利，而且通常是免费的。以新浪博客为例，只需要登录新浪博客首页（blog.sina.com.cn），点击进入"开通博客"页面，填写一个简单的表格，并且按照提示输入自己喜欢的博客日志名称就可以获取免费的博客空间。这个过程非常简单，只要具备最简单的上网技能就可以完成。进行写作只需要掌握电脑打字技巧，在经过多年的普及之后一般的电脑输入已经不再是专业技巧，而成为新媒体社会里主流人群，特别是都市青少年人群的必备常识。此外，博客写作还有着传统写作难以企及的优势：首先，在这个空间里的写作和发表都不需要经过任何审批，甚至比在BBS里"灌水"还要自由，没有任何"版主"或者"管理员"可以对你的帖子进行删除或修改，在自己的博客空间里，每个书写者都会获得前所未有的自由体验；此外，博客整合了各种多媒体资源，书写者可以在博客写作中加入图片、声音剪辑、视频短片、flash等形式，也可以借助绘图工具创作手绘博客、漫画博客，这种变化多端、充满乐趣的写作方式非常投合青少年群体追求新奇的心理。于是博客写作不单纯与写作有关，更成为一种时尚，同前面章节所提到的阅读短信小说一样变成了一种概念性的消费。所以，很多博客写作者并不是出于书写的需要来开通博客空间的，而是为了追求这种书写被附加的意义：时髦、有趣、小资……从这个意义上讲，博客带来的全民写作热潮有着很大程度的非理性成分。所以我们可以看到作为单个的博客个体，这种写作热情来得快去得也快。如前所述，这一点有确切的数字证明：据中国互联网络信息中心发布的《2006年中国博客调查报告》显示，截至 2006 年 8 月底，中国博客作者规模已达 1750 万，而且平均每个人开通了 1.5 个博客空间，在这接近 3400 万的博客空间总量中，有七成以上是平均每月更新不到一次的"睡眠博客"，而此时距离被称为"博客元年"的 2005 年只有不到一年时间。

即便如此，博客写作仍然不断地吸引着新用户的加入，我国博客的绝对数量也相应地维持在一个相当惊人的数值上，并且不断地增加。据中国互联网协会在 2007 年 1 月 10 日统计数字称，截至 2006 年底，我国的博客数量已经达到 2080 万，博客写作成为新媒体时代最富有活力的写作方式几成定论。"博客的价值源于万千人生，源于万千丰富多彩的个性，源于万千人群聚集以后的规模和互动，源于个人力量在网络间的总爆发。"[①] 随着这种新媒体方式的发展和普及，博客的创作主体也逐渐涵盖了社会的各个阶层、各种职业身份：在新浪网站上名人博客的名单里就包括演艺人士，如徐静蕾、李亚鹏、刘晓庆、侯耀华、各位"超级女声"等；体坛人士，如庄则栋、郭晶晶、王军霞、谢军等；传统作家（包括老、中、青三代），如余秋雨、叶永烈、郑渊洁、虹影、残雪、余华、方方等，还有不少"80 后"作者，如韩寒、郭敬明、春树等；学者，如陶东风、张颐武、李银河、薛涌、周国平等；商界人士，如潘石屹、王石、牛根生、任志强等。更多通过博客走红的"草根名博"也涵盖了各种职业，像在校学生"后舍男生""网络小胖"，公交售票员"公交妹妹"，插画师"胖兔子粥粥"，公务员"当年明月"等。除了这些以个人名义写作的博客之外，还有许多以团体名义开办的博客。有各种传统媒体的官方博客，如《知音》、《青年文摘》、《三联生活周刊》、中央电视台新闻频道的《新闻会客厅》、CCTV3 的《娱乐现场》、CCTV6 的《电影报道》《世界电影之旅》、北京电视台的《7 日 7 频道》；政府机构的博客，如河北省公安厅的《中国第一公安博客》等，当然，我们提到的这些博客，不管它们的作者是谁，能够进入我们的视野，登上博客网站的首页就标志着它拥有了相当的点击率，绝大多数的博客作者和写作都处于小范围交流或个人日记的状态。这种情况，在当下流行的微信公众号

---

① 顺风：《博客网的千万博客与徐静蕾的千万点击》，2017 年 6 月 17 日（http：//research. bokee. com/4539157. html）。

中得到了延续，可以说，微信公众号在相当程度上成为博客的升级版本，并且借助智能手机的普及和移动网络的全面覆盖融入都市人群的日常生活中。

由于创作主体几乎涵盖了所有的社会阶层，博客写作的内容就呈现出无所不包的多元性，涉及生活的方方面面，其中不乏大手笔，亦不乏小小雅趣和机巧的闪光点。比如许多学者在他们的博客空间中探讨学术问题，普及一些不为大众所了解的知识和观念。李银河对于"性虐""换偶""婚外情"等一系列与"性"相关的新锐观点通过博客传达出来之后，在大众中引起轩然大波，冲击到许多人的道德观念。人们通过在她的博客空间留言、提问，表达自己对问题的态度和见解，或者在自己的博客空间里写文章，与李银河展开辩论。在讨论激烈进行的那一段时间内，这些在我国传统文化看来非常敏感的话题成为许许多多博客的书写内容，不同身份的人对这些话题有着不同的立场和看法。学者薛涌就曾经通过博客同李银河展开对话（或者是争论），而李银河也针对各种争论作了学理性很强的回应。虽然最后这种对话还是被漫骂的洪流所淹没，但是她的观点给大众带来的震撼和冲击不能不说是巨大的。这种交流在我看来也是严肃和有益的，在当下游戏一切的语境中显得尤其珍贵。博客给各个阶层身份的人提供了平等对话的机会，给各种敏感话题提供了亮相的平台，这种效应是传统媒体难以企及的。

全民写作的博客还催生了许多生动活泼的写作形式。比如前面提到的历史博客《明朝那些事儿》，写作者"当年明月"完全是出于对历史的兴趣投入这部作品的创作当中，目的是写出一部"好看"的正史来。他从2006年5月24日开始，坚持以每天2000字的速度持续更新，几乎不间断地写作了788篇，最终结集出版时字数为861285字，不能不说是新媒体创造的奇迹。博客创造了宽松的写作环境，也给很多有着非凡艺术创意的写作者创造了表现的机会。手绘博客就是最近兴起的一种新的博客写作方式，作者用与电脑相连的手写板绘图，配上手写的文字，这种类似于随笔涂鸦的写法使创作的过程充满乐趣，阅读的过程也轻松惬意。在这些五花八门的博客写作中，我们可以看到各种各样的博客写手和博客内容，从中领略到不同的文字风格和生活状态，这应该是博客全民化给文学带来的一大贡献。这种开放式、自我化的写作方式和写作态度，在后来兴起的微博和微信朋友圈中以更为碎片化的方式得到了继承。

同人小说和悬疑小说也是写作参与度很高的两种新文类，写作者绝大多数是热爱日本动漫的初高中生和大学生，它们还拥有相似的"圈内交流"创作和传播模式，因此，我将它们放在一起进行讨论。同人小说这种文类主要诞生在痴迷于阅读或者观看某部动画、漫画作品或是影视、文学作品的人群中，都市青少年有较多的机会接触到境外的流行文化，这些针对青少年心理特点而制作出来的文化产品很好地投合了他们的价值观念和审美喜好，比如在日本动漫作品中的男女主人公往往被赋予俊美出众的外貌和突出的能力，同时又非常具有个性魅力；故事内容和情节冲突浓墨重彩，充满了生死、爱恨的艰难抉择或者轻松搞笑，营造出属于青春期男女的青涩爱情，这些内容对于涉世未深的青少年读者而言都是极具吸引力的，满足了他们对于真挚感情的渴望和对于美好爱情的憧憬。在阅读中很自然地就会产生"代入感"，投入很多感情，以至阅读结束后还觉得恋恋不舍，在这样的情绪中，很多青少年读者就会拿起笔来，为故事的角色重新安排命运。特别是在网络大大普及的新媒体时代，学生群体作为上网主力军已经形成了电脑写作和论坛"灌水"的习惯，他们在与志同道合者的交流中找到归属感和认同感，在互相认同中形成自己的独立人格。另外，网络媒体的搜索功能使得寻找志同道合者的过程不再像纸媒时代那么复杂，他们可以通过各种专门论坛或者大的论坛网站下的子栏目聚集在一起，发表自己的作品，评点其他人就同一原始作品创作的故事，"同人小说"就这样产生了，并且一直活跃在文学研究者的视线之外。

"同人小说"的创作专业性不强，作品多数水平较低，偶尔有精彩的作品比如《此间的少年》《悟空传》也如同凤毛麟角，大多数都是出于兴趣的"编故事"，写作者将精力主要放在情节发展和人物命运的构造上，对于文学技巧一般是不关心的，这一点同许多悬疑小说的写作是非常相似的。悬疑小说主要有两类，一类是校园鬼故事，在学生群体中非常风靡。它最初多半是来源于一些在学生间流传的恶作剧式的传说，而故事当中的恐怖因素也逃脱不了《午夜凶铃》《咒怨》《鬼娃娃花子》等日本恐怖电影的细节，比如说某某大学的某条林荫路有女鬼出没，宿舍楼的水房有幽灵等，都是学生为了吓唬同学而故意编造出来的，结果在反复的讲述中故事情节和结构越来越完善，变成了煞有介事的"灵异事件"。这个过程跟民间故事的形成原理是一样的，只不过网络的普及使得"口耳相传"的创作和流传过程变成了"网上交流"，其传播范围和速度都出现了巨大的飞跃，并且在传播过程中产生了不同的"版本"，造成了一种既有恶作剧的戏谑感又有身临其境的恐怖感的阅读感受，满足了追求新奇刺激的青少年群体的特殊心理诉求，因而快速地大范围地流行起来。这一类的作品主要在各个大学的学校论坛上出现，也有相当的部分被转贴到天涯社区的"莲蓬鬼话"论坛、新浪论坛的"玄异怪谈"板块、网易论坛的"恐怖角"等大型综合性论坛的相关板块上。悬疑小说的另一种类型的情节和思维模式来源于诸如《名侦探柯南》《金田一少年事件簿》这样的日本侦探推理漫画，这些漫画以缜密的推理和细节观察结构故事，整个推理过程既顺理成章又出人意表，具有很强的可读性。这一类作品这些年来随着互联网的普及和对境外动画的引进进入了我国的视听市场，并且很快推出了纸质出版物和电视卡通剧集，成为非常受欢迎的文化产品，吸引了大量的青少年观众和读者。但是这些作品数量毕竟有限，满足不了受众日益增长的阅读需求，于是很多青少年读者在意犹未尽的阅读之后开始尝试创作类似作品，并且把作品发布在互联网的相关论坛中，与同样爱好推理故事的网友进行交流。这些推理悬疑小说一般出现在智力游戏的论坛当中，如新浪的"智力推理"论坛、搜狐娱乐的"侦探推理"论坛等，应该说，这一类的写作也具有某些"同人小说"的性质。还有一类长篇的心理悬疑小说，如蔡骏创作的悬疑系列，这类作品需要比较深厚的文字功底和心理学、历史学、考古学乃至电子科学等知识，还要有严密的逻辑推理和悬念设置，不是每一个业余写作者都可以胜任的，因此从事这种写作的人数相对较少，我们在这里就略过不提。悬疑小说主要以日本恐怖文化和推理漫画为模仿对象，在接受过程中对人的心理承受能力和逻辑推理能力都提出了挑战，因此，阅读或观看这类作品能让受众收获一种在智力上或胆量上自我挑战和超越的成就感，或者在极度的惊恐中获得强烈的感官刺激，受到青少年受众的青睐。

同人小说和悬疑作品的"全民写作"现象主要集中在在校学生这个群体中，它们反映了流行文化对都市青少年价值观念和审美观念的塑造与影响；与此同时，这种写作方式成为青少年人群自觉选择的一种互相交流的新途径，区别于传统意义上的"写作"，带有了更多的互动性与游戏性。

以玄幻、悬疑、穿越为代表的网络类型小说和以手机段子、短信小说、微博为代表的移动文学是商业化程度比较高的新文类文本，相对于博客写作的游戏精神，它们所表现出来的"全民写作"状态的动机就现实得多了。"传统的精神生产如艺术生产是生产者（艺术家、文学家、设计家）单环节的生产，具有个体性的特征。如今，牵动生产过程有效运作的是市场、买卖、消费等经济体制，决定它盛衰更替的是收益、利润、营业额等经济指标，生产主体不再仅仅是个体的专业人员，而是链接了原创（甚至有许多集体创作）、改编、制作、营销（评论炒作、宣传广告等）等环节的多元生产主体集成"①。具体来说，手机段子和短信小说都是基于手机无线传播而出现的新文类，是手机服务商为了盈利而开发出来的增值服务。从21世纪初开始，短信逐渐进入人们的生活，甚至成为都市青少年一种必不可少的生活方式；并且随着短信业务的不断开发，受众市场对于短信功能的要求也渐渐地从单纯的信息传递发展到娱乐和情感交流。这种需求对于更新速度和数量的要求是比较高的，无论是段子还是小说都必须新鲜巧妙，没有人会对重复陈旧的内容感兴趣。大众对于短信的消费是一过性的，发送过之后就失去了价值，很少有手机段子或者短信小说成为百看不厌的经典，被消费者反复发送。面对这个胃口越来越大、口味越来越挑剔的需求市场，服务商初期投入的短信内容和数量显得捉襟见肘，于是他们将目光投向了广大的手机和网络用户，组织各种"手机文学""短信文学"大赛，在各个手机短信的网站上设立投稿的页面，以丰厚的奖品和稿酬吸引作品，然后挑选出优秀的作品放到网站上提供有偿下载，通过这种"群策群力"的途径来获得经济利益。一时间引起了众多媒体和大众的关注，短信写手"月薪过万"的媒体神话也纷纷在坊间流传，这种轻松惬意的赚钱方式吸引了许多人纷纷投入"短信写手"的创作队伍，制造出大量稀奇古怪、幽默诙谐的手机短信，一方面替网站解决了稿荒的问题，另一方面自己也轻松地获得了不菲的

---

① 施惟达、樊华：《论消费主义时代的精神生产》，《文学评论》2006年第3期。

报酬，"短信写手"在 2002 年被媒体评为十大新兴职业之一。当然，随着科技的发展，短信文学和手机段子很快销声匿迹，微博和微信公众号接替它们成为移动文学的主力军，并继承了它们商业化的运营方式。

玄幻、悬疑、穿越小说的创作情况与此类似，"商业化文化的本质是以娱乐为核心的消费文化。在商业资本的推动下，全民娱乐化已经成为一种社会现实，娱乐进而成为吸引眼球的重要前提。玄幻小说由于在内容上充满爱情、武侠、幻想等娱乐性因素，其本身很适合用来满足青少年日常消遣、娱乐的需求，这也是大量玄幻小说尽管在质量上良莠不齐，但作为类型文学始终受到青少年读者群欢迎的一个原因"①。2003 年前后，许多原创文学网站，比如起点中文网、幻剑书盟、天鹰文学网都相继采取了 VIP 付费阅读制。网站提供优厚的稿酬吸引优秀稿源以提高网站点击率，而读者要阅读一些优秀的玄幻新作就必须付费，VIP 制度的初衷是缓解原创文学网站日益紧张的资金压力，也是以收费的形式为优秀作者们解决一部分生计问题。付费制度使网站具备了自盈利的能力，也使作者的写作与收入直接挂钩，许多写手投身于玄幻写作，流水作业般地炮制文字，其实是为了实现"网上掘金"的致富梦想。当然，严峻的事实很快使大多数人的梦想破灭，但是仍然有高产的玄幻写手以每天 30000 字的速度飞快地生产文字，并且得到 5 位数的月收入。据统计，起点中文网在 2003 年 10 月施行 VIP 制度时当月支出的稿酬是 5000 元，到了 2006 年，这个数字翻了 400 倍达到每月超过 200 万元，而全年支出的稿酬则超过了 2000 万元。② 从另一个方面，我们知道能够月入万元的写手绝对是少数，因此稿酬的巨大数字也反映出从事玄幻写作的庞大作者群。穿越小说的情况也大体如此，手机文学、玄幻、穿越小说的"全民写作"反映了商业运作规律对新文类的影响，消费文化直接间接地渗透到新文类的创作和传播过程中，并且对新文类的面貌作着潜移默化的改变，在后面的章节中我将就这个问题展开更为详细深入的专门论述。

通过以上的分析和论述，我们可以发现在新文类的"全民写作"现

---

① 盖博：《中国玄幻小说热潮现象的多元解析》，《出版科学》2006 年第 5 期。
② 参见张守刚《网络协作年稿酬最高可达 150 万元　一天写 3 万字》，《北京娱乐信报》2007 年 1 月 28 日。

象当中蕴含着一种全新的创作方式，当新媒体的使用者逐年增多达到一个相当可观的数量之后，在新媒体世界中就会形成一种在生物学上叫作自组织的信息传播模式，每个个体都同时作为消费者和生产者而存在，这个世界当中的知识体系和话语体系不再由特定的人群负责建造，而是从大众当中集合而成。这种集合大众的智慧和知识来构成信息资源的信息组织模式在传播学领域有个专门的提法，叫作"群智"（wisdom of the crowd）模式，被广泛地运用在 Web 2.0 时代的许多新媒体形式上，比如博客、维基百科（wikipedia）[①] 等。在具体的写作过程中，阅读者可能通过留言、跟帖、论坛发帖等方式对作品的人物设置、情节走向等发表意见、提出建议，这些意见和建议则很可能以各种形式反馈给写作者，从而影响到整部作品的最终面貌，这种写作方式形成了电子时代互动创作的雏形。

在移动互联时代文化消费品（网络小说、影视剧等）的商业运作中，互动创作的典型模式借助大数据的走红而风生水起：经过对读者喜好的各种向度因素的汇总和专业数据分析之后，以相对客观的数据结论和显示出来的趋势来决定作品的内容走向，这种方式摆脱了读者个体自发留言的零碎性和不确定性，以科技手段介入，使结果更具客观性，更契合商业社会消费文化的特性和诉求。同时，我们也应当注意到，这种过分迎合读者的创作态度很可能会导致作品创作主体性的丧失，这也是网络类型小说创作中"扎堆"现象突出，难出精品的原因之一。

第二节 分众传播

分众传播又称非群体化传播，指的是传播者不再把受众视为一个无分别的整体，而是根据受众的不同群落和不同需求层面，分别实施特定传播策略的一种传播方式。从文化学的角度来看，传媒业的发展大概都会经历三个发展阶段，即精英文化（elite culture）—大众文化（popular

---

[①] 维基百科是一个多语言版本的自由百科全书，它基于一种协作性群编辑的网络编辑软件"wikis"完成，每个网民都可以参与对任意主题的定义、解释和背景介绍，是互联网上最受欢迎的参考资料查询网站。

culture)—分众文化（specialized culture）。① 在社会发展初期，精英文化与大众文化之间有着清晰的界限，文化和艺术资源多半集中在社会上层，由他们控制传播权。随着社会财富的发展和文化传播方式的改变，传媒逐渐进入公众领域，这个界限变得越来越不明显，特别是大众传媒出现之后，报纸、杂志、影视、网络纷纷被大众文化所创造的"流行""时尚"主宰，精英文化失去了"登高一呼，应者云集"的启蒙优势。大众文化在这种情况下理所当然地占据了媒体的主流话语权，主导着社会的价值关注和审美倾向。它一方面将人从理性中心主义的压抑下解放出来，实现了人的物质欲求的合法化，顺应了人的本性发展，但是另一方面，大众文化与商业的合流也在很大程度上忽视或抹杀了人作为个体的差异性，在解放的假象下将人性向相反的方向异化。

社会的进一步发展使社会阶层日益多元化，人们的个性意识增强，他们不再满足于满汉全席式的传播理念，而是需要通过传媒技术的改进来达到对信息更合理有效、更有针对性和更具个性化的配置，"分众传播"应运而生。大众传媒走向分众化，受众由广泛的整体的"大众"分化为各具兴趣和利益的"小众"，这不能不说是传播方式的又一场革命。

新媒体技术与分众传播之间有着密切的联系。可以说新媒体技术的发展带来了传播方式的革命，从而促成了分众传播的出现，也可以说正是分众传播的市场需求催生了新媒体技术的改进，将社会带入 Web 2.0 时代。自 2003 年之后，互联网应用进入 Web 2.0 时代，Web 2.0 是一种以 XML（可扩展标记语言）、RSS（联合组织规范技术）、AJAX（异步 JavaScript 和 XML）等技术为基础，融合了 Web1.0 的应用模式及新出现的 Blog（博客）、SNS（社会性服务网络）、WiKi（维基百科）等多种多对多互动应用服务模式，来满足不同用户社会化、人性化需求的服务平台。相对于 Web 1.0 时代用户通过浏览器获取信息的方式，Web 2.0 则更注重用户的参与性和交互作用，网络用户既是网站内容的消费者（浏览者），也是网站内容的制造者。借用"博客中国"网的 CEO，最早在中国发起"博客运动"的方兴东博士说过的话，那就是："1.0 时代和 2.0 时代最根本的区别是，网民从客体变成主体。网民原来只是被动的受众，

---

① 参见吴飞《大众传媒经济学》，浙江大学出版社 2003 年版，第 82 页。

现在成为主动的创作者。1.0 时代是互联网商业化时代，让人变成网民，2.0 时代则是网络社会化的时代。过去互联网改变了网民，现在则由网民改变互联网，使之具有社会属性。"① Web 2.0 技术的诞生为分众传播的实现提供了技术上的支持和实际的应用可能。

另外，分众传播也是一种营销策略，消费社会要通过开发和满足消费者的各种需求来取得经济利益，因此在媒体文化领域，它敏锐地关注着受众群体的需求变化。大众文化的发展前期的确通过制造流行和时尚的方式吸引了人们的目光，为了跟上潮流，不被甩出飞速变幻的流行社会的中心，人们无理性地追逐媒体制造出来的各种资讯信息。同时，由于大众传媒的无孔不入，受众会在生活中被动地接收海量的信息，而其中绝大多数是无用的垃圾信息，在这种"地毯式"轰炸的密集庞杂的大众传播面前，许多人经过最初的饕餮之后很快就产生了厌倦情绪，开始主动要求屏蔽和过滤信息。比如在浏览网页时可以打开"雅虎助手"之类的工具，将页面上浮动的 flash 广告和弹出广告拦截，在收看电视节目的时候遇到广告就换台等，这样一来，许多耗费大量人力财力制作出来的信息产品并没有起到它所期望的宣传作用，也占据了一定的媒体空间，这实际上就造成了对于媒体资源和信息资源双重的巨大浪费。信息传播的从业者中有一部分人就开始对信息价值、媒介价值、受众需求进行更深层次的思考，开发出以有着共同需求的受众为目标群体的传播方式，作为大众传播的补充。

此外，随着大众媒体的发展逐步完善和社会思想文化的多元化，受众可以接触到更多以前难以得到的文化信息，如一直被主流文学和主流意识形态排斥在外的类型小说、日本动漫、欧美奇幻小说以及在某些地域或人群中小范围流传的民间笑话、顺口溜等，都可以借助大众媒体，尤其是网络传媒进入人们的视野，并且给他们带来新鲜的阅读体验。但是由于这些文类本身的边缘性，不容易被作为整体的大众所接受，有些内容还可能引起相当一部分人群的反感和不满，因此尚且难以在大众媒体上形成规模，新媒体传播为这个问题提供了妥善的解决方式：网络上

---

① 方兴东：《木子美是 2.0 时代的表征》，2017 年 6 月 17 日，博客网（http://tech.bokee.com/8/2005 - 08 - 06/380517.html）。

有各种类型的专门网站，各大门户网站也有许多分类的板块，通过手机短信息功能也能够进行私人间的交流，这些途径都可以便利地实现信息的个性化流通。当然，除了这些边缘信息之外，一些具体到各种人群、爱好、需求的信息也可以通过分众传播最便捷有效地传递到目标人群，消费文化为了吸引更多的消费者，竭力开发和促成各种个性化的服务项目，并且随着竞争的加剧而将对象不断地细分，直至个体，这实际上正与分众传播的理念相得益彰。

在这样的语境中，新文类传播方式成为分众传播时代的典型代表，它们诞生在分众时代，因此在性质和形态上都天然地具有适应分众传播的特征，其中最有代表性的当属集合了 Web 2.0 技术重要成果的博客。博客不仅是一种新文类，更代表了一种全新的传播方式，它为信息的交流和传播提供了一个宽松自由的媒体界面，在这个界面上用户可以轻松地获取自己需要的信息，并且与人进行有效的互动式交流。这种创新和探索为后来崛起的微博、微信公众号都提供了可行的思路和具体的运作模板。

博客所形成的分众传播，其实就是按照亲缘关系、兴趣爱好、职业、地域、种族等各种各样的人际关系形成的圈子内的传播。以新浪博客为例，在新浪博客首页的导航栏上，就有娱乐、体育、文化、情感、IT、财经、汽车、房产、教育、游戏、军事、星座、生活、家居、育儿、健康、图片共计 17 个分类，这种分类几乎囊括了所有的话题。浏览者可以根据这个分类初步选定自己想要了解的内容，然后点击展开分类页面，比如文化博客，点击后又可以看到文化前沿、思想评论、一家之言、深度阅读、人文视野、城市江湖、原创连载等更细致的分类，供浏览者选择点击，待浏览者打开感兴趣的分类之后，就会出现许多相关的文章，供浏览者选择阅读。这个过程其实就是一个对受众不断进行分流的过程，每个个体根据关注对象的不同被一次又一次划分到越来越具体的类别当中。在完成阅读第一次选择的具体文章之后，浏览者可能会对这篇文章所在的博客产生兴趣，从而继续阅读这个特定博客的一系列文章，也可能会退出这个博客，转而阅读相同分类中其他的博客文章。无论采取哪一种阅读方式，都可以保证阅读是在他感兴趣的那一个类别中进行的。比起互联网发展初期无目的的"网上冲浪"，这种分众传播的方式无疑为受众提供了更有效的信息，减少了非目标信息对受众的干扰，应该说是一种传播方式的进步。

博客中的分众传播理念也为互联网用户提供了一种新的接受方式，这种接受方式与以往利用搜索工具（如 Google、百度）获得信息相比较，增加了可读性和互动性，因为一般进行博客阅读的人群寻求的不单是信息的获取，更注重娱乐和交流的效果。很多浏览博客的用户自身也是博客一族，他们在发现与自己兴趣相投或者意见一致的博客空间之后，很多人会在留言中留下自己的博客链接，供博客的主人回访，当然也可能吸引其他光临同一博客的读者。留言本身也是同博客主人的一种交流。在许多质量比较高的博客空间里，留言往往能同正文形成水平相当的相互印证、补充或辩驳，在交流中双方甚至其他访问者都获益良多。

具体到每一个单独的博客空间，我们也可以看到它在运作理念上的"分众化"。因为每一个博客空间的架构都大同小异，所以我们就以知名度最高的徐静蕾的博客"老徐"为例来进行论述。打开这个点击率达到3亿多的博客[1]，我们可以看到除了正文和图片之外，操作面板的左侧有一排导航栏，也就是我们所熟悉的"目录"，其中包括了博主的公告、文章分类、对博客空间进行个性化设置的控制面板，这些内容只能由博主自己设置；还有最新文章列表、最新留言、最新评论、计数器等内容，这些是电脑自动生成，由系统自动更新的；还有一个栏目是"友情链接"，博客主人可以将自己朋友的博客地址添加在这个栏目当中，以供自己日后方便地访问他们的博客。这个友情链接的初衷是方便博主管理，是博客人性化操作的一个小小设置，就像手机当中设置电话本一样，纯粹为了使用的方便，但是在传播形态上却是一个很大的创举。这样的链接方式将无数个独立的博客连成一个交叉往复的"网"，在这个网当中，各个博客的写作者可以互相访问，交换信息，而访问这些博客的其他用户也可以通过点击他们的友情链接而进入"网"上其他博客的空间。徐静蕾博客空间的友情链接中大多数是文娱界的名人，如李连杰、郑钧、韩寒、何东、宋佳等，点击这些名字就可以直接进入他们的博客空间。这种传

---

[1] 数据更新截至 2016 年 8 月 14 日 11：06（http：//blog.sina.com.cn/xujinglei）。

播方式可能会使某个访问徐静蕾博客的用户点击韩寒的博客，而他在当初访问徐静蕾博客的时候并没有想要去看韩寒的博客。这种访问纯粹是随性的，但是我们不能排除这种可能，即当他访问了韩寒的博客之后，可能会被他的博客文字内容所吸引，从而成为这个博客的忠实读者，或者他在韩寒博客的友情链接中点击了其他人的博客……这些点击行为都是有可能发生的，并且发生的概率相当大。考虑到博客的巨大阅读基数，我们不难得出结论：这种传播方式在实际层面上可以有效地提高各个博客，尤其是名人博客的点击率，并且形成相对固定的阅读圈子。在信息海量的互联网世界，这种圈子对于维持单个博客的点击率，从而决定单个博客的知名程度是至关重要的。在理论层面上，通过链接实现非线性阅读是最典型的"超文本"接受方式，博客为新媒体时代的"超文本"特性首次提供了成功的实践范例（相对于在小说界中几次失败的探索而言）。

除此之外，许多博客网站还设有博客圈，分类与上面提到的17个分类大致相同，在每一个大圈子的下面还划分了更为精细的小圈子。比如新浪的文学艺术圈之下，就有文学艺术作品、文学艺术人物、网络原创、特色艺术、读书、哲学、宗教等分类，分类之下共有37237个圈子，从人数最多的47480人的"80后的一代"到绝大多数人数在10个以下的小圈子，这样的分类为人们寻找自己感兴趣的内容提供了非常简单明了的操作界面，即使是初次接触网络的人也很容易上手。"圈子"这种分众策略与上面提到的简单分类的运作原理基本上是一样的，最大的不同是它强调了单个博客的参与性，如果愿意的话，每一个博客都可以创立或者申请加入自己感兴趣的"圈子"，与同一个圈子里的"博友"实现话题更为一致的交流，类似于我们熟悉的各种主题BBS论坛，不过交流的形式和单位不是帖子而是博客。在大众传播学上，有一个特定的术语叫作"味觉公众"（taste publics）[1]，指的就是这种以相似的接受偏好聚集在一起的受众群体。

2009年8月，新浪推出微博业务，各路名人纷纷弃博客开微博，一

---

[1] 参见［美］斯坦利·J. 巴伦《大众传播概论：媒介认知与文化》，刘鸿英译，中国人民大学出版社2005年版，第32页。

时间，微博成为席卷全球的传播时尚，为博客开创的创作和传播方式提供了新的生长点和发展路向。同博客相比较，微博的传播方式显得更加简单高效，一方面，微博用户可以根据自己的兴趣来选择是否"关注"（follow）某一用户，通过"关注"行为同自己感兴趣的微博建立联系，这种选择是完全自主和自由的，实现了微博用户在接受上完全的自主和自由。较之博客的一对多传播形态，微博更具有一对一的形式感和使用体验上的亲密性，因为无论是演艺明星还是政界要员，只要他/她开通了微博，用户就可以通过关注来将其纳入自己的好友名单。而这种联系一旦建立，对方通过微博平台发布的动态都会第一时间推送至用户端，微博的发布同受众的接受之间几乎没有时间差，这种时效性使得受众有很强的参与感与现场感，也有助于增强微博用户的黏着性。另一方面，微信运营平台会根据用户关注的内容实行"推送"，通过分析用户的喜好向用户推荐可能有兴趣关注的微博号。这样一来，微博用户在接受信息时基本实现了自主选择，按照自身的兴趣和关注点来定向地接受信息内容，这是分众传播非常典型的功用。

微信（wechat）是腾讯公司于2011年推出的为智能终端提供即时通信和信息服务的应用，在此平台上集合了文字、语音、视频聊天等即时通信功能，浏览公众号、发送朋友圈等信息功能，红包、转账、电子支付、打车等生活便捷功能。微信可以灵活切换一对一或一对多的信息传递模式，用户可以将文字、图片或者视频等通过私信的方式发送至某个/些特定用户，也可以通过发布到朋友圈的方式让所有的微信"好友"看到，而朋友圈也具备分组功能，可以选择信息可见范围。这种细致周到的考虑为信息的定向有效传播提供了非常便利的技术条件。

手机文学是移动运营商为了进一步占领用户市场而开发出来的增值服务，既然是一种营销手段，那么最重要的就是找准目标人群，分析他们的消费偏好和消费特点，根据这些特点为不同的目标人群定制不同的服务内容，因此手机文学的传播方式也具有很明显的分众特征。21世纪以来，随着手机价格和使用资费的不断下调，手机在社会各个阶层的普及率非常高。在智能手机和移动互联网普及之前，绝大多数社会主流人群和成年人只是将其作为通信工具使用，并且由于时间和精力的限制，他们对于简单的娱乐功能，如订制一些手机短信、新闻，互相发送手机段子以联络感情也许可以接受，但是更复杂和花时间的项目，如短信小说、彩铃业务、手机上网等就不会轻易地尝试了。而都市青少年有着相对宽裕的时间和经济能力，热衷于赶时髦、追潮流、对电子产品的迷恋以及对新鲜事物的强烈好奇是这个年龄段普遍的特点。同时，他们很容易被商家的宣传攻势吸引，积极地尝试新开发出来的增值服务项目。因此，这个人群也就成为各个移动运营商理想的消费人群。针对这个人群的特点和需求，我们可以看到2004年前后红极一时的绝大部分的手机小说都以青年人感兴趣的婚恋爱情为题材，在价值观上呈现出宽松多元的取向，语言也尽量贴近当代青少年的习惯。

手机文学的另外一个大类就是以短信形态呈现的手机段子，短信的消费方式主要有两种：一是订制，用户通过发送手机短信到服务商的订制平台，选择自己需要的类别，完成订制之后，服务商就会定时向指定的手机发送娱乐、祝福、新闻、服务信息等内容的短信；二是上网下载，许多网站都开设了短信频道，用户只要登录这些网站，按照说明操作，就可以下载自己想要的短信息。配合这两种消费模式，短信内容也被"分众化"，一般被分为节日祝福、生日祝福、平时问候、爱情表白、鼓励致歉等实用性的内容和前文所提到的各种手机段子，用戏谑的语言调侃时事、戏说人生，一般承载着联络感情、活跃气氛的功能，因此在各个年龄、身份的人群中都普遍地受到欢迎。不过具体到不同的人群，受欢迎的段子内容还是有所不同的：中年人之间发送的手机段子多与政治和性有关，带有田间地头、荤素不忌的山野村话性质，主要用来作酒桌上的谈资和茶余饭后的消遣；而青少年之间发送的手机段子则充满了现代都市气息，笑料更多地涉及流行时尚和当下的热点，以无恶意的恶作剧式调侃为主。手机服务商根据这些不同而组织短信写手进行有针对性的创作，在订制平台组织不同的短信套餐，在网站上快速更新短信的内容以满足各个人群的下载需求，最大限度地开发各个人群的消费潜力，同时手机用户也可以得到适合自己的增值服务。

至于玄幻、悬疑、盗墓、穿越和同人小说，它们都是在都市青少年人群中流行的小说类型，主要在特定的人群中传播。中国互联网络信息中心发布的第39次《中国互联网络发展状况统计报告》显示，在网民的特征结构方面，男性、40岁以下、具备中等教育程度、职业为时间相对灵活自主的学生、公司职员、无业或自由职业者在网民中占据主要地位，所占比例分别为53.6%、73.7%、66.6%、69.1%[①]，这部分人群无疑构成了网络小说巨大的阅读市场。玄幻小说针对的人群是二三十岁的男性网民，他们大多热衷于RPG网络游戏，喜爱金庸、古龙、倪匡等武侠科幻作家的作品。这个人群精力充沛、接受能力强，阅读玄幻小说纯粹是为了消遣，满足在平淡的学习和工作中被压抑的幻想力，发泄现实世界中无法得到舒缓的压力。这个人群平时有较多的时间接触电脑，习惯和喜欢采用"读屏"的接受方式，因此玄幻小说一般是在专门的小说网站，如起点中文网、幻剑书盟、纵横中文网等连载。

悬疑小说中的鬼故事和同人小说这两类作品总的来说受到日本动漫的影响比较大，内容主要是针对人的感性方面，如对于恐怖气氛的营造、对于人物复杂情感的渲染和对于爱情的描述等。学生群体因为生活面窄，接触社会少，只能在自己身边的世界中寻找刺激，发掘娱乐的因素，因此鬼故事主要在校园里流传，而在网络上就一般出现在各个门户网站的相关论坛上，以帖子的形式出现和被转载。另一类偏重于推理侦探的悬疑小说则同玄幻作品相似，在网络上受到二三十岁男性读者的喜爱，成为他们挑战自己智力、获得成就感和消遣娱乐的一种文学类型。

穿越小说和同人小说的受众主要是青年女性读者，特别是高中、大学低年级女生和初入职场的白领女性。处在青春期的少女对爱情充满了美好的憧憬和想象，因此侧重于言情的这两种类型小说将她们锁定为目标受众。目前国内的网络小说阅读网站中，有些综合性的阅读网站会按照性别来给出阅读导航，比如小说阅读网的首页很醒目地将仙侠、玄幻、都市、军事等类型小说划分为男生板块，总裁、穿越、古言、仙侠等类型划分为女生板块，青春、同人、魔幻、轻小说划分为校园板块，这就是很典型的分众传播模式。有些网络小说的阅读网站则给出了更为明确的定位，比如晋江文学城和红袖添香网站专注于女性读者，主要刊载言情类小说。

在同人小说这种亚文化现象中，分众传播体现出它的革命性和合理性。除了极个别优秀的作品之外，绝大多数同人作品都是基于日本漫画、

---

① 参见第39次《中国互联网络发展状况统计报告》。

影视作品或偶像团体组合的幻想性书写，相当多的作品带有一定程度的同性恋或虐恋内容，可能引起大众的反感；同时，作品的专门性非常强，只有对某部特定动漫或影视作品非常熟悉并且非常迷恋的读者才会主动阅读这类文字，对于大多数普通读者而言这些作品显得矫揉造作、琐屑无聊，因此它只适合在小范围内传播，其阅读和创作的人群几乎是重合的。同人小说的网络传播形式主要是在各个动漫网站或论坛中开辟专门的栏目，比如百度的贴吧，当然一些综合性的阅读门户网站也会注意到同人小说的阅读需求，比如在晋江文学城网站上有专门的"衍生小说类"板块，就是各种同人小说的主要集结地。

在大致了解了几个典型的新文类类型文本的传播特点之后，我们可以发现分众传播这种方式实际上是根据受众的口味来确定传播内容的。当然，作为个体来讲，受众有着不同的层次，但是总的来说作为整体的大众诉求比较偏向于通俗、娱乐，这样就使新文类非常容易被消费文化商业化。这一点可以从整个新媒体环境"软性"内容泛滥、博客网站"身体"当道、手机段子的庸俗化倾向以及各种类型小说的审美情趣上得到最妥帖的印证。新文类作品对文学形式的探索和艺术语言的追求淡化，娱乐和商业主宰着它的生产和传播过程，这已经成为新媒体领域中一个很明显的倾向。虽然我们尚且不能对这种现象进行简单的价值判断，但是尼尔·波兹曼在《娱乐至死》中的担忧或许不无道理："有两种方法可以让文化精神枯萎，一种是奥威尔式的——文化成为一个监狱，另一种是赫胥黎式的——文化成为一场滑稽戏。"①

第三节 "轻阅读"的盛行

创作与传播的巨大变革带来了受众阅读习惯的改变，电子媒体的技术更新和发展使得相当多的人将阅读时间投入移动终端上。在生活中，人们常常利用搭乘交通工具、排队、候车、候餐甚至吃饭、如厕、睡前的碎片时间进行阅读，"轻阅读"成为随处可见的现象。对于这种阅读形态，学者们意见不一：支持者认为轻阅读会促进人们的阅读习惯，符合

---

① [美] 尼尔·波兹曼：《娱乐至死》，章艳译，广西师范大学出版社2004年版，第4页。

时代的发展；而反对者认为轻阅读削平深度，会让人们丧失思考能力。所谓"轻阅读""浅阅读"是同传统阅读讲求阅读经典、深刻理解、用心体会的理念相对而言的概念，指的是没有太多目的性，为了消遣娱乐而进行的带有很强随意性的阅读。这种阅读状态一般会自动回避让人觉得沉重的内容，阅读的过程也不求甚解，较之传统阅读的"厚重""深刻"显得相对"轻松""表浅"。

轻阅读并不是读屏时代的产物，从人类有阅读行为开始，这种状态就一直存在。人们进行阅读无非出于三种目的：一是增长见识、开阔视野，这是阅读的实用功能；二是寄托情感、陶冶情操，这是阅读的审美功能；三是消遣闲暇、打发时间，这是小说的娱乐功能。我国古代的小说就曾是典型的轻阅读文本，鲁迅在《中国小说的历史的变迁》中提到："至于小说，我以为倒是起源于休息的，人在劳动时既用歌吟以自娱，借它忘却劳苦了，则到休息时，亦必要寻一种事情以消遣闲暇。这种事情就是彼此谈论故事，而这谈论故事正就是小说的起源。"[①] 郑振铎也认为中国小说"最早是群众文娱活动的一种，它能表现人民的喜怒哀乐的情绪，是人民大众所喜爱的形式"[②]。到了明清时期，小说才开始被赋予"劝善惩恶""针砭时弊"的社会功能，及至近代，以梁启超为代表的维新派提出小说界革命，将小说推上了承担启迪民智、救亡图存的社会责任的风口浪尖，这种工具论的思想在中国近现代小说中影响深远，一直持续到20世纪八九十年代。随着中国社会政治经济改革的稳步推进，文化环境也出现了多元化的倾向，文学作品的功能才从单一的"工具论"里解脱出来。宽松的文化环境使文化交流空前活跃，这一阶段由港台传入的通俗文学作品及改编影视剧成为轰动一时的流行，"金庸热""琼瑶热""三毛热"为内地读者被禁锢已久的娱乐性阅读带来了丰富的资源，这些通俗文学经典以平易近人的形式和引人入胜的内容赢得了一代又一代读者的喜爱。

2001年初，上海文化出版社推出了一套五本的"轻阅读书坊"丛书，这是"轻阅读"一词首次在国内被提出。丛书以随笔散文为主，话题轻

---

① 鲁迅：《鲁迅全集》第9卷，人民文学出版社1981年版，第313页。
② 郑振铎：《郑振铎古典文学论文集》，上海古籍出版社1984年版，第288页。

松，追求"有趣"。用当时媒体人的话说，轻阅读是"轻松的阅读、轻快的阅读、轻灵的阅读"，"是一个旗号，或者说是一个愿望，某种程度上是对传统阅读理念的反动"①。科技和社会的发展为"轻阅读"提供了茁壮成长的土壤，进入 21 世纪以来，新媒体技术飞速发展，移动通信领域 3G、4G 技术次第更新，手机智能化也以惊人的速度普及。时至今日，功能强大、界面友好、可以随时随地接入无线网的大屏手机几乎人手一部，为轻阅读的盛行准备了便利的物质条件；此外，消费文化也伴随着社会经济和文化市场的发展而蓬勃发展起来，在日益加快的生活节奏中，人人背负着巨大的压力，相应地通过各种渠道去获得纾解成为大多数都市人的精神诉求。消费文化把握到这个商机，大量开发娱乐性文化产品：畅销书、网络类型小说、综艺节目、肥皂剧、网络游戏等都成为这个时代流行文化的代表，在茶余饭后、排队候车、通勤路上的碎片时间里给高度紧张疲惫的都市人以片刻的放松和愉悦。正是在这样的语境中，"轻阅读"从游离于主流文化视线之外，不登大雅之堂的文化边缘开始盛行起来，并且构成了人们须臾不能离开的休闲生活方式的重要一脉。

2017 年 4 月，中国新闻出版研究院发布了《第十四次全国国民阅读调查报告》，调查显示：我国成年国民手机阅读接触率、手机阅读时长连续 8 年增长，2016 年手机阅读接触率达到 66.1%，较 2015 年的 60.0% 上升了 6.1 个百分点，同时，国民选择通过手机上网的比例为 72.6%，远高于通过电脑上网的比例（45.8%）（图三）。由此可见，以移动阅读为新形式的"轻阅读"已经成为非常普遍甚至占据了主流的国民日常生活方式，从中折射出当代社会文学观念和文学传播范式的一些变化，值得我们予以关注和思考。

轻阅读的特点首先是阅读目的的娱乐化和社交性。

自古以来，文学功能的"言志"与"载道"之争就未曾停止，而阅读也因此成为传续"志"或者"道"的手段。在人类思想文化的传承过程中，无论是写作还是阅读，都背负着一定的责任感，即便是起源

---

① 百度知道"轻阅读"词条，2017 年 6 月 13 日（https://zhidao.baidu.com/question/8219014.htm）。

于娱乐的诗词歌赋、小说戏曲，发展到后期也会成为作者抒怀咏志、忧国忧民的载体。因此，当娱乐在消费文化的挟裹之下席卷全球时，阅读和书写这类创造与传承人类文明的行为都沦为娱乐的附庸，人之为人的主体精神和独立意志将何去何从？从法兰克福学派的批判理论到尼尔·波兹曼的"娱乐至死"，无一不在表达对大众流行文化/文化工业/娱乐使民众失去独立的思考，沦为资本和媒体的傀儡的担忧。然而，学者们的忧心忡忡并不能阻止时代的车轮隆隆前行，新媒体的发展为文化提供了一个宽松多元的平台，被正统意识压抑已久的娱乐诉求在商业社会获得了合法性，借助无孔不入的消费文化，全面占领了民众的视听空间。

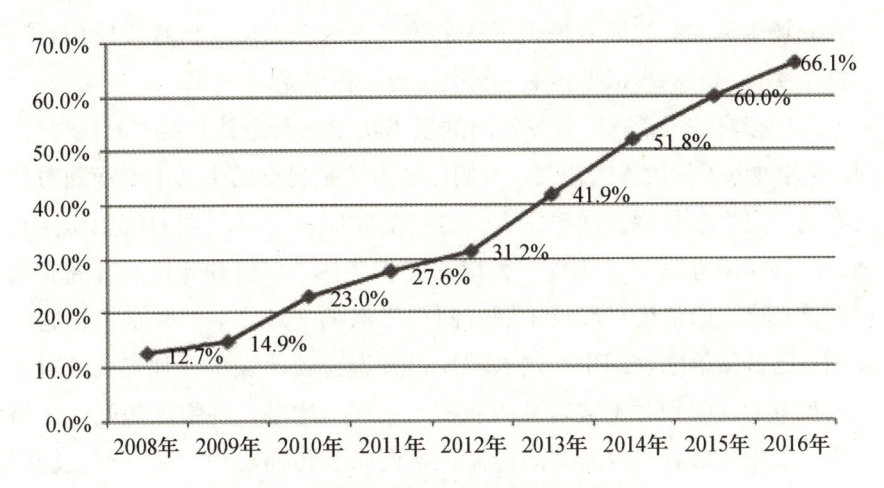

图三　历年成年国民手机阅读接触率①

"轻阅读"的内容，在纸媒时代以通俗小说、娱乐新闻为主，很多如今的经典作品在它们流传的当时也是消遣娱乐性的。比如老舍的《二马》当年在《小说月报》连载时，也曾让读者手不释卷，"坐在抽水马桶上看，一面笑，一面读出来"（见张爱玲《私语》），这种状态无疑是不折不扣的"轻阅读"。新媒体时代的到来为轻阅读的发展呈现出无穷的可能

---

① 参见《第十四次全国国民阅读调查报告》，2017 年 8 月 11 日（http：//book.sina.com.cn/news/whxw/2017 - 04 - 18/doc - ifyeimqy2574493.shtml）。

性和无限广阔的前景,移动通信技术让人们可以在随身携带的手机屏幕上进行随时随地的阅读,阅读的内容除了通俗小说在网络时代的变体——各种网络类型小说和网络新闻之外,还包括基于移动通信平台、整合多方资源的微信朋友圈转发文章、微信公众订阅号中推送的文章以及各类阅读应用(APP)推送的内容。人们的阅读目的多半是打发时间——毕竟在拥挤的都市上下班地铁、公交上,没有太多消遣可以选择,除了戴耳机听音乐、看视频,阅读以上这些内容就是最常见、最经济的选择了。在这种情境之下,人们划过屏幕的手指成为下意识行为,滑过屏幕的目光也是漫无目的的,朋友圈里别人的生活、公众号里推送的资讯和扣人心弦的玄幻小说、引人入胜的盗墓小说一道填充了阅读者百无聊赖的碎片时间。这种阅读状态顺应了读者的喜好,在快节奏高强度的现代职场生活之余为读者提供了一个放空思想、无须用脑的"异托邦",在这个手机构筑的虚拟世界中,阅读成为一种享受。

　　轻阅读在完成消遣、打发时间的娱乐功能之余还具有强大的社交性,"随着各种电子阅读器的普及,人们已经习惯把自己的生活中点滴随时随地在电子世界中呈现,同时,人们也把随时阅读了解别人的信息作为自我的一种休闲方式"[①]。因此,微博的互相关注,点赞和评论留言究其实质都是社交;微信用户阅读了朋友圈里发布的文章之后,常常会把它转发到自己的微信朋友圈中,这种转发行为本身就代表了一种态度,对于文章观点的认同和对于被转发的朋友的赞同,这是一种常见的微信传播行为,其中蕴含着非常复杂的传播关系网络和传播心理;更不用说轻阅读的资讯、小说为线下的交流提供了多少谈资和话题。基于这种实用性,轻阅读用户在彻底放松的心态中同时完成了社交、娱乐、休闲的程序,这也是轻阅读长盛不衰的缘由之一。

　　其次是阅读内容的碎片化和图像化。

　　随着人们生活节奏的加快,很难有大块的时间静下心来阅读,而打发零碎的时间,阅读又是一个不错的选择,移动阅读在这样的大环境下应运而生。同时,阅读目的和阅读环境也决定了阅读的内容,人们一般

---

① 季水河:《轻逸与期许——微博文学的写作特征探析及发展前景展望》,《湖南社会科学》2011年第3期。

很少选择用手机看大部头的作品，而是倾向于阅读一些轻松的内容。据《第十四次全国国民阅读调查报告》统计，有近九成的手机阅读接触者选择"微信"作为通过手机从事的主要活动。另外，"看手机小说"的比例为39.9%，"阅读手机报"的比例为19.8%。在微信使用者中，看新闻、阅读朋友圈分享的文章和阅读公众订阅号发布的文章分别占76.4%、72.3%和32.4%。这组数据表明，手机阅读行为中新闻、朋友圈、公众号、小说和手机报构成了人们阅读的主要内容，而这些内容具有某些共同的特点：碎片化、图像化和表浅化。

每个时代的文学面貌总是与文学的载体息息相关，移动新媒体为我们提供了全新的阅读和创作平台，碎片化的写作和阅读也应运而生。最具有碎片色彩的是以手机为主要发布方式的微博，作为一种自媒体，微博是对之前走红的博客文体的一个改进，相较于篇幅较长的博客而言，微博的写作被限制在140字以内，一般会配上图片，更适合"轻阅读"和移动阅读的需求。我国最大的微博门户网站——新浪微博的口号是"随时随地分享身边的新鲜事儿"，很准确地把握了微博的特点，同时也是移动阅读的特点：有了方便的无线网络和智能手机，微博的写作和阅读都非常便捷，可以实现"随时随地"；微博写作和阅读的目的并不是言志载道，而是交流和"分享"；微博关注的内容是"身边的新鲜事儿"，因此，内容集中在片段式的生活记录和零碎的感悟。即使是同一个微博用户，他所发布的微博内容之间也多半没有任何逻辑性和连贯性，基本上每一条都是一个独立的文本。作为阅读者而言，他所关注的微博内容更是互不关联的碎片式信息大杂烩。不仅如此，微博阅读界面提供了弹窗、链接和评论，人们在阅读时会发现，微博阅读界面是在不停变化更新中的，用户可能在阅读一段文字的时候经常会跳出弹窗，提示他的关注出现了更新，吸引他点击弹窗进行进一步阅读；同时，微博本身也大量包含超链接，特别是许多转发的微博文本，读者点开链接就会进入另一个阅读界面，而这个界面同样充满了弹窗和超文本链接，微博文本的这种特点为专注阅读提出了巨大挑战，读者很难集中注意力在一个文本内容上。

碎片化的另一个表现是文本内容上的。网络类型小说一般都具有巨大的体量，在传统纸媒写作的理论概念中，10万字以上就可以被称为长篇小说，普鲁斯特倾尽一生之力写作的《追忆逝水年华》7卷200多万字，是非常令人叹服的鸿篇巨制。然而这个字数在网络文学平台上就显得非常普通了，在按字数付稿酬的稿费制度下，网络小说动辄几百万字并不鲜见，有些未完结的作品字数甚至突破千万。这样篇帙浩繁的作品按照常理并不适合移动阅读，但是网络类型小说偏偏构成了移动阅读的相当份额。究其原因，小说写手们谙熟读者阅读心理和阅读状态，在小说的写法和技巧上投合读者的需求，文本内容也因此呈现出碎片化的倾向。以主流的4.7寸屏为例，手机一屏大约显示300字，如果连翻两三屏没有亮点，读者很可能会放弃阅读，因此对网络小说写手提出了很高的要求。这一点同商业影视剧剧本的写作非常类似，要求几分钟有一个冲突或者一个悬念，可以保证读者始终处在一种欲罢不能的阅读需求中，吸引读者持续阅读，不会中途放弃。

以网络小说《盗墓笔记》第一部的第一章为例，开头部分四个盗墓者围着挖出来的"血土"讨论，这一抔渗出鲜红液体的土构成了第一个悬念；接着是800字左右的谈话，围绕着要不要下去冒险展开，顺便交代了人物关系和背景，虽然略显平淡，但是信息量比较大，同样能够吸引读者；在小说1100字左右的地方，三个盗墓者进洞以后很快出现了变故，洞内三人丧生，幸存下来的老三飞奔逃命；在1700字左右的地方，血尸出现，老三与之展开恶斗，这一段气氛紧张，非常吸引人；到了2700字左右的地方，身中尸毒、命悬一线的老三发现了一块帛帕，这块帛帕能起到什么作用、事情是否有转机，小说在这里留下了悬念之后这一章就结束了。作为小说的开头，自然需要吸引读者的注意力，作者在3000字左右的一节内容中设置了四个"亮点"："血土""变故""血尸""帛帕"，较之于传统小说，这样的叙事可谓节奏紧凑、信息量非常大。这样的写法在网络类型小说中绝不是个例，特别是玄幻、悬疑类小说，读者在移动阅读的过程中习惯了这种高密度、高强度的刺激，就会形成固定的阅读期待，选择阅读内容的时候倾向于选择节奏紧凑、紧张刺激的作品，而较少有耐心再去关注比较稳健的写法，更不用说传统小说艺术中孜孜以求的人物形象塑造、心理刻画、环境描写、独白、意识流、伏笔和呼应等。小说的作者也投合读者的喜好，采用"打怪升级"式的故事情节结构，把主要的精力都用在构思各种匪夷所思的怪物和骇人听闻的场景上，故事情节的合理性、情节发展的逻辑性和连贯性这些本来应该放在第一位的因素反而不再是作者用心考虑的内容。因此，网络类型小说尽管篇幅很长，但是没有一个连贯的线索和合乎逻辑的情感发展将整个作品统摄为一体，往往是众多随着场景变换打败怪物的片段的松散集合，在内容上呈现出典型的碎片化特征。

轻阅读的文本内容图像化特征也很突出。文学和图像的结合在纸媒时代并不鲜见，中国古典通俗小说中曾出现过"绣像本"，以人物形象的插图为主，为读者的文字想象提供了一个直观的视觉参照系，增强了文本的吸引力和趣味性，不过绣像只占文本中很小的比例，还谈不上是图文结合。《连环画报》自1951年创刊开始，几经改版，一直受到读者的欢迎，刊物在创始之初是为了向文化水平较低的群众进行文化的普及和相关政策的宣传，因此，"画"才是本质属性，文字成了画面的补充。客观地说，连环画是非常典型的图文结合的范例，虽然长期被误解为针对儿童和不识字的群众的通俗读物，但其中的绘画和文字提炼都是精深的艺术。20世纪80年代末90年代初，台湾漫画家蔡志忠陆续推出了《庄子说》《老子说》《世说新语》《菜根谭》等一系列作品，以生动可爱的漫画形式来图解古籍经典，反响非常热烈。1999年，台湾绘本作家几米《向左走向右走》在大陆出版，精美的画面配上简练精致的文字和优美的意蕴，开创出成人绘本的形式，"绘本热"一时风靡全国。2006年创刊的《知音漫客》读者定位为青少年，将众多网络玄幻小说制作成漫画形式，如《斗破苍穹》《斗罗大陆》《龙族》等，成功地吸引了未成年读者群。纸媒时代的图像化文本为大众带来了阅读的愉悦，成为流行文化不可忽视的组成部分。

"图像转向"是后现代文化的关键词之一，由美国批评家托马斯·米歇尔提出，继罗蒂的"语言学转向"之后，图像取代语言成为新的人文科学的关注点和焦点，这一趋势席卷全球，世界公众文化进入"读图时代"。文化的图像化引起众多学者的关注，甚至引发了"文学终结"的担忧，希利斯·米勒指出，新的传媒与读图时代的到来，必然会塑造出新的人类感受方式。旧的文学阅读将受到改变，可能导致文学、哲学、精神分析学，甚至情书的终结，人们将被电子媒介重塑的焦虑包围。① 尽管学者们忧心忡忡，大众和媒体倒是没有表现出太多的"焦虑"，在成为大众主流阅读方式的轻阅读中，文学图像化的倾向表现得非常明显。最直观的是图文结合的文本呈现方式被大量运用，作为最流行的移动阅读对象，微信和微博的标准格式都是短文配图，以微信朋友圈为例，微信用户可以将文字配上最多 9 张图片组成一个九宫格发布到朋友圈，文字一般是对图片背景的交代；也可以配上一段短视频，带阅读者一同感受自己亲身体验的情景。在这种情况下，文字沦为图像的配角。阅读者对图像的关注常常大过文字，所以在朋友圈里经常会有发布了文字动态而配上一张无关图片的情况，尽管注明图文无关，但是文字的视觉冲击和吸引力显然远远不及图像。"在当下图像与文学的博弈中，文学原本的生存空间显然在视觉文化时代的图像转向中被图像乘虚而入，图像日益侵占了文学原本的生存空间，这一方面是视觉文化的转型之使然，另一方面也是因为图像在视觉文化时代相对于语言文字而言的优势。因为感性化的图像相对于理性化的文字，显然更能吻合大众的接受水平，而且技术化的图像也能够超越语言文字的局限，更具有生命力。"② 文字与图像在形象性的特质上达成了互通的可能性，顺应读图时代的读者诉求，构成了新媒体平台上独特的阅读风景。

图像化的另一种方式是文字表述的剧本化倾向，这一点在各种不同的网络类型小说中都有非常突出的体现。基于纸媒传播的传统小说在创作技巧中会特别重视小说的结构美，因此也形成了许多经典的结构形式：单线式、复线式、辐射式、蛛网式、板块式、意识流等，不一而足，这些结构本身构成了小说艺术的重要组成，读者在反复品味中常常会倾倒于作者的缜密构思；同时，传统小说中的环境描写、人物心理描写也常常是作家用心良苦、展示作品艺术魅力之处。但是在网络类型小说中，这些技巧和内容通通让位于情节，作家挖空心思去构筑新奇曲折

---

① 参见［美］J. 希利斯·米勒《全球化时代文学研究还会继续存在吗?》，《文学评论》2001 年第 1 期。

② 杨向荣：《图像转向抑或图像霸权——读图时代的图文表征及其反思》，《中国文学评论》2015 年第 1 期。

的情节，对于环境（无论是时代环境还是自然环境）通常没有太多交代，关于人物的形象、心理描写也非常简略，而故事情节的推进完全依靠人物的对话和动作展开，非常类似剧本的写作方式，读者阅读时画面感很强，镜头的切换拉伸让读者有种身临其境的感觉。这种写法一方面充分满足读者娱乐化的阅读需求，活色生香的场面呈现在读者面前而无须调动抽象思维去思考和想象，另一方面也方便作品进行影视剧改编，毕竟相较于纸质本小说而言，影视剧是传播面更广、影响力更大的媒体形式。20世纪90年代之后当代文学的很多作品都是通过影视剧改编而进入大众视野的，如《大红灯笼高高挂》《红高粱》《活着》等。

跟苏童、莫言、余华的这些小说相比，网络类型小说的原作在写法上就已经非常接近剧本了。下面是被改编成热播影视剧的网络言情小说《微微一笑很倾城》中很普通的一段话：

> 微微收起摊子站起来，正准备离开，忽然看见桥下有人喊她。
> "芦苇微微。"
> 微微朝那个玩家看去。
> 桥边斜栽着一棵杨柳，那人就站在杨柳树下，有风轻送，柳枝微拂，树下的男子一身白衣纤尘不染，携着一把古琴，衣袂飘飘，很有几分潇洒出尘的味道。
> 微微眼睛都看直了。

直白的短句、对话、动作和场景描写，阅读起来毫无障碍和延宕，这些都非常符合轻阅读的需求，可以一目十行，无须思考，但是也显得直白如话，缺乏小说作为文学应有的语言质感、密度、个性和美感。这样的文字在实体书的形式下经不起反复的阅读和推敲，却很适合在手机屏幕上快速地浏览，或者改编成更为直观具象的影视剧，而诸如此类的文字正是大多数畅销的网络类型小说的写法。对于此类网络小说的阅读，其实是一种"观看"，文本意义平面化、表浅化，文字同图像的差异缩小到了最低限度。正如丹尼尔·贝尔所说："当代文化正在变成一种视觉文化，而不是一种印刷文化，这是千真万确的事实。"①

轻阅读最受诟病的一点就是内容的表浅化，无论是自媒体上泛滥的心灵鸡汤、育儿宝典、美容秘籍，还是网络小说中的盗墓悬疑、穿越宫斗、玄幻修仙，这些在某种意义上缺乏深度的内容对于阅读者有何裨益，对于社会文化有何作用，常常引起专家学者的质疑和争论。同传统纸媒时代的纯文学相比，网络小说确实在题材内容上自动规避掉了现实的世界和严肃沉重的内容，或者构建一个架空的世界，在其中呼风唤雨、打怪升级、上天入地，或者沉浸于穿越的幻梦中，宠冠六宫、爱恨情仇、明争暗斗，或者在青春校园中少年心事、青涩初恋、黯然神伤……总体而言，网络小说的想象性和虚构性非常突出，而对于现实社会或真实历史的关注和如实反映确实很少，这一点同传统的通俗小说又有着一定区别。同时，由于网络小说商业化运营的缘故，大量作品在场景设置、人物形象塑造等方面模式化的现象很明显，如在宫斗小说风靡时，几乎所有的作品都采用女性第一人称叙事，以女主角的视角来结构故事，而故事中的人物形象也会有几种固定类型：从善良敏感单纯到经历了复杂斗争后变得坚忍腹黑的女主角，高深莫测但对女主角情深似海的男主角，两个以上文武双全、或深沉或开朗默默守护女主角的男性"备胎"角色，一个或几个忠心耿耿的丫鬟，几个心狠手辣、处心积虑要陷害女主角的女性反面角色……人物形象的雷同必然导致情节设置的相似，除了最初出名的几部作品之外，大多数后续的同类型作品就成为纯粹的"跟风之作"，很难写出什么新意，这也成为网络类型小说发展过程中不可避免的问题。

网络小说的类型化程度很高，同时，网络写作零门槛，在线写作状态下作者们也很难做到字斟句酌，总的来说作品无论是主题内容还是表达方式都会显得比较平面和表浅。这种状态对于文学作品的质量本身是极大的缺陷，但是对于以娱乐为主要目的的轻阅读而言却有着很大的优势：阅读时"似曾相识"的感觉投合了读者的阅读期待，直白如话的语言风格也很适合一目十行的读屏状态，让阅读的过程显得轻松惬意。

---

① ［美］丹尼尔·贝尔：《资本主义文化矛盾》，赵一凡等译，三联书店1989年版，第3页。

新媒体时代的轻阅读真正实现了"随时随地",在形式上最大的特点是阅读方式的移动性和灵活性,这也是轻阅读的第三个特点。借助强大的科技,在都市生活中,无线网络覆盖率很高,为人们移动上网提供了很好的条件;阅读的载体在过去十几年间出现了一些变化,由纸质书本慢慢转向纸书和"电子书"共存的局面,以汉王电纸书、kindle 为代表的电子阅读器以其便携性和大容量适应了人们移动阅读的需求,但是这些类纸阅读器功能单一,不像手机、iPad 可以实现阅读和浏览网页、欣赏电影、打游戏等多重功能,所以一直不温不火。而身材小巧、功能强大的手机完全满足了人们"全能"的预期,拿手机看书因此也成了很多人的首选。手机和电纸书在阅读体验方面各有优长:首先是屏幕,电纸书一般是专业的墨水屏,屏幕尺寸在 6 英寸以上,视觉感受跟看纸书类似,"不伤眼"成为它最大的卖点;而手机出于便携性的考虑屏幕稍小,以苹果手机为例,主流的屏幕是 4.7 寸,大屏有 5.5 寸,常规字体一屏可以显示 300—500 字,虽然护眼效果远远不及电纸书,但是智能手机有很多风格独具的阅读应用(APP)可以选择,这些应用界面友好,支持各种设定,更能投合使用者的个性化诉求。此外手机阅读翻页流畅,电纸书相比之下有一定的时间延迟,习惯手机阅读的读者可能会觉得卡顿。移动阅读载体的另一个重要参数就是便携性和容量。平心而论,电纸书在便携性上做得已经非常不错了,主流的 kindle 阅读器重量只有 200 克上下,而容量达到了 4 GB,可以存储上千本电子书,作为专业的阅读器而言设计得非常人性化。然而手机以其功能齐全一招制胜,人们觉得用手机一样可以实现阅读功能,多带一个电纸书毕竟显得累赘,因此,手机阅读成为轻阅读的主力军,在地铁、公交上处处可以看到人们拿着手机阅读的身影。

轻阅读的盛行是伴随移动网络普及的一种文化现象,同时也反映了新媒体时代传播方式的变化给文学创作和接受带来的震荡,这是一个正常的文化发展过程,我们在分析轻阅读的各种现象时,不应忽略它的多面性和复杂性。

一方面,以移动阅读为主要形式的轻阅读局限性非常明显:移动阅读适合接收信息,同时由于信息来源繁多杂乱,需要提高刺激的强度才能引起阅读者的注意。此外,大多数手机会有一个省电模式,在没有任何操作的情况下，15秒左右会自动黑屏，这就在技术上规定了手机用户15秒以内要翻页的快速浏览阅读模式。因此大多数移动阅读状态下的轻阅读活动没有时间来体会精细微妙的美感，这也是人们很少在碎片时间拿手机看大部头名著的原因，即使看了，恐怕除情节之外也很难领略作品的妙处。同时，为了适应这种快速浏览模式，自媒体和类型小说的主流写法都是信息化、碎片化的，"印刷（文字）区分出主体与客体、意识与无意识等二元世界，但电传媒介泯灭了这种二元世界的障碍，使主体与客体，意识与无意识之间的界限消失，从而使过去建立于其上的哲学、文学、精神分析失去根基，并最终消逝"①。

另一方面，移动阅读状态其实是阅读载体的变化，并不意味着阅读的内容一定是前文所述的娱乐性为主的自媒体、网络类型小说。据《第十四次全国国民阅读调查报告》显示，用户在进行手机阅读时最受欢迎的电子书类型中，文学经典类排在第二位，占到了17.02%，当学者专家们嗟叹轻阅读带来的视觉狂欢最终会毁灭文学时，恰恰忽视了一点，移动阅读并不等同于轻阅读，阅读形式的改变并不一定影响阅读的内容。因此，当人们在纷纷埋头于手机阅读时，有些人在"轻阅读"，有些人在读经典；同样，在移动阅读中选择阅读娱乐性内容的用户，也不能就此推论他在其他场合、其他时段阅读的也是娱乐性的内容，轻阅读给用户提供了多样的选择，而不是唯一选择。"轻阅读和传统阅读的关系不是零和博弈，不会此消彼长。以数字化媒介为核心的轻阅读恰恰是传统阅读遇到现代技术后的一次嬗变。就此，我们不否定轻阅读成为常态化、大众化阅读行为的可能性，而传统阅读也可能作为一种'更有质感的阅读'形式，成为民众相对'高端'的休闲消费行为。"②

---

① 王岳川主编：《媒介哲学》，河南大学出版社2004年版，第199页。
② 姜明：《轻阅读：当代阅读模式的另一种可能》，《文艺争鸣》2015年第10期。

第 三 章

新文类的话语资源

新媒体在改变我们日常生活的同时也改变了文学的面貌，它为读者带来了不同于传统文类的阅读体验和审美感受。与传统文类相比，新文类为我们提供了更加个性化和多样化的话语资源。首先是写作者的个人体验。博客写作作为新媒体时代最具代表性的写作形式，首次大规模地将个人体验搬上公共媒体，其中不仅有大量的对个人琐细生活，甚至私密体验的记述，更有以个人体验书写历史和现实生活的随笔感想，并且在与读者即时有效的互动交流中充分实现了个人媒体的魅力，这种写法延续到了后起的微博和微信朋友圈写作，以更加碎片化的方式得以呈现。被流行化的亚文化也构成了新文类的一个重要话语资源。新文类中最常见的亚文化种类有同性恋亚文化、神秘亚文化和游戏动漫亚文化等，这些亚文化中蕴含的抵抗和边缘因素在消费时代成为商业文化的"卖点"，被流行化快餐化之后作为一种"奇观"投合了都市青少年群体追求新奇刺激的猎奇心态，因而在新媒体平台上成为新的时尚和潮流。此外，经典作品也成为新文类中被借用和改写的对象。经典人物形象、情节模式、语言风格都成为新文类的"原料"，经过写作者的重新诠释之后构筑起新文类自己的经典，代表着新媒体逻辑和都市青少年的价值观念，与象征传统文坛权威和评定标准的经典分庭抗礼，互不认同。

第一节 个人体验

传统的中国文化是漠视个人的，儒家道德规范着人们的喜怒哀乐，掌握话语权的知识者更要恪守规范，宠辱不惊，内心世界纵然有波澜起伏，也不可能诉诸笔端。因此几千年来的历史人物无不面目模糊，内心世界更是无从获知。随着近代西方现代文明的引入，对于"人"的观照慢慢进入先觉者的视野，而五四运动的发生更是激活了他们心中被压抑已久的现代精神，可以说，"人的觉醒"成为五四对现代文明所奉献的最大的价值所在。"'五四'时期是提倡个性解放，鼓励个性发展的年代，自然为创作的多方面个性化自由发展提供了肥沃的土壤。我国文学史上很少有哪个时期的文学像'五四'时期文学这样，出现那么多'个人'的东西。写个人的生活，个人的情绪，是普遍的现象。"① 这样，在有幸接受五四精神熏陶的青年当中，自我意识从亘古以来的一片混沌之中凸显出来，获得了前所未有的重视，出现了一大批启蒙民智、唤醒青年的文学作品，从而把人们对自己的认识与定位带入了一个全新的历史阶段。20 世纪 30 年代以后，启蒙叙事在面对复杂变化的社会问题时遭遇危机，纯粹的个人经验和软弱苦闷的琐细情感无力应对粗粝的现实。特别是当抗日战争爆发之后，文学必须承担起抗日救亡的职责，在追求战斗性、时代性的同时不得不牺牲其多样性和个人性。这个阶段，作家们在思考民族命运和国家前途的时候很自然地采取了宏观的、代言型的写作手法，作品题材也集中在民族历史的挖掘和现实斗争的表现上，个人话语经过短暂的活跃后又重归沉默。1942 年 5 月，毛泽东在延安文艺座谈会上作了重要发言，规定了新中国文艺的方向，"延座讲话"是对五四以来启蒙性文学传统的规训，个人体验只有借助各种宏大叙事才能进入主流意识形态规定的文坛，获得与读者见面的机会。中华人民共和国成立以后沿用了战时的文学思想，我国当代文学中个人话语的缺失状况一直延续到 20 世纪 80 年代中后期，用陈思和的话来说："进入到 90 年代以前，中国当代文学始终处于一种共名的状态。"②

因此，20 世纪 90 年代个人写作的出现在文学界和文学理论界引起了极大的震动，"作家们不再依照对社会的共同理解来进行创作，而是以个体的生命直面人生，从每个人都不相同的个人体验与独特方式出发，来

---

① 钱理群、温儒敏、吴福辉：《中国现代文学三十年》，北京大学出版社 1998 年版，第 27 页。

② 陈思和：《中国当代文学史教程》，复旦大学出版社 1999 年版，第 336 页。

描述自己眼中的世界"①。这时候兴起的女性写作将个人体验运用到了极致,在表达出性别意识和性别自觉的同时更多地把视角转向写作者的作为女性的个体生命体验当中,包括相对私人性的躯体感受等,这种写法极大地冲击了男性话语主宰的文学秩序,开拓了一个新的审美空间。"身体"为被遮蔽的女性话语找到一个淋漓尽致的出口,在这里,个人意识借助女性写作重新获得言说的自由。

新媒体出现以后改变了文学的生产传播方式,尼葛洛·庞帝在他的《数字化生存》中充满激情地宣布:新媒体出现之后,传统的中央集权将解体,真正的个人化时代即将来临。如前文所述,新媒体打破了传统媒体对于话语权的垄断,为大众提供了自由发言的平台,从而在技术上为个人体验进入大众视野提供了保障;同时,新媒体还具备了文化过滤功能,由于它的使用包含了更先进、更新锐的技术因素,等于在无形中构筑了一道门槛,将那些不能有效利用新媒体资源的人群挡在了外面。而只有那些在优裕物质条件下成长起来的都市青少年人群和一部分接受过一定文化教育、乐于接触新生事物的人群才会主动从新媒体上获取信息。这样一来,传统的纵向传递式的代际关系受到了猛烈冲击,新媒体使我们的社会步入后喻文化②时代,文化反哺现象已是不争的事实。在这样的大氛围中,新文类实际上成为都市青少年人群表达自我的主要园地,全面地反映着他们的特点。

更重要的是,都市青少年人群具有高度的自我意识和个性自觉。美国精神分析学家埃里克森在他著名的自我同一性理论中指出:青少年阶段发展的主要任务是获得自我同一性,是人的自我认同建立的关键时期,青春期人群由于其自我独立意识的生长而表现出对自我的强烈关注③,而新媒体平台相对自由和开放的环境为他们提供了很好的表达与交流的平

---

① 陈思和:《中国当代文学史教程》,复旦大学出版社1999年版,第338页。
② 后喻文化是美国著名人类学家玛格丽特·米德在著作《文化与承诺》中提出的,她从文化传递的方式出发,将整个人类的文化划分为三种基本类型:前喻文化、并喻文化和后喻文化。前喻文化,是指晚辈向长辈学习;并喻文化,是指晚辈、长辈的学习都发生在同辈人之间;而后喻文化则是指长辈反过来向晚辈学习,"在这一文化中,代表着未来的是晚辈,而不再是他们的父辈和祖辈"。网络使文化传递方式进入了后喻文化时代。
③ 参见[美]埃里克森《儿童期与社会》,花城出版社1998年版,第67页。

台；同时，新媒体几乎无所不包的广泛信息和几乎无所不能的强大交流功能很容易使它的使用者产生一切尽在掌握的错觉，自我意识因而得到了巨大的膨胀。此外，渴望得到认同的青少年群体无疑是最热心于写作的人群之一，他们缺乏成年人的广泛社交活动和社交机会，更多地利用阅读和书写来进行虚拟的交往，他们构成了消费文化的目标人群，具有相当的消费能力和巨大的消费热情。根据都市青少年人群的这些特点，新媒体和消费文化一同构造了一个个人至上、自我中心的拟像世界，每一个拟像世界中的写作者都将个人体验作为重要的话语资源运用到叙事当中，新文类的文本为我们集中展示了这个个人化写作时代的景观。

博客写作是集中展示个人体验的新文类形式，它首次大规模地将个人体验搬上公共媒体，并且在与读者的互动中自觉地实现个人体验的公众化，是最具有革命性，最能代表新媒体特色的全新文类。它"是一种融合个人人际交流方式、以个人为中心的信息过滤和知识管理、以个人为中心的传播出版三位一体的媒体的源代码开放。本质来看，博客提供了一种最简单方便的途径使个人拥有自己的媒体。博客的零成本门槛会为撰写者提供一种强大的个人出版功能，一个供普通人发挥表述欲的平台"①。博客写作的内容和形式很大程度上类似于传统文类中的日记类文体或明清的文人笔记，大量存在着对个人琐细生活的描述，个人对社会、历史现象的看法，甚至是对个人私密体验的叙述。它有感而发、取材广泛、形式多样，最大的特点就在于其强烈的个人色彩。无论是明星、学者、政府官员等传统意义上的公众人物，还是被称为"草根阶层"的普通人，写作者都可以在博客这个平台上回归到个体身份，不再担当任何宏大叙事的代言人，这种写作姿态最大限度地保证了写作的个人化色彩。另外，新媒体时代为文学提供了相对宽松的语境，各种思想观念、审美风格和价值取向都得到言说的自由，在海量的信息当中，只有具有足够独特的个人特点才会给读者留下印象，否则很快就会被淹没在平凡中。这一方面保证了博客写作对个性的追求，另一方面也造成了博客写作中常常故作惊人之语，以"出位"来赚取点击率的风气。

博客写作中大量存在对个人琐细生活的描述，甚至是对个人私密体

---

① 吴晓明：《博客新闻的写作形态》，《中文自学指导》2006年第3期。

验的叙述，这种写法与 20 世纪 90 年代中国文坛出现的女性写作颇有渊源。女性写作首次将个人体验展现在公众面前，她们在表达出性别意识和性别自觉的同时更多地把视角转向写作者的作为女性的个体生命体验当中，包括相对私人性的躯体感受等。比如陈染在《私人生活》中对于主人公倪拗拗精神世界和性欲望的渲染，林白在《一个人的战争》中对于少女多米在性意识成长过程中感性世界的丰富和美丽的表现，这些内容带有独特美学风格的文字极大地冲击了男性话语主宰的文学秩序，开拓了一个新的审美空间。然而，女性写作潜藏着巨大的危机："商业包装和男性为满足自己性心理、文化心理所作出的对女性写作的规范与界定，便成为一种有效的暗示乃至明示，传递给女作家。如果没有充分的警惕和清醒的认识，女作家就可能在不自觉中将这种需求内在化。女性写作的繁荣，女性个人化写作的繁荣，就可能反而成为女性重新失陷于男权文化的陷阱。"① 没过多久，女性写作中带有反抗意味的身体叙事就被消费主义改造成为"美女文学"，在各种"宝贝""情人"的甜腻噱头中彻底变质。

博客甫一进入中国市场就是以身体写作的面目出现的，无论是作者还是受众，被沉重道德感和性禁忌长期压抑的"力比多"终于找到出口，汹涌地爆发出来。人们对博客的最初认识一般是从 2003 年 6 月木子美的网络博客开始的。她将自己的性爱体验以博客的形式发布出来，到 10 月中旬，访问量达到每天近 20 万次，并且以每天 6000 次以上的速度增长，成为当时中国点击率最高的私人网页。2003 年 11 月 11 日，百度"木子美"的搜索量当天达到 117318 次，高居搜索量排名之首，而木子美个人日记的托管网站 Blogcn 发出公告，声称由于近期服务器流量突然大幅度增加，导致服务器不堪重负而当机。这种疯狂的现象被媒体称为"木子美冲击波"，构成了 2003 年一个重要的文化现象。② 在她之后，同样以性体验和女性身体作为主要话语资源的博客写作如竹影青瞳、流氓燕等大量出现。在博客出现初期，这样的内容对于读者而言是极具冲击力的，

---

① 戴锦华、王干：《女性文学与个人化写作》，《大家》1996 年第 1 期。
② 参见《木子美现象与博客文化》，《博客不完全手册》，博客中国网（http://www.bokee.com/idea/blog2）。

它们一方面大大地扩大了博客这一新写作方式和新文本类型的知名度，另一方面也给读者造成误解，认为博客写作就是出卖自己的身体和隐私的"器官写作"。与先前的女性写作甚至后来的"美女作家"的作品相比，这一类博客写作完全舍弃了身体叙事中可能包含的对男权社会逻各斯中心的叛逆因素，身体成为纯粹的消费品。

当我们打开拥有巨大名人博客群的新浪博客，可以发现大多数博客写作都在拿"身体"做噱头：走光、性、隐私、不伦之恋、美女……在数量庞大的所谓"草根博客"中，占绝大多数的正是这种以女性身体资源来吸引注意力的写作范式，博客写作中语言的美感、思想的深度都赶不上一个惊世骇俗的标题、一张怪异暴露的照片或是一个充满争议的观点能引起读者的阅读和点评兴趣。典型的例子就是在 2005 年突然走红的芙蓉姐姐。她先是在网络论坛中以自恋文字和出位图片挑战读者的审美观，迅速走红，随后在新浪的名人博客中拥有了自己的空间。她在博客空间里大量地张贴自己造型怪异的相片，配以充满自我欣赏，极尽夸张之能事的文字，比如："我那妖媚性感的外形和冰清玉洁的气质（以前同学评价我的原话）让我无论走到哪里都会被众人的目光无情地揪出来。我总是很焦点"，"我天生就是一个很焦点的女孩，长了一张妖媚十足的脸和一副性感万分的身材，穿着大胆张扬，个性叛逆嚣张，在各种场合都出尽风头。但我好委屈，我过于新时代的外表，总是给人带来很时尚很前卫的错觉，可又有谁能料到，我骨子里流淌着传统女性近乎所有的美德"……这样顾影自怜的语调构成了芙蓉姐姐写作的主调。她在博客上披露自己与"哥哥"的缠绵爱情，声泪俱下地控诉"哥哥"对她无情的始乱终弃。这些文字确实吸引了大量的"藕粉"，为她充满自信、敢于表现的乐观心态叫好，更多的是引来网民大量的讽刺、质疑和漫骂，很多人在猎奇的心态驱使下一边对她发出不屑一顾的嘲笑，一边点击浏览她的博客，这些反对和漫骂客观上大大增加了她的知名度。2006 年在博客圈里走红的"二月丫头"走的也是类似的路线。大量张贴造型夸张的照片，加上具有冲击力的偏激文字，给她们带来了巨大的知名度。在新媒体时代，"被谈论"就等于被关注，被关注就是成功地展现了个性，这已经成为博客圈的简单推理。身体叙事策略在博客写作中被滥用，个人体验被简单地置换为充满感官刺激的私密体验或拿身体吸引看客注意力的噱头。

除了这种比较极端的身体写作之外，博客写作更偏向于对个人琐碎生活细节的记录。这种内容占据了绝大多数博客的主流，包括各个领域的名人都很乐意在自己的空间里展示自己的日常生活、起居饮食、喜怒哀乐，而博客平台也为他们提供了包括视频、图片、音频在内的多媒体的展示方式。2005年10月25日演员徐静蕾在新浪博客写下了她的第一篇文字，题为《难道我的博客生涯也要开始了?!》，内容只有寥寥数字："还不太适应……等等我……适应适应……"仅仅用了112天，她的博客点击率就超过1000万，成为博客史上的一个奇迹。这个数字一直保持着迅猛增长的势头，至2007年1月3日，突破了7000万，成为中国乃至世界拥有最高点击率的名副其实的"第一大博"。对于甚嚣尘上的博客热潮，徐静蕾就是其中的一只蝴蝶：蝴蝶翅膀的运动，导致其身边的空气系统发生变化，并引起微弱气流的产生，而微弱气流的产生又会引起它四周空气或其他系统产生相应的变化，由此引起连锁反应，最终导致其他系统的极大变化，这就是拓扑学中著名的"蝴蝶效应"。徐静蕾博客写作模式的成功为这种日常叙事赋予了光环，带动了其他明星纷纷效仿，博客圈一时间兴起了一股"名人话家常"的热潮。仔细考察徐静蕾的博客，发现她更像是在写纯粹的日记，记录着她日常生活中的活动和感慨，关于自己的家庭成员、闺中密友、购物心得、观影感言、两只宠物猫等，这些话题无疑具有典型的个人性，相对真实地记录了她作为一个普通人的喜怒哀乐，再加上徐静蕾采取了率直、随意的叙述语气，给人以很亲切的阅读感受，客观上满足了众多崇拜者的追星欲望和普通读者对于明星生活的好奇心。个人体验在这里表现为对日常生活的真实记录，虽然被许多评论家批评为"缺乏文才""平淡唠叨"，但是我认为正是这些真实平淡的感受构成了我们所身处其中的时代图景，这些文字（当然包括更多的"草根博客"对日常生活的图文记录）能够最真实地反映社会的面貌，像过去的札记、随笔、风物志一样，是最活泼生动的史料。

另外，博客写作中数量最庞大的是对各种现实、社会问题及历史事件的争论与重新表达。和以往公共媒体上有限度的争论相比，博客上的这类文章真正实现了个人立场，每一个个体都可以发出自己的声音，并且他们的观点越是背离主流意识形态，越具有个人思想的锋芒，体现出个性，就越容易吸引读者。很多知名学者利用博客写作向公众敞开自己的研究成果，或者以普通人的身份发表对社会现象的看法。由于这些人具有公共知识分子的身份，他们的个人言论常常被民众关注，如果他们在表述时带有太多个人情绪，或者是过于专业，容易被民众误读，就会造成比较剧烈的社会反响。社会学家李银河对于"虐恋""换偶"等现象的专业表述和宽容态度就被曲解为提倡甚至鼓励，她的博客不仅被媒体断章取义地拿出来赚取点击率，更是引起被媒体误导的读者愤怒的声讨。抛开媒体的盈利心理，对于一个长期以来处于信息相对闭塞和舆论口径相对统一的社会而言，太过丰沛而不加筛选的信息洪流也难免使人无所适从，失去辨别。

与这种单纯表述观点的博客写作不同，有一类博客将个人体验融入书写的对象中，以个人的情感、思想来重写历史，使读者耳目一新，容易得到普遍的认可。当年明月的历史博客《明朝那些事儿》就是一个成功的例子。这个 27 岁的年轻人用洋洋百万字重写近 300 年的明朝兴亡，力求写出"好看"的历史，同时又采取了一种在消费时代看来很吃力不讨好的方式：写"正史"而不是戏说类、"恶搞"类的游戏文字。令人惊讶的是他竟然成功了，从天涯社区到新浪博客聚集了无数的热心读者，他的博客点击率也达到 1100 万，成为名人扎堆的新浪博客排行榜上的热点。这部作品用流行文学元素和小说笔法来写真实的历史，最特别的地方就在于作者写历史人物和事件的角度，用作者自己的话讲："历史并不是仅仅存在于书中的那些枯燥文字，实际上，历史是生动的，历史上的人物也是生动的，他们是和我们一模一样的人"，"他们也有追求，有痛苦，有七情六欲，也有这样那样的问题……历史不仅仅是枯燥的文字和事件，它是由人组成的，在历史的每一个角落都映射着人性的光辉"①。以己度人的写法使这部作品厚重丰满，同时充满了生动活泼的细节，有别于枯燥正统的正史写法，也不流于佻佻的戏说。比如在描写完朱元璋的悲惨身世后，作者这样写道：

---

① 《"我一定会把流行和草根进行到底"——当年明月致新浪博友的一封信》，2017 年 6 月 12 日（http：//blog.sina.com.cn/u/49861fd5010004uu）。

如果说，在出来讨饭前，他还是一个不知所措的少年，在他经过三年漂泊的生活回到皇觉寺时，他已经是一个有自信战胜一切的人。这是一个伟大的转变，很多人可能究其一辈子也无法完成。转变的关键在于心。

对于我们很多人来说，心是最柔弱的地方，它特别容易被伤害，爱情的背叛、亲情的失去、友情的丢失，都将是重重的一击。然而对于朱重八来说，还有什么不可承受的呢？他已经失去一切，还有什么比亲眼看着父母死去而无能为力，为了活下去和狗抢饭吃、被人唾骂、鄙视更让人痛苦！我们有理由相信，就在某一个痛苦思考的夜晚，朱重八把这个最脆弱的地方变成了最强大的力量的来源。

尽管是历史题材，但是作者在描述重大历史事件的同时并没有忽略对历史人物（无论是帝王将相还是平民百姓）的个性化把握，重点落在亘古不变又丰富多彩的人性上，无疑倾注了作者的人生感慨和个人体验，在获得可读性的同时也为读者提供了一种观照历史的新视角。

不仅仅是博客写作，其他新文类与传统文类比较也具有类似的明显的题材特征，作者的个人体验构成了文本的主要话语资源：玄幻作品中对性与暴力的沉迷幻想，悬疑小说中对孤独恐惧的大力渲染，穿越小说对于历史的个人表达和重构，同人小说中对爱情纠葛的醉心描述乃至短信小说中打动人心的精妙瞬间都是写作者自身的个体经验的表露。新文类对个体经验的宽容和倚重使得它具有了多样杂陈的美学风格，最新锐的和最浅薄的各种层次的思想体验都得到了平等的表达的自由，而不再像传统媒体时代那样，能够进入大众阅读视野的都是中庸的保守的思想。在新文类形形色色的个人体验中，我们却可以不时发现闪亮的天才思想，获得多样的阅读感受。

由于新文类中个人体验多数受到了消费文化的影响，生长在相似文化背景中，接受着相似文化产品的都市青少年自然而然地拥有高度相似的个人体验，因此他们的写作题材具有很大的同质性。在这一部分新文类的写作当中，对个人琐细生活的关注被引导向狭小的话语空间、自恋的写作态度和虚张声势的反叛，甚至滑入沉迷感官刺激的单纯身体写作；而他们的阅读活动也倾向于从"二手"的人生体验中获得替代性的成长满足，在他人的话语中寻求自己熟悉的感觉，以此建立和巩固自我认同。失去对抗性的个人体验由此成为消费文化制造的商品，它在标榜个性的同时将个性塑造成一个模式，从自己的个人体验中获取自我认同。这样一来，都市青少年人群止步于所谓"身体写作""残酷青春"的自恋式的描绘，而对于公共空间的畸形和缺失视而不见，大家不约而同地认可了这个时代的大场景，即时代虚伪。个人写作也在这样的情况之下由对抗宏大叙事追求独特性和独立性滑向欲望的饕餮，这样一来，新文类中被消费化的个人体验很容易失去理想的光环和思想的深度，变成这个人群自娱自乐、逃避现实的乌托邦。

第二节 流行化的亚文化

亚文化是区别于主流文化的边缘文化，亚文化群体通常具有不同于主流的独特生活方式和价值理念，因而在传统社会里常常不被主流社会接纳，也难以进入学术研究者的视野。20世纪40年代，美国社会学研究的芝加哥学派首先提出了"亚文化"的概念，而亚文化作为研究课题的逐步学科化也正是从此开始起步的。美国社会学家塔尔科特·帕森斯（Talcott Parsoons）在对美国中产阶级青年的文化分析中首次使用"亚文化"这个概念来特指青年文化，特别是青年文化中不遵循主流生活方式的群体。70年代后期，英国文化研究学者为亚文化研究提供了更为深广的社会文化背景，"伯明翰学派的文化研究以其独特的视角、跨学科的方法提出了一种与主流媒体相对的阐释方案，认为青年亚文化是一种独特的文化形式，标志战后英国时代共识的破裂和权威系统的危机，具有非常重要的意义"[①]。他们提出了青年亚文化的"抵抗"特性，并且指出亚文化是对母体文化中隐藏的或未决的矛盾的揭示或解决，它们既与母体文化和主流文化相联系，又具有区别于主流文化的结构和形态，"亚文化是在一个或多个更大的文化网络当中的子集——更小的，更地方化的，

[①] 姜楠：《文化研究与亚文化》，《求索》2006年第3期。

更有差异的结构"①。

亚文化的发展和传播水平与文化传播方式的变革有着直接的关系。在纸质印刷媒体和传统的电子媒体时代，传播方向都是单向的，印刷媒体的传播建立在统一的文字符号基础之上，对于标准化的要求很高；个体性的印刷行为是不被许可的，印刷机构和印刷设备都处在严格的控制之下，因此，以"白纸黑字"形态制造和传播的文字形态是权威性与统一性的代表；而以广播、电视为代表的传统电子媒体由于成本高昂、对民众的影响力巨大，一般都直接隶属于政府或者大的资本集团，在意识形态上也会受到严密的控制，它们所承载的文化形态都要受到审查制度的有效过滤和规约。正如上文所述，亚文化最大的特点正在于它的边缘性和抵抗性，它呈现出难以被主流认可的另类审美趣味，并且通过自己特立独行的生活方式表达对意识形态霸权的象征性的挑战，因此长期以来亚文化的传播都受到限制，一般都处于地下状态；相应地，大众对亚文化的了解甚少，甚至存在着偏见。20世纪90年代以来，中国社会进入转型期，在个人写作特别是女性写作的文本中，我们可以看到一些有关女性主义、毒品、摇滚和同性恋题材等亚文化内容，这些在当时看来绝对是离经叛道的叙事强烈地表达出个人与环境的对峙，是禁锢多年的个体意识的一次爆发，大大地冲击了根深蒂固的建立在男性逻各斯中心基础上的正统主流文化。

新媒体的诞生无疑为亚文化带来了有史以来最宽松的生存环境，"网络的发明骤然增添了文学两端的张力。一方面，文学赢得了前所未有的传播范围与传播速度；另一方面，文学撤销了作品发表之前的一切审查机制，文化公共空间最大限度地向私人话语敞开"②。亚文化从此走出了被遮蔽、被压抑的地下状态，在新媒体平台上获得了传播的自由，并且以各种形式表现在新文类的文本内容中，构成了新文类又一个重要的话语资源。当我们面对各色各样的新文类文本时，一个最直观的感受就是这些文本（特别是具有较高知名度的文本）常常包含了一些让我们觉得

---

① Stuart Hall, *Resistance through Rituals：Youth Subculture in Post-War Britain*, Hutchinson University Library, London, 1976, p. 13.

② 南帆：《双重视域——当代电子文化分析》，江苏人民出版社2001年版，第252页。

非常新奇陌生的因素，相对于传统文类正统的道德价值判断和审美趣味，新文类中大量存在着惊世骇俗的观念和行为表述，这些在以往的文学当中是不可能出现的。

新文类中经常出现的亚文化现象主要有游戏动漫文化、同性恋文化、神秘文化（包括鬼怪灵异、星象占卜、巫风异俗）、暴力文化和犯罪文化等。其中，同性恋亚文化是存在比较普遍、影响比较大的一种亚文化现象。在相当长的时间里，同性恋行为在社会上被作为道德败坏、性变态乃至犯罪来对待，甚至与之相关的社会学研究也难以得到人们的认同。随着社会科学和医学研究的开展以及学术和文化界对同性恋亚文化的解释与引导，同性恋作为一种少数人群的性取向和生活方式渐渐得到舆论的宽容，大众对这种现象的反应也日渐理性平和。近些年来，文艺作品中有关同性恋题材的作品慢慢进入大众的视野，一些描写同性恋情感的影视作品如《霸王别姬》《蓝宇》《男孩不哭》《断臂山》等不但公开放映，而且还获得各种重大的奖项，成为电影艺术史上的经典。在学术研究层面上，国内外学界对同性恋亚文化的研究也比较深入。法兰克福学派的著名哲学家马尔库塞在他的论著《爱欲与文明》中指出：同性恋现象包含着革命的潜力，是对生殖秩序的反叛，是"一个伟大的拒绝"[①]；福柯在《性史》一书中以大量的篇幅发掘和阐述古希腊的性风尚，从美学的观念认同同性恋爱欲，这一点与弗洛伊德的论述不谋而合。20世纪60年代以来，随着西方同性恋解放运动的开展，一种激进的社会学理论"酷儿（Queer）理论"兴起，他们将研究的重点转向同性恋对人类社会的建设性作用。"根据酷儿理论，同性恋现象对于人类社会发展的启示主要表现在以下三个方面：第一，它提示了一种新型人际关系和生活方式的可能性；第二，它提示了超越性别界限的可能性；第三，它是所有边缘群体对主流意识形态反话语权力的挑战。"[②] 这些研究将长期被压抑被误读的同性恋亚文化现象带到我们面前，它不但对传统社会的价值观、道德观和审美观有着巨大的影响，而且对于建立在异性恋基础上的传统

----

① [美]马尔库塞：《爱欲与文明》，黄勇、薛明译，上海译文出版社1987年版，第125页。

② 李银河：《同性恋亚文化》，中国友谊出版公司2002年版，第427页。

的婚姻家庭、男女性别角色问题都构成了有力的冲击,为我们认识人类丰富的情感世界打开了一个全新的窗口。

神秘文化泛指一切难以用现代科学的实证方法和逻辑推论去解释的文化现象,"从那些古老的神话传说到'河图洛书',从楚人崇巫的古风到儒家关于'天命'的思想,从东北的'萨满'信仰到粤人'祠天神帝百鬼'的风俗(《汉书·郊祀志》),还有世代流传的风水讲究、气功法术、'麻衣相法'、占梦玄机、轮回信仰……"① 这样一些文化现象长久地存在于人类发展的各个历史阶段,是古代先民们在漫长的岁月中摸索和创造出来的生存智慧,在民间有着很大的影响。随着现代科学技术的发展,人类对自身和世界的认识更加明晰,一些神秘文化因此失去神秘性;但是科技的进步也同时为人类打开了许多通向未知领域的窗口,人类获得越多的认识,越发现未知世界的辽阔,就越会感觉到自身的渺小,这又为神秘文化的诞生和存在提供了丰沃的心理土壤。中华人民共和国成立之后,神秘文化在很长一段时间内都被作为唯心主义世界观或者是封建迷信而加以批判,但是在民间它的影响却一直存在。新媒体出现以后,我国传统的神秘文化得到了发展的空间。此外,世界各国的各种神秘文化也借助这个平台很快传播到我国:无论是西方的哥特小说、吸血鬼文化,还是古埃及文化中的法老的诅咒、金字塔之谜都通过文化交流和影视文学作品进入国人视野。邻邦日本的灵异恐怖文化更加发达,渗透在他们的卡通和影视作品中,形成了著名的"日式恐怖",深刻地影响到新文类中相关的内容。它巧妙地运用气氛和布局,利用日常生活中常见的场景,将人类本能的恐惧感、心理变化与想象力诱发出来,与我国的神秘文化一道形成了特色鲜明的东方神秘文化。总的来说,神秘文化表达了生存在现代文明中的人类面对未知的共同心理,种种超出常识的灵异现象使人类能够有机会认识到自身智慧和能力的局限性,从而摆脱愚昧的自大,建立必要的对生命和自然的敬畏感。

动漫游戏亚文化,就对新文类的影响而论,主要是指日本的包括动画、漫画、电子游戏等在内的卡通文化。日本的动漫游戏产业一直非常

---

① 樊星:《"新生代"文学与传统神秘文化》,《华中师范大学学报》(人文社会科学版)2005年第1期。

发达，其中有大量针对青少年甚至成年人的成人动漫产业，这些作品已经不再是儿童的专利，渗透了成人社会的价值理念和审美趣味，有很大部分为了满足成人的口味而充满了色情和暴力的因素。这些作品在新媒体时代无障碍地通过互联网进入我国，并且由于其"卡通"的外表使得人们容易忽略其中包含的不良成分。即使是在《圣斗士星矢》《浪客剑心》这样一些可以称为经典的日式动漫作品中，杀戮、仇恨、暴力的因素也时时可见，有些甚至成为作品的主题。这些负面的内容在"励志""热血"等主题的遮盖下吸引并且深入地影响着我国广大的青少年读者，动漫作品当中一些无视人的生命价值、冷血偏执的虚拟人物成为缺乏判断力的青少年心目中的偶像。基于动漫创作的大部分电子游戏更是充斥着暴力内容，游戏者扮演施暴者的角色，在虚拟的世界里体验真实的杀戮快感。此外，很多动漫和游戏在暴力内容之外还有着各种形式的对同性性行为、虐恋和性爱等争议话题的表现，至于打色情擦边球的内容更是比比皆是。这一类亚文化对于青少年影响极大，它当中包含的暴力、犯罪和色情因素对于青少年的自我认同建立的消极影响不可低估，而它对于同性恋、虐恋这些原本是严肃的社会学问题的商业化改写也使青少年群体接收到错误的信息，使他们的道德和审美都出现了一定程度的畸形缺失。

　　这些在传统文类中甚少出现的亚文化内容构成新文类文本吸引读者注意力的主要"卖点"，也为新媒体时代的文学打开了全新的审美空间，具体到各个新文类来说，亚文化的内容会根据文类的特点有不同内容。玄幻小说这种文类兼有神怪、奇幻和武侠小说的杂糅特质，是一种受到古今中外各种文化形态影响的新型幻想小说，它在内容上受到的最明显的亚文化影响就表现为对游戏动漫因素的吸纳。首先，玄幻小说在情节设置上具有明显的RPG（角色扮演游戏）色彩，主人公逐级突破重重难关，获得能力和心智上的成长，最终达成自己的目标，这个模式普遍存在于玄幻作品当中，也正是RPG中玩家要经历的通关晋级过程。在玄幻小说的人物和环境设置上，我们也可以看到典型的电子游戏的特点：人物善恶分明的二元对立模式是玄幻小说的一大特点，主人公常常亦正亦邪，摇摆于善恶之间，他的内心痛苦抉择构成玄幻小说表现复杂人性的主要方式。这一点也与游戏过程中的多种选择性相关，在电子游戏中，玩家可以选择扮演任何一方的角色，而故事情节也随着角色不同而向不同的方向进展。另外，在场景的描绘上，玄幻小说可谓上天入地，神游宇宙，像《搜神记》中对龙潭、天湖、蜃楼城、汤谷等气势恢宏的景色描写，《诛仙》里对青云山、万蝠古窟、滴血洞、黑石洞、死泽等或雄奇或险恶的场景描述，都使读者如同身临其境。在这些作品中，各个场景都拥有标志其特色的典型景物，色调都浓烈鲜明，极具个性，也具有典型的游戏场景的特点。在 RPG 游戏当中，玩家扮演的角色要通过重重关卡，各个关卡都具有不同的场景设置，也相应地结合场景为角色设计要完成的任务，这些场景往往是特征鲜明、色调浓烈的，为角色在其中的行动烘托气氛、渲染氛围。除此之外，玄幻小说也吸收了许多神怪文化的因素，它大量地以中国传统文化中的神怪文化为背景，同时吸收了西方奇幻文学中的一些因素，在作者设定的架空大陆上，仙、人、鬼、妖、龙、怪兽并存，这当中有许多颇有渊源的内容，如吸血鬼、龙、僵尸等，在中西方的非主流文化谱系中都有深厚的文化内涵和历史演变轨迹。

　　悬疑小说大量地吸收了神秘文化的因素，也受到一些日本动漫的影响（如对惨烈、狂暴的暴力美学的追求）。悬疑小说在网络写作中主要呈现为两种类型：一种是以"鬼故事"形式出现的"心理悬疑小说"，以蔡骏作品为代表；另一种是以探险寻宝形式出现的"盗墓小说"，以《盗墓笔记》《鬼吹灯》为代表。在这些作品中很多都加入了超自然的因素，如幽灵、鬼魂、诅咒等，因而多少具有一定的恐怖色彩。比如"轮回"这样一种来源于佛教的信仰就构成了许多悬疑小说的主题，而来自日本传统文化中的"御灵文化"更是深刻地影响到悬疑小说的情节构造。悬疑小说中常常还会出现神秘的预兆、预言，成为情节发展的线索，也常有一些能够预见危险的"通灵"人物，只是这些人物多半来去无踪、言语晦涩，不像现实生活中的占卜师、算命先生那么亲切可感，而更像是另一神秘世界派来的信使。一些本身并不具有什么神秘性的物品也被赋予了诡异的色彩，比如在近年来不少经典的心理悬疑小说中出现的高科技道具，如电视、传真、手机短信、电脑等，因为这些通信手段本身就具有匿名性，形成了一种接受双方的信息不对等，弱势的一方就会产生任人宰割的无助感，作者利用这些因素营造出一种神秘莫测、不可把握的紧张感。在盗墓小说的情节营造中，很多作品正是利用神秘文化中一些超自然力量带给人们的主观心理恐惧实现它紧张刺激的审美理想，很多经典的作品在营造紧张气氛之余，更多地表现了主人公对残酷命运的抗争、对黑暗诅咒的破解，显示了人类面对险恶境况时所迸发出的坚强意志和行动能力，在压抑沉重的宿命感中绽放出人性的光芒。神秘亚文化显示了人类解释社会和自然现象时特殊的思维模式，为新文类带来了一种从心灵内部观照人生的特殊视角，并且表现出迥异于正统文化的瑰丽奇谲的美感，它的内涵博大精深，值得人们更多地去发掘、去体味。

　　同人小说是一个在小范围内流行的文类，本身就具有真正意义上的亚文化性质，而构成它亚文化性的主要因素则是动漫亚文化（主要是日本动漫）及其衍生出来的同性恋亚文化和暴力亚文化对它的影响。随着近年来同人小说的创作主体进一步低龄化，这种影响愈加明显，描写虚构的同性爱情甚至虐恋的"耽美同人"逐渐成为这一类作品创作的主流。在题材的选择上，网络同人小说不约而同地将日本动漫当作同人创作的母本，采用其中的人物形象进行自己的创作，而内容就主要集中在人物之间的爱情这个狭小的范围当中。经典的动漫作品如《灌蓝高手》《银河英雄传奇》《圣斗士星矢》等人物众多的作品更容易成为被改写的目标，发展到后来，一些广受欢迎的影视作品（如《哈利·波特》《魔戒之王》等）、文学作品（如《小时代》《琅琊榜》《盗墓笔记》等）、娱乐组合（如韩国偶像组合东方神起，国内的少年组合TFBOYS等）也纷纷成为同人小说的主角。大多数同人小说将原始作品当中人物之间的感情作为演绎的话题，比如在《圣斗士星矢》中，星矢、冰河、紫龙、阿瞬、一辉5个人的深厚友情在同人小说中常被拿来武断地"配对"，并描写他们之间的缠绵爱情。由于创作主体阅历的局限，这些虚构的爱情又呈现出千人一面、矫揉造作的状态，大量作品在对"美型男"（俊美的少年）之间情感纠葛和身体接触的似懂非懂中的描写中满足青春期的少年对爱情与性的幻想。这些带有明显同性恋特征的作品更大程度上只是表达处在青春期的青少年对于偶像的迷恋或者对于爱和关怀，对于亲密关系的渴望，它们的文学价值还有待商榷；在同人作品的人物设置和情节演进上，动漫的痕迹很重，简单说就是模式化。人物一般都是外表出众、个性突出的青少年，这样的角色设置更能引起读者的亲切感；在情节发展上戏剧性较强，冲突激烈，善恶分明，在同一个情节单元里线索比较简单，可以看到明显的动漫影视的剧集痕迹。很多作品在描写同性恋爱的同时还涉及虐恋亚文化的内容，满足了一部分青少年追求新奇刺激的心理。这些内涵丰富的亚文化内容在同人小说里只是充当青少年群体"白日梦"的外壳，小说的本质内容其实还是对异性爱情的憧憬和想象，很难说具有真正的亚文化内涵。由于它题材的特殊性和社会对同性恋与虐恋亚文化的认识有限，这一类的同人小说虽然在网络上拥有大量的读者和拥护者，并且在高中和大学学生中颇受欢迎，但是在网络以外的现实社会中却处于地下状态，没有公开的出版物，是新文类中最具有亚文化传播特色的文本形态。

亚文化话语资源之所以在新文类中大量出现与新文类的存在语境是分不开的，新媒体的发展在客观的技术层面为亚文化的生存和传播提供了前所未有的便利条件。同时，新媒体带来一种相对自由宽松的审美态度，各种亚文化的爱好者可以在互联网平台上就自己感兴趣的话题自由深入地进行交流，而大众对于亚文化现象的接受态度也日渐宽容，这些无疑都促进了亚文化的迅速生长。更重要的是，无孔不入的消费文化为了实现商业利益的最大化，致力于寻找新鲜的话语资源以迎合受众猎奇求变的接受心理，他们把目光投向甚少被人了解的亚文化，大力发掘其中可资利用的因素并且把它加工成为消费品投入市场。因此，我们可以看到新文类中的亚文化话语大多数都已经失去其"抵抗性"，被时尚化、流行化，成为消费时代流行文化的一部分。当然，这也是与亚文化本身的双重性分不开的，美国著名文化社会学家戴安娜·克兰曾在她的《文化生产：媒体与都市艺术》一书中指出：在处于边缘领域的"抵抗的亚文化"和处于"核心领域"的流行时尚文化之间并没有隔绝的鸿沟；相反，在核心领域的边界，存在着高度的"喧哗声"，大量具有先锋性质的亚文化试图进入"核心领域"。[①] 新文类中大量出现的亚文化话语正是这种被流行时尚化了的文化符号，它们以标榜个性反叛的亚文化面貌出现，却成为我们时代流行文化的重要组成部分，它们的前卫色彩恰恰成为都市青少年追逐的目标。

---

① [美]戴安娜·克兰：《文化生产：媒体与都市艺术》，赵国新译，译林出版社2001年版，第11页。

比如在同人小说中出现的同性恋话题，如果我们拿耽美同人小说与传统文类中描写同性恋的小说来作一个对照的话，就可以发现两种文本的着力点是完全不同的：前者的真正重点并不在"性别"上，耽美小说中的两个男主角代表了两种不同的男性的美，他们之间的"恋"则是异性恋爱的翻版，实际上是为了满足众多的女性同人小说迷（她们有一个专门的名字叫"同人女"）的隐秘的窥视心理，这种同性恋话语早已失去了同性恋亚文化本身的色彩和意义，是一种被异化和简单化的消费策略。神秘文化在新文类中的境遇也基本上是这样。我们不否认一些优秀的悬疑作品借助神秘文化表达出对人性、对自然、对社会的深层观照，开拓出平时被主流意识形态压抑的另一个奇谲瑰丽的审美世界，但是如果打开互联网上像新浪、搜狐这样的门户网站上有关灵异悬疑的文学频道，其中大量充斥的是受日本恐怖影视文化影响深重的"鬼故事"。这些故事把手段当作目的，以"吓人"为第一要务，单纯地追求感官刺激，作品中常常充满了血腥、阴森、诡异、变态的情节。东方神秘文化中包含的深厚文化底蕴和巧妙神奇的人生智慧因为不符合消费时代的盈利需求而被摈弃；相反，神秘文化中宿命的消极的因素却成为大多数新文类作品青睐的话题，这不能不说是对这种亚文化资源的误读和滥用。

长期被排斥于主流文化形态和读者接受视野之外的亚文化话语在消费时代受到了特别的关注，其中蕴含的新鲜审美因素和具有冲击力的思想被流行化之后作为一种商业文化制造的"奇观"呈现在我们面前，这种"奇观"正好投合了都市青少年群体追求新奇刺激的猎奇心态，因而在新媒体平台上成为新的时尚和潮流，快速地发展起来。流行化的亚文化为新文类带来许多活泼生动的新鲜素材，也在一定程度上造成了一些新文类在思考上的肤浅化，因为它毕竟是被消费文化改造过的"二手经验"，丧失了亚文化本质上的清醒判断和独立立场。

第三节　重写经典

"经典"是文艺理论中一个重要的概念，它在中西方文化体系中都有着历史久远的概念流变。在汉语中，"经典"一词从汉魏时期开始使用，主要用来指称儒家典籍，后来随着知识的传承积累，经典的范围也从儒家典籍扩充到佛道释诸教的重要经籍,再到后来就用来泛指一切流传久远,体现了真知灼见的权威典范之作,正如刘勰在《文心雕龙》中所说:经典乃"恒久之至道,不刊之鸿教"①。在西方文论中,"经典"相对应的概念是canon,"从古希腊语的kanon(意为'棍子'或'芦苇')逐渐变成度量的工具,引申出'规则'、'律条'等义。然后指圣经或与圣经相关的各种正统的、记录了神圣真理的文本。可见canon这一概念原初具有浓烈的宗教意味,大约从18世纪之后,其使用范围才逐渐超越了宗教范围,扩大到文化的各个领域中,于是也就有了文学的经典(literary canon)"②。总的来说,能够称得起"经典"的文学作品,它们的主题一般都具有普适性,能够超越时代的局限和狭隘意识形态的局限,经得起相当长的历史时期的品味和研究;同时,经典文本的合法性的确认需要一系列话语机制的证明,这本身也是一个漫长而复杂的过程。比如《诗经》从民间传唱的歌谣,到"献诗"于天子,到孔子"删诗"余下305篇,直至汉文帝时期三家诗出现,成为官学,《诗经》的经典地位才建立起来。这其中经历的献、删、选过程就是不同的话语体系对文本的规约过程。在经典的确立过程中,像孔子、申培、韩婴、辕固这样的"专家"起着决定性的作用,他们通过建立经典来树立自己的文学观念,实现自己的审美理想。

　　文学经典是文学的权威性和神圣性的最集中体现,经典不仅被认为是最好的文学,而且也被奉为文化的法则和典范。在整个纸媒文学时代,经典的评定标准都不同程度地受到政治或学术观念的影响,并且根据每个阶段掌握话语权的主体变化,评价体系也发生着微妙的变化和调整。但是总的来说,经典的建立过程就是一种文学观念或力量取得文坛的话语权力的过程。在这个过程中,适合这种文学观念及其审美标准的作品就被确定为经典,其他的文学观和反映该文学观的作品在这个过程中要么被整合,要么被遮蔽。我国现代文学史的书写就是一个最简单的例子,能够进入文学史无疑是对一部作品经典性的有力确认,然而这个"经典性"究竟有没有客观标准,由谁说了算,就成为一个意味深长值得探究

---

① 刘勰:《文心雕龙·宗经》,赵仲邑译注,漓江出版社1982年版,第31页。
② 刘象愚:《经典、经典性与关于"经典"的论争》,《中国比较文学》2002年第6期。

的问题。20世纪50年代的现代文学史写作一般是"为革命修史",入选的文本在政治上的正确性被放在首要位置,作家的阶级身份成为评判作品的一个重要标准,因此"革命作家"的作品被树为经典,"反动作家"的作品,即使流传甚广,曾经得到文学界的赞誉也不能进入文学史。这种文学观一直延续到"文化大革命"。"文化大革命"之后,特别是80年代后期到90年代初,市场经济对政治意识形态的稀释在文学史的写作上得到体现,许多被革命文学史遮蔽的优秀作家作品得以现身。北京大学出版社1998年出版的《中国现代文学三十年》一书中,沈从文、张爱玲、钱钟书、张恨水等作家及其作品,以及鸳鸯蝴蝶派、武侠小说等通俗小说都得到了中肯的评价。近年来,对这些作家作品的讲授和研究更是成为高等院校文学史的重头戏与学术界的热门话题,它们的经典地位重新获得了承认。

新媒体时代的到来彻底颠覆了这种传统的经典建构体系,新媒体平台赋予每个人平等的话语权,在技术上真正实现了大众媒体的功能。拥有话语权之后的大众不再需要依赖"专家"发出自己的声音,不再仰视他人为自己设立的经典作品,因此在纸媒时代基于精英立场的经典建构在新媒体文坛中也不再被奉为规范。这样一来,传统文学经典赖以生存的语境被改写,在汹涌而至的消费文本面前无所适从,陷入了尴尬的境地,传统文学经典的权威性、超时空性和稳定性等特征在这个全新的文学场中被一一颠覆,曾经被人仰视和奉为圭臬的"经典"成为新文类中被改写的对象。如果我们检视新文类五花八门的文本,在它们的字里行间不难发现以各种面目出现的传统文学经典的影子,这些被改写或被挪用的经典构成了新文类另一种重要的话语资源。

首先,新文类中大量存在对经典人物形象的改写。经典人物形象承载着一部作品的精髓,有许多优秀的文学经典正是因为塑造出了精彩的人物形象而被大众所喜爱,这些人物形象在民间的流传中甚至具备了超越作品本身的魅力和意义。比如,在民间很多人根本没有阅读过《西游记》《水浒传》《三国演义》,可是对于孙悟空大闹天宫、猪八戒背媳妇、武松打虎、桃园三结义等故事津津乐道,对于孙猴子、武二郎、关公的喜爱和崇拜也是由衷的,这些深入人心的经典人物形象构成了作品魅力的主要来源。在新文类的同人小说中,借用经典人物形象讲述新的故事构成了这一文类的写作模式,并且在创作中出现了大量的成功作品,如《悟空传》《沙僧日记》《此间的少年》等,同人小说的创作模式也成为新媒体写作的一大模式,在各个网站的文学板块都可以看到以经典人物形象为主人公的文学创作。这些创作有一个共同的特点就是出现在新文类中的经典人物形象往往只是一个名字的符号,附载于这个符号之上的所有性格特征、文化内涵都被舍弃掉,换上了写作者比较熟悉的日常生活经验和个人体验。因此,在新文类中的经典人物形象一般来说都只是保留了一个外壳,内里的东西全是写作者的自况和感悟。就以《悟空传》为例,其中的孙悟空全然不是《西游记》中那个"跳出三界外,不在五行中"、无拘无束、神通广大的齐天大圣,而成为一个在命运面前软弱无力的小人物,失去了前世的记忆和叛逆精神,整部作品弥漫着一种宿命的悲剧感。这种既不能改变现实,也无法说服自己向现实妥协的两难处境和自我价值无处确认的迷茫感体现了现代都市青少年面对复杂社会的典型困惑,因而很容易引起青少年读者的共鸣。《悟空传》将这种情绪附载在孙悟空这个人物身上只是一种叙事的策略,文本中这个苦闷软弱的孙悟空、琐屑无聊的取经故事与《西游记》中那个无所畏惧的孙悟空和降妖除魔所向披靡的取经故事形成一种"互文性"的对照,营造出一种充满现代性迷惘和痛苦思考的独特审美风格。

新文类中还大量存在对经典情节模式的借用,如果说新文类对人物形象更多的是改造的话,对于经典情节则更多的是借鉴。经典的情节模式就像电影里的"桥段",人们一提起某个情节,脑子里就会出现一种经典的描述,在传统文类中要想使作品有价值就要避开这种"桥段",而新文类却充满了经典情节的模仿。比如中国传统小说(尤其是笔记小说)中常常出现的"人鬼相恋""人神相恋"情节,在新文类的悬疑小说中,这种情节被广泛地使用,出现了很多人鬼恋的伤感爱情。比如蔡骏的悬疑作品《荒村公寓》就在一个恐怖故事的框架中讲述了一个超越千年时空和生死的唯美爱情故事,上天入地,阴阳两隔,爱情在激烈的冲突和阻碍中被提炼得愈加纯粹浓烈,给读者带来强大的心灵震撼。同样是在悬疑作品中,我们还可以看到许多来源于日本恐怖影视文化的情节,比如一个附着在日常生活用品上的怨咒使得接触了这一物品的人物先后离奇死去，这种情节模式与古埃及的法老诅咒颇有渊源，人们出于对灵魂的信仰，相信人死后抽象的灵魂或意念仍然存在，可以产生巨大的报复力量，将那些伤害过自己或打扰了自己安宁的人的生命夺走，这种情节模式也在许多悬疑作品中一再上演。说到同人小说，实际上很多作品都沿用了非常模式化的情节套路，如著名的哈利·波特同人小说《像天使一样堕落》，原著中分属正邪两边的死对头赫敏·格兰杰和德科拉·马尔福在这部作品中陷入一场复杂的感情纠葛，光明与黑暗、忠贞与出卖、生存与死亡，在爱情的名义下，一切都难以抉择，从伐尼那·法尼尼与米西瑞里到保尔与冬妮娅都曾面临这样残酷的抉择。玄幻小说中也不乏这样的情节，反方的美丽女子爱上正义的男主人公，于是弃恶从善，跟随在男主人公左右，出生入死保护他，而且往往最后在生死关头为了救男主人公而惨死，这种美女救英雄的情节模式在通俗小说中已经从经典几乎泛滥成恶俗了。此外玄幻小说中还大量存在"武林秘籍""比武大会"一类的情节，这些模式化的内容使新文类当中的大多数类型小说呈现出重复化、平面化的特点。

新文类文本还常常借鉴经典作品的话语风格。在浩如烟海的经典艺术作品宝库中，每一部经典作品都拥有自己的语言风格和话语方式，语言风格也是最能显示出作者个人特色的地方，有时候我们只要一看作品的语言就可以猜出它的作者是鲁迅还是王朔，是金庸还是琼瑶。可以说，特色鲜明的语言风格构成了经典作品的神韵精髓，也是作品的出彩之处所在，这些风格各异精彩纷呈的语言在后现代消费社会的语境中纷纷被碎片化，镶嵌到各种各样的语境当中。比如被最多文学作品（无论是传统文类还是新文类）效仿的《百年孤独》的开头："多年以后，奥雷连诺少校站在行刑队面前，准会想起父亲带他去参观冰块的那个遥远的下午"；以及杜拉斯的《情人》的开头："我已经老了。有一天，在一处公共场所的大厅里，有一个男人向我走来，他主动介绍自己，他对我说：我认识你，我永远记得你。那时候，你还很年轻，人人都说你很美，现在，我是特地来告诉你，对我来说，我觉得你比年轻时还要美，那时你是年轻女人，与你年轻时相比，我更爱你现在备受摧残的容貌"，脱离了原作特定的语境之后，这些语句只能作为一种时尚符号来装点各色各样的文本,标志作家的阅读品位,却失去了其本来的意义和"灵韵"(aura)①。短信小说《城外》是一篇仅有4200字的作品,其中可以看到多处对经典语言的借用和模仿,比如:"没有别的话可说,唯有轻轻地问一句:噢,你等我在这里吗?"这是对张爱玲的模仿;"它们在地下盘根错节在地上耳鬓厮磨","因为根已相吻在地下河流"是对舒婷《致橡树》"根,相握在地下,叶,相触在云里"的模仿;"与其等待千年,不如在爱人肩上痛哭一场",是对舒婷《神女峰》"与其在悬崖上展览千年,不如在爱人肩头痛哭一晚"的改写。在玄幻小说《诛仙》中,我们可以看到明显的金庸话语风格:

> 青云山麓脚下,离大城河阳还有五十里地的西北方,有个小村落叫"草庙村"。这里住着四十多户人家,民风淳朴,村中百姓多以上山打柴交于青云门换些银两生活。平日里村民常见青云弟子高来高去,有诸般神奇,对青云门是崇拜不已,以为得道仙家。而青云门一向照顾周遭百姓,对这里的村民也着实不错。

这种沉稳大气、不急不缓的叙述节奏,文字通俗又不失雅驯的语言特点深得金庸武侠小说语言的风格精华,可以说是新文类中比较经得起阅读的为数不多的作品之一。经典语言风格的借用不仅仅是对文学作品而言,一些优秀的影视语言也成为新文类借用的话语资源。比如前文提到的《悟空传》在语言上受到周星驰的电影《大话西游》的影响,而源自电影的"大话文体"随着影片红遍网络,也一度成为网络上最流行的语言模式。

对经典人物形象、情节模式和语言风格的改写构成了新文类的一大话语资源,与此相关还形成了一种新的言说方式——"恶搞",这种将反讽和戏拟手法运用到极致的游戏式书写成为当下新媒体空间内最风行的写法,我将在后面一个章节中就此展开专门的分析。

---

① 灵韵,又被译为"韵味""光晕"等,特指古典艺术作品所具有的与原初性相关的审美特性。是瓦尔特·本雅明(Walter Benjamin)在《摄影小史》《机械复制时代的艺术作品》等著作中独创的概念。

在背离传统文坛和传统文学评定标准的新文类文本中，被传统文坛认定为经典的艺术作品的身影何以频频出现，这种现象值得我们思考。新文类的创作主体，如前文所述，多是出生于改革开放之后的都市青少年人群。他们的年龄相似，人生经历相对也比较单纯：或者还在学校读书，或者刚刚走出大学校门进入社会。因此，他们作为创作主体，在新文类作品中所表达出来的人生感悟也相差不远。同时，由于年龄和阅历的限制，有很多事情他们还来不及亲身体验，但是又充满了好奇和憧憬，于是就从文学作品或者影视作品中获得知识和想象的满足。而消费社会提供给他们的文化产品也是相似的，很多青少年关于爱情和人生的最初经验都是从小说、电影或动漫当中得来的。就像张爱玲说过的，现代人多半是先看过海的图片，再有机会见到大海，看过了许多恋爱小说，才开始谈真正的恋爱。所以，新文类的创作主体受到这些客观条件的限制，在作品中表达的经验多半具有"二手性"，即来源于他们教育经历中阅读过的经典作品或接触过的经典影视艺术，这就不难理解为什么在新文类中有那么多对经典的借用了。

新文类中还有大量对经典进行改写甚至"恶搞"的作品，写作者在对经典作品的解构中可以获得挑战权威的成长快感。经典作品在传统的纸媒社会里是供人膜拜的神圣对象，代表着主流意识形态的肯定，在某种程度上是正统和权威话语的象征。新媒体技术一下子将普通人与经典之间看似不可逾越的鸿沟填平了，写作者在对经典文本进行拆卸和拼装的过程中，获得了一种文化创造者的心理满足，这些对于正处在自我认同建立阶段的青少年而言是一种强大的自我肯定力量。"经典作品所承载的社会文化内涵，直接体现了社会的主流思想价值观念，承担着主流意识形态对社会大众进行思想规训与道德教化的功能。因此，对经典文学作品的改写和颠覆，实际上就是对于经典背后的主流思想价值观念的冒犯。正是这种对于主流思想价值观的冒犯，赋予了戏说经典的作者和读者以一种强烈的、叛逆式的快感。"① 青少年群体通过这种方式宣告他们对权威和成人世界的不屑一顾，以及他们创造自己的文化产品的能力和

---

① 吴泽泉：《快感的诞生——对戏说经典现象的文化学分析》，《中州学刊》2005 年第 4 期。

愿望。

　　此外，由于传统经典作品承载的思想与消费文化哺育下的当代都市青少年的思想观念有着很大的不同，所以我们在新文类中看到的经典作品大多数都是"旧瓶装新酒"，是被改写过的，这些作品一般借鉴的都是经典作品巧妙的形式因素，如人物形象（一般仅仅就是人物的名字）、情节模式、语言风格，而对经典作品的内涵意义以及与内涵意义相关的表达方式则采取戏拟和反讽的手法将其娱乐化，在嬉笑和喧闹中营造自己想要的文学效果，构筑着他们自己的经典。如我们前文提到的《悟空传》《诛仙》《盗墓笔记》《后宫甄嬛传》等作品，都是新媒体文坛中出现的新的经典作品，被无数网民津津乐道、在出版市场销量惊人，并且成为一些文学研究的专门话题。这些新的经典作品代表了新媒体世界的逻辑和使用新媒体的都市青少年的价值取向，与传统文坛所推崇的经典（特别是当代的经典）并不共用同一套评判标准，因而陷入了互不认同的混乱局面。

第 四 章

新文类的言说方式

第四章讨论新文类的叙事方式的特点,也就是新文类的言说方式。

文学传播媒介的变革在带来文学写作方式的改变之余,也会影响到写作者处理题材的手法,在新文类文本中就呈现出一些典型的特点:首先是对互文手法的大量应用。新媒体在可操作层面上为新文类写作提供了文本的相互关联,这就使得新文类文本较之传统书写具备了普遍的互文性言说方式。具体来说主要有两种表现:一种是在文本内容上(又称"外互文性"),通过拼贴、引用、戏拟、用典等手法实现两个甚至多个文本的借鉴和融合,产生出新的互文文本,这种形式在传统的文类中早有存在,但是在新文类的手机段子、同人作品中得到了集中的体现。另一种则表现在文本形式上(又称"内互文性")。比如在博客写作中出现读者留言与正文相互补充说明的"对话状态",图像与文字有机结合的"手绘博客",大量图片与文字融合的"美食博客""旅游博客"等,这都是新媒体条件下的全新的言说方式。"恶搞"作为戏拟在新媒体时代的变形其实也是属于互文性范畴的叙事方式,它代表了新媒体世界的最新流行风尚。一系列"恶搞"作品借助先进的计算机图像处理技术和互联网传播,多数以视频短片、图片、flash等视觉模式在博客空间呈现出来,也有大量对具体文本的"恶搞",比如网络上一度流行的"梨花体"诗歌,"恶搞"不再承担任何对于意识形态或者权威的消解和批判作用,它改编或模仿的对象也不像戏拟那样更多地集中在经典和权威上,而是更注重对象的形式特点,即对象有没有足够引发"爆笑效果"的特质,是一种无意义的戏拟,体现了新媒体时代的娱乐精神。身体叙事策略也是新文类的一个重要的言说方式,一度在手机段子和某些博客文字当中以草根阶层的审美趣味为掩护，表达了对权威正统的嘲弄，但更多的被消费文明滥用，在诉诸感官的图像和文字刺激中成为被消费的对象。这一点可以从博客中"一脱成名"模式的所向披靡和网络幻想作品中对于性和暴力文字的缺乏节制中得到有力的证明。

第一节 互文性

互文性（intertextuality），又称文本间性，是西方解构主义文论的一个重要概念。"它有截然不同的两大含义：一是作为文体学甚至语言学的一种工具，指所有表述（基质 substrate）中携带的所有的前人的言语及其涵盖的意义；二是作为一个文学概念，仅仅指对于某些文学表述被重复（reprises）（通过引用、隐射和迂回等手法）所进行的相关分析。"[①] 也就是说，在广义上，互文性指一切文本之间存在的"对话关系"，而从具体的文学手法上讲，互文指的是引用、模仿、拼贴、戏拟等具体的超文本手法。这个术语最早由法国文学理论家朱丽亚·克里丝蒂娃提出，她在1969年发表的《符号学，语义分析研究》一书中指出互文性是"一篇文本中交叉出现的对其他文本的表述"，"每一个文本都把自己建构为一个引用语的马赛克，都是对另一个文本的吸收与改造"[②]。因此，"任何文学文本都无法孤立地进行释义，因为世界整个被淹没在符号行为之中，也就是说，每个文本都淹没在文本世界之中"[③]。理论上讲，一切文本都是互文本，而新媒体的出现，无论是在文学接受还是在文学创作上、无论是在广义上还是在狭义上都为互文性提供了最妥帖的例证。

新媒体为文学作品提供了新的阅读界面，人们可以通过电脑屏幕和手机屏幕阅读文学作品，这种阅读方式在实现文学的无纸传播的同时也大大地突破了有形的纸质媒体对阅读行为的时空限制，进而突破了基于

---

① ［法］蒂费纳·萨莫瓦约：《互文性研究》，邵炜译，天津人民出版社2003年版，第1页。

② ［法］朱丽亚·克里丝蒂娃：《符号学，语义分析研究》，Seuil 出版社1969年版，第115、145页，转引自［法］蒂费纳·萨莫瓦约《互文性研究》，邵炜译，天津人民出版社2003年版，第3页。

③ 赵毅衡：《文学符号学》，中国文联出版社1990年版，第123页。

纸媒的线性阅读方式，在可操作层面上真正实现了文本的互相关联，这正是新媒体技术对于文学接受方式的一大革命性贡献。在互联网上阅读文字的过程和阅读纸张上的文字有一个最大的不同就是，将"读书"变成了"读屏"，这种"读屏"的方式打破了阅读书本时需要一页一页地翻动书页、从头到尾地阅读作品的传统的线性阅读方式。互联网技术为无边无际的信息提供了强有力的载体，同时，电脑网页编辑技术可以在阅读的语篇内部、周围、附录中设置无数个节点，阅读者通过点击设置在这些节点的"超文本"链接选择自己感兴趣的信息继续阅读，无限地扩展阅读面和转换阅读重点。在新媒体提供的这种自由的阅读体验中，"印刷品的各个要素根据作者的统一安排而存在于某种空间连续体（如页面），网络文学所包含的词语、图像、动画、音响等要素则是作为离散实体分布在存储器的不同位置，很像一个个各自待在家中的演员。用户发挥着与导演相似的作用，在调用文件、点击链接的过程中分别将这些演员召唤到计算机屏幕这一虚拟舞台上"①。这种接受的过程化被动为主动，读者可以充分利用新媒体技术提供的便利在不同的文本间来复往返，最大限度地满足阅读者的心理诉求，文本的互文性也在现实层面得到了最好的展示。

　　文学创作中存在的互文性广义上讲也是存在于一切文本当中的，作者在写作的时候不可避免地受到已有文化、文学作品的熏陶，这种影响是潜移默化的，用哈罗德·布鲁姆的话来讲，是"影响的焦虑"②。古诗中的"用典"就是典型的互文现象，既可以使文字凝练，又能增加内涵。比如杜甫《丹青引》中的诗句："丹青不知老将至，富贵于我如浮云"，就很得体地化用《论语·学而》中的名句来恭维曹将军的"文采风流"，及至宋代，江西派论诗甚至讲究到"无一字无出处，无一句无来历"的地步，可谓"互文"到了极致。在现当代文学当中，互文的形式已经发展得十分健全，除了用典之外，还有引用、拼贴、戏拟等表现方式。戏拟手法在新文类中占据了重要的地位，早在新媒体发展初期的 2006 年，

---

　　① 黄鸣奋：《网络文学之我见》，《社会科学战线》2002 年第 4 期。
　　② ［美］哈罗德·布鲁姆：《影响的焦虑：一种诗歌理论》，徐文博译，江苏教育出版社 2006 年版。

"恶搞"就作为一种特殊的戏拟手法迅速流行起来，并且借助各种载体形成了一种文化现象，深刻地影响到新文类的文本形态和价值内涵，这种手法将在下一节中得到专门的论述。新文类文本中的互文性言说方式具体来说主要有两种表现：一种表现在文本内容上，通过拼贴、引用、戏拟、用典等手法实现两个甚至多个文本的借鉴和融合，产生出新的互文文本，这种形式又被称为"外互文性"，在传统的文类中早有存在，但是在新文类中得到了更为集中的体现；另一种则表现在文本形式上，比如在博客写作中出现读者留言与正文相互补充说明的"对话状态"和图像与文字有机结合的"手绘博客"，又被称为"内互文性"，是新媒体条件下的全新的言说方式，值得我们深入地探讨。

　　首先来看前一类的互文策略。新文类作品中对引用和拼贴手法运用得最多的可以说是手机文学了，在仅有4200字的短信小说《城外》中就可以看到多处对经典语言的借用和模仿。首先，小说名就暗含着对钱钟书名作《围城》的借用，钱钟书在《围城》当中将婚姻精辟地比喻成一座围城，城里的人想出去，城外的人想进来。这个比喻深入人心，"城"几乎成为婚姻的代名词，有一部热播的婚姻题材电视剧就叫《城里城外》。而这部手机小说要讲述的也正是一段婚外恋情，是发生在婚姻围城之外的故事，所以小说的名字很容易让人联想起这部名著。《城外》的正文是由一段一段短信组成的，其中有许多对其他文本的化用。比如："走出围城首次到城外约会，接头暗号是张爱玲名句：于千万年之中遇见的人，于时间的无涯荒野中，没有早一步没有晚一步，刚好赶上了"，"没有别的话可说，唯有轻轻地问一句：噢，你等我在这里吗"，这是对张爱玲的短文《爱》中的结尾的模仿，这篇短文讲述青涩少年时代的朦胧感情，在这里拿来做婚外恋情的接头暗号，两个文本语境有极大差别，作者可能是想借纯情的少年故事描摹出初恋般的慌乱美好的感觉来；"你想做徐志摩宠坏的小曼，迷恋这个故事，是因故事里有我的身影，都是懂写诗懂爱的男人"，用徐志摩和陆小曼曲折多舛、为世俗不容的恋情自况，使这段平常俗套的婚外恋多了几分浪漫色彩；"它们在地下盘根错节在地上耳鬓厮磨"，"因为根已相吻在地下河流"是对舒婷《致橡树》"根，相握在地下，叶，相触在云里"的模仿；"与其等待千年，不如在爱人肩上痛哭一场"，是对舒婷《神女峰》"与其在悬崖上展览千年，不如在爱人肩头痛哭一晚"的改写,这两处拼贴痕迹不是太明显,要有一定的文学素养才可能发现。整部小说的文本中有多处类似的拼贴引用痕迹,而且所采用的素材都是与浪漫风格的文学名作有关的,为一段普通的婚外恋情故事加入了许多浪漫色彩和文化气息,大大地提升了小说的审美情趣。

手机段子的字数受到屏幕显示的制约,要在有限的篇幅里营造出值得回味的效果,拼贴和戏拟可以用最精简的字数制造出引人联想的深厚内涵,恰恰可以满足这个诉求。有一个这样的手机段子,"布什半夜醒来,看到拉登披头散发站在自己床前,大惊:'你好大胆子,竟敢夜闯白宫!'拉登甩甩齐胸的胡子,阴森地笑了:'飘柔就是这样自信!'"拉登的大胡子和出现在读者脑海中飘逸闪亮的飘柔广告中美女的秀发有着某些共性,构成了广告的画面,它把两个严肃的政治名人放在一个滑稽的情境中,并且把流行的广告词安在一个风马牛不相及的人物身上,场景的紧张和话语的口气共同营造出荒诞的爆笑效果,手机段子多半都采用这种言语互文性所造成的碰撞来造成笑料。

其他新文类的写作中也大量地存在拼贴、引用和戏拟。如历史博客《明朝那些事儿》,这部点击率长期占据新浪文学博客第一名的长篇巨著采用了一种很吃力的写作策略,虽然作者在文中也引用了一些明清的笔记杂谈,但主要还是依据明实录、明史、明史稿、明史纪事本末这些正史来写的,文中大部分内容都按照正史来展开描写,连大部分人物的对话也是有来由的。作者在讲述明史的过程中还常常生发开去,联系到中外历史上相关的"案例"一并分析,这些史料为书写提供了丰满充实的素材,整个作品内容上讲是比较扎实的,应当说尽可能完整地展示了当时的史实。另外,作者的书写具有鲜明的个人风格,他力图将历史人物还原成普通人,站在一个普通人的立场揣度历史名人们在面临难关、作出抉择时的心理状态,并且用充满现代色彩的文字表现出来。在行文中,作者大量地引用当时的民谣、读者熟悉的电影的台词、现下的流行歌词、流行语汇,乃至当代历史学家的学术论著,把这些风格不同的话语片段拼贴到自己的书写当中,共同构造属于他自己的文字风格,也在有限的文字空间中为读者营造出一种贯通古今的历史感,阅读时更容易站在作者为我们打造的视角上,平等地观照历史人物的内心,获得不一样的阅读体验。

在同人小说中，借用的人物姓名给读者带来的"期待视野"也是一种巧妙的"互文"。如在《悟空传》中，"紫霞"这个来源于无厘头电影《大话西游》的人物名字很自然地使"大话迷"们想到电影中那个与"至尊宝"生死相恋、忧伤刚烈的紫霞仙子，他们之间的爱情故事被"大话迷"们奉为经典。这样，在阅读《悟空传》时，紫霞的性格和形象不需多言就已经为读者熟悉和喜爱，她的出场和行动举止都会被联想到《大话西游》中朱茵扮演的那个美丽形象身上，这种深入人心的效果是超出小说本身能力之外的，不能不说是"互文性"带来的功劳。至于玄幻和悬疑小说，由于它们具有太强的类型化趋向，其中的出彩之处往往来源于武侠小说或者日本恐怖电影的著名桥段，人们在读到的时候常常会联想到相关的作品。这种"互文"是作品类型化模式化的结果，或许会给特定的读者带来一种愉悦放松的阅读感受，但是在文学本质上已经不具有太多的积极意义了。

新文类在文本的外在形式上表现出强大的对各种文学艺术形式的整合性，它的文本内部也存在着"对话"，这种"对话"可能发生在文字与文字之间，也可能发生在文字与图片、与声音、与视频之间。新媒体技术为书写提供了各种艺术形式相互补充、相互交融的技术平台，开启了另一种互文性的全新言说方式，这种整合性在博客写作中得到了最好的体现。

博客作为最早出现的自媒体形式，代表了当时新媒体文学新的生长点，它最集中地反映了新媒体给文学带来的种种可能性，并且在发展中实现和开发着新的可能，可以说，博客写作这种写作形态是新文类文体中最具革命性的形态。首先，博客写作的留言功能有效地实现了读者与作者之间信息的即时交流，这一点在传统纸媒时代受到经济和技术条件的限制是很难实现的，在之后出现的微博、微信朋友圈等自媒体形式中得到了延续。读者阅读之后，可以通过留言发表自己的感想，这些内容将被附在单篇博客正文的后面，并且可以根据留言者的意愿选择是否对别的读者公开，从而实现读者与作者个人之间的或者是读者同写作与阅读此文的所有人的交流。从这个意义上讲，留言对博客正文构成了补充和"对话关系"，并且在实质上已经成为博客写作的主要特征和必要组成部分。这两种文本的交汇一方面有助于作者了解自己文章引起的反响,以作为创作或修改的参考(仅指文学类、学术类博客而言),另一方面也为阅读者提供了多重的阅读乐趣,获取不同人群的观念和思想,拓展自己的思路。总之,这种"留言+正文"的方式充分地体现了新文类的互文言说特征。

虽然大多数的博客留言都停留在感性简单的对文章观点的赞同、支持或反对、批驳的态度表述上,尤其是情感、娱乐类的博客和大多数的明星博客,后者几乎成为明星的宣传阵地,留言的绝大多数是该明星的忠实拥趸,内容也多半是狂热的表白和赞美。但是在很多写作类的或者是思想学术类的博客中,作者写作和读者阅读的心态不是那么娱乐化与商业化,这些博客相对而言质量就比较高,常常可以看到思想的碰撞和学术的交流。进入这些博客留言的读者常常对所讨论的问题有着相当水平的见解,这些留言在知识性、逻辑性、趣味性和文采上都不逊色于原文,甚至比原文更胜一筹;而作者则会对其中有代表性的留言作出自己的回复和解释,这种对话的模式是在传统媒体上很难实现的。还是拿历史博客《明朝那些事儿》为例,作者当年明月以流行文学的笔法书写正史,开创了一条与易中天《品三国》相似的解读历史的新方式,吸引了大量的"明矾"[①]。针对它的留言和评论就更典型地实现了"互文"的功能,许多读者通过即时的留言补充自己对当天的文字的认识,同作者探讨一些史实和措辞上的问题,或者进行自己对相关历史的书写,其中不乏精妙之作。比如根据作者的书写内容,有读者在当天的留言中参与对明代历朝皇帝及陈友谅、文天祥、朱熹等名人的评说,对明代科举制度、元人屠城历史等话题的争论,都引经据典、观点犀利,具有很强的知识性和可读性,也常常为作者纠正一些不妥当的细节,这些留言给予作者

---

① "明矾"是"当年明月的 fans"的缩称谐音,这种命名方式肇始于 2005 年的"超级女声"全国海选,各个"超女"选手的支持者不约而同地运用这种策略为自己的歌迷组织命名,自称为"粉丝团"("粉丝"是对英文 fans "狂热爱好者"的音译),并根据被支持对象的不同而命名为"玉米"(李宇春的歌迷)、"凉粉"(张靓颖的"粉丝")、"盒饭"(何洁的 fans),这种命名方式很快被市场接纳推广,并迅速地扩展到文化领域,于是有了"明矾"(当年明月的 fans 的简称)、"易粉"(易中天的"粉丝"的简称)等说法。这种新的语言文化现象大量地占据媒体和流行文化市场,值得我们给予一定的关注。

的不仅是史料上的帮助，更是精神上的支持和交流。这些留言超越了"追星"式的无理性吹捧和痞子式的无内容灌水，与作者书写的博客内容相映成辉，与正文一同构成了整个博客文本的重要部分，共同分享新媒体时代独特的写作和阅读体验。

博客写作中存在着另一种内互文形式，那就是文字与非文字的其他艺术形式的融合，它们共同书写一个内容，但是通过不同的艺术形式从不同的侧面表达，这种结合完成了纸媒无法实现的任务，预示着新媒体为文学创作的无限可能性。同样，在后续出现的微博、微信朋友圈写作中，这种多艺术形式的融合成为固定的常态。

文字与图像的结合不是一个新鲜的话题，纸媒文学世界中对"读图时代"的探讨、对图像侵蚀文字空间，削弱读者的想象力的争论都是学界的热点，文艺理论界甚至提出了文化的"图像转向"，成为继"语言学转向"后又一次本质性的变革。如果说，在纸媒世界里这种转向主要是以报纸、杂志、流行读物乃至教材当中图像信息大大增加和文学作品不断被影视"殖民化"为表征的话，电子媒体技术对大众阅读习惯、信息来源的巨大改变更有力地支持了这种"转向"：新媒体为信息的无障碍传播扫除了障碍，提供了技术支持，人们可以通过日益普及的电脑互联网和手机的彩信、彩铃和手机无线上网功能随时随地接收图文并茂的信息；数码技术的普及使一度是奢侈品的数码照相机、数码摄像机进入了一般的电子消费品流通领域；数码摄照工具的技术门槛一再降低，成为普通的家用电器，人人都可以不经任何训练地利用自动功能随心所欲地拍摄出满意的照片和视频，并且方便地传输到电脑当中，或者将其发布到互联网上；另外，现下的主流手机也基本具备了高像素的内置摄像头，可以方便地实现即时拍摄，通过数码传输线传输到电脑当中，或者通过无线通信、蓝牙技术与其他手机互相传输图片信息，随着无线移动互联网的普及，通过无线网即时发布在社交媒体上也成为非常便利的事情。这种技术上的空前便利使得新媒体成为图像的海洋，最早的典型表现实现在博客这种新文类中，除了学术思想类和文学类博客之外，纯文字的为数不多，大量的是结合了文字与图像、视频的复合状态的博客，而以声音为主的"播客"也日渐壮大，成为另一种新媒体。

在以旅游、美食、美容、宠物等休闲话题为主要题材的博客写作中，文字加图像的写作状态是非常普遍的。这一类的文字写作风格一般采用的是实用的说明文的笔法，用网络上流行的话说是作者享受完美景、美食、美容之后的"报告"、心得一类的作品。在这些偏重于感性的题材方面，图像所具有的优势是文字无法比拟的，图像在接受的过程中无须像文字那样经过想象的转化，而是以具体的形象、色彩和观感更直观更简单地作用于视觉神经。比如在美食博客中非常有名的"梅子写食"，在描写烹饪过程的同时总是不忘加上图片，点开她的博客就会被一大堆色彩诱人的美食图像包围，而每一步文字说明的操作过程都会配上相应的图片，具有很强的现场感和指导性，阅读的过程中为枯燥的说明文字增添了趣味感。旅游博客也是一样，在看到当时拍的照片之后，再结合作者的文字叙述，可以获得身临其境的感受，特别是对于那些自己也曾到过的景点，看到别人的文字和图片会引起自己的回忆与感受，是一种非常美好的、故地重游般的阅读体验。在这一类博客中，文字与图片的作用是相互说明印证的，当然，有些连续拍摄的图片自身就可以完整地表现一套程序，不需要文字的说明也可以看懂；或者文字本身说得十分详细，完全可以领会其中的奥妙，在这种情况下，二者构成的关系就是典型的互文关系，只不过是用不同类别的符号系统表达的：一个是图像符号，一个是文字符号。

博客写作中有一类手绘博客，它的形式类似于传统文类中的漫画或连环画，将文字和图像融合在一起，这种类型的博客一般是用手写板和电脑结合创作完成的。比如一个叫作"胖兔子粥粥的笔记本儿"的手绘博客，作者把自己画成一个背着小红包的大白兔子，把当空姐的妻子画成一个头戴红花的黄色胖猴子，讲述的也都是生活中的平凡小事，却吸引了许多读者。它的作者在每一篇博客里面采取漫画或者文字配画的形式讲述一个小故事，由于采取了手写板输入图像和文字，出现在博客作品中的文字都是肥硕稚拙、东倒西歪的儿童字体，图像造型可爱、线条简单。在一篇题为《粥粥小时候第一次坐船》的博客中，作者在文章开头画了一幅有淡彩水墨意境的江南水乡画，一只小船漂在河上，胖兔子背着他的红色小包站在船尾。下面用儿童字体写道："虽然是苏州人，可一般也只在桥头看水流过，坐船的机会不多。我小的时候第一次坐船，已是 4 岁了。……"然后是讲述坐船的缘由和记忆中船的模样，在文章结尾,"船静静地走着,很轻,很稳。我很快发现了一个大秘密……"接着又是一幅插图样的小画,胖兔子坐在老奶奶身边,很害怕的表情说:"好婆好婆,房子走呢,树也走呢!"整个博客真正做到了图文并茂,二者一同营造出一种怀旧又温馨的气氛:文字是散淡的具有文人气质的小品文,图画则有水墨意境,再加上胖兔子的可爱造型和儿童字体的憨态可掬,即使没有图画,仅仅字体的形态也会给读者造成一种比较放松亲切的先期印象,接下来阅读文字的感觉就和阅读普通的白纸黑字的宋体字感觉完全不同了,从这个意义上讲,图像为文字增添的色彩和趣味是不可忽视的。类似的博客还有"熊猫潘大吼的博客""张小盒:上班族漫画"等,这些手绘博客都胜在图文结合、妙趣横生,在一个文本当中各种艺术表现形式(图像、文字)相互对话、相互补充,构成一个完整的符号系统,手绘博客是新媒体为文本的互文性提供的又一种全新的言说方式。

　　当然,在这种图文结合的模式中图像符号对文字意义深度的消解和稀释也是值得我们关注的,罗兰·巴特很早就察觉到这种视觉文化的发展趋向:"这是一种重要的历史性颠倒,那就是图像不再说明言语;从结构上讲,言语是图像的寄生物;这种颠倒是有其代价的:在传统的'说明'方式中,图像的作用就像是从一种主要的讯息(文本)出发向着外延的一种穿插性的返回,这种主要的讯息被人感觉就像是被赋予了内涵似的,因为它恰恰需要一种说明;在现时的关系中,图像并不阐明或'实现'言语;是言语来升华图像、来使图像感人或者使图像理性化……从前,图像说明文本(使其更为明确);今天,文本加重图像,使其具有一种文化、一种道德规范、一种想象力;从前,文本简约为图像,今天则是一种向着另一种扩延。"① 在新媒体技术的发展和消费社会语境中,这种趋向正逐渐成为文化的主流,改变着我们的阅读习惯和接受习惯,并将进一步影响到文学的写作。

　　新文类中普遍采用的互文策略使得它的文本信息量大大增加,博客写作的留言模式和图文结合模式都为文本提供了多样的信息补充,读者在阅读过程中可以通过留言获得对原文的延伸阅读体验,通过图像的欣

---

① [法]罗兰·巴特:《显义与晦义》,怀宇译,百花文艺出版社2005年版,第13页。

赏得到更直观更有个性的视觉享受。在写作上，互文式的言说方式打破了线性的写作惯例，特别是在新媒体技术的支持下，通过超链接可以使故事向不同的方向发散，实现小说在情节发展过程中的多重路径选择。在超文本写作中，经常被提起的就是1987年麦可·乔伊斯创作的一部名为《下午，一个故事》的超文本小说，作者在每一页文字底部做了一个链接，以此来为读者提供对故事情节发展的选择权。这种写作还没有在实际中得到普及，我们能看到的作品也很少，2002年1月，《大家》发表了一篇传媒链接小说《白毛女在1971》，可以说是国内文学对超文本小说的第一次尝试，被文学评论家南帆称为"网络文学的革命"。作者运用注释、网络查找、电子图片配置和链接等手法讲述了一个1971年排演《白毛女》的故事。"这篇'传媒链接小说'具有'敞开'特质。文字、图象、音响、诠释、链接等等表现了多种多样的可能性。在阅读这样的小说的时候，会有多次中断阅读的冲动，从依靠情节和语言维持的传统阅读走出，循作者提供的种种'阅读线索'展开一次真正意义上的'阅读冒险'，一次大胆的游戏式阅读……作家的身份随着想象变成了文本的策划者、导演、音响师、编辑、美工和摄影师。这样的艺术构思只有在网络时代才能想象，这样的游戏规则也只有在网络时代才能实现。"[1] 虽然这种小说形式迄今为止还没有太多人进行尝试，也没有什么有影响的作品来引起人们的注意，但是这种超文本小说是一种具有先锋性的写作策略和言说方式，它代表了新媒体技术与文学叙事艺术相互结合共同发展的可能性和新媒体时代文学的生长点，假以时日，其革命性意义一定能得到更典型、更明显的体现。

第二节　戏拟与恶搞

从20世纪末在高校学生中风行的香港影片《大话西游》开始，戏拟就成为互联网世界的一个重要文化现象，并且以空前的生命力和创造力不断成为文坛的热点话题："大话文体"、戏说经典、"Q版语文"、手机段子，直至2006年新兴的"恶搞文化"，无一不主导着新媒体世界的流

---

[1] 南帆：《传媒链接小说：网络文学的革命》，《大家》2002年第1期。

行风尚。这些在传统文学界被视为雕虫小技、不登大雅之堂的修辞手法在新文类中成为主要的言说方式之一，值得我们给予特别的关注和详细的分析。

戏拟（parody）是反讽的一个特殊类别，它的基本内涵是指在一个新的语境中模仿另一种语境中的话语，从而产生滑稽、嘲弄的效果。戏拟一般要涉及不同语境中的两种话语形式。这两种话语形式表面上看起来非常相似，甚至是相同的，但由于它们所处的语境不同，含义就会出现变异，使得二者之间产生一种张力，这种张力使文本与文本之间产生深层次的"对话关系"（dialogic relationship），如巴赫金所说，是充满笑声和嘲讽的"狂欢化"（carnival）的重要手段。[①]

戏拟手法在中国文学发展的历史上有着悠久的渊源，古诗中就存在着许多戏仿他人作品的游戏之作，如黄庭坚戏拟王安石集句诗的《菩萨蛮》（半烟半雨溪桥畔），苏轼戏拟《大风歌》的"大风起兮胡飞扬"等打油诗。在现代文学史当中，鲁迅可谓是戏拟的大师，他曾戏拟东汉张衡的《四愁诗》作《我的失恋》，杂文小说中更有许多戏拟的例子，比如：《幸福的家庭》篇末就特意说明这篇小说是用了许钦文的笔法写的，"不能不说是'拟'"；《奔月》中对高长虹文章的模仿，《理水》中"吾尝登帕米尔之原，天风浩然，梅花开矣，白云飞矣，金价涨矣，耗子眠矣，见一少年，口衔雪茄，面有蚩尤氏之雾……"是对林语堂等提倡的"语录体"小品文的戏拟；《出关》中曹公子的演说是对国民党政府空谈大话的惯用语气的戏拟……这些戏拟都是对某些具有鲜明特征的话语形式的模仿，通过在不同语境中产生的反差营造戏谑嘲弄的效果。当代文学中，戏拟手法因其具有较大信息量和较高机趣而备受青睐，曾多次出现在余华、王小波、李冯、阎连科、李修文等风格各异的作家的小说中。不过我们可以发现，在纸媒文学的世界中戏拟一直处在边缘地位，既不会成为文坛的主流，也不会被推入禁忌，大家都把它当作一种卖弄小聪明、体现小情趣的文字游戏和消遣，或者是文字的"作料"，为阅读增加一点乐趣，直到新媒体改变了文学的传播方式和审美特质之后，戏拟手

[①] 参见［俄］巴赫金《拉伯雷研究》，白春仁等译，河北教育出版社1998年版，第309页。

法突然成为新文类中最重要最常见的言说方式之一，被推向流行的前沿，为人们津津乐道。

戏拟手法在网络上的流行可以追溯到周星驰主演的电影《大话西游》，这部"无厘头"喜剧在20世纪最后几年借助互联网在高校火爆流行，是"E时代"最具经典意义的作品，一度成为近年文化研究的热门话题。当时，如果一个人没有看过《大话西游》就几乎无法在网络BBS上进行正常的交流，因为通用的网络语言都是诸如"I服了YOU""你妈贵姓""砸到花花草草可不好""吐啊吐啊就习惯了"这一类局外人看来不知所云、而"大话迷"们却乐此不疲的语句。当然，最有名的还是孙悟空对紫霞的那段告白："曾经有一份真挚的爱情摆在我面前，我没有珍惜……"这段话被人们引用了千万遍，改写了千万遍，曾经以各种各样的版本出现在各种各样的场合，甚至出现在商家促销和房地产商的广告牌上。这部"无厘头"电影完全冲击了内地观众对于电影的"期待视野"，它只保留了唐僧和孙悟空师徒四人去西天取经的基本故事框架，却将《西游记》的故事情节、人物角色和语言改编得面目全非。影片的主人公孙悟空早已不是那个神通广大、豪气冲天的齐天大圣，倒更像一个颓废敏感、软弱苦闷的具有某些"垮掉的一代"特征的现代香港青年；影片中唐僧则是个自说自话且喋喋不休的昏聩老朽。在乱哄哄的故事进程中，故事的叙事节奏、画面构图乃至演员的扮相都可以忽略不计，最吸引广大"大话迷"的就是影片的台词了。周星驰用他阴阳怪气的声调和独特的"无厘头"话语方式把无意义的戏谑和有意义的嘲讽结合在一起，话语间充满了世俗下层的审美趣味和百无忌惮的粗口俚语，形成一种全新的符号式语言，被称为"大话文体"，强烈地冲击着内地观众的接受习惯，却无意中投合了处在青春反叛期、渴望人格独立、对权威和正统充满抵触情绪的青年学生的审美心理，因而很快地在青年人中流行起来。在消费文化的操作下，很快网络上就出现了《大话三国》《大话红楼》《大话水浒》等一系列跟风之作，这些作品一致采取了周星驰风格的话语模式，是"大话迷"们向他们心目中的经典致敬的方式。

随着新媒体的技术进步和进一步的普及，新文类大量地诞生，戏拟这种手法也被"发扬光大"，在手机段子、同人小说、博客文学、微博和微信朋友圈文字当中频频出现，成为新文类一个重要的言说方式。昙花一现的手机段子是新文类的一个重要组成部分，它借鉴各种语体和文学样式，吸纳多样的传统和时尚语汇，力求在有限的篇幅内表达出尽可能丰富的内容，达到联络感情、调侃时弊的目的。这种文体风格从手机段子开始，影响到类型小说，演变成微博、微信朋友圈文字，并且在各种新媒体平台上大放异彩，绵延不绝。

戏拟手法能够在一套文字中表达两种不同的意蕴，可以说最大限度地满足了手机文学的特殊要求，因而在手机段子当中成为一种最常见的写作模式。比如有一条关于逃课的短信说："好迪说大家逃才是真的逃，大宝说今天你逃了吗？汇仁肾宝说他逃我也逃；脑白金说今年开学不逃课，要逃就逃专业课；高露洁说我们的目标是没人上课！"这段短信在短短篇幅里汇聚了5条在中央电视台热播的广告词，并且把内容都置换成了大学生活中非常常见的逃课现象，使阅读者在阅读的过程中同时得到两种信息：一是耳熟能详的广告本身的语气语调，二是贴近自身生活感受的逃课口号，将逃课这种小小的犯规行为用广告特有的肯定、炫耀、自信的语气表述出来，自然地形成了一种恶作剧效果，很容易在普遍有着逃课经历的高校学生中引起会心的笑。针对日下减肥成风的现象，有一条短信借用了刘德华的歌词："女孩吃吧吃吧吃吧不是罪，再胖的人也有权利去增肥，苗条背后其实是憔悴，爱你的人不会在乎你的腰围，尝尝阔别已久美食的滋味，就算撑死也是一种美！"刘德华深情款款、声泪俱下的演唱风格和短信中破罐子破摔的赌气式的"放弃减肥宣言"相互对照，接收者脑海里会响起熟悉的旋律，浮现出刘德华的表情，与歌词结合在一起就具有很强烈的喜剧效果。以上提到的这些手机段子中的戏拟实质上都跨越了文本类型，它们所营造出来的接收效果将听觉、视觉和文字结合起来，体现了多种媒体互动的复杂的滑稽效果。

如果说手机段子更多的是对原文本话语风格的戏拟的话，同人小说则集中体现了对原文本故事内容和意义的戏拟。这种在新媒体时代才走进人们视野的新文本类型的本质特征就是建立在戏拟手法之上的，它通过对既有文学经典、影视作品、动漫游戏乃至歌唱组合等人物形象、人物关系和故事线索的借用与演绎，构造一个全新的语境来讲述全新的故事。原文中的人物性格特征往往保留下来，与新的故事场景形成一种奇妙的混合。比如在金庸同人小说《此间的少年》中，郭靖、黄蓉、令狐冲、欧阳克等基本上保留了自己身份和性格的主要特点，但是场景由南宋末年战火纷飞的塞外和高手云集的江湖转换到现代的大学校园，主人公正是这些初入高等学府的青葱少年。整个作品讲述的也无非是新生报到、寝室、食堂、图书馆三点一线的大学校园生活，只因为加入了读者熟悉和喜爱的金庸人物使整个故事变得活泼灵动起来。还有许多基于日本动漫的同人创作将原文本中的伤感爱情故事改写成喜剧结局，或者将原作中缠绵悱恻的情感纠葛改写成喧哗笑闹的"野蛮女友"式都市爱情，这些戏拟都迎合了受众的阅读期待和接受习惯，因而在商业上更容易取得成功。

博客写作无所不包，戏拟的文本更是处处可见。单看当年明月的历史博客《明朝那些事儿》的留言，就可谓藏龙卧虎，其中有一篇《朱元璋悼词》，全文戏拟现代悼词格式，讲述朱元璋的生平：

沉痛悼念、深切缅怀敬爱的开国皇帝朱元璋

明帝国最高地主委员会，明帝国全国地主代表大会，明帝国宫廷、明教长老会议沉痛宣布：伟大的农民阶级革命家、汉族历史上卓越的军事家、乱世中的英明政治家、厚黑学的伟大实践家、坚定的马基雅维利主义者，英明的宗教领袖（明教）杰出的反贪污贿赂实践家——明太祖朱元璋同志于公元1398年驾崩，年七十一。

……

……

呜呼，伟大的太祖，汉人的英雄，帝国的开创者，明教的圣教主，后宫的唯一男人，你的驾崩，让我们失去一位德高望重的坚韧的老战士，让我们暂时失去了航行的舵手，让我们暂时迷茫了前进的方向。我们一定要紧紧团结在以朱允炆为核心的明帝国周围，继续加强皇权。

朱元璋同志永远活在人民的心中，朱元璋同志永垂不朽！

这篇悼词采用了我们非常熟悉的悼词的习惯写法，在行文中，多次出现诸如"朱元璋同志走遍了中原大地，阅览了无数秀丽景色，为此培养了朴素的爱国主义情操""法律上，推行普法教育，发展行政法""在打

击贪污贿赂方面，朱元璋同志……为后世反贪积累了丰富的经验"等常见的公文套话，还有近年来的流行用语如"挖得人生第一桶金""黄金周"等，这些很现代甚至很革命的话语和朱元璋这样一个著名的历史人物、封建皇帝并置，产生了一种错位的滑稽感。在评论当中，还有一篇署名为萧七弦的《纪念刷屏君》，全文戏拟鲁迅先生的《纪念刘和珍君》，对用无意义的信息恶意"刷屏"、扰乱论坛秩序的行为表达了不满和谴责："真的自虐者，敢于直面网友的砖头，敢于正视众人的谴责。这是怎样的哀痛者和幸福者？然而造化又常常为庸人设计，以时间的流驶，来洗涤旧迹，仅使留下陈弃的垃圾和微漠的悲哀。在这陈弃的垃圾和微漠的悲哀中，又使他们的自虐心理复萌，维持着这芜杂的论坛。我不知道这样的论坛何时是一个尽头！"鲁迅先生的文体特色鲜明，语言犀利简洁，成为许多人戏拟的对象，我国现当代文学史上还有许多著名的作家同样具有明晰的文体特征和叙事特点，如张爱玲、王小波、琼瑶、金庸、古龙等，也常常成为戏拟的对象。此外，深入人心的广告词、电影对白、流行用语乃至为大众熟悉的应用文体、唐诗宋词都被消费社会符号化为戏拟的语言材料，博客空间为许多有兴趣进行文学创作的人提供了自由发表的空间。在轻松自由的气氛中，戏拟这种带有游戏性质的言说方式获得了适合的生存条件，因而被大量地使用，集中地构成了新文类的一大言说方式。

戏拟文字在情感上有两种指向：一种是出于向原作致敬的心理，模仿原作的叙事特点和言语细节，这也是各种类型小说、类型电影形成的原因；另一种则是出于嘲笑和讽刺的心理，在模仿原作的同时取笑原作，揭示出其内容形式中存在的荒诞性。总的来说，无论是致敬还是讽刺，戏拟总是有所指向的。2006年，一种源于戏拟的新媒体文化方式以"恶搞"的名义大肆流行，成为这一年各种媒体上高频率出现的最新最有代表性的新媒体流行文化。这一年因此被称为"全民恶搞年"，而"恶搞"则可以当之无愧地入选当年的十大关键词。

"恶搞"一词最初的来源是日文中的"KUSO"（库索），在日文中做名词是"粪便、烂东西"的意思，做动词讲就是"使劲嘲弄、往死里整"的意思，这个词最初是由日本传到我国台湾，又经由网络传播到我国香港和内地，被翻译成"恶搞"，并且借助先进的新媒体技术强大的自由传播能力和新人类高涨的参与热情迅速地流行起来，形成了一种以爆笑、搞怪、恶作剧为主要特征的另类亚文化，构成一种"具有多层次能指意义的文化事件和媒介景观"①。"恶搞"摒弃了戏拟当中可能存在的意义，即通过消解原文营造的完美形式感而表达对虚假的权威和所谓的庄严的不屑与嘲笑，展现自由、富有生气、未被意识形态规训的民间活力，"恶搞"的模仿只是为了娱乐，拒绝承担一切沉重的意义。可以说，"恶搞"是无意义的戏拟，是最符合消费社会特性的新媒体言说方式。"恶搞"对于所模仿的对象并没有特别的厌恶和嘲讽，也不着意丑化对象，写作者在使用这一方式的时候一般只借用对象某些形式特点，对对象的内涵并不深究。从这个意义上讲，我国现下的许多恶搞作品的"恶"只是恶作剧的"恶"，是一种对自己小聪明的炫耀和自娱自乐，作者主观上并没有多少恶意，就像胡戈的"馒头"。

"恶搞"一词进入我们的视野正是开始于这部戏拟贺岁电影《无极》的视频短片。2005年岁末，陈凯歌导演的贺岁大片《无极》在经历了漫长的拍摄周期、巨额的资金投入和强大的宣传攻势之后隆重上映。短短十几天后，网络上就开始流行起一部戏拟《无极》的20分钟短片《一个馒头引发的血案》，作者胡戈套用《中国法制报道》的节目模式对《无极》的内容进行重新剪辑，按照自己的逻辑拼装起来，以调侃的方式消解了《无极》所营造的主题先行、华丽空洞、大而无当的宏大叙事，获得了轻松调侃的娱乐效果。这部短片越来越走红，甚至盖过了《无极》的风头，导演陈凯歌愤怒地表示要将胡戈和他的"馒头"告上法庭，在新旧媒体对这一事件的联合炒作下，"恶搞"文化在新媒体上迅速流行起来。

"恶搞"是新媒体时代的戏拟，它借助先进的计算机图像处理技术和互联网传播，多数以视频短片、图片、flash等视觉模式呈现出来。比如对于网络红人"小胖"的恶搞，把无意中拍到的小胖回头的头像截取下来，用photoshop软件处理之后与不同的背景拼贴在一起，比如好莱坞大片《泰坦尼克号》《哈利·波特》《魔戒之王》的海报，古典名画《蒙娜丽莎》等，造成令人忍俊不禁的滑稽效果。《一个馒头引发的血案》更是

---

① 王虎：《网络恶搞：伪民主外衣下的集体狂欢》，《理论与创作》2006年第6期。

将《中国法制报道》的程序模式模仿得惟妙惟肖：画面剪辑、主持语言、字幕，乃至中间插播的广告都一丝不苟、惟妙惟肖，颇具专业水准。然后将《无极》的画面按照新的故事框架截取、拼贴，加上主持人的解说，一档严肃正统的法律节目和《无极》华丽空洞、主题宏大的原文形成了一种既妥帖又别扭的对照，作者胡戈的聪明才智得到了很好的展示，我们在观看这部短片时也不得不叹服于他巧妙的创意。基于数字图像技术的"恶搞"非常适合影视艺术的特点，随着"馒头"的走红，一系列"恶搞"短片浮出水面：《春运帝国》《闪闪的红星之潘冬子参赛记》纷纷出炉，连之前在央视内部流传的《大史记》《分家在十月》等视频也被搬上互联网流行起来。毫无征兆地，央视8套影视剧频道在2006年推出的开年大戏《武林外传》中也大量采取了"恶搞"的手法，将许多流行歌曲、广告词、文学经典、方言、外语等穿插到剧情当中，使这部讲述明朝武林江湖秘事的作品充满了现代气息和喜剧色彩。电视剧一经播出就引起好评如潮，以至在地方台不断重播并且被改编成网络游戏，吸引了大批的"武林迷"。2006年底，一部号称"恶搞20部经典大片"的贺岁片《大电影之数百亿》上映，首映一周票房超千万，在一直低迷的国产贺岁片市场取得了不俗的战绩。文学领域也未能"幸免"，从2006年9月开始，著名女诗人赵丽华几年前在网上写的一组即兴式的诗陆续被人贴到一些大型网络论坛上，她的诗歌作品话语直白浅俗，形式特征明显，比如这首《一个人来到田纳西》："毫无疑问/我做的馅饼/是全天下/最好吃的。"还有《我终于在一棵树下发现》："一只蚂蚁，另一只蚂蚁，一群蚂蚁/可能还有更多的蚂蚁。"除了分行排列之外，这些诗很难说有什么特别的诗歌特征和深刻含义，网友们将这种风格命名为"梨花体"，将赵丽华称为"梨花教母"，纷纷仿效创作"口水诗""回车诗"，在各个论坛掀起一股久违了的诗歌狂潮。比如网友仿作的《一个人》："坐在/桌前/看/丽华的诗/和网上的评论/感觉/自己/也有诗性了。"诸如此类恶搞的作品铺天盖地，沉默良久的诗坛终于找到了一次在大众面前发言的机会，许多诗人、专家和诗歌爱好者向恶搞者发起了愤怒的声讨。之后，"80后"的话题大王韩寒突然加入争论，并且对整个诗坛发难，质疑现代诗和诗人存在的必要性，在网络上引起一场声势浩大的骂战。这次文坛"恶搞"事件也在闹哄哄的对骂中被转移了重心。

通过发生在 2006 年的这些"恶搞"事件，我们可以看到这种源于戏拟的手法由于消解了内在的批判和目的性，被娱乐性和商业性占据了主流。"恶搞"不再承担任何对于意识形态或者权威的消解和批判作用，它改编或模仿的对象也不像戏拟那样更多地集中在经典和权威上，而是更注重对象的形式特点，即对象有没有足够引发"爆笑效果"的特质。比如小胖就不是什么著名人物，用他的头像来换《泰坦尼克号》海报上主角的头像也并不是为了颠覆这部煽情催泪的好莱坞商业大片；"梨花体"诗歌的创作有很大程度是网络论坛上常见的起哄凑热闹，而胡戈在创作"馒头"的时候也只是为了"好玩"①。至于后来媒体所欢呼的草根阶层对话语霸权的挑战、对权威正统的冲击等都只能说是媒体话语的演绎或过度阐释。

新媒体营造的"拟真世界"的确为人们提供了舒缓压力、发泄情绪和嘲弄经典权威的途径，人们在这里可以获得个性的自由张扬而不必顾忌现实社会中可能遭受的重重限制。许多人觉得传统的话语权的垄断遭遇到了后现代集体狂欢的冲击，真正的民主在此得以实现。正如 2005 年"超级女声"想唱就唱红遍全国的时候，大众热情高涨地欢呼海选模式代表了民主时代的来临，最终发现不过是一场商业操纵下的民主泡沫。恶搞具有类似的性质，虚拟世界中的恶搞和戏拟毕竟只存在于虚拟空间，它的确无所忌惮地用戏谑的态度面对一切，看起来是对传统意识形态规定的审美标准和价值判断"造了反"，但是实质上这些权威毫发无损，而造了反的人们原本的不满在虚拟世界中得到了宣泄，心满意足地回去睡觉了，再也不提造反的事情。"狂欢式的恶搞只不过是对常规生活的补充，只不过是民众情绪定期的宣泄，它起着情绪'减压阀'的作用，又恰好是文化权威用来维持传统文化秩序最安全、最经济的策略。虚拟的民主越是现实，现实的民主越是无望，这就注定了一部分人所鼓吹的'文化民主'只能是一种乌托邦的想象，是一种聊以慰藉的'伪民主'。"②

---

① 胡戈语，见《〈一个馒头引发的血案〉作者胡戈访谈》，2014 年 6 月 17 日，天涯社区，天涯杂谈（http://www.tianya.cn/publicforum/Content/free/1/472713.shtm）。

② 王虎：《网络恶搞：伪民主外衣下的集体狂欢》，《理论与创作》2006 年第 6 期。

出现在新文类中的戏拟与"恶搞"都代表了一种只属于新媒体时代的文化态度，那就是娱乐、游戏、狂欢，而这种新媒体背景下的"狂欢"的内涵与巴赫金所论述的那个著名概念已经大相径庭。美国文化传播学家波兹曼在《娱乐至死》的第一章里对拉斯维加斯的描绘成为整个消费社会的精准剪影："这是一个娱乐之城，在这里，一切公众话语都日渐以娱乐的方式出现，并成为一种文化的精神。我们的政治、宗教、新闻、体育、教育和商业都心甘情愿地成为娱乐的附庸，毫无怨言，甚至无声无息，其结果是我们成了一个娱乐至死的物种。"① 失去意义、指向空洞的戏拟就如同一条抽向空气的鞭子，呼啸过处留不下一点痕迹，这也正是新媒体时代的戏拟或"恶搞"所要面对的尴尬处境。

第三节 身体叙事

"身体"这个平常不过的词在 20 世纪的文学理论界成为一个举足轻重的术语，它与它所代表的快感、欲望、无意识被理论家们赋予了"反叛"的内涵，成为解除理性主义压迫的一个有效的策略，吸引了当时最优秀的哲学家的关注："从萨特、梅洛·庞蒂、福柯、罗兰·巴特到巴赫金、德勒兹、弗·詹姆逊、伊格尔顿，他们的理论话语正愈来愈清晰地书写'身体'的形象及其意义。"② 在他们看来，人类的文明发展并没有为身体制造真正的快乐，反而将身体投入巨大的压抑和异化当中，现代文明和我们生存其中的社会是"非身体"的，因而，身体本身就是对于理性主义对人的异化的最好的反抗，"肉体中存在反抗权力的事物"③。

在我国传统文化当中"身体"一直是讳莫如深的话题。儒家思想是一种泛道德化的哲学，它更关注人的理性层面，而对于生理欲望则采取了贬低和压制的态度，孔子在《论语》中对于颜回的赞赏正体现了这种价值评定的倾向："贤哉！回也。一箪食，一瓢饮，在陋巷。人不堪其

---

① ［美］尼尔·波兹曼：《娱乐至死》，章艳译，广西师范大学出版社 2004 年版，第 4 页。
② 南帆：《身体的叙事》，《天涯》2000 年第 6 期。
③ ［英］特里·伊格尔顿：《美学意识形态》，王杰等译，广西师范大学出版社 1997 年版，第 11 页。

忧，回也不改其乐。贤哉！回也。"①及至宋明理学中"存天理灭人欲"的思想，都塑造和加强着我国传统文化的这一道德主义特点。在我国的传统文学创作中，固然也有《金瓶梅》《肉蒲团》这样表现人的欲望的作品，却是用丑化和夸张的变形来反面证明欲望的可怕。五四新文化运动给中国文学带来个性解放和人道主义的启蒙思想，身体开始进入文学的视野。创造社的小说创作中出现了郁达夫的"自叙传"小说，他以自身为对象，在作品中通过直接写"性"来解剖自己的内心，表达民族自尊受到挫伤的屈辱和贫病交织的忧愤。20 世纪 30 年代流行的"海派小说"是新文学的世俗化和商品化，大量的题材集中在"都市男女"之上，"'性爱小说'成为海派表现现代人性的试验场，也是归宿"②。张资平的小说对于性爱本质的探讨和对性心理的描写完整了现代人对于人性的认知，也是对现代小说描写手段的增进，但是他更多地将这些内容商业化、公式化，利用身体因素制造恶俗的卖点，反映出其创作驳杂的本质。与张资平齐名的另一位海派小说家叶灵凤则在身体叙事中加入了浪漫主义和神秘主义的因素，在新感觉派之前形成了中国最早的心理分析小说。现代文学的实践对于中国传统的身体禁忌作了一定的颠覆，但是我们可以看到在这些作品中，即使是最大胆的书写也没有能够在心理上突破主体的罪恶感，文本表现出了在根深蒂固的传统伦理道德和对人性欲望的承认之间挣扎往复的复杂过程。

中华人民共和国成立之后的当代文学是革命文学的延续和发展，直到新时期文学之前，中国当代文学当中"多元的、个体化的、感性的、非政治化的、形态各异的身体感觉和身体描写基本上是缺席的，文学作品中少得可怜的身体描写总因为高度政治、阶级符号化而显得千篇一律，只不过是政治身份的外在标志，它有一套模式化的身体符号学体制、程序、惯例与等级制。人的身体特征被赋予了特定的、明确的政治内涵并被纳入价值等级秩序"③。进入 20 世纪 90 年代以后，我国社会的转型为

---

① 《论语·雍也》。
② 钱理群、温儒敏、吴福辉：《中国现代文学三十年》，北京大学出版社 1998 年版，第 321 页。
③ 陶东风、罗靖：《身体叙事：前先锋、先锋、后先锋》，《文艺研究》2005 年第 10 期。

当代文学的创作开拓了广阔的生活空间,"女性写作"以独特的个人话语来表现女性的个体生存状态,显示出充分的性别意识与性别自觉。在这股写作潮流中,林白、陈染等作家都将笔触深入女性生存的私人空间当中,对于女性的躯体感受、隐秘心理都做了前所未有的大胆袒露,可以说是一种惊世骇俗、离经叛道的叙事。"身体"在这里成为女作家们反抗男权社会的武器,女性写作直接刻画女性对于肉体的感受和迷恋,表达了千百年来被男性社会及其代表的理性逻各斯中心所压抑和遮蔽的个人经验,与此相应,叙事方式也呈现出极端感性的零散化、碎片式形态,这些都是在传统写作形态中不曾出现过的,代表了一种先锋的、革命性的文学探索和审美精神。但是在另一方面,女性写作中隐藏着一个危机:她们大胆的自传性写作很容易被强大的商业运作利用和改写,"女性个人化写作的繁荣,就可能反而成为女性重新失陷于男权文化的陷阱"①。这种担忧很快成为现实,世纪末的"美女文学""身体写作""下半身写作"和"隐私热"接连上演,身体,特别是女性身体,在经历了启蒙叙事、革命叙事之后,又一次被消费文化规训,以反叛前卫的姿态成为男权秩序下供人观赏的"奇观"。"身体在消费中积欲又被解欲,消费是一个解欲的过程,但是,解欲过后是更加激烈的欲望:消费撩拨了欲望,这被激发起来的欲望又进一步增进了消费。这是消费主义时代,消费世界的最隐秘逻辑。"② 随着意识形态的日趋宽松化,一些严肃文学的作家在经历了初期的身体禁忌之后渐渐发现了身体叙事的优势,许多优秀的文学作品如《白鹿原》《日光流年》《受活》《后悔录》《兄弟》等都纷纷以身体为切入点探讨人性、解读政治、强权等对于人性的扭曲和戕害,应该说,在这些作品中,身体叙事这个言说方式是作家建构主题、表达思考的得力助手,突破了之前商业写作中对身体描写的感官限制,具有了某种哲学意味。

相对于纸媒世界中身体叙事在商业化和艺术性之间小心翼翼地寻求平衡的艰难处境,奉行另一套运作规则的新媒体世界则洒脱得多,身体叙事成为这个文坛自然而然的言说方式。由于互联网的数字化和匿名特

---

① 戴锦华、王干:《女性文学与个人化写作》,《大家》1996年第1期。
② 葛红兵:《身体写作》,《当代文坛》2005年第3期。

点，这里成为理性主义和道德规范环绕中的"飞地"，取消了真实的身份约束之后，欲望在这里得到了最自由的表达和释放。另外，电脑技术和数码技术也为更直观感性的身体书写提供了技术支持，可以说，互联网是感官的乐园。而作为新媒体另一个重要组成部分的移动媒体文学则更多地带有民间色彩，手机的普及和私人性交流方式延伸了民间文学口耳相传的传播方式，民间文学对于"身体"的百无禁忌的态度在手机段子里得到了最典型的表现。可以说，新媒体上的身体叙事将感官的诉求放在了首位，它不再像纸媒文学中的身体那样要承担沉重的意识形态主题，或者要以某种崇高、前卫或者反叛的姿态掩饰自己，新媒体将"身体"作为快乐的最直接最简单的来源。这种价值取向与消费文化达成了一致，二者相得益彰，身体叙事于是作为新媒体的主要言说方式之一在各种新文类中频繁地出现。

作为当下移动自媒体主要形式的微博和微信朋友圈是新文类中最具有民间特质的文本形式。无线通信技术使得人们可以通过上述形式随时随地、方便及时地实现一对一或者一对多的交流，私人性非常强，所以微信和微博的内容也具有相对于网络博客或者论坛帖子更加可靠的私密性保证。总的来说，微博和微信朋友圈是属于私人空间的，在这样的情况之下，人们之间的交流也就具备了某种"悄悄话"的姿态。在这种相对私密的交流氛围中，话题禁忌不复存在，无论是性还是政治都可以作为笑料；同时，处于社会底层的草根阶层对于权威和礼节天生具有排斥与反感，于是在正统社会话语体系中讳莫如深的性与政治就成为民间拿来制造噱头、嘲笑戏谑的永恒的主题。

随着通信资费的不断下调和服务功能的不断完善，通过手机无线上网已经成为现代人继电脑上网之后又一种获取信息的新途径，近些年来，移动互联网已经成为新媒体发展的弄潮儿。中国互联网络信息中心发布的第 39 次《中国互联网络发展状况统计报告》显示，截至 2016 年 12 月，我国手机网民规模达 6.95 亿，有 95.1% 的网民通过手机上网。[①] 同时，移动网络为使用者提供随时随地与人联系、交流感情、获取信息的

[①] 参见第 39 次《中国互联网络发展状况统计报告》，2017 年 8 月 11 日（http://www.cac.gov.cn/cnnic39/index.htm）。

物质便利，通过无线网络同另外的手机、电脑或者通过数据线同其他手机和电脑连接进行数据交换，获取娱乐信息，成为随身的多媒体信息中心。手机日益成为都市人须臾不可离开的伙伴，甚至有很多人患上了"手机依赖症"，一旦离开手机或者不能携带手机就会在心理上失去安全感，焦虑不安，难以正常生活。可以说，对于新媒体时代的人们而言，手机的重要性远远不止"移动电话"这么简单。

早在移动网络发展的初期，SP（手机服务供应商）就清楚地看到这个巨大的商机，并且投入了极大的人力、物力来开发手机的各项附加功能，当然也包括它的娱乐功能，于是，手机段子就大量地产生了。一开始这些段子只限于问候和祝福的话题，由网民通过 SP 提供的网页浏览和下载，很快这个需求市场被打开，在经济利益的诱惑下，许多"写手"积极地加入段子写作，一些在民间流传的调侃时弊的顺口溜也被收集起来，通过手机短信在更广大的范围内流传。这些手机段子在价值取向和审美情趣上都呈现出平民化的趋势，无论是嘲讽官场还是针砭时弊，内容都少不了拿"身体"说事，用粗鄙的话语揭开社会的遮羞布，它自动地将自己的道德标准和审美诉求放在底层平民之间，巧妙地躲避开社会主流思想的规训。"身体叙事"在手机段子中纯然是一种话语策略，是民间趣味对主流意识形态控制下的世界的一种解构力量，它体现了巴赫金所描述的狂欢精神：生机勃勃、兴高采烈、口无遮拦，对所有猥亵的、粪溺的、疯癫的、血腥的、饮宴的、神秘的、粗野的、无秩序的话题的津津乐道，用它的不合礼法挑战严肃、神圣、虚伪的官方世界[①]，在另一方面则表现出民间文化顽强的生命力和强大的渗透力。

如果说曾经风靡一时的手机段子里的身体叙事具有某种对抗权威的草根意识的话，那么博客及稍后出现的微博写作中的身体叙事则更多地反映了写作主体的自恋心态和商业文化的运作痕迹。以博客为例，首先，博客写作本身就呈现出一种矛盾的状态：在形式上，博客作为网络日志自诞生之日起就应当是一种类似日记性质的个人写作；但是另一方面，每个个体的博客又存在于四通八达的互联网上，理论上讲任何人都可以

[①] 参见［俄］巴赫金《拉伯雷研究》，白春仁等译，河北教育出版社 1998 年版，第 350 页。

进入任意一个特定的个人空间，看到他书写的文字、张贴的图片和其他私人信息。这样一来，博客写作者们在进行创作时的心理状态就比较复杂，一方面，博客是"个人空间"，是个人书写的自由天地，作为阅读者也的确希望看到真实的个人书写；但是另一方面，博客写作者又要顾及可能的阅读者的眼光，要做到像日记那样真实坦率基本上是不可能的。这就造成了一个两难的境地，直接的后果就是，博客实际上成为为了发表的日记，多多少少都带有表演的性质，尤其对于那些描写个人体验的博客而言更是如此。此外，博客写作为写作者提供了一个极具安全感的虚拟空间，在这个小小的却又可能是无限大的空间当中，写作者的自我意识很容易膨胀起来，造成自我认知的失衡。因此我们可以看到许多博客充溢着写作者对自己细微感受的过度关注和过度阐释，沉溺在自己营造出来的琐屑脆弱的氛围当中，又要在这琐屑的生活中生生挖掘出自己的独特之处，呈现出一派孤芳自赏、顾影自怜的造作文风，这种将眼光局限在自己身上、境界平庸的自恋书写是许多博客的通病，在许多明星的博客写作中也可以得到妥帖的例证。即使是被称为才女的博客女王徐静蕾也难免流俗，在雷同的语调和题材中消耗着自己的才气与风格。当然，这种状况是由博客写作本身的矛盾性造成的，当私人的书写被放置到公共空间，并且被以公开出版物的标准去评论时，博客书写者的"自恋"姿态其实说不上是一种错误，说它是某种错位或许更合适一些。

在博客写作中还存在另一种更典型的"身体写作"，不少人为了吸引点击率、提高知名度，将"身体"作为制造噱头的便利工具，博客上最容易出名的也正是这个采用身体策略的人群，他们的武器往往是自己身体的大量照片（一般都是相当暴露的），或者是私密性体验的详细记载。这些强烈刺激感官的内容满足了一部分人的好奇心和窥视欲望，因此很容易获得大量的点击，成为网络世界里的名人。最先在博客世界里引起轩然大波的木子美采取的就是这种方式，她在博客网站上公布自己的性爱日记，其中记述了她和多名男子一夜情的细节。这种大胆的行为对于长期处于性禁锢、道德伦理规范严密的国人而言，无疑是极具挑衅性和吸引力的，她的博客点击率以每天6000人/次的数量递增，很快成为网络世界里的红人，木子美现象也在现实社会当中掀起轩然大波。在商业文化的大力炒作和网络媒体的推波助澜下,她的博客结集为《遗情书》很快出版、盗版、遭禁……这些在文学价值和审美价值上没有什么特别之处的文字获得了巨大的商业成功,而木子美本人也成为家喻户晓的"名人",所获得的无形资本更是高得惊人。木子美式的成名模式为一向令人心存芥蒂的"身体写作"示范了一条快速成名的道路,紧随其后,流氓燕、竹影青瞳等网络写手都将自己的"身体"展览到博客上面,木子美冲击波一而再、再而三地横扫网络世界,昭示了身体叙事策略在当下时代的所向披靡。当身体写作成为一种时髦,"身体"很快在博客写作中泛滥成灾,真正的身体遭遇到被简化,被践踏的命运。"蔑视身体固然是对身体的遗忘,但把身体简化成肉体,同样是对身体的践踏。当性和欲望在身体的名义下泛滥,一种我称之为身体暴力的写作美学悄悄地在新一代笔下建立了起来,它说出的其实是写作者在想象力上的贫乏——他牢牢地被身体中的欲望细节所控制,最后把广阔的文学身体学缩减成了文学欲望学和肉体乌托邦。"[①]

如果稍加分析,我们可以看到在博客空间中的身体叙事多是由女性充当叙述者和表演者的,她们将自己的躯体和感性体验以类女权主义的骄傲和无所畏惧展现在众人面前。之所以说是类女权主义,是因为在这种展示中,身体成为"民主社会里的商业美学(commercial aesthetics)所利用的一种资源"[②]。写作者是明白自己的书写将会被作为观赏对象的,她们所展示的经验和内容都不具有真正意义上的反抗性,反而是与商业文化、消费文化共谋之后的一种姿态,这种姿态更能投合当下大多数网民群体的审美心理,激发起他们潜在的窥探欲望,满足了他们在窥视欲望发泄之后再对其口诛笔伐的虚伪的道德优越感。

如前所述,博客写作在其发生之初就具有私人性,因此在个人的博客空间张贴、书写任何内容(只要不明显地触犯法律)都成为个人的自由,并且以现有的网络技术还无法进行控制。应该说,从积极意义上讲博客标志了真正的个人话语自由。然而,这种自由在芜杂的语境下难保

---

① 谢有顺:《文学身体学》,《先锋就是自由》,山东文艺出版社 2004 年版,第 49 页。
② [美]约翰·奥尼尔:《身体形态——现代社会的五种身体》,春风文艺出版社 1999 年版,第 110 页。

不被滥用。在现实中，任何意识形态上对身体书写的道德批判都会由于对象的虚拟性不战而败，博客写作者可以关闭自己的博客评论功能，拒绝别人的留言评判，可以随时对所有的博客内容进行编辑更改，删除或者增加文字和图片。面对这样一个基于数字技术的流动不居的对象，任何严肃的批评都仿佛是"对牛弹琴"，不仅不会对对象造成损害，反而让人感到批评者自身的不合时宜。

博客书写中的"身体叙事"以"文学"的名义汇入了当下社会身体消费的洪流，在玄幻小说、悬疑小说和同人小说中，我们可以看到身体叙事的另一种表现形式：对血腥暴力的津津乐道和对其他感官刺激的追求。总的来说，这三个新文类都带有类型小说的特点，尤其是前两类作品，其创作已经被专业的文学网站纳入商业化运作的轨道，从策划、选题、写作、发表、宣传推广都有一套流水线式的程序，内中当然不乏优秀之作，但更多的是千篇一律的跟风作品，这类作品的性质更恰当地说应该被称为"文化消费品"，是书写而不是写作。即便在优秀的作品中，我们也不难看出消费文化影响下的审美趣味：价值判断的混乱和对感官刺激的迷恋。比如玄幻作品中，主人公的成长总是要经过许多次的历险，获得武功或法力的增长，在历险的过程中，写手要大力渲染主人公面对的对手的凶残暴戾以反衬主人公的武艺/法术高强，这时通用的手法就是详细地描写反派"大魔头"如何杀人如麻，吸人血、吃人肉……种种匪夷所思的残害生灵的手段，血肉横飞，极尽惨烈之能事，连《射雕英雄传》里梅超风用活人头盖骨操练的九阴白骨爪比起这些花招来都得甘拜下风。作者在构造这些场面的时候着力于刺激感官，写作时缺乏必要的理性节制，难免损伤到文字的美感，也损害了作品的格调。试看下面这段描写：

> 那男子惨叫一声，黑蛇的尾尖在他口外一闪而没。只见他喉咙处突然隆起一道，蠕动下滑。"格啦啦"一阵骨骼碎裂的声音，暴雨连珠似的响起，胸膛的皮肉突然瘪了下去。男子惨叫声中，黑蛇在他体内一路滑行，发狂咬噬。肚腹突然鼓起，又突然瘪下。当那鼓起之处朝他下身滑去之时，上身已只剩两片薄皮，前膛后背紧贴一处，在风中簌簌鼓舞。

男子叫声凄厉惨绝,听得真珠闭眼塞耳,全身犹自簌簌发抖。哥澜椎等人也忍不住骂道:"龟他孙子,这般折磨人,算得什么好汉?"拓拔野愤怒已极,心道:"这于儿神如此折辱流囚,卑劣之极。瞧他手法纯熟,已不知虐杀了多少人。"

于儿神哈哈怪笑道:"你居然还叫得出声来,当真少有。"那黑蛇"吃"的一声,从那男子肛门处钻出,悠然盘旋,又回到于儿神身上。丝丝吐信,似犹不足。

男子已只剩一张薄皮,风筝也似的飘荡,气若游丝。拽住他双臂的怪鸟桀桀怪叫,展翅高飞,"扑哧"一声,他的身体登时碎为片片,随风卷舞,不知西东。

于儿神凸额通红,碧眼幽然,哈哈狞笑,形如妖魔。杀得性起,转眼之间,手如霹雳,又将四个勇烈大汉的皮硬生生地剥将下来。

看到这些暴力叙述的时候,我们很容易联想起莫言在《红高粱》中写罗汉大爷被日本鬼子剥皮的文字。当然,先锋文学当中余华、莫言笔下的类似描写甚至比这些文字更加血腥残忍,然而先锋小说是一种文学技术革命式的实验,它所着意的是文学技巧的探讨,因此在进行暴力话语叙述时始终采取不带有任何道德评判和感情色彩的"零度叙事","身体"被定位为展示原始生命力,探讨复杂人性的道具,它在革命叙事传统中被赋予的政治性意义被最大限度地消解了,因此读者不能够通过政治化阐释框架去理解这些内容。而在玄幻小说这样的消费文学当中,作者的书写不具有明确的文学探索意义或者哲学深度,这些刺激感官的文字一方面是为了激起读者强烈的情感,另一方面则是为了投合人类本性中的嗜血倾向,同露骨的性爱描写一样,是为了刺激读者的生理快感。当身体的暴力叙事被纳入商业化运作之后,这类作品中对于兽行的详细描绘甚至细致从容到有些"玩赏"的倾向,用惨无人道的暴行来制造"猎奇"的噱头,这种过于详细的血腥书写是不是也反映了写作者潜意识当中存在的某种对暴虐的好奇甚至喜好呢?我不敢妄断,但是至少值得我们思考。在人类社会发展的历史上,对于身体的各种"刑罚"在惩戒的同时却往往最能激发人性中潜藏的兽性,在目睹匪夷所思的残酷虐杀之中获得某种隐秘的快感,发泄现实生活中无法摆脱的压力,这或许正是人们热衷于追读此类作品的一个方面的原因吧。《搜神记》是一部非常出色的玄幻作品，已经出版了6部，洋洋160万字，从2001年起在网络上连载2年，创造了点击率过亿的奇迹，2004年起在《今古传奇·奇幻版》上连载，受到百万读者的欢迎。作者村下野狐被评为年度"最受欢迎奇幻作家"，2006年6月，《搜神记》续集《蛮荒记》开始连载，并被改编为网络游戏，其影响力可见一斑。这部作品场面宏大、意境绮丽、文字流畅，异人奇兽粉墨登场，为读者营造出一个奇伟瑰丽的上古世界，可以算得上是我国玄幻小说中的顶尖作品。但即使是在这样优秀的作品中，类似于上面这样详细入微地描写暴虐场面和情欲场面的内容也占据了作品的很大份额，更不用说网络上每时每刻不断通过流水作业生产出来的那些跟风作品了。

　　同样，在对悬疑小说的评判中，"吓人"与否就成为一个决定性的标准，因此作品中对恐怖气氛的渲染不遗余力，悬疑写手们想尽心思地利用人体的各个感官，从听觉、视觉、触觉各个方面刺激读者的恐惧神经，阴森森的冷笑、半夜的电话、滴水声、手机屏幕、电视屏幕、电脑屏幕、镜面的反光、水面的倒影、玻璃的折射……可以说，阅读悬疑作品的不仅是眼睛，人体上的各个感觉器官都处在高度戒备的状态，要吓到读者头皮发麻、毛骨悚然才能成为作品成功的起码标准。同人小说，特别是网络上青少年群体中流传的很多"耽美同人"，是以单一的同性爱恋为题材的，它并不讲究什么文学技法，实质上是一种错位的青春期"性幻想"的书面化，通过写作和阅读的过程完成冲动的荷尔蒙的发泄，获得情感上的替代性满足。因此，对性爱的（似懂非懂的）想象性描写构成了这类作品的主要内容，也构成了许多都市青少年幻想中的情爱叙事。身体意象在这类作品中仿佛是被作者操纵的木偶，通过互相的虐待、爱抚，各种匪夷所思的纠缠来演出青春期少男少女想象中的早熟的神经质的爱恨纠葛。

　　总之，在新文类的各种文本中，我们都可以找到身体叙事策略的大量例子，在这些书写当中，"身体"在文学理论中被赋予的革命性意义已经大部分被消费逻辑"招安"，改写成了刺激感官和获取商业利益的噱头。放眼当下的文学世界，从正统的文学作品到新媒体上的新文类写作都淹没在一片身体的海洋当中，尤其是在新文类的写作中，身体从痛苦到狂欢，从沉重到轻飘，从被压抑到被滥用。继理性主义对身体的压抑与规训之后，消费文明以解放的名义将身体叙事引入无意义的泛滥，压抑了它的反抗本质，从而又一次地构成了对身体，也正是对有着独立思想的个体存在的规训。

下编

第 五 章

玄幻小说与商业化写作

作为网络类型小说中最具有活力和影响力的种类,玄幻小说几乎成为网络小说的代表,同时,也是商业化最早、最彻底的网络小说类型。纵观玄幻小说的发展史,可以说是中国网络小说发展史的一个缩影,具有很强的代表性和启发性。自玄雨的《小兵传奇》在2004年走红以来,玄幻小说经历了十余年的发展,热度有升无降,新作层出不穷:《诛仙》《搜神记》《飘邈之旅》《斗破苍穹》《斗罗大陆》等力作长期占据着各大文学网站点击排行榜前几位;玄幻作品的IP大卖,《花千骨》《诛仙·青云志》《九州天空城》《三生三世十里桃花》等玄幻小说改编影视剧在网络和电视、电影各个平台上都独占风头,甫一播出就成为话题焦点;而玄幻写手唐家三少、我吃西红柿、天蚕土豆等也成为近几年中国作家富豪榜上的常客。玄幻小说的商业化运作同网络文学的产业化进程几乎是同步的,在新媒体写作的各种文类当中,玄幻小说的发展典型地体现了商业化的清晰轨迹,商业化在为新媒体写作的生存、发展和壮大提供机遇的同时,也塑造了新媒体写作的某些特点。对其进行细致的分析,可以帮助我们厘清通俗文学发展的特点和困境。

第一节 玄幻小说的定义及发展

"玄幻小说"这个名词一开始是网民对网络幻想小说的统称,它包括科幻、奇幻、神怪故事和玄幻化了的武侠小说,几乎所有幻想类的小说,只要其中有上天入地、匪夷所思的想象就会被冠名为"玄幻"作品。本章所讨论的玄幻小说指的是那些融合了科幻特色、武侠精神、奇幻风格、神怪文化、游戏模式、漫画手法和描写主角奇特经历的幻想类小说，它是西方奇幻小说在中国的本土化改写，是古今中外文化、文类和各种文化形态相互影响所形成的独特而崭新的文类。

科幻小说、奇幻小说和恐怖小说是幻想小说的三大类别，目前在网络上盛行的主要是后两类。2000年，随着被改编成电影的西方奇幻巨著《魔戒之王》以恢宏的气势横扫全球电影票房，奇幻小说（fantasy）也随之流行起来。奇幻小说根植于古代欧洲各民族的神话传说，受到了荷马史诗、中世纪骑士文学、近代哥特文学和基督教宗教教义的深刻影响，以龙、骑士和魔法贯穿情节，在人物、场景、器物的设定上都具有浓郁的欧洲中古时代的风情。经典的作品有《魔戒之王》《黑暗精灵三部曲》《龙枪》系列等，这些作品都把背景设定在架空的、独立于现实世界之外的神秘世界中；活动于其间的人物多半是非人类的智慧生物族类，他们拥有自己的文化、社会组织、特长和分支，如在奇幻文学中常见的矮人、精灵、巫师等；奇幻小说一般都有鲜明的善恶分界，两股力量的斗争贯穿整个作品，成为推动情节发展的主线。奇幻小说的这些特点使得它很容易被改编成角色扮演网络游戏（RPG），事实上，最初的奇幻小说正是诞生于与网络角色扮演游戏相关的纸上游戏写作中，随着网络游戏的盛行，很多著名的角色扮演游戏也被越来越多地扩展成为小说，由游戏公司发布并且成为奇幻小说的经典，如《龙枪编年史》《被遗忘的国度》和《机甲战士》等。

这些经典的奇幻小说一经引进就吸引了许多的中国读者，他们开设奇幻文学的专门网站，在属于自己的世界里进行奇幻文学的译介和创作。这个阶段的奇幻文学创作实际上是对西方奇幻文学的刻意模仿，但是由于文化背景的巨大差异，奇幻小说在中国的创作遇到了许多难题：魔法师、圆桌骑士、女巫、恶龙……这些具有深厚西方传统的神话意象具有悠久的历史沿革，自成系列，有着准确详细的体系和分类，而我们对于这些缺乏专门研究，只能了解到一些皮毛；西方奇幻与基督教文化和骑士文化有着不可割裂的血脉联系，而中国的传统文化中缺乏类似的宗教信仰和精神，这些对于年轻的奇幻写手而言无疑都是难以逾越的巨大文化鸿沟，因此他们笔下的西方中古背景的人物和事件经常会陷入不伦不类的尴尬境地。经过最初几年的写作热潮之后，本土的奇幻小说写手纷纷知难而退，剩下为数不多的奇幻写手还在艰难地探索，中国原创的奇幻小说始终只能在小圈子里流行。

自 2003 年起，一种新生的小说类型——玄幻小说开始在网络上大量出现并且迅速吸引了大量的读者，在起点中文网、幻剑书盟、天鹰文学网等玄幻网站，优秀的原创玄幻小说都享有百万以上的点击率。2004 年，一部名为《小兵传奇》的小说横空出世，以超过千万的点击率进入百度和 Google 两大搜索引擎年度搜索排行榜的前 10 位。这种对于文坛而言全然陌生的类型小说得到了可以傲视所有文学巨著的关注度和阅读量，随之而来的巨大的经济利益使得象征着传统权威的出版机构纷纷加入了推波助澜的玄幻热潮：光是 2005 年下半年出版市场上就出现了 30 多种玄幻小说，各大出版社在编纂优秀作品年选的时候也开始推出玄幻小说的分卷，一时间，玄幻成为最流行的文学话题，甚至流行到引起学者的忧虑："文学进入了装神弄鬼的时代"。

第二节 玄幻小说的文本特点

其实玄幻并不是一个新鲜的提法，它来源于香港著名小说家黄易的玄幻作品系列，他在科幻小说的基础上加上了玄学因素，创造出一个充满奇思妙想的超现实世界，代表的作品有《大唐双龙传》《寻秦记》《大剑师》《星际浪子》等。综观近年来流行的玄幻小说作品，如《小兵传奇》《诛仙》《搜神记》《飘邈之旅》等，它们一方面保留了西方奇幻小说的许多特点，如对架空世界的设定、人物情节发展的角色扮演游戏模式等；另一方面却对奇幻小说做了一些中国化的改造，将那些读者接受起来有困难或者是不适合中国人审美口味的地方改换为读者比较熟悉的内容。

一

在主要人物的性格塑造上，玄幻作品摈弃了东方人拿捏不准的充满贵族和宗教色彩的骑士精神，将它置换为根植于中国民间价值的放荡不羁的游侠风范。骑士制度是欧洲封建制度的组成部分，绝大多数骑士有着高贵的血统，而骑士封号也是贵族身份的标志。基督教义统治着他们的精神世界，他们忠君、护教、行侠的行为都是以维护封建政治和宗教伦理为目的的，作为贵族阶层的骑士在日常生活中表现出良好的教养，对女性和弱小者总是给予帮助与关爱，他们崇尚正直、勇敢、彬彬有礼、光明磊落，将履行骑士的义务和遵循行为准则奉为生命。中国传统文化缺乏宗教精神，对于这种拘泥成规一本正经的行为方式缺乏认同感，在我们的民间理想中，把惩恶锄奸、主持正义的社会理想寄托在武艺高强的游侠义士身上。我国的侠文化源远流长，《史记·游侠列传序》里就详细地勾勒了"侠"的行为特征，几乎成为后世论侠的标准："今游侠，其行虽不轨于正义，然其言必信，其行必果，已诺必诚，不爱其躯，赴士之厄困。既已存亡死生矣，而不矜其能，羞伐其德，盖亦有足多者焉。"[①]中国民间崇尚的游侠一般都游离于正统的体制之外，具有不受任何规范约束的反叛精神，"'侠'与人的社会或家庭背景无关，不属于任何特殊阶层，而只是一种富有魅力的精神风度及行为方式"[②]。玄幻小说中的主人公身上多具有游侠的反叛精神，敢于挑战权威、漠视陈规，但是也表现出不同于传统武侠小说里侠士的价值取向，他们不再以江山社稷、吏治清明或民生疾苦为念，而是时时处处追求自我个性的释放和个人欲望的满足，这些曾经被传统的大侠们压抑的"酒色财气""儿女情长"成为玄幻小说中理直气壮追求的终极目的。在众多的玄幻作品中我们看到的是小人物在拥有支配宇宙的权力、武林第一的神功之后恣意的狂欢，这种梦呓般的理想离"侠"的境界越来越远，是在消费文化中被激发的庸俗的市侩理想和"白日梦"情结。

玄幻小说的第二个特点表现在对场景和魔法的改造上，它用充满中国传统特色的环境和人物设定来置换西方奇幻小说中充满欧洲中世纪色彩的架空世界和人物设定。玄幻小说同中国传统文化和神话都有着千丝万缕的联系。以树下野狐的《搜神记》为例，小说以中华民族起源的洪荒时代作为背景，用史诗般的笔调书写了少年拓拔野的传奇历程，小说中充满了奇山异水、神兽仙人、炫目的魔法、宏大的战争场面和感人至深的情感，被称为东方玄幻的开山巨著。《搜神记》构筑了一个金木水火

[①] 司马迁：《史记·游侠列传序》，《古文观止》（上），中华书局1963年版，第201页。
[②] 陈平原：《千古文人侠客梦》，新世界出版社2002年版，第7页。

土五族共生的洪荒世界，世界架构完整宏大，五族的神仙妖女各自有本族的神力和特性，同时又有个性的天赋异禀，神农氏、炎帝、黄帝、西王母、夸父、刑天、蚩尤、赤松子……上古神话中的人物悉数登场；朝歌山、赤炎城、瑶池、冥界、流沙河……色彩鲜明的场景设置给读者带来真实又梦幻的现场感；夔牛、金狻、太阳乌、龙马灵兽……各种珍禽异兽穿插在情节中，这些意象或出自《山海经》《搜神记》等古籍，或来自长期流传于民间的古老传说，都是读者或似曾相识或耳熟能详的意象，在作者的重新演绎和加工之后，拥有了更为神奇美妙的风貌，为作品增添了奇妙瑰丽的色彩。

文化人类学者叶舒宪指出："早在20世纪初叶，以弗雷泽《金枝》为代表的新兴的文化人类学著述给西方文学想象带来极大刺激和改变，催生了体现神话复兴的现代主义文学艺术潮流，时至20世纪末，借助于电子技术和虚拟现实的推波助澜，世界文坛和艺坛出现的更大规模的神话——魔幻复兴潮流，已经发展为不可忽视的全球性的文化现象，标志着文学幻想境界产生了重要变化。与20世纪前期的神话复兴运动相对照，姑且将这一次的文化浪潮命名为'新神话主义'。"[①]玄幻小说对于传统文化的当代改写是继八九十年代武侠小说之后的又一次实践，在"新神话主义"的写作中重新审视传统文化，从上古神话中寻找写作资源和精神力量，不失为一种有益的尝试。这些优秀的玄幻小说以传统文化为依托，不仅为读者提供了一种想象力汪洋恣睢的阅读体验，同时也寄托了作家的文化情怀。

玄幻小说的第三个特点是将具有完备体系和悠久历史的西方魔法体系置换为具有传统中国道家特色的"修真"练级。中国文化中儒、道、释三教对于神怪文化有着不同的看法，"子不语乱力怪神"的儒家回避了这个话题，我国的神怪文化体系主要是由道家和佛家来支撑的。玄幻小说在武侠小说的基础上加入许多超现实的神怪形象和魔法修炼，往往是这些内容给玄幻写手的想象力提供了发挥的空间，使它具有了绚丽多彩、变幻莫测的魅力。玄幻小说在故事场景和魔法的营造上转向中国传统文化，更多地取材于道家的内功修炼和佛经中有关生死、罪孽、轮回的论

[①] 叶舒宪：《新神话主义和文化寻根》，《人民政协报》2010年7月12日第C03版。

述，一定程度上提高了作品的文化品位，使作品具有了某些终极思考的哲学意味。此外，玄幻小说一般都是以主人公的成长来结构全文，描写一个普通的少年如何获得非凡能力，经过千难万险最终获得成功，在历险的过程中经历妖魔鬼怪、各种兵器法术的生死对决，自身的武功也在磨炼中不断提高。这些以男性为中心的作品当然少不了美女的调剂，主人公常常得到多名美女的青睐，在紧张刺激的打斗中穿插各种艳遇……这已经成为玄幻小说的普遍模式，体现了从武侠小说一脉相承流传下来的情节模式，玄幻小说将这些情节模式与角色扮演游戏（RPG）模式结合，强化各个场景的个体特征、突出各种法术的奇异效果、渲染内功修炼的不同等级，作品因此而呈现出具有浓郁东方特色的 RPG 效果。

二

玄幻小说是网络游戏改编的主要 IP 来源，如前文所述，许多网络玄幻小说在故事情节设置上的修炼升级模式非常符合网络游戏的架构，总的思路是将人物的能力量化，通过每一步的学艺和修炼获得能力的提升，经过实战的检验获得经验和成长，最终实现质的飞跃。这种模式在网文界被称为"升级流"，采用升级流模式写作的玄幻文被称为"练级文"，是人气最高、最受欢迎的玄幻类型之一。青少年读者在玄幻练级文中读到的是主人公艰苦修炼、坚韧不拔、终获成功的成长经历，对于同处在青春期、经历成长中种种迷茫不解的读者而言是一种积极的正能量，具有巨大的认同感和感染力。另外，作为玄幻练级文的雏形的"网游文"本身就是由网络游戏衍生出来的文种，这也决定了玄幻练级文与网络游戏在产业上的天然亲近，很顺畅地构成产业链中的两个相邻环节。

在具体的玄幻小说文本中，我们可以清晰地看到在世界设定、人物形象、武器法术和场景设置等各个方面都具有非常明显的网络游戏色彩。首先，玄幻小说为读者建构了一个高度幻想的架空世界，在这个架空世界里，人物和情节发展不用遵循任何自然法则、社会规范和生活常识，可以用最直接最极致的方式实现自己的欲望。同时，受到网络游戏的直接影响，玄幻练级文中又有着非常明确的等级设定，这种设定并不遵循现实逻辑，像传统武侠小说那样表现为人物"武功""功力"的提升，而是依据不同的体系有着不同的抽象标准，比如我吃西红柿的西方玄幻巨著《盘龙》中，将角色分为魔兽、魔法师、神域、圣域等类别，每一类由低向高都有几级设定，天蚕土豆的《斗破苍穹》中则构造了一个属于"斗气"的世界，按照修炼的层次，分为斗者、斗师、大斗师、斗灵、斗王、斗皇、斗宗、斗尊、斗圣、斗帝。这些等级的设置是明确量化的，每一个级别都可以细分为9个等级，对应人物的功力。这种设定可以说是受到了早先"网游文"的影响，同时也为小说转化为网络游戏提供了先天的便利。

在人物形象设置上，以《诛仙》为例，主人公张小凡的人物设定跟他的名字很匹配，是一个相貌平平、资质一般的普通人，很容易让读者产生代入感（玄幻小说的读者主要是青少年男性），同时由于他的主角光环，在网络游戏中也会是玩家首选的角色。小说中有三个主要女性角色：一个是同张小凡青梅竹马的小师妹田灵儿，心地善良、天真无邪，是张小凡情窦初开时暗恋的对象；一个是青云门的弟子陆雪琪，容颜绝世、修为出众，在比武中同张小凡邂逅，后来二人历经磨难相互扶持，终成眷属；一个是鬼王宗宗主的千金碧瑶，清丽无双，对张小凡痴情，舍命相救。三个女子身份各异、各具个性，在外貌上都很出众，也都各具特点。作者在设计这几个人物的时候为她们安排了模式化平面化的外形和性格，天真烂漫的小师妹喜着红衫，清冷高洁的陆师姐自然是一身缟素，清新娇俏的魔教千金一袭绿衣，非常具有画面感，也很方便女性游戏玩家选择自己喜欢的角色。

这种人物设置其实在传统武侠小说中已经成为套路，金庸小说里男主人公一生遭遇的也往往是这三类女子：青梅竹马但是最终难成眷属的初恋，一般是男主人公师父的女儿，如《射雕英雄传》里的华筝公主、《笑傲江湖》里的岳灵珊；情意相投同甘共苦的知己之交，往往拥有绝世武功和秀美容颜，历经艰辛终成正果，如《神雕侠侣》里的小龙女、《倚天屠龙记》里的赵敏；原本处于对立阵营，一般是邪教的教主千金，但是心地纯良，痴情于男主人公，如《笑傲江湖》里的任盈盈、《天龙八部》里的木婉清。人物外貌气质也是高度模式化：天真无邪的邻家女孩型、温柔贤惠的解语花型、刚烈美艳型、清丽脱俗型……这些模式化的写法一直延续到玄幻小说中。无论是传统的武侠小说还是网络玄幻小说，主干情节基本上可以概括为个人奋斗加上佳人相伴，而佳人的数量往往不止一个，佳人的类型又呈现出多样化，不能不说是男性中心的审美和价值观的体现。读者们在紧张疲惫的现实世界中被压抑的欲望（事业有成、佳人相伴）可以在小说中得到全面的释放，这也正是小说"白日梦"功能的典型体现。

武器虽然一般与主干情节关系不大，属于小说的细节，但往往是作品里最具有想象力和吸引力的部分。在读者的阅读经验中，很多小说长期以来被津津乐道的往往也是这些内容：比如《西游记》里孙悟空的如意金箍棒随心所欲可大可小，甚至可以变成绣花针放在耳朵里、托塔李天王手里的镇妖宝塔、观世音菩萨的玉净瓶、金角大王的紫金葫芦和晃金绳、铁扇公主的芭蕉扇……不仅神魔小说如此，演义小说也是一样。在我国传统小说的写法中，对人物武器坐骑的交代成为一种惯例，因此当我们提到《三国演义》中的关羽，就会想到赤兔马、青龙偃月刀，而张翼德与乌骓马、丈八蛇矛，吕布与方天画戟都浑然一体，仿佛这些武器坐骑须臾不离人物身边一般，他们同人物相生相伴，构成一个整体。

法术在神魔小说中是非常重要的内容，不仅可以为作品带来趣味性，有时也成为故事的主干情节，推动故事的进展。比如很多神魔小说中都会写到的"斗法"情节，就是双方法术的集中展示。《西游记》里最为读者熟悉的"斗法"情节是大闹天宫时孙悟空同二郎神的较量，孙悟空先后变身为麻雀、鹚老、鱼儿、水蛇、花鸨，二郎神相应变作雀鹰、海鹤、鱼鹰、灰鹤打败悟空，孙悟空屡变不胜，使出本领变作土地庙，这一段写得很有趣味：

> 那大圣趁着机会，滚下山崖，伏在那里又变，变一座土地庙儿；大张着口，似个庙门；牙齿变做门扇，舌头变做菩萨，眼睛变做窗棂。只有尾巴不好收拾，竖在后面，变做一根旗竿。真君赶到崖下，不见打倒的鸨鸟，只有一间小庙，急睁凤眼，仔细看之，见旗竿立在后面，笑道："是这猢狲了！他今又在那里哄我。我也曾见庙宇，更不曾见一个旗竿竖在后面的。断是这畜生弄谊！他若哄我进去，他便一口咬住。我怎肯进去？等我掣拳先捣窗棂，后踢门扇！"大圣听得，心惊道："好狠！好狠！门扇是我牙齿，窗棂是我眼睛；若打

了牙，捣了眼，却怎么是好？"扑的一个虎跳，又冒在空中不见。

作者写到这些法术时非常细心和讲究，虽然是完全虚构的内容，显现出来的效果却煞有介事而且滴水不漏：孙悟空变化的本领非常高，口变庙门、牙变门扇、舌变菩萨、眼变窗棂，各得其所；但是猴子尾巴是变不了的，只好把它变成旗杆，竖在庙后，却被二郎神一眼识破。这一段斗法场面写得行云流水，一方面奇技炫目，让读者目不暇接，非常吸引人；另一方面细节处理得很好，经得起仔细回味，而且越回味越能领略到妙处，作者宏大的想象力和雄厚的笔力在这些细节中得到了完全的展示。

网络玄幻小说秉承了传统神魔小说的写法，小说的玄幻效果主要仰赖各种武器和法术的描写，在玄幻小说的代表性作品中，我们可以看到各种各样的武器体系和法术类别。《诛仙》中，人人觊觎的神兵仙器有诛仙剑、玄火鉴、乾坤轮回盘、伏龙鼎、噬血珠、摄魂棒等，其他分属于青云门、天音寺、焚香谷和魔教的武器不胜枚举。《搜神记》中的无锋剑、断浪刀，《飘邈之旅》中的火、雷、剑、盾、各种修仙的法宝，这些名目繁多、功能各异的兵器宝物正好对应网络角色扮演游戏（RPG）中的道具，具有强烈效果的法术在网络游戏里也可以结合声光效果展现出巨大的视觉冲击力。从这一点来来看，玄幻小说同网络游戏具有非常便利的转换条件，比起注重情节和人物形象的影视剧来，可以说玄幻小说更适合也更容易被转换为网络游戏。成功的例子也有很多，大量优秀玄幻作品同名游戏活跃在网络平台上，《诛仙》《搜神记》《小兵传奇》《飘邈之旅》《斗破苍穹》《盘龙》《星辰变》《花千骨》等。

环境描写在小说中有着很重要的作用：渲染气氛、烘托氛围、营造"典型环境"，出色的环境描写甚至会形成一个具有魔力的异度空间，将当时当地的情形完美地还原。现实主义大师巴尔扎克在《高老头》的开头不吝笔墨地细细描绘伏盖公寓，为人物活动提供了真实可感的场景，哈代笔下的威塞克斯、马尔克斯笔下的马孔多都是非常经典的范例。玄幻小说的写作通常会设置一个架空的世界，在这个架空世界中所有场景的设定都需要作者仔细考虑，精心设计，而玄幻小说本身的风格特点也要求这些场景具有异于寻常的特色，为写作者充分发挥想象力提供了宽广的空间。

玄幻小说在写作时往往会依靠场景的变换来推进情节发展，主人公在历险过程中到达一个新的场景，遇到新的挑战、战胜之后进入下一个场景，具有非常典型的电脑游戏特点；同时场景设计画面感很强，为主人公升级竞技的每一个环节提供不同的背景。比如被称为东方玄幻代表作的树下野狐的小说《搜神记》中就提到了许多令人印象深刻的场景。小说开篇不久拓拔野以神帝使者的身份来到木族的祭天圣地蜃楼城，此城依岛而建，由东海珊瑚、龙宫水晶和昆仑白玉筑成，蓝天白楼绿海红树（珊瑚树），水晶玻璃熠熠生辉，极为整洁安详，是少年拓拔野和蚩尤的心中圣地；当蚩尤和烈烟石进入火山内腹后，展现在读者眼前的是这样的场景："轰然巨响声中，艳红色的岩浆忽而旋转，忽而欢腾，涡流似的推挤着、牵拉着无数的气泡冒将上来。绚丽的火浪冲天激涌，山腹四壁红光闪耀。……每隔片刻那岩浆就要汹涌喷炸一回，火龙赤浪冲天飞舞，红线纵横交错，空气中满是焦臭的气息。数以百计的紫色透明晶状物从上方纷扬飘落，如紫雨一般洒落在沸腾的岩浆火海里，没入之时每每闪耀刺眼紫光，岩浆陡然汹涌出闷雷似的响声。"在如此凶险的自然环境中，蚩尤面临着两难的抉择，火红炽热的火山是焦灼痛苦的蚩尤情绪的外化表征；九尾狐晏紫苏带着重伤昏迷的蚩尤冲入观水河死里逃生，偶入冰洞，"洞中冰柱林立，冰钟乳悬连绵延，晶莹透明，相互映射得五光十色，直如神仙洞府。洞壁花纹千奇百怪，仿佛北海冰蚕丝锦上的万千纹案，奇巧瑰丽。冰水潺潺从她脚下蜿蜒流过，冰洞顶壁不断有冰水滴下，叮咚作响，在洞中清脆迴荡，极为动听"。前面是激烈血腥的打斗场面，气氛紧张到极点，此处出现的冰洞对比之下犹如仙境，一张一弛，小说的节奏处理得很好。随着拓拔野、蚩尤等的足迹，场景不断转化，有空旷的荒野、炽热的火山、晶莹剔透的冰洞，也有阴冷可怖的冥界鬼山……这些远离日常生活、充满幻想色彩和视觉冲击力的场景在阅读时使读者身临其境、感同身受，在作为网络游戏背景的时候也具有足够的视觉冲击力，给游戏玩家带来耳目一新的感受。

至此，传统神魔小说、武侠小说和网络游戏的特质纠缠交错，共同塑造了玄幻小说的文本呈现；中国传统伦理道德的思考、佛道宗教情怀的借用、后现代价值的渗透混沌一体，构成了玄幻小说的价值取向。但是这些文化因素来源驳杂、生长机制各异，放在一起难免会有裂痕，杂糅性也由此而成为玄幻小说最大的特点。多种文化文本的碰撞为玄幻小说的写作提供了取之不竭的资源，同时也构成了巨大的挑战：如何将这些因素整合为一个和谐顺畅的文本，使之既有飞翔的想象，又有踏实的叙述，更具高蹈的精神，这是所有玄幻写作者都要面对的问题。

玄幻小说扩展了幻想小说的内涵和外延，为幻想小说增添了新的特质，成为继科幻小说、奇幻小说和恐怖小说之后又一个全新的文类；同时，玄幻小说从对西方奇幻的模仿发展而来，是对西方奇幻小说的中国化改写，它通过这种改写实现了两种文化的碰撞和交流；最重要的一点是，玄幻小说以天马行空、自由不羁的想象力为死气沉沉的严肃文学带来了民间的鲜活气息，它"正以其瑰丽的想象，宏大的历史气概、高蹈昂扬的精神、亦真亦幻的叙事风格向人们展示小说这种文学样式不断自我创新、自我更生的能力"①。

第三节　类型小说的商业运作

在当代中国文学的发展历程中，商业化写作的出现是在20世纪80年代末90年代初，随着市场经济的浪潮席卷中国，文化市场逐步形成，作品变成了商品，阅读变成了消费，作家的身份也变得复杂多元化起来，从根本上颠覆了人们对于文学的既定认知。作为当代大陆文坛商业写作第一人的王朔在这个时段红遍全国。1988年，根据王朔小说改编的四部电影接连上映：峨眉电影制片厂拍摄的《顽主》（改编自《顽主》，原刊于《收获》1987年第6期）、西安电影制片厂拍摄的《轮回》（改编自《浮出海面》，原刊于《当代》1985年第6期），北京电影制片厂拍摄的《一半是火焰 一半是海水》（改编自《一半是火焰 一半是海水》，原刊于《啄木鸟》1986年第2期），深圳影业公司摄制的《大喘气》（改编自《橡皮人》，原刊于《青年文学》1986年第11期、第12期）。这些作品涉及当时大众完全陌生的题材领域，着力表现社会边缘人的生活，引起了巨大反响。作品中对于之前文艺作品讳莫如深的题材如走私、诈骗、

---

① 叶祝弟：《奇幻小说的诞生及创作进展》，《小说评论》2004年第4期。

金钱、犯罪给予了表现，作品人物角色们游戏人生的态度和油嘴滑舌的话语方式在当时也显得非常扎眼，王朔及其"痞子文学"也成为文学批评界的焦点，这一年因此被称为"王朔年"。

应该说，任何一部作品的流行都与它所生存的社会环境息息相关。20世纪八九十年代之交的市场经济改革为社会提供了相对宽松的意识形态环境，中国社会进入了转型时期，各种思潮获得了相对自由的发展，思想观念上的多元格局对于作家创作而言是非常好的先决条件，这一点同处在新媒体时代的当下颇有几分相似。在市场经济的文化语境中，消费者的需求永远是第一位的，王朔敏锐地意识到这一点，以精准的定位进入市场，收获了令人满意的战果：他一方面意识到改革开放初期中国民众的娱乐活动非常贫乏，"文化大革命"后通俗文学几乎空白，而随着市场经济发展，市民阶层逐渐崛起，产生了巨大的休闲文化需求，基于这样的考虑，王朔创作了大量为市民阶层代言、表达底层市民价值观，同时格调又显得轻松幽默的作品，填补了阅读空白，作品取得了非常好的销售成绩；另一方面他积极同传媒和影视联手，成立海马影视创作中心，亲自担任编剧，策划和改编了《渴望》（1990）、《编辑部的故事》（1991）等热播剧，在收获惊人的收视率、声名大振之余，也获得了巨大的经济利益。[①]虽然后期王朔开始弃文从商，在商海中几经沉浮，并没有延续他曾有的辉煌，但是他在商业化写作道路上的探索为后来者提供了很多借鉴。

20世纪90年代以后的商业化写作主要以文学与影视联姻的形式出现。影视具有文本难以企及的强大的传播功能，在当时是人们为数不多的主要娱乐方式，因此传播的效率也非常高，很多文学作品都是以影视剧的形式走红，然后才引起观众们阅读原著的热情。比如钱钟书的《围城》、苏童的《妻妾成群》、刘震云的《一地鸡毛》、池莉的《来来往往》《生活秀》等。在这种情况下，很多作家开始尝试商业化写作，揣测消费者的心理，选择受众感兴趣的题材进行写作。海岩的小说《便衣警察》在1987年搬上荧屏以后取得了巨大的反响，此后他相继推出多部畅销书，并亲自进行剧本改编，《一场风花雪月的事》《永不瞑目》《玉观音》《你

[①] 参见黄平《没有笑声的文学史——以王朔为中心》，《文艺争鸣》2014年第4期。

的生命如此多情》……几乎所有的小说都被改编成影视剧热播。海岩凭借"岩式爱情"风靡二十年，成为深受广大消费者欢迎的畅销书作家，创造了一个又一个出版和收视的神话。2006年，海岩以380万元的版税收入，荣登"2006第一届中国作家富豪榜"第16位，引发广泛关注；此后连续两年荣登中国作家富豪榜，成为当代文学中商业化写作最成功的作家之一。

"80后"作家韩寒和郭敬明为商业化写作提供了大量的可能性范例。2003年郭敬明借助《幻城》成名，2004年成立"岛"工作室，开始主编"岛"系列杂志。此后，他陆续推出一系列青春文学作品，取得了非常好的市场效益，吸引了一大批忠实的"粉丝"，也由此而确立了青春文学领军人物的文坛地位。2008年到2012年郭敬明陆续推出《小时代》三部曲，创下总销量过350万的纪录。2013年，郭敬明亲自担任编剧导演，将《小时代》推上大银幕。这部电影由被誉为台湾偶像剧教母的柴智屏监制，人气偶像明星杨幂、柯震东、郭采洁、郭碧婷担纲主演，2013年6月27日正式上映之前就显示出惊人的票房竞争力，在前一天的提前点映场中，观影人数达到22万，票房达到740万元，刷新了内地2D点映的最高首映场纪录，公映首日放映3.5万场，观影人数达210万，上映4日票房近3亿元，显示出影片超高的人气和商业价值。至2015年7月《小时代4》热映，这一系列点映累计票房超过15亿元，创下了华语系列电影票房的最高纪录。2016年7月，根据郭敬明成名作《幻城》改编的同名玄幻电视剧上映，掀起了一股新的收视狂潮。尽管影评家们对于这几部作品的评价并不高，但是在粉丝的巨大助力之下，郭敬明在文化产业领域取得惊人战绩，是国内商业化写作的一座高峰。

与郭敬明同时成名的韩寒在商业化道路上起步稍晚。出现在公众面前的韩寒以非常有个性的天才少年亮相，他的成名作小说《三重门》向中国教育制度提出质疑，在21世纪之初的舆论界和文坛掀起激烈论战，形成了"韩寒现象"。小说中塑造的辍学偏科但是极具写作天赋的主人公和生活中作者本人高度重合，这一形象在青少年读者中呼声很高。2004年前后，社会进入"博客年"，韩寒的个人博客拥有数以百万计的粉丝，是中国最知名、最具人气的博客之一，截至2017年7月5日，累计访问数达到 6 亿。① 有别于商业感浓重的郭敬明，韩寒通过他的写作营造了一个思想自由的意见领袖形象。他曾在博客中写下公告：不参加研讨会、交流会、笔会，不签售、不讲座、不剪彩、不出席时尚聚会、不参加颁奖典礼、不参加演出、接受少量专访，原则上不接受当面采访，不写约稿、不写剧本、不演电视剧、不给别人写序。基本上拒绝了一切商业行为，这也是最初韩寒对商业化写作秉持的态度。后期，韩寒同出版人路金波（曾以笔名李寻欢在网络文学发展初期"三驾马车"之一）合作，后者以其敏锐的商业头脑将韩寒带入文化工业中来，他安排韩寒代言广告，先后代言了凡客、雀巢、大众、华硕电脑、斯巴鲁汽车。除此之外，韩寒在最近几年将大量精力投注到影视上，他不但参演影视剧，先后客串《屌丝男士》《分手大师》，而且亲自成立影业公司，推出自己导演和改编的电影作品：2014 年由韩寒担任导演和编剧的电影《后会无期》上映，海报上是韩寒的巨大全身像，作家的明星效应可见一斑；2015 年 7 月，韩寒成立了自己的影业公司上海亭东影业有限公司，2017 年韩寒执导的第二部影片《乘风破浪》上映，上映 26 天票房破 10 亿元。代言广告、开公司、演电影、开餐厅，韩寒在几年之间完成了由作家向商人的转型。

纵观自 20 世纪 80 年代末以来中国当代文坛的商业化进程，不难发现商业化写作的出现并不直接同媒体相关，新媒体的兴盛只是契合了商业化写作的时机，并为其提供技术上的便利，而文学产业化的趋势更多地跟社会政治经济发展相关。因此，在消费社会中，文化产业蓬勃发展，商业化的写作借助新媒体强大的传播力成为大众文化市场的主流，是我们文学研究者应当正视的现实。

如果说在纸媒时代的纯文学写作中，作者决定了作品的面貌的话，新媒体时代的新文类自孕育之日起就受到商业文化的塑造，它的面貌在很大程度上是由市场决定的。新文类的遭际与歌星相仿，受众的支持和追捧能把它瞬时之间推上万人瞩目的荣耀巅峰，而受众的冷落和忘却也会使它转眼间光芒尽失、销声匿迹。新媒体为文化经济带来了新的增长点，随着新媒体近年来的迅猛发展和受众规模的急剧增长，它的商业价

---

① 参见韩寒的博客，2017 年 7 月 5 日，新浪博客（http://blog.sina.com.cn/twocold）。

值也逐渐被开发并且运用到各个方面,新媒体所可能蕴含的盈利模式成为各种新媒体运营商、投资者最关心的话题。新文类的商业化运作作为新媒体经济的重要文化实践自然广受关注,它不仅可能为新文类写作者带来更丰厚的市场收益,而且在本质上塑造着新文类的文体特质,影响到新文类创作的内容和写作技巧,在增添文学的影响力和活力的同时也为研究者带来了一些新的思考。

商业运作贯穿了类型小说的创作与传播过程,其中以玄幻小说为典型代表。网络文学发展初期,在众多的门户网站还在依靠单纯的广告和短信服务作为收入来源的情况下,玄幻小说网站就已经先后开发出了"VIP 会员制"和"网络发表+实体出版"两种能够稳定盈利的运营手段,前者更是完全实现了电子媒体的自盈利,为玄幻网站带来相对稳定的读者群体和总数可观的阅读收费,从而进一步保证了网站的点击率,保证了广告收入,成为新媒体世界商业运作的成功范例。所谓"VIP 会员制",是指读者与文学网站二者之间签署一个"订阅协议",读者通过一次性交纳一定数额的会员费而取得该网站的 VIP 会员资格,之后,这位会员可以随时向网站支付阅读费用以购买网站上 VIP 小说的章节进行阅读。这种收费阅读制度是从港台引进的,由 2002 年底成立的明杨品书网首次在内地推出,接着起点中文网、幻剑书盟等小说网站也开始纷纷采用这一制度,网络阅读的免费时代被终结。至少对于玄幻迷们而言,要想在第一时间阅读到高水平的玄幻新作,就必须支付一定的费用。

以幻剑书盟为例,它曾经是国内最大中文原创小说平台之一,在发展巅峰的鼎盛时期拥有驻站原创作家近 7000 名,收藏原创作品 2 万多部,最高日访问量可达 2000 万。[1] 它最早是由书情小筑、石头书城、小书亭、凝风天下四个志趣相投的文学书站组成的一个松散的网站联盟。2001 年 5 月,正式启用国际域名。两年之后,北京幻剑书盟科技发展有限公司宣告成立,从此开始了公司化运作和商业化探索。经过几年的积累,幻剑书盟在国内中文原创小说领域里具有了相当的影响力,并形成了文学类垂直性门户网站的特点,拥有了一大批固定的消费人群,注册会员达到

---

[1] 参见兰红《幻剑书盟:自己长大》,2016 年 8 月 17 日,新浪网(http://tech.sina.com.cn/i/2006-01-02/1119809263.shtml)。

300万，其中有10万收费会员。网站的作品以武侠和玄幻为主，它从2004年2月起采取VIP付费阅读制，为优秀的VIP作者提供优厚的稿酬以保证稿源的质量，同时将这些优秀作品放在VIP阅读专区，读者只有支付一定数额的款项才能阅读。这种付费阅读的运营方式保证了作品的更新速度和质量，使得VIP读者能够获得满意的阅读效果，而作为有固定收入的单个读者，与作品的吸引力和阅读的习惯性相比，为阅读而支付的费用是几乎可以忽略不计的。此外，网站还对付费阅读的价格作了一些调整。这个价格的制定非常微妙，定高了会使大多数用户难以接受，造成读者的流失，但是定低了又直接影响到玄幻写手的收入和创作热情。VIP制度实施之初的阅读收费标准是千字3分，后来调整到千字2分，这个标准一直延续到现在，被大多数网站采用。这些费用一部分归网站所有，另一部分用以支付作者稿费，维持稿源。当然，为了维持网站的人气，运营者同时还开放了许多免费阅读的内容，普通读者只要注册成为会员也可以阅读VIP作品，只是要受到一定的时间限制，这样网站既维持了高访问率以获得广告收入，又得到了固定的付费阅读群体。

在VIP制度的实施过程中，有两个问题非常棘手：

一是费用支付问题。玄幻小说毕竟是一种电子出版物，它只存在于虚拟的网络空间当中，因此读者购买的只是抽象的阅读权，在VIP制度实施初期网站一般是提供给读者一个银行账号，让读者向账号中打入款项，然后由银行转账，这种交易形式对于大多数用户来说是很陌生的，缺乏安全性的保障。而且作为网站方面，要建立转账系统还需要同各个大银行签署商业协议，手续烦琐，转账也需要一定的周期，操作起来要耗费许多时间和人力，非常不方便。随着新媒体在实际应用中功能的拓展与加强，网站陆续开发出了许多新的支付方式：如通过手机发短信的方式用手机费支付、通过固定电话充值支付、用Q币支付、购买网络游戏点卡支付、网上银行的在线支付等，这些支付渠道大大方便了读者，使他们足不出户就能实现付费阅读。但是，网站方面，采取多种支付方式对他们而言意味着需要同移动通信服务商、电信部门、游戏网络公司和银行、邮政部门签订协议，向他们支付一定的费用来获取他们为网站提供的代收费服务，而这个费用也成为玄幻文学网站一笔不菲的开支。至于运行过程中时常出现的错误以及因此而带来的纠纷更是难免的，这一切都需要靠市场和技术的完善来逐步改善。

二是盗版的威胁问题。读者之所以愿意为阅读支付费用就是因为想要读到别处看不到的、最新出炉的玄幻作品的章节，而网络盗版近年来呈现出规模化、技术化的趋势，无论原创网站采取怎样严密的技术手段或防范措施，一些热门小说的 VIP 章节也往往会在发表出来后的几小时内被盗版张贴到其他网站上，其效率之高令人咋舌。盗版的泛滥使得许多收费网站的会员大量流失，很多玄幻读者甚至只看盗版，这也严重地影响到作者的创作积极性，因为他们的收入是与阅读收费挂钩的。尤其是对于那些与出版社达成协议，准备推出实体书的玄幻作者而言，网络盗版的泛滥夺走了许多潜在的消费者，直接影响到了实体书的销量。这个问题一方面要求网站开发更为完善的加密手段，另一方面国家也应当适时推出打击网络盗版行为的法律法规，使这个虚拟世界中的商业运作有章可循、有法可依，建立健康有序的发展环境。

"网络发表+实体出版"是网络小说早期商业运作的另一主要形式。一些优秀的类型小说也成为商业化的目标，作者、网站和出版社采用"网络发表+实体出版"和打造品牌、开发多种产业化传播方式的盈利模式，取得了不俗的成就。2001 年，蔡骏的长篇悬疑小说《病毒》在榕树下网站连载，受到读者的欢迎，点击率居高不下。他随后很快完成个人第二部长篇小说《诅咒》。由于市场反响非常好，作者开始直接与出版社接洽出版事宜，不再采取网络首发形式。随着《幽灵客栈》《荒村公寓》《地狱的第 19 层》《荒村归来》等作品的连续出版和打破销售纪录，"蔡骏心理悬疑小说"已经成为国内出版界的一个著名品牌。在实体书推出的同时，蔡骏的小说并没有放弃网络这一受众面广阔的传播平台，坚持在网上连载。事实证明这种整合多种媒体传播工具的传播策略是非常成功的，蔡骏和他的作品在网络上享有极高的人气和知名度，对实体书的销售起到了巨大的推动。2004 年 10 月，根据《诅咒》改编成的电视连续剧《魂断楼兰》开始在全国多家地方电视台播出，2006 年底《荒村客栈》被改编成电影在安徽开机，2007 年初，《地狱的第 19 层》在香港开机。他的作品还被制作成各种格式的电子书，放在许多专业的下载网站供手机下载阅读。至此，蔡骏和他的悬疑小说成功地征服了市场和受众，成为近年来并不多见的口碑非常好的类型小说的代表。

同人小说的商业化成就远远比不上玄幻悬疑这样的类型小说，一方面是因为同人小说的创作本身就是写作者的自娱自乐，作品一般只是用来和同道中人作小范围的交流，并不寻求得到大众的喜爱和承认，或者借此来出名获利，应该说这种写作态度的非功利性比较强，主观上不具有商业化的诉求。另一方面，同人小说是一种非常特殊的文类，它具有很强的"圈子性"，内容集中在对某一部作品的改写和演绎上，涉及许多原始作品的人物设定和情节细节的背景知识。只有非常熟悉、喜爱甚至痴迷于这部作品的读者才会对这样的故事感兴趣，如果没有对原作的深刻了解和情感投入，大多数读者是难以理解同人小说的妙处所在的，甚至会觉得胡编乱造、不知所云。这种对读者阅读储备的要求客观上限制了读者的范围，将没有接触过原作或者对原作不感兴趣的人排除在外，受众面相对玄幻小说而言就显得非常狭小。但是近年来随着大众文化的发展和商业电影在世界范围内的发行，许多欧美魔幻大片纷纷被引进，比如《哈利·波特》《魔戒之王》等，这些电影凭借跌宕起伏的故事情节和奇谲的幻想场景吸引了大批的忠实观众，也带动了相关书籍的出版热潮。尽管在西方是书籍出版在先，影片改编在后，但是我国的观众一般都是先接触了影片之后才去找相关的书籍阅读，相关的同人小说也是许多青少年创作和阅读的对象，其中有些还出版了实体书，如《像天使一样堕落》《孤独的心》《梅花引》三本一套的哈利·波特同人小说已经于2006年1月由中国青年出版社出版，同人小说的传播也开始出现商业化的尝试。

除了网络小说的 VIP 阅读制度、实体书出版之外，小说阅读网站还积极寻求与其他娱乐形式的合作，在此过程中通过作品的版权买卖获利。网站将优秀的网络小说（目前主要是玄幻类作品）向动漫、游戏等产业推广，积极将作品由单一的文字形式发展成漫画、动画、电子游戏、网络游戏甚至影视作品，以形成品牌效应和规模效益，达到经济利益的最大化。

这种商业化的尝试早有成功的范例，从网络小说流行之初就有少量精品被改编成游戏和影视剧，最初的尝试集中在玄幻小说这一特定类型当中。如前所述，玄幻小说是西方奇幻小说的中国化，而奇幻小说正是在为 RPG 游戏做设定的过程中诞生出来的，它与游戏动漫有着天然的联系。玄幻作品也因此具有鲜明的动漫特色,比如正邪对立的二元模式、人物形象鲜明、故事情节曲折、场景绚丽多变、充满了奇妙的武功和魔法招式等,因此要将玄幻小说改编成为动漫或者 RPG 游戏是比较容易的,并且能够基本保留故事的特点。比如 2006 年在起点中文网走红的玄幻盗墓类小说《鬼吹灯》次年 3 月由文汇新民联合报业集团旗下的动漫公司改编成漫画出版,紧接着完成了电影改编。玄幻巨著《诛仙》也在 2007 年 4 月被改编为同名网络游戏。到了 2011 年,根据网络小说改编的影视剧《步步惊心》《甄嬛传》在国内热映,引出了网络小说改编影视剧的热潮,这一年,盛大小说有超过 50 部作品的影视改编权被售出。到了 2015 年,网络文学进入"IP[①]元年",艾瑞咨询发布的《2015 年中国网络文学 IP 价值研究报告》指出,网络文学已经成为最大的 IP 源头,凭借庞大的读者量,IP 改编的游戏、电影、电视剧以及漫画都有相对不错的表现,网文读者在多个领域的消费意愿和比例都非常高,这对于网文 IP 未来的价值空间提升有非常大的帮助。[②]

网络小说作家和网站通过开发、出售和转让 IP 获得巨额利润,而网络小说改编游戏、影视剧等也为作家和作品的宣传提供了更具影响力的渠道。比如 2015 年 9 月,根据小说《鬼吹灯之精绝古城》改编的电影《九层妖塔》上映,5 天票房过 4 亿,一时成为热议的话题性事件。电影上映不仅吸引了众多《鬼吹灯》小说的粉丝进入影院,更使得这部发表了近十年的作品成为热议话题,很多人是由观看电影引发兴趣才回头去关注和购买小说作品的,因此,网络小说的 IP 开发对于各方面而言都是有利的。同样,由北京欢瑞世纪有限公司出品的 52 集古装仙侠剧《诛仙·青云志》2016 年 7 月 31 日在湖南卫视上映,甫一上映便好评如潮,网络作家萧鼎和他的小说《诛仙》也借着电视剧的东风在十余年之后重新成为大众关注的焦点。2015 年热映的玄幻剧《花千骨》改编自 Fresh 果果的原著小说《仙侠奇缘之花千骨》,网络总播放量突破 200 亿,并获

[①] IP 是英文 intellectual property 的简略形式,直译为"知识产权",网络小说是目前中国市场最常见的 IP 来源。

[②] 参见艾瑞咨询《2015 年中国网络文学 IP 价值研究报告》,2016 年 8 月 17 日(http://www.chinaz.com/game/gdata/2015/1230/490534.shtml)。

得同年度上海电视节"白玉兰"奖最佳电视剧提名。在短短两三年间，《何以笙箫默》《琅琊榜》《微微一笑很倾城》《欢乐颂》《诛仙》《鬼吹灯》《盗墓笔记》《老九门》等涵盖了言情、职场、历史、盗墓各种不同类型的网络小说改编影视剧，制造了一波未平一波又起的收视率奇观，这些都是网络小说作品成功商业化的范例。

自媒体写作的商业化进程来得不像网络文学那样理直气壮，从本质上讲，自媒体写作是一种非功利性的自由写作，它为个人写作提供了展示自我和获取交流的平台，这一点同类型小说和消费文化的天然血缘关系有着巨大的区别。以自媒体的最初成熟形式博客为例，它的核心，也就是人们所给予厚望的博客精神是共享、开放与自由，也就是方兴东所说的"人人为我，我为人人"的博大胸怀。因此，博客、微博包括微信朋友圈这些自媒体形式在本质上与商业利益是格格不入的。但是另一方面，这些新的传播方式在它们发展的鼎盛时期具备着强大的影响力和号召力。同样以博客为例，各个名人博客都聚集了大量的忠实读者，有着以千万计的点击率。从商业角度分析，博客在客观上具备商业运作的基础：博客书写所体现出的及时、交互的特点，以及博客内容传播的广度、深度无不蕴藏着巨大的商业价值，对于商家和BSP（博客服务提供商）而言，这个市场无疑存在着巨大的利益空间等待开发。

博客的商业化运作主要以两种形式体现出来：博客广告和博客书。博客广告是全球范围内博客商业化最普遍的途径之一，CNNIC公布的《2006年中国博客调查报告》表明，超过博客总量40%即700万的博客作者乐于接受博客广告，约20%的读者认为博客广告不会影响其阅读行为，研究人员认为，网民较高的接受度为博客广告发展扫清了障碍。从商业的角度来看，不同的博客所具有的广告价值是不同的，因此，博客点击量成为商家选择博客投放广告的重要参照指标之一。在人气旺盛的博客空间投放广告就好像在电视台的黄金时段插播广告一样，虽然广告费不菲，但是收益也高，广告商可以通过点击量及来源分析获知一个知名博客具体的读者数量、读者构成等，进而估算出最终的投放效果。不过这种商业化的模式只青睐那些拥有高点击率的名人博客或博客名人，绝大多数的草根博客很难获得广告投放的机会。这一点在微博和微信的运作上得到了承继，后二者又会通过新的渠道（如微信公众号）融合新的商业运作方式,这一点在后文中会得到详尽阐述。

博客书的出版是借鉴网络小说实体化的经验,出版商试图通过将网络与纸媒结合来兼顾不同读者群的阅读需求,但是收到的效果并不乐观。网上点击率过千万的《老徐的博客》由中信出版社出版,首印10万册,上市一周仅售出218本,与预期中的火爆抢购形成了巨大的落差,接下来推出的名人博客书也遭遇了相似的命运:《潘石屹的博客》《勃客郑渊洁》等都是雷声大、雨点小,纷纷铩羽而归。究其原因,媒体环境对于文学文本的魅力也有着很大的影响,博客对于读者的吸引力是由其持续更新的内容与网上传播的形式有机结合而共同构成的。作为一种全新的自媒体写作与发表形式,它的形态可以随时改变,增添、删除、改写,是由作者和评论者共同完成的超文本写作,内容不断的更新和互动式交流方式正是其价值与活力所在。而由网络回归到纸质媒体的博客内容必然要经过编辑的二次加工,以传统书籍的形态固定下来,这样一来也就失去了网络自由书写和即时更新的特色,从根本上掐断了这种文类的活力之源。从读者方面来讲,传统的阅读方式需要阅读内容质地紧密,经得起回味与推敲,脱离了网络环境的博客失去了作为它的特点和优势的时效性、互动性,在纸质本的形态之下凸显了网络即兴书写的松散与粗疏,不再能引起阅读者的共鸣和快感,这种情况在许多文娱界名人的博客书写中表现得尤为突出。事实上,名人博客之所以获得高点击率其实很大程度上是由于受众对名人生活的好奇心理,与博客本身文字内容的关系不大,因此,当这些文字脱离网络这个特定背景之后,就像脱下水晶鞋的灰姑娘一样光环尽失。

在对新文类的商业化运作情形作了大致分析之后,我们可以看到商业力量贯穿在新文类的整个诞生与发展的过程当中,并且在其中起着重要的推动作用,这种影响自然也渗透到新文类的文本内容和艺术技巧当中,使其呈现出某些消费文化的特质。精英知识分子很敏锐地注意到这一点,他们将带有这种特征的新文类作品归结为消费主义制造出来的文化泡沫,对它们呈现出的类型化、游戏化倾向感到忧心忡忡,质疑这些快餐文化将会"使当代社会在全面繁荣的假象下,诞生出内在的意义危机，并播撒着文化商品正使社会价值系统崩溃的文化细菌"①。应该说，这种担心是必要和合理的。另外，我们也不能否认商业化力量为文学版图注入了创新的活力，当下活跃在新媒体上的各种文学类型正是在商业化进程中诞生的，并且还将随着商业化的进程不断涌现出其他新的形式和内容。商业化并不等同于庸俗化，关键在于操控整个进程的主体的价值取向。因此简单地将新文类中出现的问题归结到商业化上是没有道理的，新文类是新媒体形式下文学的大胆实践，将与纸媒世界中的文学一道构成多元的文化生态。

---

① 王岳川：《消费社会中的精神生态困境》，《北京大学学报》（哲学社会科学版）2002年第7期。

第 六 章

悬疑、盗墓小说与"奇观化"写作

在网络类型小说林林总总的分类中,悬疑小说和盗墓小说有相当比例的重合交叉,总体而言,本章所讨论的悬疑小说主要指的是在网络上流行的、深受神秘文化影响、依靠紧凑神秘的情节和绵密的心理分析来渲染紧张刺激的气氛,并以此来吸引读者的幻想类小说。根据侧重点的不同,可能会同其他类型小说组合形成"悬疑推理小说""灵异悬疑小说""悬疑恐怖小说"等亚类,各种校园鬼故事也可以一并纳入这一范畴进行讨论。"盗墓小说"在文学网站上常常会被归入悬疑小说,鉴于题材的特殊性和该类型小说的成熟性,本章中将单独用一节来进行分析。二者有一个共同的特点就是在写作方法上的"奇观化"倾向:光怪陆离的故事场景、奇异诡谲的意象设置、亦真亦幻的叙述语气,通过这些技巧将读者带入远离现实世界的神秘氛围中,并产生身临其境的阅读感受。"奇观化"是影视艺术在后现代社会呈现出来的一种倾向,在同属于消费文化的网络类型小说中也不同程度地存在,本章将对其表现及达成方式进行探讨和分析。

第一节 悬疑小说与神秘体验

在西方通俗小说中,悬疑小说经常和恐怖小说、推理小说混杂在一起,故事情节的构成中灵异成分相对少,采用的是浪漫主义的写法来反映现实,更加倾向于用恐怖惊悚的故事来揭示人性、社会的黑暗面。18世纪后期英国的哥特式小说开启了现代西方恐怖小说的篇章,哥特式小说一般以中世纪荒凉的古堡或古老的修道院为背景,描写充满古怪阴郁气氛的谋杀和神秘故事，表现人类的善与恶的冲突，揭露使人堕落的罪恶。19世纪美国小说家爱伦·坡被称为"恐怖小说之父"，一生短暂而多病的他创作颇丰，在诗歌、小说、文学评论方面均有极高造诣，他写了大量的推理小说和神秘故事，是现代恐怖小说的开创者。被誉为"恐怖小说之王"的美国作家斯蒂芬·金是世界上读者最多、声誉最高、名声最大的小说家，他的每一部作品都代表着巨大的商业价值，成为好莱坞制片商的抢手目标。自20世纪80年代以来，历年的美国畅销书排行榜小说类上斯蒂芬·金的小说总是名列榜首，久居不下，应该说，在恐怖小说商业化的道路上，斯蒂芬·金是一个传奇。丹·布朗的《达·芬奇密码》是直接引爆中国悬疑小说热潮的作品。作者在2003年出版了这部作品，以750万本的成绩打破美国小说销售纪录，成为有史以来最畅销的小说，引进到中国翻译出版后同样在中国掀起了阅读的热潮。小说融合了侦探、推理、惊悚等元素，讲述了一个宗教符号学教授解决一起谋杀案的故事，密码解密是这部作品的核心情节，故事中涉及宗教、历史、密码学、秘密社团等多方面的知识，是一部博学而充满悬念的小说。大量中国网络悬疑小说采用的重新阐释历史、寻找线索、破解密码的手法，很多是出于《达·芬奇密码》的影响。

悬疑小说在我国文学史上的渊源可以一直追溯到志怪小说，是年代非常久远、数量也很庞大的小说类型。关于志怪小说的渊源，鲁迅在《中国小说史略》中指出："中国本信巫，秦汉以来，神仙之说盛行，汉末又大畅巫风，而鬼道愈炽；会小乘佛教亦入中土，渐见流传。凡此皆张皇鬼神，称道灵异，故自晋迄隋，特多鬼神志怪之书。其书有出于文人者，有出于教徒者。文人之作，虽非如释道二家，意在自神其教，然亦非有意为小说，盖当时以为幽明虽殊途，而人鬼乃皆实有，故其叙述异事，与记载人间常事，自视固无诚妄之别矣。"[①] 魏晋南北朝的志怪小说以干宝《搜神记》为代表，保存和记载了一些神仙、仙术和灵异的故事，其中很多民间传说为后代文学提供了二次加工的素材和人物原型、故事情节，对小说发展有着深远影响。唐代段成式的《酉阳杂俎》中也有相当篇幅的志怪故事涉及仙、佛、鬼、怪、道、妖、梦、盗墓、预言、

---

① 鲁迅：《中国小说史略》，译林出版社2015年版，第28页。

凶兆、超自然现象等，保存了大量唐朝的民风民俗、逸闻趣事，是上承六朝、下启宋元明清志怪小说的重要作品。我国的志怪小说发展有一个连贯完整的谱系，对超自然因素的认知和处理并没有刻意去强化或者妖魔化，而是把它们当作日常生活的一部分，用纪实手法来写作。及至明清，一些作品有意地利用谈狐说鬼的形式针砭时弊、探讨人性，比如蒲松龄的《聊斋志异》"用传奇法，而以志怪"[1]，描绘了色彩斑斓、奇幻怪异的鬼狐世界，形成独特的艺术风格，同时也达到了中国文言短篇小说的最高成就。其后袁枚的笔记小品《子不语》记述奇闻逸事，"广采游心骇耳之事，妄言妄听，记而存之，以妄驱庸，以骇起惰"[2]，文笔纵横自如、亦庄亦谐。纪昀《阅微草堂笔记》同《聊斋志异》并称为清代笔记小说中的"双璧"，同样用狐鬼神怪的故事来折射当时的世间百态。这些文学作品对超自然现象的关注、认知和表现都是源于同时代人对自然和社会的认知方式与思维特点，是融合了某种"集体无意识"的中华民族的"集体记忆"。

长久以来正统儒家文化"不语怪力乱神""敬鬼神而远之"，神怪灵异题材的小说或者被作为借神鬼而言现实的隐晦的讽刺现实之作，或者被当作作家的游戏文字。近现代以来西学东渐，灵异神怪类涉及超自然现象的话题在唯物主义世界观的视域中通通被当作封建迷信加以批判，中国小说的志怪传统在新文学中似乎难以为继，但是这部分内容并未就此销声匿迹，而是回归到民间，作为民间文化中根深蒂固的潜流一直流传至今。

一　网络悬疑小说的发展

网络上的悬疑小说受到西方恐怖小说和我国古代志怪小说的影响，在具体意象和故事情节上还深刻地受到了我国民间文化中"鬼故事"的影响。我国各个地区的民间都有具有地方特色的纷繁多样的"鬼故事"版本，长久以来，口口相传，构成民间文学中独具特色的一个组成部分。鬼故事跟其他民间故事一样，有着朴素的民间价值观和一定的情节模式，

---

[1] 鲁迅：《中国小说史略》，译林出版社2015年版，第174页。
[2] 袁枚：《子不语》自序，上海古籍出版社2012年版，第3页。

为了引起听众好奇心和敬畏感会极力渲染惊悚气氛，甚至不乏血腥暴力、扭曲变态的内容。这些鬼故事一般来说没有固定的版本，故事的时间、背景、人物会根据讲述者实际所处的环境而作出具体的调整，以期达到更具有现场感和惊悚性的效果。"文化大革命"期间，在政治高压和文学萧条的大环境中，民间流行起手抄本小说，其中有许多都带有典型的悬疑色彩，如《梅花党》系列故事以及《一只绣花鞋》《一幅梅花图》《绿色尸体》《武汉长江大桥的孕妇》《火葬场的秘密》《太平间的滴答声》《金三角之谜》《粉红色的脚》《13号凶宅》等。这些多数是反特题材的惊险小说以口传或手抄本的形式在民间流传甚广，它们恐怖惊悚的气氛和曲折紧张的情节在当时刻板贫瘠的文化主流里更加凸显出扣人心弦的魅力。随着商品经济大潮席卷全国，音像出版业的审查尺度渐趋宽松，之前作为封建迷信被严格禁止公开出版和发行的"鬼故事"在20世纪90年代后期出现了松动。1998年，辽宁人民广播电台推出了《张震讲故事》，主持人张震集创作、讲述、制作于一身，获得了热烈反响。同年发行首张故事专辑，此后相继出版多张专辑，风靡大江南北，成为国内最具影响力的恐怖小说有声读物，他的这些"鬼故事"对于网络悬疑小说的出现也起到很大的影响。2000年，大众文艺出版社隆重推出由张宝瑞创作整理的"文化大革命"手抄本小说《一只绣花鞋》，一时间掀起了阅读热潮。"绣花鞋"成为出版界的热门话题，而文学界也为它的思想艺术性争论不休。2003年下半年《一只绣花鞋》被改编为电视剧《梅花档案》在全国热播，收视率一度达到40个点[①]，有力地证明了这部悬疑小说的魅力，同时也萌动和激发了我国悬疑文学的创作和出版。

2004年底，鬼古女的悬疑小说《碎脸》在新浪读书的玄异怪谭连载，仅仅连载了18章就获得了超过1000万的点击率，傲居新浪、网易、搜狐等各大门户网站原创小说排行榜的前列，被海内外百余家网站纷纷转载。另一位国内著名的悬幻小说家蔡骏则是从2001年开始在网络上写作长篇心理悬疑小说，继《病毒》出版之后陆续出版了《诅咒》《猫眼》《荒村公寓》等作品，他的小说《地狱的第19层》由接力出版社在2005年初

---

① 参见《文革手抄本代表作家张宝瑞访谈录》，2016年8月7日，新浪网读书频道（http://book.sina.com.cn/1101799473_xiuhuaxie/2004-11-30/3/134919.shtml）。

出版，印数高达 13 万册，在网络上和图书市场中都拥有众多的书迷。2005 年，借着悬疑电影巨片《达·芬奇密码》在全球上映的东风，我国掀起了大规模的悬疑小说出版热，这种在从前只属于街谈巷议的另类文字忽然成为各个网站吸引人气的不二法门。蔡骏的新作在天涯连载的时候竟然由于访问量太大导致服务器宕机，无法更新，可见悬疑的吸引力和号召力有多么惊人。

悬疑小说从 2005 年之后一直作为网络类型小说的一个重要组成部分发展至今，主流的阅读网站都开设了恐怖悬疑小说的板块：小说阅读网、红袖添香网站、纵横中文网的"悬疑·灵异"板块，起点中文网和创世中文网中的"灵异"板块都各自拥有大量的悬疑、灵异、鬼怪、盗墓类小说；新浪读书、网易云阅读、搜狐、天涯、榕树下等大型门户网站都有专门为悬疑小说开辟的栏目，这些"自留地"都拥有非常庞大的点击数量，其文章更新的速度和评论的数量都显示着这种文类的参与者的规模和创作热情。应该说悬疑小说能够成为一种独立的文类声势浩大地发展起来，互联网称得上功不可没，互联网的普及和发展为长久以来被边缘化、亚文化化的悬疑小说的阅读和创作提供了一个宽松的空间。

在 10 余年的发展中，网络悬疑小说这一文类涌现出许多优秀的作家和作品，除了前文提到的鬼古女、蔡骏之外，周德东的《门》《三岔口》、周浩晖的"刑警罗飞"系列小说、宁航一的《幽冥怪谈》系列小说、那多的《灵异手记》系列十四本、雷米的《心理罪》系列小说等力作构成了网络悬疑小说的稳固根基，并且借助网络、传统出版和影视传媒多向度、全方位地开发衍生产品，扩大影响力。被称为"中国恐怖小说第一人"的周德东在 2010 年推出国内第一档午夜电视节目《午夜惊魂·周德东讲故事》，节目仅播出三天，收视份额突破 20 点，成为电视节目史上的重要里程碑。在网络有声书的领域里，悬疑小说一直是主力大军，以其复杂诡异、跌宕起伏的情节吸引大量听众。大量的悬疑小说实现了影视剧改编，其中最早、最成功的当属蔡骏：2004 年，《诅咒》被拍摄为电视连续剧《魂断楼兰》；2007 年 6 月，由《地狱的第 19 层》改编的电影《第 19 层空间》上映；2008 年 8 月，由《幽灵客栈》改编的《荒村客栈》上映；2009 年 3 月，《荒村公寓》被拍摄为电影，2010 年 8 月上映。相较于其他类型的网络小说而言，悬疑小说的影视改编剧一般都是小成本、小制作，但是拥有固定的粉丝，因此票房收入也相当可观。

　　随着互联网科技的进一步发展和网络的普及，网络剧应运而生。这种新形式是互联网播放，通过电脑、手机、平板电脑等网络设备收看的影视剧。由于成本低、审查相对宽松，许多在电视剧中难以过审的敏感题材在网络上获得了播出的平台，悬疑灵异也由此而成为网络剧最青睐的题材。2014年被称为"网剧元年"，灵异悬疑剧《灵魂摆渡》在这一年播出，6天播放量破亿，三季总的播放量累计达到44亿，在这些惊人的数据背后，显示的是悬疑题材在大众中的受欢迎程度。根据作家雷米《心理罪》改编的同名网络剧于2015年5月在爱奇艺平台首播，口碑非常好，第二季播放2天点击率破亿，同名电影则在2017年上映。

　　面对网络悬疑小说的IP大卖，传统的出版业也不甘落后，著名悬疑作家的代表作纷纷转化为纸质出版物，并登上畅销书的排行榜；很多悬疑作家创办刊物，推广悬疑作品，比如周德东担任主笔的《胆小鬼》、李西闽主编的《悬疑小说》、蔡骏主编的《悬疑世界》等，在纸质出版普遍低迷的当下，专门刊登悬疑小说的杂志《最悬疑》《悬疑志》却销量可观，吸引了大量中学生阅读人群。尽管受众群体不像网络玄幻小说那么广、商业化和流行化程度也不及宫斗、穿越类作品，但是悬疑类小说作为成熟的通俗小说类型拥有固定的粉丝群体，继心理悬疑小说、盗墓小说之后，必将流变出更多新的类型形式，并持续地发展下去。

二　网络悬疑小说的特点

　　面对层出不穷、风格各异的网络悬疑小说，根据所表现的题材和创作手法的不同，我们大致可以把它们分为现实类和超自然类两种。但是不论小说如何处理它的题材，悬疑小说的创作核心和美学特征都在于充满悬念和神秘色彩的气氛的营造。在悬疑小说的阅读过程中，读者试图获得的"不是价值观的启迪、正义感的激发，也不在于情感的煽动、英雄性的渲染，而在于好奇心的满足，在于在匪夷所思的情节中获得的一种可信（也可以是不可信）的阅读快感。这样的阅读快感离社会意识形态的要求较远，却扎根在人类的本能之中"①，这也是网络悬疑小说和悬疑类影视能够获得受众喜爱的根本原因。

网络悬疑小说一方面承继了通俗小说中侦探、恐怖小说的某些特点，另一方面也具有很多新的特质，主打"心理悬疑"的网络悬疑小说基本上摒弃了讲求逻辑分析和严密推理的传统侦探小说写法，某种程度上回归到"鬼故事"的初始状态，故事常常会涉及科学难以解释的超自然现象，并且着力于营造恐怖气氛，是对恐怖小说这种类型小说的中国式探索。有很多人把心理悬疑小说拿来跟丹·布朗的《达·芬奇密码》《数码城堡》比较，其实二者根本不属于同一个类别，完全没有可比性。后者的悬疑是基于侦探推理因素的，有着严密的逻辑体系和文化支撑，是对西方文明中经典意象的再解读，是"问题化"的，不涉及任何超自然力量，是现实主义的幻想小说；而我国的心理悬疑小说则更多地受到神秘文化的影响，其中的悬疑恐怖之处都是由超自然的鬼神幽灵因素造成的主观心理的恐惧，是"心理化"的，小说的精彩之处和目的并不在于知识或文化上的"揭密"，而是表达人类对未知世界和自身的恐惧，并通过强化这种恐惧刺激读者的神经来达到某种心理的宣泄平衡。

（一）东方神秘文化

以心理悬疑小说的代表作蔡骏的《荒村公寓》为例，我们可以明显地看到多种东方神秘文化的投影：有来自我国古典文学如《聊斋志异》《阅微草堂笔记》的，也有来自日本"御灵"文化，以及日式恐怖电影如《午夜凶铃》的。《荒村公寓》整个故事的模式是一个现代的故事套一个过去的故事，现代的故事又是叙事者"我"的故事与通过"我"的限制视角展开的四个大学生的探险的交织。整个故事几乎是《午夜凶铃》的翻版：四个学生结伴去"荒村"探险，回来后相继惨遭不幸，或死或疯。"我"经过一番探索了解到"荒村"多年前发生的家族惨案，最后化解了怨咒——把大学生们从"荒村"带回来的玉器归还到古宅当中，一切归于平静。其中很多具体的情节，如死者接到半夜的电话后被吓死、镜子里飘过的人影、古井中怨死的魂灵、夜晚出现的白衣女子等都是《午夜

---

① 朱全定、汤哲生：《当代中国悬疑小说论——以蔡骏、那多的悬疑小说为中心》，《文艺争鸣》2014 年第 8 期。

凶铃》的经典意象；故事里冤死者附着在某种器物上导致接触到这件器物的人不幸的情节则来源于日本文化中的御灵传说。"'御灵'，是日本的一种传统信仰：在江户时代，京都人信奉不同的家族人偶神，称此人偶为'歧神'（Funadonokami），又叫'御灵'。所谓御灵，是指人们相信：在现世中含恨死去的武将、贵族们实存的灵魂，会在来世化作冤魂，给人们带来灾祸和疾病，因而非常恐惧。"① 在我国流传的佛教文化中也有轮回报应的说法，但是日式恐怖将"报应"同日常生活中的器物联系起来，将恐怖阴森的气氛渗透到每个人的身边，让那些看起来平淡无奇的东西都暗含杀机，成功地将恐惧从每个人内心调动出来。在其他的网络悬疑小说中，冤魂、诅咒、离奇的多人死亡、联系这些人的神秘器物都是常见的内容，可见御灵文化和日式恐怖的巨大影响。

　　网络悬疑小说中常常有对类似的超自然现象的描写，"在中国传统文化的挖掘上，中国悬疑小说作家显然更喜欢在原始文化和民间传说中寻找灵感，地狱惩罚、生死轮回、阴阳交错、灵魂附体、神怪显灵、蛊术巫术等成为中国悬疑小说作家情节设置时常用手段"②。比如那多的灵异笔记《凶心人》里就有"幻术"的内容。幻术指的是一种精神攻击的法术，通过自身强大的精神意念或其他辅助手段（如动作、声音、图片、气味等）使人陷入精神恍惚的状态，产生幻觉。在《列子》《后汉书》《太平御览》《西京杂记》《晋书》《魏书》《搜神记》《阅微草堂笔记》等古代文献中都有大量关于奇人幻术的文字记载，在我国古代的志怪和神魔小说里，关于幻术的描写也不鲜见。《凶心人》写的是某大学生物系的 14 个学生去往神农架地区野外考察，受好奇心驱使进入被当地人称为"人洞"的神秘山洞，在山洞里迷路，险些陷入自相残杀的境地。此时，带队的老师发现是同行的女生路云因为嫉妒而使用"幻术"造成困境，接近结尾处，被冤魂怨念附体的路云道出了事情的始末：

---

　　① 王海威：《御灵：日本式的恐怖——作为日本恐怖片的解读线索》，《当代电影》2005 年第 5 期。

　　② 朱全定、汤哲生：《当代中国悬疑小说论——以蔡骏、那多的悬疑小说为中心》，《文艺争鸣》2014 年第 8 期。

"催眠，哼，那种低级的玩意儿，我可是让自己灵魂的一部分，一代一代的流传下去啊。纵然时光再久远，也不会消失，直到再次复苏。从路云被你拒绝，又发现你和这个刘文颖打得火热的时候，我就开始复苏了，所以才有了这次的神农架之行。"

梁应物大吃一惊："原来这一次来神农架，完全是你在起着影响……"

我心中也是一懔，原来梁应物和所有这次来的学生，早已在不知不觉中，被路云所影响。这种悄无声息操控人心的能力，实在是太可怕了。

幻术不仅可以布下"困龙阵"，让人们在并不复杂的地形中迷路（类似于传说中的"鬼打墙"），还可以控制人的思维，给别人灌输自己的想法，至于轻易挣脱捆得结结实实的绳索自然不在话下。这种强大到可怕的超能力一旦被滥用，后果不堪设想，"人洞"里的489具白骨就是先例。而驱使拥有幻术的人滥用自己的超能力的，终究还是人性中的恶：仇恨、嫉妒、愤怒。《凶心人》中是一百多年前拥有幻术的萧秀云的怨念附着在路云身上，驱使她实施幻术，将自己受挫的单相思酝酿成一股怨毒之气，不惜牺牲十几个无辜者的生命来发泄自己的嫉妒和愤恨；《午夜凶铃》中则是贞子被丢入井中冤死，怨念聚集在录影带上让每一个看过录影带的人丧命，故事的核心和造成恐怖效果的因素如出一辙。

（二）《聊斋志异》的影响

此外，《荒村公寓》很巧妙地在日式恐怖中加入了《聊斋志异》的成分，使得阴森凄冷的小说增添了一丝人情的温暖。小说讲述者的遭遇具有很浓重的聊斋色彩："我"在小说的开头偶然在古宅借宿，半夜得见美貌白衣少女，数月后故地重访却物是人非，被告之所遇到的古宅主人早已辞世。接下来的故事中早夭的痴情女子追随主人公来到现实中，保护他并与之产生感情，最后翩然消失留下男主人公遥想不已……在令人毛骨悚然的意外和死亡中，这种带有一点神秘和浪漫色彩的爱情显得尤为可贵，整个故事因而具有了另外一种凄美感伤的格调。

同时，《聊斋志异》中凄清婉转的中国古典美学也在蔡骏的故事中得到了传承：故事中与"我"陷入爱情的神秘美丽女子自称"聂小倩"，是

《聊斋志异》中家喻户晓的形象，由此产生的联想和想象让人物不需过多描写就栩栩如生，同时由于聂小倩的女鬼身份而自带神秘色彩；贯穿欧阳家故事的主要道具笛子是中国传统的民族乐器，这种用竹或玉制成的吹奏乐器悠扬婉转，是非常具有东方美的器物；"我"在旧书摊上淘来的《古镜幽魂记》是颇具《聊斋志异》风范的神秘古书；欧阳家住的古老的"进士第"古宅的后院"里面植满了各种珍贵的树木和花草，地上铺着鹅卵石的小径，花草间有几块太湖假山石，每年最冷的时候，那树梅花就会悄然绽放"，三进三出的院落、鹅卵石、太湖石、梅花，都是中国园林艺术的独特风韵，虽然只是书中一笔带过的闲话，也给全书带来了风雅清丽的风格；四个大学生闯入神秘地宫，地宫里的玉门、玉器、玉函、封泥的描写都有很多的知识含量，后文专家关于五千年前良渚文化的介绍和对玉器形制、成色的鉴赏也是对于中国传统玉文化的普及。这些中国传统文化的经典意象聚集在小说里，一方面为小说情节发展营造了一个充满中国古典美的背景，另一方面，中国古老文化中的未解之谜和含蓄委婉的风格也为小说提供了制造悬念、渲染气氛的道具。

（三）现代科技文明

网络悬疑小说还明显地打上了现代科技文明的烙印，e-mail、手机短信、手机通话、电脑屏幕都成为悬疑小说营造恐怖气氛的得力道具。在《荒村公寓》中，最突出的营造恐怖气氛、借以展开情节的道具就是网络和手机。故事甫一开篇，叙事者作家"我"就连续收到几封神秘的e-mail，他同署名"聂小倩"的神秘人通过电子邮件和QQ在互联网上交流，却很长一段时间不知道对方真实的身份和样貌。新媒体技术使匿名交流成为可能，我们完全无法得知和我们通过电脑网络聊天、写信的人是谁，这种信息的不对等在很多情况下会造成恐慌。同样在蔡骏的另一力作《地狱的第19层》中，故事从女大学生春雨的室友清幽离奇死亡开始，整个死亡事件的核心都是围绕着手机短信展开：室友收到短信、举止异常、最终去世，去世之后春雨开始收到来自死者清幽的神秘短信："欢迎来到地狱"，之后一系列惊悚恐怖的事件出现，看似是通过短信吓人的无聊"地狱游戏"，但是导致了一个又一个人的死亡。手机短信成为这部作品构造悬念的关键道具，同样是基于信息不对等带来的神秘和恐怖感。

随着移动网络技术的成熟和普及，手机在现代人生活中成为须臾不可离身的信息中心，它在保证我们不错过有用信息的同时也粗暴地占据了我们的私人空间，只要开着机，就可以随时被找到，新媒体技术带来的无障碍交流使得我们无法遁身。悬疑小说中用手机来制造恐怖气氛的例子比比皆是：《荒村公寓》中，叙事者"我"常常被半夜的手机铃声吵醒，这些电话有些是跑去荒村探险的大学生打来的，一开始是汇报行程、后来是求救（比如大学生霍强被吓死之前拨给"我"的电话）；有些是神秘电话，比如"我"在荒村第五天凌晨3点接到的神秘女声电话。在经典恐怖电影《午夜凶铃》的影响下，午夜的手机铃声似乎预示着不幸和死亡，带来一种难以言表的令人毛骨悚然的气氛。

对于现代科技文明的反思是悬疑小说中经常涉及的内容，科学技术在扩大我们知识面和能力的同时千百倍地扩大了我们对未知世界的恐惧，曾经乐观地以为了解宇宙的人们惊慌地发现人类甚至连自己也不曾了解。正如网络悬疑小说中常常表现出的那样，恶的欲望具有难以想象的力量，很多时候当它席卷了我们残存的理性我们还浑然不觉。悬疑小说中对于现实世界之外的超自然力量的描写，事实上正是对人自身恐惧的物化和外化，我们的恐惧恰恰来自自己，是对自身隐藏的不可预料和难以把握的恶的无助和恐慌，"是当代人被强大的异己力量裹胁着奔向不可知未来的心态体现"[①]。这是一种严肃的形而上的思考，悬疑小说的意义也正在于此，它为我们提供了一个面对自己和审视自己的机会，当我们的心灵被黑色的恐惧攫住时，我们究竟在恐惧什么？

第二节　盗墓小说与热血情怀

盗墓小说的走红是在2006年。这一年盗墓小说的两部扛鼎大作《鬼吹灯》和《盗墓笔记》先后在天涯社区和起点中文网连载，受到网友的热捧，实体书《鬼吹灯：精绝古城》和《盗墓笔记：七星鲁王宫》分别于2006年9月和2007年1月出版，创下了惊人的图书销量纪录。两部作

[①] 樊星：《新生代文学与传统神秘文化》，《华中师范大学学报》（人文社会科学版）2005年第1期。

品在很长一段时间里保持着高产的网上更新连载速度，同时也采用了实体书实时跟进的销售模式，长期占据畅销书排行榜的前位，借助网络小说的热潮，广播剧、影视剧改编相继出现。一时间，"盗墓"成为全民热议的话题，2006年也因此被称为"盗墓年"。

按照常理，盗墓小说题材单一，不足以形成一个独立的小说类别，事实上除了《鬼吹灯》和《盗墓笔记》这两部开山之作以外，盗墓小说中也并没有出现后续的可以与之并肩的力作。仅凭两部小说聚集起庞大的粉丝群，吸引到各方力量全方位开发衍生产品，两位作家天下霸唱和南派三叔也凭借自己的创作收入几度登上中国作家年度富豪榜，已经是网络小说中难得的好成绩。更令人称奇的是，在类型小说"各领风骚三两年"的情况下，这两部作品的热度却一直持续了十年多，电影《鬼吹灯之寻龙诀》于2015年12月上映，在正式公映14小时后票房即破亿元大关，仅用了8天时间，《鬼吹灯之寻龙诀》就突破了10亿元票房，登上国产片破10亿元票房速度第一的高峰。一年之后，小说改编的同名网络季播剧《鬼吹灯之精绝古城》于2016年12月19日在腾讯视频和东方卫视播出，由当红一线演员靳东、陈乔恩主演，播出后好评如潮，2017年7月21日，第二季《鬼吹灯之黄皮子坟》在腾讯视频播出，热度不减。《盗墓笔记》亦是如此。2015年6月12日，《盗墓笔记》同名网播剧在爱奇艺上首播，主打的类型是偶像/悬疑，并由极具人气的偶像明星李易峰、鹿晗和唐嫣主演，成功地吸引了大批的粉丝观剧。2016年8月5日，由上影集团出品，鹿晗、井柏然主演的电影《盗墓笔记》上映，首日票房达到2亿元，5天票房近7亿元，人气爆棚，此时据两部作品最初面世都已经有十年多了。

不仅如此，小说的热度吸引到大量资本投入，相关的衍生产品层出不穷：有声书、网络游戏、动漫改编、舞台剧相继出现，可以说是全方位热卖的大IP。两部作品各自吸引了相当数量的忠实粉丝，尤其是《盗墓笔记》，关于《盗墓笔记》的同人作品占据了国内同人原创的相当份额：在百度贴吧、起点中文网、晋江小说城等网站都有专门的盗墓同人小说板块；在有妖气、动漫之家等原创动漫网络平台都有大量的原创同人漫画；哔哩哔哩（bilibili）弹幕网站上也有很多两部作品的同人动画和影视剧剪辑。这样的影响力和口碑在海量的网络类型小说中实属罕见，两部作品被称为网络类型小说的经典之作毫不为过。

细究盗墓小说持续走红的原因,大致有两方面因素:一是内因,盗墓小说延续了西方探险寻宝小说的叙事主题,将其进行本土化的改造,融入了中国古代民间丧葬文化、神秘文化和风水堪舆文化,读来扣人心弦、紧张刺激,对喜爱探险小说的读者而言是非常具有吸引力的题材类型;二是商业力量的推波助澜构成了非常重要的外因:在小说的商业化推广和衍生产品的开发过程中,商家谙熟消费者心理,起用当红偶像明星来担纲出演、参与宣传,牢牢抓住目标消费群体,因此盗墓小说的热度长盛不衰,成为网络类型小说中少有的"常青树"。

探险是人类探求未知世界的一种原始的渴望,也是人类文明发达的内在动力,古往今来,很多探险家通过自己艰苦卓绝的探索活动开拓了人类活动的疆土、扩展了人类对宇宙的认知,南极、撒哈拉沙漠、百慕大群岛、亚马逊热带雨林……神奇的大自然为人类的探险提供了广阔的背景,而文学世界里的探险故事也以其新奇紧张吸引了一代又一代人。

在文艺作品中,探险常常跟寻宝,进而跟考古联系在一起,其渊源可以追溯到希腊神话中关于金羊毛的传说:无数勇士为了寻求这个稀世珍宝踏上险恶的征途,只有伊阿宋克服千难万险、打败无数毒龙牙齿变成的武士,取得了金羊毛。或许是涉世未深的青少年保有更多对未知世界的好奇,大量杰出的探险小说出现在儿童文学中,19世纪英国著名作家罗伯特·路易斯·史蒂文森的《金银岛》是全世界流传最广的一部海盗探险小说,自问世以来就被译成各国文字广泛流传,也曾多次被改编成电影、电视,影响十分深远。小说讲述了机智勇敢的少年吉姆发现寻宝图、智斗海盗,历经艰险终于找到宝藏的故事,情节跌宕起伏、人物生动有趣,故事中很多意象和情节都成为历经百年魅力不减的经典。法国科幻小说家儒勒·凡尔纳的《海底两万里》《神秘岛》、美国作家马克·吐温的《汤姆·索亚历险记》《哈克贝利·费恩历险记》也都是非常经典的探险小说。探险寻宝类的电影是商业电影钟爱的类型,西方影视中的探险题材也非常发达:《夺宝奇兵》《国家宝藏》《木乃伊》《神鬼传奇》《古墓丽影》《黄金城之太阳神殿》《七宝奇谋》等数不胜数,构成了这类型的庞大队伍。1981年,斯皮尔伯格导演的《夺宝奇兵》开创了探险寻宝题材的新时代,影片讲述了考古学教授印第安纳·琼斯受美国军方所托，去埃及找寻"约柜"，并与纳粹德国的爪牙斗智斗力的故事。影片凭借精彩激烈的情节和打斗场面吸引了大量观众，获奖无数。此后，好莱坞陆续推出四部后续影片，2015年《夺宝奇兵》系列的第五部上映，距离第一部上映时隔三十多年，这个系列电影可以说是伴随了整整两代人的青春。探险寻宝类电影充满了奇幻色彩和浪漫情怀，满足了观众的猎奇心理，又具有一定的文化内涵，因此长盛不衰，也对盗墓小说的写作者形成了相当大的影响。

以《盗墓笔记》为例，作品之所以能吸引大量的粉丝，并且十余年来不离不弃，很大程度上源于作品对于成长和友谊两大主题的成功渲染，使读者产生一种同作品中人物携手并肩、同生共死的情怀。小说的主角之一吴邪从开头平凡的古董店老板到偶然得到一份战国帛书，从此卷入一个巨大的谜团，结交到张起灵、王胖子等一众盗墓高手，展开了扑朔迷离的盗墓之旅。小说采用吴邪的视角进行第一人称叙事，他对于盗墓一知半解，但是从来没有过实践，面对墓葬里各种险恶表现得手足无措，在这些方面，吴邪和阅读作品的普通读者处在同一层面，而跟他同行的张起灵高深莫测、三叔老谋深算，相较之下，读者很自然地对吴邪产生亲切和代入感，随着他的讲述进入作品。《盗墓笔记》的主流阅读人群是18—30岁的青少年，多数正处于青春期，这一阶段对于自身的成长和发展非常在意，同时也很渴求真挚的友谊。吴邪在团队中的角色从一开始懵懂无知的被保护者，到和张起灵、王胖子共经生死，见识了阴谋、鬼怪之后变得智勇双全，这一段不平凡的成长经历让读者看得热血沸腾，在虚拟的极端险恶的空间中去感受人物的恐惧和抗争，获得在庸常的现实世界中难以获得的成就感。

整部小说中最打动人心的部分就是关于友情的描写。在价值观高度个人化的现代社会，个体生存和发展的条件越来越严苛，竞争和淘汰无处不在，人人自危、独善其身因此而成为主流的交往法则，而建立在利他主义基础上的友谊则变成了稀缺资源，显得虚幻而奢侈。曾经让无数人赞美和效仿的"桃园结义""刎颈之交""高山流水""相视莫逆"似乎都被封存在古典伦理美学的时代，成为人们缅怀和凭吊的神话。这一点从网络文学中"宫斗""宅斗"作品的走红也可见一斑：这些小说中几乎没有友谊生长的土壤，钩心斗角、弱肉强食，人与人之间除了现实层面的斤斤计较、互相利用没有任何交流和互相关爱的可能。在这个意义上来看，盗墓小说中的友情是对这种极度现实的价值观的超越，具有了某种理想主义的色彩。《盗墓笔记》中，被书迷称为"铁三角"的吴邪、张起灵和王胖子共同经历了各种艰难险恶、互相扶持，建立起深挚的友谊。在大结局中，吴邪一行被困在张家古楼黑暗的通道里，张起灵昏迷不醒，通道中有繁密的丝网，上面悬着无数六角铃铛，碰到了就会触动机关，需要非常小心谨慎地穿过，而这时，通道里突然开始释放致命的强碱毒气，三个人可谓命若悬丝：

"先把小哥带出去。"我忽然镇定了下来，一边对胖子说，一边把小哥从背上翻了下来，然后用公主抱将小哥抱了起来，把小哥的头伸入了网中间的空隙里。胖子在那边也用同样的动作，一点一点把小哥接了过去。

小哥的体重加上我的紧张，使得我浑身出了大量的虚汗。等把小哥顺过去，由胖子背到肩膀上，我就对胖子说道："前面的路线好走，你先走。"

"你呢？"胖子问道。

我做个仙鹤亮翅的动作，道："这玩意儿我没信心，你别琢磨了。前面的路比较好走，你往前走，先出去，不要管我。等你们都过去了，我再过去。"

我说的时候，一点儿也不觉得自己有多英勇，只是觉得这本身就是最合算的方式。

胖子拍了拍我，看了我一眼，还是没动。我对胖子道："你他妈还在等什么？goodbye kiss 吗？快走！"胖子这才转头离开。

南派三叔采取了非常克制的叙述语气，情感表达非常少，一般是隐藏在平淡的叙述背后，或者在叙事的间隙通过叙事者"我"的感受点到为止。在这段不动声色的描写中，我们不难看出王胖子的身手矫健、吴邪的成长和担当、二人长期合作的默契和"铁三角"生死与共的情感。作为一个团队同生死、共患难、相互扶持，他们互相之间的情感更像是兄弟家人。如同《哈利·波特》中的哈利、赫敏和罗恩，《火影忍者》里的鸣人、佐助和春野樱，《星际迷航》里的柯克和斯波克，他们之间的友谊构成了一代人记忆中最美好的情感体验，这种无关血缘、情欲的纯粹情感对于缺乏陪伴的"独生子女"一代而言尤为珍贵，有着强大的感召力。

《盗墓笔记》之所以能吸引读者甚至成为某种情怀，最主要的在于贯穿作品的一个"义"字。中国传统社会由于缺乏系统完善的制度规则，人际交往所依靠的就是基于道德和自我约束的"义"，要求重情谊、甘愿为朋友承担风险甚至自我牺牲，在中国传统儒家文化里，仁、义、礼、智、信是最高的道德标准。《水浒传》中资质平凡的宋江能够统领水泊梁山一百单八将凭的就是"及时雨""孝义黑三郎"的美名。而《三国演义》里刘关张桃园三结义，结拜之情胜过个人生死；关羽过五关斩六将、千里走单骑也被后人评价为"义薄云天"。在我国延续几千年的民间伦理中，"义"是对人品行的极高评价，是超脱了实际利益、得失、生死的至高境界，因此也成为民间社会人际交往的规范和准则。"君子喻于义，小人喻于利"，一个人如果被评价为"背信弃义""不讲义气"，他的社交乃至道德和人品就被彻底否定了。随着社会法律制度的健全和现代化发展，建立在感情基础上的"义"有时会同"理"、同"法"产生矛盾，在商品经济的交往逻辑中，一味追求舍己利他的义气表现得违背理性，加上1949年以来，文化宣传和文艺创作对于属于旧伦理的"江湖义气"并不提倡，现当代文学中除了武侠小说之外，很少有涉及这方面的内容。盗墓小说的出现接续了武侠小说的侠义精神，为读者塑造出一批有情有义的江湖儿女形象，在沉重压抑的现实主义书写中划开一片飞扬高蹈的浪漫主义篇章。

《盗墓笔记》中塑造了一众性格各异、血肉丰满的人物角色，整个小说的灵魂人物张起灵作为"铁三角"中的精神领袖，能力超群、天赋异禀，同时又沉默寡言、波澜不惊，被吴邪叫作"闷油瓶"。但是他在疏离冷峻的外表之下一直默默奉献、保护团队成员，遇到险恶总会挡在众人面前，无数次地在险境中救了王胖子和吴邪。《谜海归巢》中吴邪一行在王母族的圣地岩洞底部遇到上千尸变的尸群，王胖子冲锋在前，用雷管炸开血路，无奈只有四根雷管，威力有限，偏偏还震落了悬在岩洞上方的丹炉：

丹炉的蜂鸣声让我头脑发麻，一边的群尸围绕过来，我们有好几个都站不起来。闷油瓶大叫："退回去！我来引开它们。"

我们看来路因为一路炸过来，血尸还没有完全聚拢起来，只得重新退回去。闷油瓶对胖子大叫："刀！"胖子一边开枪一边甩出一把匕首，闷油瓶凌空接住，一下划开自己的手心，对着那些血尸一张，那些血尸顿时好象被他吸引一样，全部都转向了他。

他离开我们，就往上走。那些血尸不知道为什么，立即就跟了过去。我们就趁这一瞬间，迅速往底部退去。

我大叫："你怎么办？"闷油瓶没理我，胖子就拉着我就往后退。一直到我们退到底部，闷油瓶已经淹没在血尸群里面了，连影子也看不到了。

在千钧一发的危急时刻，张起灵舍身去引开尸群，为同伴争取生机。在阴山古楼里，也是张起灵舍命同三十几名石中人搏斗，救下了王胖子和吴邪，自己却身负重伤：

闷油瓶往后面的石壁上一靠，淡淡道："我和他，走不了了。""你在说什么胡话。"我骂道。闷油瓶忽然朝我笑了笑，淡淡道："还好，我没有害死你……"我愣了一下，只见他一阵咳嗽，吐出了一大口鲜血。

盗墓探险本身是一种风险性极高的行当，从事这一行的人个个都有强悍的心理和向死而生的勇气，他们见惯了死亡，因此当死亡来临时往往表现得非常从容淡定。《盗墓笔记》写了很多死亡，或诡异、或惨烈，作者基本都是一带而过，好像生死只同吃饭穿衣一般再平常不过。这种高度克制的写法一方面非常符合文本内容，在惊险紧张的情节中沉着推进，也体现了作者塑造人物的性格和价值观是非常典型的"硬汉"形象，充分满足不同性别读者的审美期望和自我期许。最典型的"硬汉"形象当属潘子，他从《盗墓笔记》第一部开始就跟随着三叔，是三叔忠心耿耿的得力助手，对小说的叙述者吴邪也从小照拂，为他舍身破除无数困境,是一个性格豪爽、为朋友两肋插刀的"真汉子"。潘子的死出现在小说的大结局中,是整部小说中最催人泪下也最令人血脉贲张的情节之一:吴邪在张家古楼布满机关和强碱毒气的通道里遇见了潘子,他被密洛陀①分泌的岩浆困住,半截身体嵌在岩石之中无法动弹,只有慢慢饿死或被密洛陀当作食物吃掉。在这种生不如死的境遇中,潘子并没有接受吴邪对他的救助,而是彻底放弃了自己的生命来保护吴邪走出通道,他找吴邪要了一支枪替他击碎迷惑人心智的六角铃铛,唱起了《红高粱》为吴邪壮行,整个过程中没有一点悲悲戚戚、怨天尤人,始终豪爽达观、果决勇毅:

>我往前小心翼翼地探身过去,心中的酸楚无法形容,才迈过去一步,一下子我的后脑勺就碰到了一条丝线,我心中一惊,心说死就死了。瞬间,我听见一声枪响,丝线上的六角铃铛被打得粉碎。
>"大胆地往前走!"潘子笑道。
>我继续往前走,眼泪一下子就流下来了,我根本看不清楚前面的路。我一步一步地走着,就听到枪声在身后不停地响起。
>"通天的大路,九千九百九千九百九哇。
>妹妹你大胆地往前走呀,往前走,莫回呀头。
>从此后,你搭起那红绣楼呀,
>抛撒那红绣球呀,
>正打中我的头呀,与你喝一壶呀,
>红红的高粱酒呀,红红的高粱酒嘿!"
>我终于走到了独木桥的尽头,走进了通道里。
>雾气已经逐渐笼罩了整个洞穴,我几乎无法呼吸,只得往前狂奔。忽然听到身后一声枪响,潘子的声音消失不见了。
>我的眼泪止不住地流下来,一路往前狂奔。

南派三叔对小说中的情感描写一向惜字如金,这一段算是非常少见的浓墨重彩,这种纯粹、热烈、充满雄性激素和爆发力的美感给读者带

---

① 《盗墓笔记》中描写的一种变异后的石中人,具有强大的杀伤力。

来了巨大的感情和审美冲击力。潘子生命的最后一程是护送吴邪走出地狱般的通道,用最后的一粒子弹果断地了结了自己肉体的痛苦,是充满悲壮美、令人唏嘘的英雄之死。小说中这样荡气回肠、可歌可泣的场景举不胜举,在现代社会中快要绝迹的兄弟情义、"人人为我、我为人人"的献身精神处处可见。这种写法在武侠小说中时有出现,在英雄主义的红色历史书写中也有先例,"他们追求热情奔放的情感、超乎寻常的形象;强化美和丑的对比;鼓吹自由、爱和人道主义精神;构拟超越于生活的理想,具有典型的浪漫主义美学特征"①。在当下现实主义为主导,现代主义、后现代主义审美并存的文学话语场中,盗墓小说为通俗小说提供了一种超脱现实的多元价值选择,并且以成功的作品实践了浪漫主义美学介入消费文学的可能性。

第三节 网络类型小说的"奇观化"写作

法国思想家居伊·德波在他的理论著作《奇观社会》② 中指出:"在现代生产条件蔓延的社会中,其整个的生活都表现为一种巨大的奇观积聚。曾经直接地存在着的所有一切,现在都变成了纯粹的表征。"③ 此处的"表征"同鲍德里亚的"虚拟幻象"类似,指的是后现代消费社会"图像化"的趋势:一切事物,只有被图像化才能呈现在大众视野中,而消费大众们也不愿费心费力去阅读、去思考、去想象,他们需要的是具有直接视觉冲击力的图像。同文字时代相比,"奇观社会变得更有诱惑力,它把我们这些生活在媒体和消费社会的子民们带进了一个由娱乐、信息和消费组成的新的符号世界"④。在这个奇观化的社会中,代表社会流行的消费文学也自然是被奇观化了的,盗墓悬疑类小说就是奇观化写

---

① 陈子丰:《盗墓小说:粉丝传奇的经典化之路》,载邵燕君主编《网络文学经典解读》,北京大学出版社 2016 年版,第 128 页。

② "奇观"和"景观"是同一个英文单词 spectacle 的不同翻译,该书又被译为《景观社会》。

③ [法]雅克·拉康、让·鲍德里亚等:《视觉文化的奇观——视觉文化总论》,吴琼编,中国人民大学出版社 2005 年版,第 58 页。

④ [美]道格拉斯·凯尔纳:《媒体奇观——当代美国社会文化透视》,史安斌译,清华大学出版社 2003 年版,第 3 页。

作的典型代表。在新文类层出不穷的网络类型小说中，悬疑小说和盗墓小说都算得上是情节性很强的类型，它们的艺术魅力和对读者的吸引力基本上来自紧张多变的情节和对历史本真与神秘未知世界的探索精神。在写作方法上，这两类小说都表现出一些不同于传统纸质文学的特质，最突出的就是大量采用了"奇观化"写法：光怪陆离的故事场景、奇异诡谲的意象设置、亦真亦幻的叙述语气，通过这些技巧将读者带入远离现实世界的神秘氛围，并产生身临其境的阅读感受。

一 "奇观化"写作的表现

"奇观化"写作为盗墓小说情节的展开提供背景，在盗墓场景的设置上从自然环境到陵墓内外都极尽想象地铺陈，构筑一个令读者目眩神迷的奇特世界；在小说情节进行过程中还会出现大量异于现实生活的意象，从文物古玩、奇花异草到巨虫怪兽、僵尸鬼怪，这些因素联合起来构成了一个个奇异险恶的"异托邦"，盗墓者在这个远离现实的异次元世界里进行出生入死的探险、经历亦真亦幻的险境。

（一）场景的奇观化

盗墓故事涉及现实世界和古墓世界两个部分，"地上"和"地下"两个世界由盗墓探险活动连接起来。在盗墓小说中，地上世界一般被安排在远离城市文明的边远山区或是人烟罕至的大漠、古城。比如《盗墓笔记》中在沂蒙山的深山山谷里的战国古墓七星鲁王宫、西沙海底沉船古墓、秦岭深山里的青铜神树、长白山云顶天宫、柴达木盆地的魔鬼城、沼泽雨林、广西的石灰岩溶洞；《鬼吹灯》里塔克拉玛干沙漠里的精绝古城、秦岭的余脉龙岭迷窟、云南遮龙山林海深处的虫谷、西藏昆仑山的冰川森林、南海海底沉船、湘西瓶山猛洞河、巫峡棺山……都是各具地理特色、充满吸引力的地方。

对于生活在钢筋水泥森林中的都市人而言，阅读盗墓小说，跟随叙事者天南海北、上天入地，饱览祖国大好河山、探寻人迹罕至之地，也是一种美好的替代性体验。特别是有些特殊的地理环境可能是普通人一生都难以见到的，更加具有吸引力和神秘感。小说里常常会用大量笔墨来惟妙惟肖地描写这些自然环境，用文字将这些奇观性的景象生动逼真地再现于读者的脑海，让读者有一种身临其境之感；同时，正是由于这些陌生新奇的自然环境，让读者可以很快地脱离熟悉的都市生活环境而进入小说的氛围，并沉浸其中、难以自拔，这样一来，后面的情节展开就更加顺遂自如了。

比如《盗墓笔记》的《云顶天宫》一卷，一行人来到了中朝边境的长白山。长白山是休眠火山，地貌复杂，有大片的原始森林和常年的积雪，伴随吴邪一行寻找云顶天宫的都是"千年积雪万年松"的雪景和壮美雪景背后潜伏的重重危险：

> 三圣雪山此时就在我们的左侧，比昨天看，近了很多很多，圣山的顶上覆盖着皑皑的白雪，整个巨大犹如怪兽的山体巍峨而立，白顶黑岩，显得比四周其他的山峰更加的陡峭，由于夕阳的关系，一股奇怪的淡蓝色雾气笼罩着整个山体，仙气飘渺，景色非常的震撼人心。

《盗墓笔记》第五卷《蛇沼鬼城》的一部分故事的背景则设置在柴达木盆地的魔鬼城。魔鬼城是典型的雅丹地貌，经过几十万年的长期风蚀，地面形成深浅不一的沟壑，裸露的石层被狂风雕琢得奇形怪状，这里长年狂风不断、寸草不生，每当风起，飞沙走石、日月无光。这样恶劣的自然环境却塑造出惊人的风景，风蚀的沙漠里耸立着千姿百态的岩石，错落有致、鬼斧神工，让人为大自然的神力而折服：

> 很快就走入城口，我们进入到了魔鬼城的里面，四周的情景开始诡异起来，举目看去，月光下全是突出于戈壁沙砾之上黑色的岩山，因为光线的关系看不分明，手电照去就可以看到岩山之上被风割出的风化沟壑十分的明显。在这种黑色下，少数月光能照到的地方就显得格外的惨白，这种感觉，有点像走在月球表面。

正是这样的险恶环境和壮美风景吸引了无数的探险者，在小说中也能很好地营造气氛、同时满足了读者的猎奇心理。我国幅员辽阔、南北东西地貌复杂，有戈壁沙漠、高原冰川、峡谷湿地、各类岛屿，喀斯特地貌、雅丹地貌、熔岩地貌各具神奇，不同的地貌伴随着不同的自然植被、野生动物、气候特征。何况在盗墓小说中这些或壮美、或诡异的风景中还隐藏着神秘的古墓迷宫，更加令人神往。

盗墓者根据风水和资料对古墓进行定位，在神秘险恶的自然环境中寻找陵墓的所在。陵墓一般分成地上部分的陵和地下部分的墓两大块，为了体现帝王的至高地位，陵墓占地广阔，封土之高如同山陵，故而得名。在《云顶天宫》中，盗墓者一行从火山口下降进入地宫之后，首先看到的是陵墓的神道，石板铺就的两车宽的石道笔直通向陵墓正门，皇陵的第一道石门叫作"天门"，过了天门之后，神道两边会出现大量石雕。神道上一共有六道石门（佛教的六道轮回），尽头是祭坛，之后是六十道石阶，石阶后便是皇陵的正门了。"正门进去，是陵宫的门殿，古代葬书皇陵篇，四道龙楼盘宝殿，九尾仙车入黄泉，这就是四道龙楼里面的第一殿"，门殿大约有两个篮球场大，两边是迎驾的铜马车，门殿之外可以看到神道的衍生殿，门殿前面是一道汉白玉二十拱长桥，桥下是内皇陵的护城河，石桥的末端竖了两块并排的石碑，都有10米多高，底下由黑色的巨大赑屃驮着，石碑后面便是"皇陵界碑"，连接着通往"往生殿"的长阶。"'皇陵界碑'可以说是真正的人间与幽冥的分界线。因为'皇陵界碑'之后的地方，守陵人都无法进入，几百年前，皇陵封闭地那一刻起，就没有人再踏足界碑对面的那一片区域了。"因为是皇陵，所以体量庞大、结构复杂、气象庄严，小说中这部分内容是参照现实中的明清皇陵的制式来设置的，尽可能真实地还原皇陵的气派。

如果说盗墓小说对于地上部分的场景设置还算基本写实的话，地下墓葬部分的场景就是作者展开大胆的想象自由发挥的天地了，毕竟绝大多数读者对于真实的墓葬甚少了解，更不用说亲身进入墓室。盗墓小说根据故事情节中设定的不同年代，随葬物品和墓室的布局会有很大不同，但是基本的制式是一样的："地宫都是回字形的，灵殿在最中间……回字地宫周边是殉葬坑、陪葬坑、排水系统和错综复杂的甬道和墓道。"在《七星鲁王宫》的一个墓室里，地上是"整块的石板，上面刻满了古文字，这些石板呈类似八卦的排列方式，越外面的越大，在中间的越小，这墓穴的四周是八座长明灯，当然已经灭了，墓穴中间放着一只四足方鼎，鼎上面的墓顶上刻着日月星辰，而墓室的南边，正对着我们的地方，放着一口石棺，石棺后面是一条走道，似乎是向下的走向，不知道通到什么地方去的"。在主墓室里,"墓室的中间摆着很多的石棺,而且一眼就能看出,似乎是按照什么次序排列的,并不是非常正规整齐的排列,墓室的上面是个画满了壁画的大穹顶,四周都是整块的石头板,上面密密麻麻都是字。我把矿灯放到一边的地上,潘子把他手里的那只也放到和我交叉的方向上,照了个大概,我们看到墓室边上还有两个耳室"。墓室内部的陈设也有很多讲究,棺木也分三六九等,《鬼吹灯》里就有专门的介绍:"棺木中的极品是阴沉木的树窨,也就是树心,一棵阴沉木从生长到成材再到埋入地下成形,至少需要几千年的时间,这种极品可遇而不可求,只有皇室才能享用。尸体装在阴沉木的树窨里面埋入地下,肉身永远不会腐烂,比水晶造的防腐棺材都值钱,比冰箱的保鲜功能还管用。其次就是椴红木、千年柏木,树心越厚越有价值,第一是防止尸体腐烂,第二是不生虫子……所以贵族们的棺椁木料都有严格要求。"这些细节和讲究对于一般读者来说都是闻所未闻的,具有很强的新奇感,而小说对墓室里每一处的场景布局和细节都一丝不苟、不遗余力地详细刻画,力图将读者带入这"奇观性"的场景。

为了保护墓葬,墓室中会设置各种机关来防止盗墓者进入,这些机巧的设置体现了我国古代劳动人民的智慧和精湛的手工艺,盗墓小说对于这些机关进行了充满想象力的文学加工,探寻隐蔽的墓葬和破解神秘的机关也因此成为盗墓小说中最吸引读者的内容之一。《盗墓笔记》中云顶天宫的地宫竟然在隐蔽的火山口地下森林的深处,七星鲁王宫更是设置了战国假墓来迷惑盗墓者,通往鲁殇王真正的墓室必须经过能把人缠绕绞杀的九头蛇柏,可谓煞费苦心。盗墓者们找到陵墓之后还要面对墓主人设下的重重机关:七星鲁王宫里封住陵墓的蜡墙里注满有机强酸,一旦被打破会将盗墓者的皮肤严重烧伤;墓室里布下七星疑棺,"这七星疑棺,除了一个是真的之外,其他的里面,不是有机关,就是设了极其诡异的手段,总之如果你开错一个,这疑棺里的机关或是法术就会击发,必然是凶险万分";"墓室的玉门十有八九会有机关,两边的石墙很可能是空的,里面灌着毒石粉,而且这种机关往往没有破解的办法";在墓室内部墙壁上常常会有石头暗门通向其他墓室或通道,暗门中隐藏机关,必须使用石头或水银来击发;海底古墓的甬道上设有弩箭;云顶天宫的墓道设计得像迷宫一样,盗墓者进入以后根本找不到出口,只有困死在墓道里；张家古楼则运用了更加复杂的镜像幻术、气压触动机关和流沙装置……这些新奇诡异、真假莫辨的设置在小说里被"奇观化"，作为一种想象性的场景，煞有介事地为读者勾勒出神秘莫测的地下世界。

（二）意象的奇观化

盗墓小说有一个很突出的形式特点就是各类奇异的意象层出不穷，这些意象远离读者的现实生活经验，贯穿着盗墓者的不同探险过程，为小说贡献紧张刺激的阅读元素，激起读者不忍释卷的阅读热情。

第一类奇观化的意象是文物古玩，也是历代盗墓者的终极目的。我国传统的墓葬文化源远流长，在封建社会制度中，丧葬礼仪繁复、等级森严。因为受到"灵魂不灭"观点的影响和长期以来传统伦理中对"孝道"的推崇，我国从汉代开始形成了厚葬之风，特别是达官贵人的陪葬财物非常丰厚。为了给自己营造一个往生的极乐世界，历代封建统治者对自己的墓室营造都非常重视，不惜花费大量人力物力、用上几十年来打造地下宫殿，墓室的内部陵墓地上部分的宫殿、亭台楼阁在选址的讲究、构造的复杂和规模的宏大上都不亚于皇宫，极尽铺张奢靡，其随葬财物的价值更是不可限量。这些埋藏在地宫中的文物价值连城，并随着时间的流逝身价倍增，自然会引起各方盗墓者的觊觎之心。当盗墓者发掘不同时代的陵墓时，往往会发现具有时代特征的文物，比如《盗墓笔记》里的战国帛书、青铜鼎、鬼玺、玉俑、蛇眉铜鱼、秦岭神树、六角铜铃、张起灵身后背着的黑金古刀；《鬼吹灯》里的蛾身螨纹双劙璧、秦王照骨镜等，至于小说中提到的各种棺材、壁画、青铜器、玉器，更是举不胜举。这些文物有些是历史上真实存在的，比如战国帛书、青铜鼎、六角铜铃，有些则是依据真实的文物加工而来，并赋予它们强大的超自然能力，如鬼玺、玉俑、蛇眉铜鱼、秦岭神树等。小说将这些远离受众生活现实的文物古董穿插在故事情节中，盗墓者甚至不能确认它们的身份和作用，在故事情节发展中慢慢凸显出这些道具不同寻常的用途，为故事增添历史厚重感和神秘感。

20世纪90年代，我国掀起了一股历史考古热，主流媒体纷纷参与其中、推波助澜。2003年，中央电视台推出了《鉴宝》节目，节目通过民间收藏者与文物鉴定专家面对面的交流形式探讨文物的历史文化内涵、普及文物鉴定知识，满足了观众的好奇心之余也具有一定的知识性。节目播出之后广受好评，于是类似节目如雨后春笋、层出不穷：2004 年，河南卫视推出鉴宝类栏目《华豫之门》，立足于河南丰厚的历史文化底蕴，旨在"展现收藏百态、体现人文关怀"；2008 年，中央电视台推出《寻宝》栏目，深入全国各地、品鉴"民间国宝"，同时推广当地的历史文化和风土人情；2010 年，广西卫视同收藏家马未都联手推出《收藏马未都》；2012 年北京卫视推出《天下收藏》；2015 年山西卫视推出《天下寻宝》、陕西卫视推出《华山论"鉴"》……十余年间，收藏鉴定类节目长盛不衰、遍地开花，从一个侧面反映了大众对于文物的浓厚兴趣。这些承载了历史、象征着文明发展、凝聚着古代人民智慧和心血的古老物件将古今连接起来，本身就具有非常强的吸引力，吸引着人们去探寻历史的本真。此外，中央电视台对于考古发掘的大型现场实况直播也引起了大众对于墓葬的好奇。2010 年 6 月 12 日是我国第五个"文化遗产日"，中央电视台现场直播了河南安阳西高穴的曹操高陵一号墓的发掘过程，随后在 2011 年 4 月对陕西省西汉列侯家族墓群、2013 年 7 月对湖北随州叶家山古墓的发掘过程分别进行了现场直播。借助先进的科技手段，大众通过电视和网络得以目睹大型墓葬的格局制式，相当真切地感受到考古发掘工作的步骤和过程。这些媒体传播的内容为盗墓小说准备了非常好的读者基础：他们对于考古和历史有浓厚的兴趣，通过电视或其他媒体对这些知识有一定了解，因此在阅读盗墓类小说时很多同文物和墓葬相关的内容显得比较熟悉，有进一步了解的欲望。

第二类奇观化的意象是奇异的动植物。这些生物生长在奇特险恶的自然环境中，对盗墓者的行动构成巨大的生命危险。它们一般外形丑恶恐怖、攻击力强，是现实中某种生物的变异品种。比如《盗墓笔记》里几乎每一部都会在墓道里出现的尸蟞，前爪锋利有力、行动迅猛、水陆两栖，以腐尸和误入水中的小型生物为食，袭击人的时候钻入人的腹部，啃食内脏，大的尸蟞甚至可以直接咬掉人的四肢。《七星鲁王宫》开头的水道里尸蟞密集出现、攻击盗墓者，巨大的尸蟞直接将心怀叵测的向导咬成两截，类似的还有《鬼吹灯》里的火瓢虫、沙漠行军蚁等，都是密集出现、生性凶猛的变异昆虫。各种变异的昆虫（或类昆虫）是好莱坞热衷的恐怖片主角，密集出现的嗜血怪虫直接击中人类的恐惧点，让读者感到不寒而栗。

这些生物有些是现实中确实存在的，比如《秦岭神树》中出现的哲罗鲑："这鱼起码有两米半长，脑袋很大，长着一张脸盆一样大的嘴巴，里面全是细小有倒钩的牙齿"，在小说中，这种鱼非常凶猛，不但主动袭击人类，肚子里还有咬碎吞下的人的尸体。哲罗鲑是淡水鱼中最凶猛的品种，现实中确实存在，但是一般以其他鱼类、蛇蛙为食，并没有主动攻击人类的先例。类似的还有《鬼吹灯》里提到的刀齿蝰鱼和沙漠行军蚁。有些生物是传说中或者作者虚构出来的，比如《蛇沼鬼城》里的鸡冠蛇，小说里它体形硕大、头顶有鲜红的鸡冠状凸起，攻击时叫声像母鸡，行动迅猛、有剧毒，是蛇中之王，其他蟒蛇看到它都吓得逃走。它具有跟人一样的思维能力，袭击人类之后产卵在人胃中，制造西王母宫壁画上那样人首蛇身的"人蛇"（传说中伏羲女娲都是人首蛇身）。其余还有海猴子、人面鸟、螭蛊，《鬼吹灯》里的霸王蝾螈、黑眼怪蛇、猪脸大蝙蝠、鲛姥等。小说中还有形形色色的植物，《盗墓笔记》中守护鲁王墓的九头蛇柏藤蔓繁多、肢体庞大，是食人之树，《鬼吹灯》里的尸香魔芋色彩艳丽、香气袭人，能使人产生可怕的幻觉而自相残杀。这些生物的凶残本性令人毛骨悚然，为小说带来血腥和恐怖色彩，强力刺激读者的感官；同时，细致逼真的场景设置、真假莫辨的奇异生物为小说阅读带来酷似野外探险的情境体验，神秘世界的奇观借由文字生动地呈现在读者眼前。

第三类奇观化的意象是僵尸妖怪。国内外关于僵尸的影视剧非常多，甚至形成了一个固定的类型："僵尸片"。在长期的拍摄和流传中，人们关于僵尸的各种属性特点的分类体系也非常完善，是一种世界范围的亚文化现象，也是悬疑和盗墓小说中最常见的鬼怪意象。僵尸主要是人类死后变异形成的生物，盗墓者称为"粽子"。在小说里，僵尸遇到人之后会发生尸变、进而攻击人类，而且力量非常惊人，比如《鬼吹灯》里的红犼："只见那红犼就连脸上也生出了红毛，更是辨不清面目，火杂杂的如同一只红色大猿猴，两臂一振，从棺椁中跳了出来，一跳就是两米多远，无声无息的来势如风，只三两下就跳到我们面前，伸出十根钢刺似的利爪猛扑过来。"跳跃前进、手生利爪、动作迅猛，这些都是僵尸的固定属性，加上满身红毛的瘆人外表，更增添了小说的恐怖色彩和紧张气氛。盗墓小说中还创造了一些其他的妖怪类型，比如《盗墓笔记》中附在活人身上使人心智大变的青眼狐尸、用黑发杀人的禁婆、生活在石头中的密洛陀等。这些妖怪的形象都有据可考，有的来源于《聊斋志异》、有的来源于民间传说、有的则出自少数民族的神话，作者广泛借鉴了这些原始材料之后加上自己的想象和加工，创造出这类似人非人的恐怖形象。这类意象较之于各种凶猛的怪兽给读者带来的恐惧感更胜一筹，如果说怪兽给人带来的是对于神秘未知的自然界的畏惧，那么对僵尸妖怪的恐惧则来源于人类对自身生命起灭的迷惑，僵尸也好、禁婆也罢，都同人类具有相似度极高的外表，它们对人的攻击比起野兽攻击人来，更像是同类相残，而它们拥有的超自然力量也显得更为可怕。

二 "奇观化"效果的形成

盗墓小说的奇观营造建立在一定的历史、民俗和考古知识基础上，除了以紧张刺激的情节吸引读者之外，还能在情节中自然地贯穿各种知识内容。盗墓小说包含地质、地理、历史、风水、考古等诸多学科元素，此外还涉及民俗、传说、神话等题材元素，这些内容被有机地融合在惊险神秘的故事情节中，使小说的阅读不仅停留在感官刺激的层面，还能在某种程度上拓展读者的视野、增加小说的信息密度，让阅读变得更有质感。

（一）各类知识的杂糅

在盗墓小说营造奇观性场景为盗墓活动设置背景时，往往会借鉴大量的地理学、地质学、建筑学、历史学和风水学的知识，尤其是对于风水的讲究成为盗墓小说的核心文化元素。风水学又称"堪舆学"，是一种研究环境、建筑与自然规律的哲学，也是我国传统文化的重要组成部分，它核心的思想是"天人合一"，达到人与自然的和谐。主要运用在宫殿、住宅、墓地的选址、营造，包括建筑内部的陈设，各个方面都有很多讲究。比如《盗墓笔记》第四卷《云顶天宫》中，深谙风水之术的陈皮阿四分析长白山的风水地形，说得头头是道：

> 陈皮阿四摆了摆手，指了指一边连绵的山脉，道："这里山势延绵，终年积雪而又三面环顾，是一条罕见的三头老龙，大风水上说这就是所谓的'群龙坐'，这三座山都是龙头，非常适合群葬。如果

这天宫是在中间的三圣山的悬崖峭壁上的，那边上的两个小龙头，应该会有皇后或者近丞的陪葬陵。"

三头龙的格局非常奇特，三个头必须连通。不然三龙各飞其天，龙就没有方向，会乱成一团，葬在这里的子孙就会兄弟残杀，所以如果有陪葬陵，陵墓之下必然会有和中间天宫主陵相通的秘道。

历史上有很多三头龙的古墓。比如说87年发掘的邙山的战国三子连葬，就是三个有关系的古墓分列同一条山脉的三个山头，两边的两个古墓本来都有大概半米直径的甬道通向中间的主墓，可惜当时发掘的时候，这些甬道都已经坍塌了，考古队不知道这些甬道是不是真的是相连，还是只是一个象征性的摆设。

风水学中称山川为"龙脉"，为君王设计陵墓选址的人会根据山川的地形、走势来判断陵墓的营造地点，盗墓者也自然追随着这种判断来发掘古墓，因此，几乎每一部盗墓作品中都会有跟风水相关的内容，这门学问在沉寂多年以后随着盗墓小说的走红引起了更多人的兴趣。

盗墓小说里还有很多同风水无关的地质学、地理学知识，在小说为盗墓行动设置各种奇特地貌时，同时会向读者普及一些地理学知识。比如《蛇沼鬼城》中作者用了相当篇幅来向读者介绍魔鬼城的雅丹地貌，并且对昆仑山脉及其高原盆地的地质特征进行介绍；《怒海潜沙》里的珊瑚岛、《秦岭神树》里的地下河、《云顶天宫》里的雪山和火山口，各种神奇的地理地质特点构成了小说丰富的背景，也使读者阅读时增长了见识。对于这些内容的处理需要作者有很强的整体把控能力，不能完全胡编乱造而显得虚假不可信，也不能过于专业而冲淡情节，使读者失去阅读的趣味。

（二）民俗和传说的借鉴

除了风水学之外，盗墓小说里还大量涉及民俗和传说。首先是关于盗墓的规矩和讲究："盗墓贼很少一个人单干，一般都是三人一组，一个挖土的，因为坑外不能堆土，所以还有一个专门去散土，另有一个在远处放风"。进墓必须戴口罩或防毒面具，原因有三："第一里面的空气质量不好；第二活人的气息不能留在墓里，不吉利；第三不能对着古尸呼气，万一诈了尸那可是麻烦得紧。"盗墓的风险系数很高，因为惊动了死者灵魂的安息,要防备出现诈尸和尸变,所以盗墓者必须随身携带一些辟邪之物,盗墓小说里常常提到的是黑驴蹄子、摸金符、糯米和蜡烛。《鬼吹灯》中描述说凡是掘开大墓,在墓室地宫里都要点上一支蜡烛,放在东南角方位,然后开棺摸金。动手之时,不能损坏死者的遗骸,最后必给死者留下一两样宝物。在这个过程中,如果东南角的蜡烛熄灭了,就必须把拿到手的财物原样放回,恭恭敬敬地磕三个头,按原路退回去。这些规矩显示了对死者的敬畏,是盗墓行业的"职业规范",不讲规矩的盗墓贼往往会遭到墓主化身的鬼怪的攻击,付出生命的代价。在盗墓小说里盗墓者的死亡是经常发生的事情,即使侥幸存活也是九死一生,这种险恶的背景设置为小说带来强大的震慑力,使读者感受到神秘的超自然力量的强大和可怕。

  盗墓小说的背景设置常常选取一些平常读者很少有机会涉足的地方,比如少数民族聚居区或边远山区,这些地方由于远离都市人群的视线和了解,自然会给读者带来新奇感和神秘感;同时,少数民族和边远地区在自然环境、生活习惯、民风民俗上都会同现代都市文明存在一定的差异,这种差异也是营造"奇观"的利器。在《盗墓笔记》中写到瑶族的创世神话"密洛陀",古代瑶民在山体中孕育生命、饲养"密洛陀","密洛陀"用自己的分泌物形成石壁猎食动物,平时在石壁中生长,到一定时候可以破壁而出;在《蛇沼鬼城》里写到"鸡冠蛇"在人胃中产卵,孕育人头蛇身的怪物,甚至还能鹦鹉学舌说人话,将巫术同传说杂糅在一起,亦真亦幻,给故事带来了非常震撼的恐怖感。

  民间传说中常常有很多关于妖魔鬼怪的内容,这些内容在悬疑和盗墓小说中都会高频出现,构成小说惊悚恐怖效果的主要元素。人类对于超自然力量和生命的探索从古到今未曾停息,历史悠久的中华文明在佛教、道教等宗教思想的发展过程中,对于生命轮回、地狱天国、因果报应等问题有着持久的关注和思考。这种影响深入地渗透到民间文化中,对我国民间"丧葬文化""巫文化""鬼神文化"的形成和发展有着重大的影响,并且在日常生活的各种禁忌和规矩中或隐或显地体现出来。《盗墓笔记》中的禁婆便是冤死的女子的怨气所生出来的鬼怪,用长长的黑发缠绕杀人,在海南一带至今还有关于禁婆的传说;在探寻海底墓葬的时候写到的巨蚌、蚌姥、海猴子,以及盗墓小说里各种匪夷所思的怪物和妖兽多半能从民间传说、《山海经》、《聊斋志异》里找到原型。

（三）叙事角度的选取

盗墓小说对故事场景和各类意象极尽细致逼真的"奇观化"呈现往往借助特定的叙事技巧实现：在第一人称的限知视角之下，各种奇观的出现往往给叙事者也带来强大的震撼和冲击，读者会自然产生代入感，好像同叙事者一同进行探险，进而情绪和思维慢慢被叙事者调动，产生一种同叙事者一行同生共死的阅读感受，这也可以称为叙事的"奇观化"。在《盗墓笔记》之《云顶天宫》中，吴邪一行顺着火山岩壁上的狭窄通道攀爬，试图找到云顶天宫的入口，当路走到尽头的时候，他们点起了一个照明弹，于是看到了在黑暗中丝毫没有察觉的壮观景象：

> 我想举起望远镜往前看，但是手举到一半，我就呆住了，一下子我的耳朵听不见任何的声音，时间也好像凝固了一样。
>
> 白色光线的照耀下，一个无比巨大，直径最起码有3公里的火山口，出现在了我们的面前，巨型的灰色玄武岩形成的巨大盆地，犹如一个巨型的石碗，而我们立在一边的碗壁上，犹如几只小蚂蚁，无比的渺小。
>
> "想不到直接就连到火山里来了。"边上传来一个人的声音，但是这个人是谁我已经分不清楚了，脑子里只剩下了眼前的壮观景象。
>
> 如果说九头蛇柏和青铜古树只是给我一种奇迹的感觉的话，那这个埋藏在地下的火山口盆地，简直就是神的痕迹了。

盗墓悬疑类小说节奏紧张、状况迭出，这种出乎所有人（包括叙事者在内）意料的叙事语气非常吻合小说的风格和气氛，成为盗墓悬疑类作品默认的标准格式。第一人称限知视角在表现事实时带有很强的主观性，如果读者对叙事者有着比较好的认同感的话，阅读时就会产生很强的代入感。在表现具有神秘因素的故事情节时，这种写法非常富有悬念，读者借助叙事者的行动、感官去进入故事现场，感受恐怖的、震撼的、惊奇的场景；同时，第一人称限知视角的叙事口吻显得非常诚恳真实，小说中亦真亦幻的神秘世界被叙事者煞有介事、一本正经地表述出来，让读者真假莫辨，比起客观性较强的第三人称全知视角来"奇观化"的效果更好。

可以说，盗墓悬疑类小说的奇观化写作造就了它们作为类型小说的成功，也蕴含了一些妨碍它们发展的矛盾和悖论。盗墓小说往往呈现出"百科全书"式的外貌，在盗墓的故事主线之下插入各种历史、文化、科学、技术知识，这些知识内容固然充实了小说的内容，"'奇观化'写作的现象是一种对于文本创作模式的创新，不仅为传统盗墓文学打开了一个新的局面，也为传统文学这个大的范畴提供了新的创作思路"①，但是另一方面，也不可避免地使小说显得内容庞杂，非常考验作者的笔力和驾驭文本的能力。在众多的盗墓悬疑类小说中，大量作品表现出对奇观化写作的过分依赖，而忽略了小说创作的根本，故事情节单薄空洞，只能依靠制造耸人听闻的"奇观"来投合读者的猎奇心理，失去了文学本质的追求。长此以往，整个文类必将陷入炫技、猎奇、追求感官刺激的低质循环，直至被读者厌倦而淘汰。"奇观化"的趋势在其他类型的网络小说和自媒体文本中也有体现，是一种具有相当普遍性的网络文学动态，应当引起写作者的充分自觉和文学批评者的重视。在这个后现代的奇观社会里，写作必须植根于民族文化传统和现实生活的土壤之中，天马行空的想象力必须落实到积极正面的价值观和科学知识之中，"奇观化"是可以使用的手段而不应成为文学的终极目的。

---

① 张健平：《文物与奇观、空间与权力——文物意识与盗墓小说的互文性研究》，《当代文坛》2016年第6期。

第七章

穿越小说与女性话语

　　网络穿越类小说在2004年前后兴起，包括架空历史类穿越小说和穿越言情小说两大亚类。前者的写作者和读者男性居多，在网络文学阅读网站被归为"男性向"穿越小说，后者的写作者和读者女性居多，被称为"女性向"穿越小说。两种穿越文本都有着类似的特征，这些特征构成了穿越小说的整体特质：首先是穿越文本中普遍体现出游戏式的个人主义历史观，穿越者以现代文明的视角去反观历史、参与历史，在这种类似角色扮演游戏的过程中获得某种心理满足；穿越小说基本上都认同进化论的历史发展观，情节设置中大量出现运用现代科学知识在古代大显身手的内容；同其他类型小说类似，穿越小说尤其注重营造代入感，从人物形象、环境因素等各个方面的设置使读者感同身受、主动投入文本设置的内容；穿越小说还大量吸纳了传统文化和流行文化的内容，使文本内容丰满、提升作品的知识性内涵和趣味性阅读体验。

　　同时，新媒体为女性提供自由发声的平台，女性通过写作，获得一定的话语空间和自我表达的渠道，女性意识在写作和阅读中得到启发与张扬。在穿越言情小说的发展历程中，我们可以发现网络时代女性话语建构的几种典型的类型：传统的言情模式、女强文模式、无CP模式，每一种模式都有经典作品和忠实粉丝，呈现出驳杂多元的价值取向，也从某些方面反映出女性意识的时代变迁。

第一节　穿越小说的文本特点

　　由某一特定时空进入另一时空的"穿越"情节要素，在文学创作中并不是新生事物,《南柯太守传》中黄粱一梦的经历、唐传奇及元曲里倩女离魂的爱情故事都有着穿越小说的雏形。及至李碧华、黄易、席绢等一众通俗小说作家更是将这种情节因素运用得出神入化,《秦俑》在 1996 年改编成电影《古今大战秦俑情》《寻秦记》, 在 2001 年同名电视剧热播,后衍生网游和漫画产品。1993 年出版的《交错时光的爱恋》是中国文学中首部穿越言情小说,一经推出,风靡两岸,席绢也由此成为新生代的偶像,言情小说的领军人物。

在网络类型文学的发展过程中,穿越小说的兴起显得毫无征兆。2004 年,满族女作家金子的《梦回大清》在晋江文学城首发,引起了众多读者的追捧,从此开启了"清穿"小说的写作和阅读热潮。2005 年,晋江文学城先后推出了桐华的《步步惊心》和晚清风景的《瑶华》,同《梦回大清》相似,表现的都是现代女子穿越回到清代的故事,受到了大量粉丝的欢迎,被誉为"清穿三座大山"。而这股穿越回清代的流行风尚也带动了大批跟风之作,晋江文学城的类型标签中出现了专门的"清穿"类。2006 年,《梦回大清》出版实体书,2007 年,"四大穿越奇书"《迷途》《末世红颜》《木槿花西月锦绣》和《鸾》由作家出版社签约出版,首印量达到了每本 10 万册,穿越言情类小说的阅读市场火爆可见一斑,2006 年和 2007 年也因此而被称为"穿越年"。继玄幻、历史、盗墓之后,穿越成为网络类型小说的新热点,并且带动了一系列文化产品的出现。2011 年,《步步惊心》改编成为电视剧,吸引了众多的粉丝,关于小说人物同演员的选取、演员之间的感情和"配对"一时间成为大众热议的话题,2015 年,同名电影上映,继图书出版市场之后,穿越言情小说以浩大的声势占据了电视和电影两大传媒,这类小说也成为穿越文的主流和代表性写法。与此同时,穿越因素还在另一类小说——架空历史小说中大量存在,与穿越言情这种"女性向"的小说不同,架空历史小说被归为"男性向"小说,作者和读者以青年男性为主,作品题材也脱离了宫斗恋情这类内容,倾向于表现改写历史、建功立业的男性集体幻想。代表性作品有猫腻的《庆余年》、阿越的《新宋》、月关的《回到明朝当王爷》等。

总体而言,无论是女性向的穿越言情小说还是男性向的架空历史小说,网络穿越小说都呈现出某些共同的特质,大到作者的历史观和写作立场，小到作品的人物设置、情节走向和具体技巧，都呈现出新媒体时代特有的属性，共同构成了穿越小说这一独具特色的网络文本类型。

一　游戏式的历史观

从写作题材上来划分，穿越小说应当被纳入历史小说的范畴，在穿越小说出现之前，中国当代文学中的历史小说主要有两种写法：一种是传统的历史小说，如姚雪垠的《李自成》、二月河的《康熙大帝》、唐浩明的《曾国藩》等。这些作品依据现实主义的创作理念，真实客观地表现一个历史时代的风云变幻，或者通过历史长河中某个风云人物的人生沉浮，见证时代的兴衰。这类写作秉持的历史观是主流正统的，一般以正史为依据，写作的过程尽量符合当时的历史细节、力求"还原历史"，作家本人也具有相当的史学积淀和宏观视野。另一种是20世纪90年代以来的"新历史小说"，如苏童的《我的帝王生涯》、莫言的《红高粱》、刘震云的《故乡天下黄花》等，"新历史小说"的诞生同"新历史主义"有着直接的关系。新历史主义宣称"一切历史都是当代史"，对于历史书写的真实性提出了质疑，秉持的是一种历史虚无主义理念。在这种历史观的影响下，新历史小说采用相当个人化的立场去观照历史、解构历史，描写边缘人物、底层人物（土匪、妓女、游民、乞丐等）在历史洪流中的遭际，注重个体经验的抒发和表达，同时在写法上更多地具有象征和隐喻性，个人化的风格非常明显。

新历史小说中对于正史的质疑和解构原本是出于精英知识分子的启蒙姿态，却正好切合了后现代消费社会的解构和游戏风潮。穿越小说秉承了这种解构历史的个人史观，并在写作中将其游戏化和娱乐化，历史在小说中的地位成为某种场景道具、调味剂，完全听从写作者的安排和调遣。以穿越言情小说中最红火的"清穿"作品《步步惊心》为例，这部小说将穿越后的场景设置在清康熙四十三年的廉亲王府，身份是未满14岁的满族少女马尔泰·若曦，在亲王府邸锦衣玉食、身居华府，并且同时得到了几位王爷的青睐，是通俗言情小说中非常典型的"王子灰姑娘"设定。故事的核心情节是围绕贵族少女若曦在宫廷中的成长与情感展开的，从康熙四十三年到雍正元年，19年的政治风云、历史上著名的九王夺嫡在小说中只化为风淡云轻的背景，为若曦同四爷、八爷、十三爷、十四爷的爱恨纠葛提供一些情节的推动，或者为刻画人物形象提供具体的情境。小说始终关注的是历史洪流中个人的命运，这一点看似同新历史小说相似，实际上有着不同的精神指向。新历史小说通过亲历历史的一个个小人物的视角去挑战官方历史的宏大叙事，将教科书上严丝合缝的意识形态言说从微小的缝隙处剥离开来。这里面，有对革命历史叙事中英雄主义浪漫主义的另类书写，如《红高粱》中对明显有悖于"高大全"式英雄形象的充满底层民间野性生命力的酣畅高歌，也有对主流历史叙事中社会发展阶段和发展模式的反思性表现，如《白鹿原》中自然灾害、抗日战争、解放战争的宏大背景下白鹿原上每一个普通生命的生死离合。这些具有"野史""地方志"意味的历史书写，是带有叙述者个体经验和个人色彩的表达。

在网络穿越小说中，我们同样可以看到对大历史中小人物的描写，同样关注小人物的喜怒哀乐，但是最大的区别在于，这些小人物的设置和他们的存在，并不是为读者认知历史开启新的另类的角度，而是为读者寻找一个具有强烈亲和力和代入感、参与历史游戏的角色设定。因此，穿越小说中的个人史观是基于现代社会主流都市青年人群的历史观：历史的真实性并不是他们要寻求或质疑的，只是为他们的情境冒险提供一个背景，至于这段历史在整个社会发展史中的位置、当时真实的阶层关系，他们不了解也没有兴趣了解。因此我们可以看到，穿越小说中的主人公（往往是第一人称叙事者）通过自己现代人的眼光去审视古代生活，用现代人的伦理道德去衡量古代人的行为，以带有几分启蒙优越感的心态去观照历史，获得某种未卜先知、洞察一切的上帝视野。这种个人史观并不纯粹，也不能构成任何对既有观念的矫正和动摇，本质上是现代人在顺应消费社会逻辑和后现代语境过程中自我标榜的清醒和独立。它的商业价值也在于此：让读者一边为言情小说中的生死缠绵牵肠挂肚，一边获得一种特立独行、冷眼观世的自我想象。

这一点在架空历史小说中表现得也很突出，架空历史小说的男主角在穿越之前都是"小人物"，穿越后通过个人奋斗而改写民族历史，同上文提到的"灰姑娘"情结一样，是男性"白日梦"的体现。我们在架空历史小说中看到的都是小人物创造历史、改变历史的故事，通常还会穿插一些生活气息很浓的日常叙事，在表象上似乎是民间叙事的立场，但是综观这些作品，无一不是将穿越后的主人公放置在帝王将相的位置上，拥有呼风唤雨的能力，只有拥有足够的影响力才有可能将自己从现代社会带来的先进观念、科学技术变成生产力，切实地改变社会，如此一来，所谓的民间立场背后掩藏不住的还是对权力的崇拜和欲望。更何况男性向的架空历史小说中对于古代的一夫多妻制都作了充分的向往和利用，几乎每一个主人公在建功立业的同时也三妻四妾、倚红偎翠，现代的政治、经济和科学并不会影响到作者对"男尊女卑"的社会伦理观的认同。这种奇特的观念组合在架空历史小说中成为无须解释的合理存在，通过阅读可以象征性地满足众多男性读者在日常现实生活中被压抑的权力欲望和生理欲望。这种历史观是后现代社会特有的无视规则、游戏人生的个人主义历史观，新历史小说中抵抗主流意识形态对多元文化遮蔽的民间立场在这种消费化的书写中荡然无存。

二 历史进化论

进化论经严复翻译进入中国以来成为社会革新的理论支持，经过中国式解读之后，新胜于旧、今胜于古的现代文明优越感推动了我国的新文学运动和政体改革的进程，在各个阶段的宣传和教化之下作为一种现代性的标志、常识性的理念而深入人心，几乎成为无须证明的真理。然而，这种中国化的进化论观念将一种人类社会学的渐进性推导简化为整体性的直线性的过程，而忽略了进化的辩证性和复杂性，在具体文化实践中常常会有以偏概全、理念先行的偏差。

网络穿越小说秉承了这种简化的进化论史观，穿越的方向绝大多数是回到古代，时空异位之后，以现代文明的主体去体验古代社会。来自现代社会的穿越主体不费吹灰之力就拥有了历史的前瞻性、文明的先进性和科学技术的优越性，所以即使是在现实社会中毫不起眼的小人物，穿越后也能显示出卓尔不凡的见解和与众不同的气质。这种写法的根源最早可以追溯到1889年。马克·吐温在他的小说《康州美国佬在亚瑟王朝》中讲述了19世纪的美国人汉克摩根穿越到中世纪的英国，凭借自己超越了当时13个世纪的知识开启了一段改革之旅，他大刀阔斧地用现代政治、经济、科技知识去改变教会统治下渐趋没落的封建王朝，想要在当时的英国实现民主和现代化，这种情节模式在 100 多年后的中国架空历史小说中成为主流写法。

细究起来，架空历史小说中的主人公在穿越之后的种种"壮举"，都是基于穿越者在现代社会获得的意识和经验。以月关的《回到明朝当王爷》为例，杨凌穿越回明朝之后，通过本身具备的现代知识和对于历史走势的前瞻性把握，挥斥方遒，显示出现代文明对古代文明的碾压式优势：他对外开展海外贸易，打击倭寇、海盗，稳固海防，同时移民西伯利亚，扩大帝国版图；对内打击贪官污吏，平定国内叛乱，开发辽东，这些都是在他了解历史走向的前提下作出的预防性举措；而他对于资本主义原始积累的接受、维新的眼光和胆识、摒弃道德文章崇尚实干精神的作风，都在小说中营造出一种以一己之力对抗整个腐朽的封建体制的珍贵的超前意识，有一种"虽千万人吾往矣"的个人英雄主义豪气。这些特质让杨凌在明朝如鱼得水步步高升，其实凭借的无非是他超越当时历史文化发展水平的现代意识和知识经验，这些先进的意识和经验秉持的逻辑显然是进化史观：来自现代的普通人在见识上远远超过古代的杰出人物。现代读者在阅读时自然会采用以先进文明审视落后封建制度的俯视视角，获得一种掌握乾坤的快感，小说在通过穿越者种种举措改写历史的虚拟叙事中完成了一场想象性的集体狂欢。

穿越言情中影响最大的清穿小说是网络中对 20 世纪 90 年代"大众文化产品'清宫戏'的一次跨媒介文化回应，也是'80 后'创作群体对童年时期流行文化接受的一次怀旧式的集体书写"[①]。在深圳从事财务工作的 25 岁的单身白领张小文，因为一次意外，失足跌倒，穿越到 13 岁的满族少女身上。12 年的人生阅历给原本应当不谙世事的少女以相对明晰清醒的头脑和沉稳理智的性格，对于清史的爱好和了解为她在风云变化的后宫中提供前瞻性的视野和把控全局的预见，而在现代社会中获得的生活知识、文化知识和现代伦理，又使她在当时社会处理日常事务时显示出与众不同的作风，因而收获了众多皇子的好感乃至爱慕。在中秋节

[①] 拓璐：《穿越文—清穿："反言情"的言情模式——以桐华〈步步惊心〉为例》，载邵燕君主编《网络文学经典解读》，北京大学出版社 2016 年版，第 186 页。

康熙皇帝的大宴上,若曦凭借毛泽东的半阕气势夺人的《沁园春·雪》恭维皇上"一代圣主"。当康熙为几何题伤神时她的点破,塞外行猎时准备的冰镇果汁博得皇上皇子们的交口称赞,这些在现代几乎没有超出中学水平的基础性知识和司空见惯的生活日常跨越了时空,成为当时语境中的"新鲜玩意"和她聪慧过人的佐证。现代的伦理观和价值观更是带给她同一众皇子交流时平等的姿态,使她收获了几位阿哥真挚的友谊。在小说开头不久,若曦就同性格洒脱的十三阿哥策马出游,引起姐姐若兰的担忧。其后,二人又在闲谈中发现了对嵇康的共同推崇。对于当代人而言,嵇康追求自然、高蹈独立、厌弃功名富贵的人生观是令人向往的"名士风流",但是在三纲五常的儒家思想统治的封建王朝,蔑视权贵、狂放任性就是大逆不道、死有余辜的罪状。高居皇子尊位的十三阿哥能有如此襟怀,也难怪若曦惊喜不已。

> 我虽早已知道十三是不羁的,但也万万没有想到他居然会推崇嵇康,特别是他作为皇室子弟,身处统治阶级的金字塔尖。这份从天而降的意外之喜和觉得在这个古代社会终于有一个人能明白我内心深处想法的感觉让我狂喜,不禁越发高谈阔论。而他大概也没有想到会在这个儒家文化盛行的时代,碰到我这样的女子,毕竟连男子也少有对儒家思想敢提出质疑的。他带着三分惊讶,三分欣赏,三分喜悦陪我一块侃侃而谈。……
>
> 不可否认刚开始和十三结交时,我是存着私心的。毕竟从表面上看我是八爷这边的人,姐姐更是八阿哥的侧福晋,而历史却是四爷和十三获得了这场战争的最终胜利,我虽然不可能扭转历史,但我可以尽力给自己留条退路。但后来的交心畅谈,我却真的认为他是我的知己了。毕竟在这里谁会认为本质上每个人生来就是平等的?谁会认为即使是天子也没有权利让所有人都遵照他的要求?虽然十三只是因为推崇嵇康而对现存的文化体制有所质疑困惑,但对我而言已经足够令人惊喜了。

穿越小说的情节亮点也多半在这些地方:现代观念和古代的冲突,冲突中有种先在的逻辑:现代文明胜于古代文明;也有大同小异的结局:

现代文明战胜古代文明。在这样的情节设置模式中，穿越小说以简单的进化史观结构全文，为大众营造出一个无须努力就可以获得的终极技能：处在现代社会的小人物一经穿越就可以呼风唤雨、扭转乾坤，无论他在现实社会中如何狼狈沦落郁郁不得志，只要转换时空回到过去就可以变成人中龙凤，甚至不用像玄幻小说里那样苦苦修炼，进化论史观下的穿越在这里成为"金手指"[①]。

穿越小说通常都有同样的逻辑缺陷：作为一个智力水平和记忆力都没有损失的穿越者，为何对之前的现代生活几乎没有一点留恋和想念，心无挂碍地投入古代的生活中去，沉浸在古代生活中"乐不思蜀"？按照常理这是非常不合乎逻辑真实性的，但是在穿越小说中作者和读者似乎达成了某种默契，没人去质疑这个问题。"文类既是读者的'期待视野'，也是作家的'写作模式'，换言之，文类如同一种契约拴住了作家和读者。"[②] 在穿越文的写作中，进化史观为读者提供了一个"桃花源"，现实世界中的压力和危机在穿越后烟消云散、一笔勾销，故事主角和读者一道凭借现代社会的常识在异时空中趋利避害、如鱼得水，这种类似于角色扮演游戏（RPG）的阅读感受自然无须去纠结什么逻辑的严密和合理。

三　代入感

代入感更多地被用于描述电子游戏、影视作品给受众带来的身临其境的感受，在文学中则指代一种阅读作品时不自觉地将读者自身混同于作品人物的阅读感受，悲人物之所悲、喜人物之所喜，很多成功的文学作品都会使读者产生这种阅读感受，用更加传统的表述就是同作品人物产生"共鸣"。网络类型小说的消费文学性质决定了它追求的至高目标就是吸引更多读者，因而在作品创作过程中最重要的考虑就是使读者阅读时能够产生代入感。否则在当下这种选择众多、竞争激烈的流行文坛，鲜有读者有耐心去关注一个疏离现实与己无涉的故事，穿越小说亦是

[①] 金手指：在网络小说写作中指的是主角拥有的"超能力"，一般是主角特有的威力巨大的特殊技能。

[②] 南帆：《文学的维度》，上海三联书店1998年版，第273页。

如此。

穿越小说的故事框架会涉及两重（或两重以上）时空的转化，本身的题材就是幻想性的，特别是我国的网络穿越小说一般会穿越回古代，读者对自己并不熟悉的古代生活有着强烈的好奇心理，阅读时仿佛是跟随着穿越主人公一起回到过去，去亲历另一时空的生活，这种题材本身具有相当大的吸引力。而穿越文的写作者常常会从下面几个方面入手，增强作品对读者的吸引力，引导读者对作品人物产生认同感，自觉地代入，从而在阅读过程中全心投入，收到更好的阅读效果。

作品代入感的影响因素首先是穿越小说作者对主角的人物设置。通俗小说的"主角光环"已经成为写作惯例，作者在情节设置中为主角扫清障碍、一路绿灯，主角在生死关头总能化险为夷的写作在各类通俗小说中非常常见。比如金庸小说《神雕侠侣》中杨过的经历，杨过与小龙女的爱情可谓坎坷艰辛，但是每逢"山穷水尽"总会"柳暗花明"：起初被困在古墓中，却无意发现了王重阳的《九阴真经》；中了公孙止的毒计掉进鳄鱼潭，却被裘千尺所救；被郭芙斩断右臂后遇到神雕，发现独孤求败的剑冢，练得绝世武功；万念俱灰跃入绝情谷后却遇到十六载无音讯的小龙女……凡此种种，不一而足。这种峰回路转、绝处逢生的巧合情节增强了小说的趣味性和可读性，也投合了读者愿有情人终成眷属的心态，这种写法延续到网络时代的各种类型小说中，并且运用得更加频繁和离奇。

网络类型小说在进行主角的人物设置时有很周全的考虑，作为读者自身形象在文字世界的完美投射，主角的人物设定必须满足读者的需求和审美，使读者乐于接受。以穿越小说为例，主人公要使读者自然而然地代入身份，要考虑的因素很多：首先是身份。改革开放以来中国社会开始转型，社会整体分层结构呈现出两极分化的态势，阶层的固化在经济、教育、文化各个层面显示出来，并且在各个层面互相牵扯，底层民众在绝对数量上和比例上都非常庞大。2007年以后，网络文学的主要受众是底层民众。根据CNNIC的调查报告，主要由学历在中等水平（初高中、技校、中专）的青少年学生群体构成，并且有进一步低龄化、低收入化的趋势。① 这个群体的读者在现实生活中得不到太多的社会资源，个人的发展存在着诸多的限制，只有在虚拟的世界中实现自己的梦想、施展自己的抱负。因此网络阅读中玄幻、穿越类高度幻想性的作品走红也不难理解，它们为读者提供了种种释放压力的"白日梦"模式，阅读此类作品能使读者获得心理的宣泄和疏导，是一种无害的消遣方式。

同时我们也可以看到，在各种玄幻、穿越小说中，主人公的身份都是平凡的普通人，甚至是潦倒落魄的"倒霉鬼"。前者可以使大部分过着平淡生活的读者找到身份上的认同，后者可以使读者产生一种虚拟的优越感，如果读者本身的生活也不如意，就会有一种同病相怜的亲和力。以《步步惊心》为例，小说的开头，有一个300余字的"楔子"，大致交代了女主角的身份：

2005 年，深圳。

华灯初上的街道，比白天多了几分妩媚温柔，张小文身着浅蓝套装，在昏黄的灯光下显得有些疲惫。刚进楼门却想起浴室的灯泡坏了，忙转身向楼旁的便利店走去。

开门，打灯，踢鞋，扔包，一气呵成。张小文从阳台上把沉重的梯子一点点挪到浴室，试了试平衡，小心翼翼上了梯子，突然脚一滑，"啊"的一声惊叫，身子后仰重重摔倒在瓷砖地上，一动不动。

第一章中也有简单的补充：

已是在古代的第十个日子，可我还是觉得这是一场梦，只等我醒来就仍然有一堆的财务报告等着自己，而不是在康熙四十三年；仍然是芳龄25的单身白领，而不是这个还未满十四岁的满族少女。

---

① CNNIC 在 2017 年 1 月发布的第 39 次《中国互联网络发展状况统计报告》中显示：中国网民中年龄结构以 10—39 岁的人群为主；具备中等教育程度的网民规模最大，向低学历人群扩散；收入水平在 3000—5000 元的最多，向低收入群体扩散。

穿越言情文的主要读者定位是女大学生和都市白领女性，张小文的身份设定就很亲切：25岁的白领单身女性、独自一人在外地工作、加班是常态、生活琐事都需要亲力亲为……这类人设在当代都市是最平凡普通的，朝九晚五、日复一日，是大多数都市女性正在经历或将要进入的日常生活状态。同样，架空历史小说里的男主角们穿越前也都是毫不起眼的普通人：《庆余年》里的范慎是个"传统意义上的无用好男人"，《回到明朝当王爷》里的郑少鹏是个好吃懒做的"天下第一大废物"，《新宋》中的石越是个"肩不能担、手不能提"的历史系毕业生。这些人物毫无特长和过人之处，同叱咤风云的英雄人物相比，为大部分普通读者提供了一个平视甚至俯视人物的阅读姿态，这一点对于读者代入感的产生是非常重要的。

穿越文中主角的外貌性格一般也会被模糊化处理。外貌描写在传统小说中占据了很重要的地位，往往承担着刻画人物性格的重任，经典作品中的描写更是精细传神，比如《红楼梦》里对于大观园中花季少女们的外貌描写，各具特色、惟妙惟肖，历来是后人学习的范本。在穿越小说中，这一部分却不约而同地被作者淡化甚至省略掉了，鉴于穿越类作品大多数采用第一人称叙述，这样的处理也可以理解，毕竟作品主人公自己描绘自己的面容显得有些不自然。但是穿越文中主角的性格也常常只作粗疏的刻画，除了不怕失败、自信自强（女性向的穿越言情文可能还会有正直善良、自尊自爱）这些没太大辨识度的性格标签之外，穿越文的主角一般没有什么鲜明的个性，显得面目模糊。在传统小说中，主要人物这样处理是绝对失败的，但是在穿越小说中这样处理的目的也很好理解：个性越模糊越容易让人产生认同和代入感。与此形成有趣对比的是，穿越小说中的配角们倒是个个性格鲜明、个性突出，尽可能多地满足读者多种喜好和选择的需求。比如《步步惊心》里围绕在若曦身边的几个皇子：四阿哥面冷心热、深藏不露；八阿哥温润如玉、用情至深；十阿哥心无城府、单纯率真；十三阿哥才华横溢、洒脱不羁；十四阿哥率性磊落、敢作敢当，几乎囊括了女性读者心目中各种类型的"白马王子"形象。《回到明朝当王爷》里的男主角范闲身边同样不缺少性情各异但对他一往情深的女子：夫人林婉儿美丽大方、相夫教子；红颜知己北齐圣女海棠朵朵地位尊崇、修为超群；北齐女皇帝战豆豆位高权重、忠贞不贰，加上从小青梅竹马的丫鬟柳思思、身世神秘美艳绝伦的烟花女子司理理，同样满足了男性读者对于女性的多元化审美幻想。联系到金庸武侠小说里"一见杨过误终身"的众多女子，段誉的一众"妹妹"，其实通俗小说的人物设置模式在相当长的历史时期内一直没有太多变化。

同时，为了让读者在阅读时认同主角的思想和行为，穿越小说主角们的"三观"都相对主流——对于作品的目标受众而言。比如婚姻伦理，在穿越文中都会面临现代人面对封建一夫多妻制度的伦理选择，这里有一个颇有意味的细节：以女性读者为主的穿越言情文的女主角们基于现代的婚姻伦理，向往"愿得一心人，白首不相离"的专一爱情，常常为三妻四妾的封建制度感到痛苦煎熬，而架空历史文的男性主角们对于一夫多妻制则泰然处之，欣然接受，丝毫没有现代伦理带来的纠结。对应各自的目标阅读人群，都市女性对于爱情婚姻专一的渴望和男性根深蒂固的"妻妾成群"幻想都表现在作品中，只不过是以一种改头换面的形式呈现出来。

第二，作品代入感的产生还需要考虑环境因素。穿越小说的笔墨重点放在穿越后的环境上，要求写作者对于社会历史文化有较深修养，这样才能营造出可信的环境。即使是架空历史小说，也需要有个大致对等的真实历史阶段与之相对应，在生产力水平、社会经济发展程度、经济结构、工业水平、商业化程度各个方面的细节都要严丝合缝，为读者的阅读提供一个高度模拟仿真的时空。这种环境展现和设置同20世纪90年代的许多经典即时战略游戏高度重合：游戏者置身于过去的某个历史时段，在游戏开始时选择一个国家或文明进行经营，发展农业、工商业、军事，从事跨国贸易、外交、战争来获得金钱和领土的扩张，竭力将自己的国家实力提高，如《文明》《帝国时代》等游戏。这类游戏中大量涉及制造火药、建筑房屋、搭建交通通道、完善商业贸易等战略决策，同真实的历史结合比较紧密，同时也非常考验玩家的统筹规划能力，在游戏中玩家可以真实地体验建立和统治一个帝国的成就感与责任感。架空历史向的穿越作品在这方面对于游戏模式的借鉴是非常明显的，主人公回到古代之后，利用自己的现代科技知识发明新工具、制造新武器、提高生产力和国家的综合实力。

此外，在穿越小说中，穿越行为是整部小说情节得以发生的基础，关系到故事的逻辑起点，如何处理穿越行为直接影响到读者的阅读感受。在这里我们需要引入西方的穿越作品作一个对照，以期更加清晰地展现出我国网络穿越小说穿越行为的特点。西方穿越作品科幻色彩较浓，有些借助机器实现穿越，比如经典的《回到未来》三部曲，穿越者驾驶时间机器实现时空穿梭。这类作品会大量涉及"时间旅行"（time travelling）和虫洞（wormhole）的理念，是理论物理中非常重要也很有争议性的概念，这些概念的背后，是西方哲学对于时空的持久关注和深入思考。西方穿越作品也有一些是基于一定的心理学、精神病学理论来展开情节，如《盗梦空间》《蝴蝶效应》，通过梦幻来进行穿越，这些作品对于人的深层心理、潜意识有着详细的分析和剖析。较之于我国的网络穿越小说，西方的穿越作品时空变换频率高，一部作品中常常会出现多次的穿越行为，穿越的方向也是来回穿梭的，在这种高频次多方向的时空穿梭中，蕴含着重实践、求真理的科学精神。西方的穿越作品重点在于"改变"，或穿越回过去修正错误改变事情的走向、或穿越到未来探寻事情的真相以干预现实，并且对未来的想象往往是悲观的末世景象。这一点跟我国的网络穿越小说热衷回到过去、在王侯将相家享受荣华富贵的情节形成鲜明对比，前者更多的是形而上的哲学思辨，后者则更多显示了消费社会人们逃避现实压力的"白日梦"。为了使网络穿越小说中的"穿越"行为显得"合情合理"，小说总会设置一个颇具生活色彩的机缘巧合的场面——《步步惊心》里张小文从梯子上摔下来昏迷，《梦回大清》里蔷薇在故宫迷了路，误入古屋昏迷，《庆余年》里范慎重症肌无力，在死亡边缘灵魂穿越到异时空两个月大的婴儿身上。此外还有触电、摔跤、车祸等。这些穿越的方式同颇具技术含量的时间机器、脑细胞置换等西方常见穿越手段相比，显示出一种"接地气"的亲和力，读者们更容易接受，也更容易进行设身处地的情境置换。

网络穿越小说有着类似的叙述技巧：一般采用第一人称限知视角叙事，辅之以部分的全知叙事。第一人称叙事在"书信体""日记体"的小说作品中非常常见，是非常便于描摹人物心理细节的叙事人称，较之于更客观的第三人称叙事，很容易使读者产生感同身受的代入感。而叙事视角的组合策略在描述历史全局和走势时采取全知视角，因为主人公的穿越身份，可以提前预知；在主人公经历情感和具体事件时采用限知视角，显得真实可感，这样的视角设置使主人公显得既拥有智慧的超前视野、未卜先知、冷静睿智，又不会"多智而近妖"，有血有肉，会困惑、会痛苦，更能得到读者的认同。在《步步惊心》中，这两种视角常常会交织在一起，形成一种非常复杂和有趣的叙事角度。比如在第三十八章中，若曦对八阿哥的情感使她非常痛苦：

> 这几日我一直在不停地问自己"为什么"。为什么我不可以和他生死与共呢？现在是康熙四十八年，如果厄运不能避开，他要到雍正四年去世，如果决定和他在一起，还有十六年时间我们可以在一起。真正的爱情难道不是生死相随的吗？梁山伯和祝英台，罗蜜欧和朱丽叶，我当年何尝没有为这些动人的爱情唏嘘落泪，可事到临头，我却在这里踯躅不前。我究竟爱是不爱他呢？是爱但爱得不够呢？还是我只是因为多年累积的感动和对他的哀悯心痛，所以只想尽力救他，但从未想过生死与共呢？或者都有呢？我看不懂自己的心，分不清自己的感情。

这样的例子比比皆是，在穿越言情小说里，还有很多现代意识同古代生活的冲突、理智的置身事外的分析和身处其中的痛苦。"穿越"本身为女主人公提供了充满张力的双重语境，为情节展开提供冲突因素，同时也使作品主题立体丰满，使读者跟随主人公一同陷入思考和艰难的抉择，当读者同作者同悲同喜之后，认同感就已经稳固地建立起来了。

四　文化因素的杂糅性

同其他类型小说相似，穿越小说在文本内容上也表现出明显的杂糅性，不论是在架空历史小说中还是在穿越言情小说中，我们都可以看到多种文化因素的呈现。

同传统历史小说类似，穿越作品同样要求相对真实地展现历史场景，要为读者搭建一个古代生活的拟真环境，即使是架空历史的小说也需要有个"古色古香"的氛围。这种效果的达成除了写作者对于历史知识的掌握，了解历史发展的走向之外，善于运用传统文化元素也是一个非常奏效的手段。因此，我们可以发现传统文化因素在穿越小说中占到了相当比重,也构成穿越小说文本魅力的一个重要来源:大到宫院结构、城市布局,小到饮食器皿、行动礼仪、节庆习俗,中国传统文化的博大精深通过穿越者的亲身体验——展现在读者面前,除却推进情节之外,还为作品增添了不少趣味。《步步惊心》里有不少这方面的描写,比如第二十八章中有段若曦招待十四阿哥喝茶的情节:

> 我把桌子在桂花树下放好,又拿了两个矮椅,旁边一个小小风炉,桌上一套紫砂茶具。看了看敞开着的院门,觉得还是开着的好。我扇着蒲扇看火,十四把玩着桌上的茶具,问:"这茶具好像是前两年,你让我帮你搜罗的。我还特地托人从闽南带来的。我当时还想着这南方的东西和我们就是不一样,茶盅这么小,只不过一口的量。茶壶才和宫里常用的三才碗差不多大。"我笑道:"是呀!闽粤一带人爱喝'功夫茶',要的就是小小杯的慢慢品,花功夫,所以才称其为功夫茶。"
>
> 看着水烧到蟹眼,忙提起壶,烫好茶壶,加入茶叶,注入水,直至溢出,然后第一遍的茶水只是用来洗杯子,第二遍的茶水才真正用来饮,先"关公巡城"再"韩信点兵"。倒好后,我做了一个请的姿势,十四一笑拿起一杯,小小啜了一口,静静品了一会,然后一饮而尽,笑说:"可真够苦的!"我也拿起一杯,一饮而尽,说道:"这是'大红袍',你一般喝的都是绿茶,味道要清淡一些。"十四笑了笑,又拿起一杯喝了。

茶道通过茶艺来营造一种生活化的审美意境,讲究"五境"之美,对于茶叶、茶水、火候、茶具和环境都有很多的讲究。在这一段情节里,若曦冲泡功夫茶的过程向读者粗略地展示了茶道之美:首先是环境,4月院落中的桂花树下,虽然不是桂花飘香的季节,却也风雅舒适。茶叶是香气馥郁的闽南大红袍,茶具是十四阿哥所赠的紫砂,泡茶的水要在小风炉上烧到"蟹眼"。泡茶的程序容不得半点简省:烫壶、加茶叶、注水、洗杯。泡好茶以后,倒茶也有学问:为保证茶汤浓度一致,需要将茶杯摆在一起,提壶洒茶,所谓"关公巡城";壶底茶味最浓的茶汤也要一杯一滴,所谓"韩信点兵"。这样的细节考究让读者读来兴致盎然、唇齿留香。此外，中秋节拜月亮、除夕守岁的传统习俗，美食配美器的饮食文化，都可以增添作品的韵味，使小说充实有趣、血肉丰满。

古典诗词是我国传统文化的精粹和代表，穿越小说常常利用时空的差异，将后代诗人的杰作挪用到前代语境中，收到"语出惊人"的效果。《新宋》中石越先后引用王冕、陆游的咏梅之作、李清照的悼念亡夫之作、郑板桥、辛弃疾的名篇，在不同人群中脱颖而出，甚至赢得了苏东坡、王安石的青睐，博得"石九变"的美誉，比起"柳三变"来整整高明了三倍。《步步惊心》里若曦也引用毛泽东的诗词来颂扬康熙，《木槿花西月锦绣》更是古诗词的大集锦，从诗经到宋词、从曹植到马致远、乐府、古体诗、绝句、律诗、词、曲……几十首经典古诗词夹杂在故事中，再加上借作品人物之手自撰的诗词作品，给整部小说增添了许多韵味。

如前所述，穿越小说通过主角的穿越造成一种双重语境，现代社会和现代文明中的元素会在古代背景的故事情节中造成一种错位的效果，往往会构成作品趣味性的来源，这也是穿越小说制造情节冲突和情感冲突的常用手段。《新宋》的开头，一身现代人打扮的石越穿越回北宋熙宁二年，他身上的白色羽绒服、现代男性最平常不过的小平头在守城士兵看来都显得非常怪异，但是这种陌生的装束也让他们心生畏惧，认为此人来历不凡，于是同意放行。作品中多处提到宋代的官话，包括语调、句式、语气词，都跟现代汉语普通话差别甚大；文字的差异自不待言，石越用简体字来记录重要文献，起到自动的保密效果，而他拙劣的毛笔字在文中也几次成为笑点。除了这些生活元素之外，有些穿越作品还会涉及现代军事、科技、医学或其他专业性较强的题材，这些超前的跨学科知识往往在作品情节发展中造成"奇观"，是情节发展的高潮，同时也增添了作品的"含金量"。后文中，石越从纺纱机、蜂窝煤开始，"发明"了很多领先当时认知水平的工具，包括透明玻璃、活字印刷、开书局等，这些"新奇"的想法都是现代文明元素在错位的古代语境下的展现，读者读到这些内容时会觉得亲切有趣。

现代元素的另一个重要构成是现代的思想和视角，穿越小说的基本设定是穿越者带着原本的头脑来到古代，现代文明中浸淫的思想观念必然会跟古代格格不入。古代的等级制度和婚姻制度是穿越小说中观念冲突的重点，当代社会平等、自由、自尊、自主的现代精神和封建专制社会等级森严、视人命如草芥的做法形成强烈冲突，然而只身匹马穿越过去的主角们很难凭借一己之力去进行实质性的抗争，只有去顺应。行动上的顺从和内心的不忿形成激烈冲突，人物形象由此而丰满立体起来，读者读到这些地方也会感同身受，形成成功的情感共鸣。《步步惊心》里若曦不止一次地对"父母之命、媒妁之言""男女授受不亲""一夫多妻制"产生反感和抵触的情绪，为政治斗争中牺牲掉的无辜生命感到痛心。小说也通过若曦的视角展示了身为九五之尊的康熙大帝"高处不胜寒"的孤独和落寞、十阿哥无法违抗父母之意接受婚姻安排的无奈和痛苦、姐姐若兰失去心上人，从此心如死灰的一生……这些悲剧性的人生只有在现代视角中才能显现出来，人物形象也由此更加立体丰满。

  同时，为了使青少年读者阅读时产生代入感和认同感，穿越小说中会大量使用流行文化元素：在主角的语言、思想活动中，常常会看到流行语的出现，至于流行歌曲，更是众多穿越作品中惯用的手段。被誉为"四大穿越奇书"之一的清穿小说《木槿花西月锦绣》采用的就是这样的写法，叙事者花木槿在穿越前是读过 MBA 的商界职场女，性格洒脱、头脑聪慧，因此小说的叙述口吻同《步步惊心》那种温文尔雅的风格截然不同，各种流行口语夹杂其中，读起来轻松有趣：

> 后来锦绣的一个死忠 FANS，癞痢头小四告诉我：这王半仙只要见着哪家有姐妹都这么说来骗钱骗色，幸亏我们家都没听他的呢，自此以后，锦绣 FANS 团只要一看那王半仙出现在村口，便即时联合起来狠狠捉弄他一番，再以后，那王半仙就不敢再出现了。
>
> 可惜好景不长，让所有失去母亲的小孩感冒的问题出现了，秀才爹续弦了，那是一个极厉害的女子，在秀才爹和众乡亲面前，温柔贤惠无比，可是秀才爹一出门教书，她便开始使唤我和锦绣做牛做马，灰姑娘中的后母形象在她身上体现无疑，知道她真实身份的只有我，锦绣，还有我们家很酷的大黄狗。
>
> 我认为她实在可以角逐奥斯卡，但十个月之后，旺财，我和锦绣异母同父的小弟弟，出生了，结束了她的演技磨炼生涯，她的后娘嘴脸终于完全显示出来了，不过我们的秀才爹乐得屁颠屁颠，早

已不太管我和锦绣的委屈了。

用充满现代都市气息、轻松诙谐甚至有些玩世不恭的口吻讲述自己亲身经历的幼年丧母、后母虐待、卖给豪门为奴的悲惨遭遇，内容和形式的巨大反差造成一种奇特的审美效果。如同上面引文中仰慕锦绣的"死忠fans""灰姑娘"的狠毒后妈、很"酷"的大黄狗、后妈虚伪得可以去"角逐奥斯卡"……这些词汇是都市青少年的口头禅，文风颇有些之前红遍大江南北的情景喜剧《武林外传》的风格，甚至同父异母小弟弟的名字"旺财"也会使人莞尔，想起周星驰喜剧里的称呼。小说凭借这种欢快跳脱的文风在一众凄婉深情的穿越言情文中脱颖而出，受到了许多读者的喜爱。作为流行文化的一个重要组成部分，流行歌曲也经常在穿越小说中出现，王菲的《水调歌头》，许冠杰的《沧海一声笑》，周杰伦的《东风破》《发如雪》，林俊杰的《江南》……这些现代读者耳熟能详的经典流行歌曲意境古典，或爽朗豪放，或缠绵悱恻，往往能同当时的情境"无缝对接"，收到惊人的效果。

多种文化因素在穿越小说中的混杂共同塑造了穿越小说的文化品格：传统文化是穿越小说的基础，为作品赋予厚重的历史人文底蕴和经典文化传承；现代精神是穿越小说的立场，为读者审视历史提供独特的视角和理性的精神；流行文化是穿越小说的亮点，使阅读充满会心一笑的机趣。

结 语

穿越作为进入历史的手段，为主人公提供现代科学技术知识，为情节的展开提供一种充满张力的双重语境。作品主人公们穿越回到古代，利用自己的现代史观、军事、经历、政治、科技方面的优势，建功立业、改写历史。虽然穿越后的世界远不是恬淡自然的桃花源：后宫人心险恶、"步步惊心"，江湖风声鹤唳、刀光剑影，但是作为逃脱出现实羁绊的"游戏场景"，主角在其中就如同网络角色扮演游戏的玩家，拥有先天的洞察全局的视野和主角光环，往往逢凶化吉、化险为夷，具有非常典型的"白日梦"色彩。

穿越小说的幻想性和游戏性是最突出的两项文体特征，对此批评家们褒贬不一。相当多的学者担心穿越小说娱乐一切、解构正史的态度导致青少年读者人生观扭曲，醉心于宫廷斗争、玩弄权术；价值观迷失，热衷于投机取巧、不劳而获；道德感沦丧，沉迷于呼奴使婢、三妻四妾，是精神上的"复古倒退"。这种担忧并非危言耸听，穿越小说在某种意义上回避现实的压力和矛盾，遁入历史空间中去寻求解脱，大多数穿越小说只追求YY①，追求阅读感受的"爽"，忽略了作品的精神建构，导致大量的作品胡制滥造、不忍卒读，这也是网络类型小说的通病。但是这种新文类的出现也有着它的意义：首先，穿越小说为生活在消费文化中的作者和读者提供了一个切入历史的新角度，不管是娱乐也好、游戏也好，"在这个大规模的'白日梦'中，年轻的写手却因此通过类型的规约亲近了历史，亲近了文学，增加了大批文学人口，这未必不是当代文学意外的收获"②。其次，在历史书写中，作者和读者都会不可避免地接触到传统文化的熏陶，从诗词歌赋、礼仪民俗到建筑古玩、茶酒器皿，也是一种对经典的传承。最后，优秀的穿越作品展示了自由、自强、自尊、自爱的现代价值伦理，在不同的古代文化语境中，这些现代伦理的进步之处得到了有力的彰显，也以形象生动的方式在读者中取得共鸣。虽然并不是多么有创新价值或者思想深度的主题，也至少能给读者一些喜闻乐见、潜移默化的观念性的普及。

第二节 穿越言情小说的三种女性话语模式

互联网在中国普及不过 20 年光景，却从根本上改变了人们认识世界和相互交往的方式。网络最大的功绩在于为不同的声音提供了相对平等的发声平台，人们可以通过互联网接触到各个方面差异极大的思想和文字。这种差异可以是判若云泥、天差地别，用网络上流行的说法来说，就是人与人之间的差异大过人与其他物种，表述比较夸张，但是也非常形象。网络文学作为一个总称，撑起它巨大体量的恰恰是低质重复的内容，处在金字塔顶端、数量极少的才是读者喜爱和追捧的、被筛选出来

---

① YY，网络语"意淫"，不切实际的胡思乱想，通过幻想来满足欲望。
② 许道军、张永禄：《论网络历史小说的架空叙事》，《当代文坛》2011 年第 1 期。

的优秀作品。然而，不管处在哪个层次，都会有读者，各自有市场，在穿越小说这个类型中同样如此，巨大的总量中包含了思想和写法上差异性极大的各种可能性。广义的穿越小说包括架空历史小说和穿越言情小说，但是在网络文学的话语场域中，提到穿越，人们最先想到的还是言情，所以坊间一度有"男盗墓、女穿越"的说法，这也从一个侧面证明了穿越文的作者和读者都以女性为主的事实。本节中将对穿越言情小说中的不同女性话语进行一个梳理，见微知著，或许可以由此折射出当下的社会意识和时代剪影。

中国现当代文学中女性写作出现过三次高潮：

一是五四时期。在中国社会的现代性转型中，女性从之前被观看、被书写、被拯救的位置到产生了发声的欲望，并争取获得与男性平等的发言权。这种变化由知识女性开始，这一时期涌现出许多有才华、有见解的女性作家，如冰心、庐隐、凌叔华、丁玲、萧红等。她们一方面作为新文学的践行者通过自己的写作积极参与社会生活、揭露封建制度的黑暗和不公、呼唤健康、自主、平等的人性；另一方面作为觉醒后的新女性主体，对男权中心的封建社会制度和传统权力意识进行批判，追求和塑造五四新文化精神烛照下的"新女性"主体。这个时期的女性书写秉持的是知识分子的启蒙姿态，呼唤"人的解放"，特别是深受封建文化压制的女性的解放，同时对压制人性、扭曲人性的旧制度进行批判。"在新文化运动进程中，尽管这一批判从理论到实践，首先为一些男性启蒙家、文学家所倡导和实行，但从其文化属性和女性自我精神拯救的目的而言，它势必要在女性意识内部得以实现。对此，女性写作实践进而多表现为基于女性本体意义和女性话语指向下的文化观照和文化批判。"[①]可以说，五四时期女作家的集体发声对于当代中国女性独立自主意识的觉醒功不可没，她们在风格各异的文字里寄托的对于独立人格的追求、平等爱情的渴望、健康人性的向往，对于爱、美和自由的歌颂，超越了时代，直抵人心。

二是20世纪八九十年代，这一时期的女性写作深受西方女性主义批

[①] 李少群：《"双声"话语与意义重构——中国现代女性写作的文化考察》，《山东社会科学》2012年第12期。

评的影响，试图以更加个人化的话语来描绘女性的个体生存状态，代表性的作家有陈染、林白、翟永明、王安忆等。戴锦华曾指出："90年代女性写作最引人注目的特征之一便是充分的性别意识与性别自觉。……女性写作显露出在历史与现实中不断为男性话语所遮蔽、或始终为男性叙述所无视的女性生存与经验。"① 对于这种经验的书写，女作家们不约而同地采用了"身体叙事"的策略。"身体"在个人化叙事中的重要性一直以来是西方女性主义批评家关注的重点，男权社会通过压抑女性对于自己身体的感知来压抑女性的独立个性，通过向女性灌输欲望和身体的羞耻感、罪恶感来剥夺女性的话语权力。正如法国女性主义学者埃莱娜·西苏指出的，"这身体——被从她身上收缴去，而且更糟的是这身体曾经被变成供陈列的神秘怪异的病态或死亡的陌生形象，这身体常常成了她的讨厌的同伴，成了她被压抑的原因和场所。身体被压抑的同时，呼吸和言论也就被抑制了"②。在小说家陈染的《私人生活》、林白的《一个人的战争》、诗人翟永明的《女人组诗》等作品中，大量可以称作离经叛道、惊世骇俗的女性话语，以极端个人化、私密化的书写对抗男性话语的遮蔽，她们作品中被浓墨重彩表达出来的女性意识已经不像前辈作家那样是具有普遍意义的公共的话题，比如男女平等、恋爱自由、婚姻自主之类，而是作为女性的个体生命体验和生存状态，包括了女性特有的身体感受、私密的心理感受和并不隐晦的性的表达。这一阶段的女性书写，从思想到文本都可以称得上是相当激进和前卫的。

三是网络新媒体的出现和普及。在"全民写作"的狂欢式氛围中，众多女性写手以自己的创作亲身参与了这场网络文学汪洋大海的文字建构，在现有的每一种成熟的类型小说中几乎都有女性向的亚类：穿越小说中的穿越言情、"种田文"、玄幻小说中的女强文、悬疑小说中的校园鬼故事等，更不用说都市言情、宫斗、耽美同人、动漫二次元这类原本就定位为"女性向"的类型。在网络文学中，女性参与写作的人数之多、作品之众都是前两次高潮所难及一二的，同时，网络文学中的女性书写

---

① 戴锦华：《奇遇与突围——90年代女性写作》，《文学评论》1996年第5期。
② [法] 埃莱娜·西苏：《美杜莎的笑声》，载张京媛主编《当代女性主义文学批评》，北京大学出版社1992年版，第193—194页。

一部分是投合女性网友消费市场的阅读需求，一部分是满足女性写作者的欲望表达，并没有非常清晰的文学自觉，更不具备前两个时期女性书写的先锋性和革命性，基本上是一种商业化写作。

网络为不同的声音提供了发声平台，我们可以从中接触到差异极大的思想和文字。在穿越言情小说的发展历程中，我们可以发现网络时代女性话语建构的几种典型的类型：传统的言情模式、女强文模式、无CP模式，每一种模式都有经典作品和忠实粉丝，也从某些方面反映出女性意识的时代变迁，很值得研究者仔细品味。

一 通俗言情模式

女性向的穿越文绝大部分采取了通俗言情小说的写法，从20世纪90年代穿越言情的开山之作《穿越时光的爱恋》开始，才子佳人、吟风弄月、灰姑娘王子式的浪漫爱情以各种不同的形式出现在穿越文中，其中又以"清穿"作品数量最多、口碑最好，代表作是被誉为清穿三座大山的《步步惊心》《瑶华》和《梦回大清》，后期还有众多的跟风之作。

造成这种现象的原因一方面固然是穿越言情文的商业写作性质定位，另一方面同写作群体本身也密切相关。穿越言情小说的作者多是出生在20世纪80年代的"80后"作家，她们成长的年代正是中国社会进入改革开放的转型期，大量港台流行文化进入内地，为刚经历"文化大革命"的群众带来了久违的通俗流行文学和影视作品，一时间金庸、古龙、梁羽生、琼瑶、三毛、席绢掀起了大众的接受热潮。以琼瑶为代表的台湾言情小说中缠绵悱恻的爱情故事开启了众多少女的爱情启蒙。1991年古装言情历史剧《戏说乾隆》热播，风流倜傥的乾隆皇帝荡气回肠的几段爱情故事成为当时观众念念不忘的回忆；1998年古装言情电视剧《还珠格格》创下了影视史上的奇迹，最高达到65%的收视率至今保持着华语电视剧的收视纪录。发生在宫廷中的爱恨情仇、小燕子同五阿哥、紫薇同尔康的纯真爱情让众多青少年观众心向往之，以至于时隔20年，每逢寒暑假，这部电视剧仍然是各个地方台热播的首选，影响不可谓不深远。这些文学和影视作品承担的正是"80后"一代童年回忆中根深蒂固、不可替代的陪伴角色，对于这一代女性爱情观的形成有着很大的影响，于是在她们笔下出现的"清穿"小说延续了台湾言情小说的青春书写，并形成了特有的情感表达和话语模式。

以"清穿"为代表的通俗言情模式的穿越小说基本上承继了经典言情的王子灰姑娘模式。男性主人公（往往还有几个对女主人公倾心的男性人物）普遍身材高大、外形出众、位高权重，女主人公则相对地位较低，但是以独特的气质、个性和才华吸引了作品中的男性，并与之展开错综复杂、刻骨铭心的爱情纠葛，"清穿"的代表作《梦回大清》《瑶华》《步步惊心》皆是如此。三部作品设置的故事的大框架是相似的：女主人公在穿越前的身份都是普通的都市白领，穿越后的时代背景都是康熙雍正年间，时间点都是"九王夺嫡"前后，主干情节都是女主角同几位皇子之间的情感纠葛。有所不同的是故事的细节、侧重点和叙事的视角、风格和技巧。抛却这些，小说普遍显现出一些固定的模式和观念。

首先是人物形象的设置，三部不同的作品呈现出一些共同的规律，这些规律一方面反映了写作者的偏好，另一方面也折射了当代社会某些观念上的共识。在每部小说的众多男女情感关系中，双方的年龄都遵循了传统观念中男大女小的惯例。女主角由于迷路、触电、车祸、摔跤等生活意外穿越到清代，无一例外地穿越到少女的身体上（瑶华7岁，若曦13岁，茗薇16岁），而与之产生情感纠葛的皇子中，年长的四阿哥在22—25岁，年幼的十四阿哥也年纪稍长于女主角。在发生感情的两人的身份上，女主人公穿越后的身份或是皇上恩宠的格格，或是王爷福晋的妹妹，或是后宫娘娘的女官，既身处宫廷又享有相对的自由，能够跟各位皇子见面交往，虽然地位略低，也并没有差距过大，这样的处理也是符合传统性别伦理关系中男高女低的设置的。在外形和性格上，"清穿"小说中高频出现的男性形象有四阿哥胤禛（后来的雍正皇帝）、八阿哥胤禩、十三阿哥胤祥、十四阿哥胤禵，几个人的形象和个性也是基本固定的：四阿哥心思深沉缜密、喜怒不形于色，八阿哥风雅俊秀、谦谦君子，十三阿哥热情爽朗、洒脱不羁，十四阿哥文韬武略、丰姿俊逸。几位阿哥均是出身高贵、外形俊朗、性格各异，几乎汇聚了各种令女性倾心的异性类型。在女主人公的设置上，作品则采取了较为现实的写法，一般女主角在穿越前都是年轻的都市白领，年龄在25岁上下，各方面都比较一般，符合大多数阅读此类作品的女性读者的现实处境。此外，穿越之后的女主人公也都不是倾国倾城的美人，性格也并不像各位男性角色那样鲜明，她们保留了现代女性具备的基本常识和价值观，遇到具体的情境反应方式和处理方法比较符合读者的预期，这样的人物设定使作品具有很强的代入感。既然"灰姑娘"情结是经典的女性"白日梦"，而言情小说本身就是造梦机器，何妨把梦幻设置得更完美一些：小说中的男性都多情又专情、英俊又有个性、个个都是人中龙凤，却对女主人公死心塌地、赴汤蹈火在所不辞。这种理想化的爱情梦想符合大多数处在青春期的少女和年轻女性的幻想。

在情节设置上，也有一些可堪回味的模式化的内容和细节。首先是故事中的互动基本都遵循了男性主导、女性被动接受的模式，无论是心思细密、谨小慎微的若曦还是率真开朗的茗薇，对于各自心仪的男性都表现得含蓄隐忍，而作品中的男性人物情感的展露倒相对坦率，这也符合传统审美和情爱伦理观念中的性别设定；同时，尽管女主角实际的年龄比穿越之后的年龄要大得多，在处世时能够显示出超越表面年龄的判断力和智慧，但是遇到突发事件时，女主角总是受到照顾、保护、拯救的一方，这种女性写作者潜意识中的"英雄救美"情结也反映了通俗言情小说中男女相处的传统模式。在"清穿"小说中，几乎每一部作品都会出现女主角学骑马受惊、男主角出手相救的情节，凡此种种、不一而足，充分满足读者阅读时的代入式幻想。此外，"女主人公从现代穿越到古代，携带着现代的'平等'、'自由'、'人权'观念，在古代社会言行出格。表面上，这使得女主人公在等级严格的古代社会生存堪忧，一路走来'步步惊心'，实际上，这种'与众不同'（加上美貌）正是女主人公赢得丰盛的爱情和成功的原因"[①]。女主角在知识和价值观上相对现代（毕竟是由现代穿越回去的）而造成的这种"与众不同"，是她能在穿越后的社会逢凶化吉、趋利避害的"金手指"，可以说，"得来全不费工夫"。女主角们对这些现代知识和价值观的运用，更多地投向自我保护、化解生存困境，有些小说还会涉及一些关于人际关系处理的类似"职场"内容，现代性的观念并没有在小说中起到太多正向的显见的作用。

在绝大多数通俗言情模式的作品中，来自现代社会、受过高等教育、

---

① 丁小莺：《穿越小说和齐泽克》，《网络文学评论》第2辑，花城出版社2012年版，第77页。

曾经是职业女性的女主人公和她周遭的古代女子一样，还是会把几乎所有的心思都投入感情上，几乎每一部作品都会大段大段地写到女主角的爱情纠结和痛苦，尤其是封建制度中"一夫多妻制"带来的道德伦理困境。比如在《步步惊心》里，若曦一方面深爱着八阿哥，另一方面又不能接受同自己的姐姐争夺同一个男人的爱情，在同八阿哥表白心迹之后，又陷入了无穷的痛苦：

> 唉！我做不到！我做不到放弃尊严，什么都不计较，只是去专心做一个小老婆，坦然无愧地面对姐姐，学会在几个女人之间周旋，然后一转身还能情意绵绵的和他风花雪月。
>
> 他有自己的雄心，不能放弃皇位，他是一个父亲，宠爱自己的儿子，他已经有四个女人在身边，其中一个还是姐姐。这些我一样都不能改变，我嫁给他，只能注定我的不快乐，我若不快乐，我们之间又何来快乐呢？

在现代爱情伦理中，爱情的唯一性和排他性是不可触碰的底线，但是在长达几千年男尊女卑的中国封建社会，并没有这样的理念，现代女性追求的专一爱情在封建社会是有违常理、难以实现的痴人说梦，甚至直接违背了女德，触犯了"七出"之条。被认定为"善妒"，有害于家庭的绵延子嗣。在穿越言情小说中，男女主人公的爱情一旦到了谈婚论嫁的阶段就会陷入悖论：主张爱情排他性的女主面临多个优秀男性可供选择，然而她真爱的只有一个人，她会要求对方也忠诚于她；女主深爱的男性并不拥有超出他时代的爱情伦理观，往往已经三妻四妾，即使他深爱女主（至少在女主的叙述中是这样），也不可能为她"遣散后宫"。在这场爱情伦理观的较量中，女主角注定失败，她凭借一己之力无法撼动制度（女强文中有这种设定，但是主流的言情文没有）。她们的纠结和痛苦并不能为当事人所理解，因此女主角们纠结过、痛苦过之后多数依旧选择了顺应和接受，少数选择了逃避，无论怎样选择，现代爱情伦理都在封建制度的大环境中败下阵来。拥有了现代知识和伦理、价值观的女主角看似收获了众多高质量的倾慕、关爱和保护，但是最终不可能得到自己最想要的理想的婚姻，在男性话语主导的社会中，即使女性具备了现代性的思想，也无力改变自己的命运。这种观念差异带来的冲突，由于找不到解决的途径，只能不了了之，沦为一种叙述的策略，为作品增加代入感、为情节增添曲折性。

值得研究者注意的是，穿越小说在传统的"王子灰姑娘"叙事模式之外，为我们提供了一些新的特质，最明显的就是女主角形象的设定。尽管在穿越之后的年龄、身份、外貌上基本遵循既定的模式、穿越带来的现代的知识和价值观也不会对作品情节走向产生本质性的改变，但是女主角的身上反映出现代社会一般白领女性的生存焦虑和婚恋观念的改变。同样是在《步步惊心》中，若曦在古代宫廷中的谨小慎微、步步算计反映的恰恰是现代职场的生存规则，即使是面对深爱的男性的表白也不能轻率从事：

> 我做不到像姐姐一样一笑置之，八阿哥根本很少去姐姐那里，这样都无法避免矛盾，我若真进了门，紧接而来的大小冲突可想而知。若再有像上次的事情发生，我肯定还是忍不了那口气的，可当时我还有个乾清宫的身份凭持，八福晋不能奈何我，可若进了府门，我是小，她是大，进门第一件事情就是向她磕头敬茶，从此只有她坐着说话，我站着听的份。
>
> 一次矛盾，八阿哥能站在我这边，可若矛盾渐多，他不会不耐烦吗？不明白为什么别人能过得开开心心，我就为什么老是拗着。他为了朝堂上的事情焦头烂额，而回到家里还要面对另一场战争。我的委屈，他的不解，天长地久能有快乐吗？两人本就有限的感情也许就消耗在这些鸡毛蒜皮的事情中了。如果我不顾生死嫁给他，求得只是两人之间不长的快乐，可是我却看不到嫁给他之后的快乐。我看到的只是在现实生活中逐渐消失苍白退色的感情！
>
> 如果他明日就断头，我会毫不犹豫地扑上去的，刹那燃烧就是永恒。可是几千个日子在前面，怕只怕最后两人心中火星俱灭，全是灰烬！

这样的权衡利弊不像是在为爱情烦恼，倒像有理有据的可行性分析报告。穿越言情小说中的女主角不再像20年前的琼瑶女郎那样为爱不顾一切，在她们的价值天平上，生存高于爱情。若曦最终选择了在争夺皇权中胜出的四阿哥，较之于传统的言情小说理想化、浪漫化的"爱情神话"设置，穿越言情更加现实和复杂。这也是《步步惊心》这部作品对现实世界的婚恋观和女性生存境遇的一个折射，连言情小说的女主角都开始不相信爱情，这个现实社会中人们对爱情的期望值可想而知该有多低。

"清穿"小说通过缠绵悱恻的爱情，表达女性对历史上真实存在的男性最高权力主体的情感征服幻想，绝大多数作品都是穿越到帝王将相、富贵人家，同皇帝、皇子、王爷们展开浪漫的爱情。这种写法不能不说反映了当下多数女性对于权力和财富的矛盾态度：一边口口声声讨伐特权、呼吁平等，一边又享受特权带来的便利、用尽心思去争夺男性权力主体的"爱情"，这也是网络上大量"宫斗""宅斗"文走红的原因。在这种权力幻想与崇拜中，女性失去了同男性平等对话的资格，是一种观念上的倒退。

此外，在通俗言情模式的穿越小说中，以女性视角展开的第一人称叙事成为主流叙事手法。这种叙事便于抒情和描写细腻隐秘的心理，对于营造代入感也非常有利，因此成为言情小说常用的手法。但是这种手法有一个显见的倾向就是主观性过强，作家在创作时很难把握叙事的距离，常常会沉浸其中，将作品变成一种"自我言说"："美国学者伊丽莎白·詹威指出，女作家创作时深深卷入到自己的素材中，出现了虚构与自传的结合，强烈的感情使作品融为一体。在作品中出现了三种角色：作者、叙述人、主人公，他们在情感、道德、思想等方面的差异很小甚至相同。人物是作者的代言人，作者对人物全知全能。作为叙述主体，人物的自我言说就是作者的自我言说。"[①] 写作时缺乏清晰的自觉意识会严重影响作品的思想、结构和表达的提升，当然，对于流行小说而言，这可能是过于苛刻的要求。

二 女强文与女尊文

2006 年前后，穿越小说中开始大量出现一类作品，在言情小说的框

---

① 陈龙：《对话与潜对话："女性书写"的现实内涵》，《当代外国文学》2002 年第 1 期。

架中突破传统女性形象塑造的"灰姑娘"模式,女性形象独立自主、能力出众,掌控自己的命运,甚至改变历史的走向,这类小说被称为"女强文",是网络小说里首次出现对于传统的性别秩序的挑战。与之几乎同时出现的还有一类更为激进的写法:构筑一个架空的女尊男卑的世界,在这个世界里,社会权力由女性掌控、女性地位远远高于男性,甚至有些作品中还有男性生子的情节,这一类小说被称为"女尊文",在两性关系的易位书写中张扬女性的主体意识,是对性别秩序的彻底颠覆。

在展开讨论这两类小说之前,有必要引入流潋紫的《后宫·甄嬛传》。这部小说 2006 年开始在晋江文学城连载,2007 年由浙江文艺出版社出版实体书,2012 年被改编为电视连续剧热播,口碑很好,随即走出国门,登陆美国、日本主流电视台。虽然并不是穿越作品,但是鉴于穿越小说绝大多数同样是呈现穿越后的世界,二者在很大程度上有所重合。甄嬛这个塑造得非常成功的典型形象,为穿越女强文中的女主角形象提供了很好的借鉴,也为穿越女强文的产生和发展开启了一条新的思路。小说将故事发生的背景限定在后宫,甄嬛甫一入宫时天真单纯、相信爱情,但是被迫卷入一次次阴谋,在后宫争宠的明争暗斗中先后失去了忠诚的侍女、亲如姐妹的同伴和真心的爱人,同时发觉皇帝只是拿她当死去的纯元皇后替身,爱情幻想随之破灭。经历了一系列打击之后,甄嬛开始追求权力、一步步成为强者,最终掌握了生死予夺的无上大权。这部作品在女性读者群体中引起强烈共鸣:甄嬛在后宫的步步维艰同女性读者在社会、职场甚至家庭中的现实处境何其相似,甄嬛从纯真少女到隐忍女强人的成长过程也令许多女性读者感同身受。她在后期摈弃对皇上的真爱幻想,改变自己最初与世无争的性格,为保护自己的家人和孩子而调动全部智慧、权谋和决断,最终掌控大权的行为也得到了女性读者的认同和赞赏。这种在男性话语和视野中被视为"黑化""变坏"的转变,通过对传统权力秩序的僭越实现了女性的自我言说。

女强文中最具有知名度的当属潇湘冬儿的《十一处特工皇妃》。小说于 2009 年开始在潇湘书院连载,2017 年 6 月,改编的电视连续剧《楚乔传》在湖南卫视播出,自播出以来收视率节节攀升,并一直雄踞全国各地电视台收视率榜首。小说女主角楚乔生前是一名出色的女特工,为保护国家利益以身殉职,死后穿越到架空的大夏皇朝一名 8 岁女奴身上,在惨无人道的奴隶制社会挣扎求生，同时帮助在门阀争斗中满门被屠的燕国世子燕洵逃亡，与之生死与共、结下深厚情谊。后期燕洵为了复仇称霸，不惜牺牲满城百姓的性命，二人在价值观上出现无法调和的矛盾，楚乔毅然离开燕洵，为废止灭绝人性的奴隶制同志同道合的诸葛玥并肩作战，终结了腐朽的旧制度，为天下苍生开启了繁荣盛世。全书90余万字，气势恢宏，是一部以女性角色的成长来结构全书、宣扬理想、信仰和奋斗的作品，女主角楚乔也由此成为网络穿越小说历史上典型的"女强人"形象。

作者在塑造这个形象时为她设置了极度险恶残酷的生长环境：开篇就是穿越后惨绝人寰的"人猎"现场，贵族们用儿童和狼当作猎物射杀来消遣取乐，这一部分写得非常血腥，8岁的楚乔凭借自己穿越前的特殊身份获得的格斗技巧侥幸存活，被送回诸葛家继续为奴。

> 这是楚乔来到大夏王朝的第一个晚上，在诸葛府冰冷透风的柴房里，她第一次因为软弱和害怕，失措得流下了眼泪。她给自己一个时辰的时间去诅咒命运、去缅怀过去、去担忧前程和去适应新的生活。一个时辰过去之后，她就再也不是11处的超级指挥官楚乔了，而是这个一无所有幼小无助的小女奴，要在这个毫无人道、嗜血无序的铁血王朝里艰难的求存。
> 命运将她推进了一个泥淖，她跟自己说，她要爬出来。
> 糟糕的处境完全不给她任何自怨自艾和痛苦担忧的机会，如果不振作起来，她可能活不过这个晚上。

支撑楚乔活下去的，就是这种顽强的求生的本能和对吃人社会的痛恨。从相对自由、平等的现代社会进入暗无天日的奴隶制社会，女主角没有怨天尤人、没有绝望放弃，而是坚毅勇敢地去面对、去改变、去争取。从幼小无助的女奴到纵横沙场、威震一方的"秀丽王"，楚乔所依仗的并不是男性的拯救，相反，她帮助燕世子逃亡、运用现代的军事理论治理军队。面对敌众我寡的劣势不屈不挠、顽强对抗，小说中详细写到的几次战役，从真煌之变到西北战场、从卞唐兵变到赤渡保卫战，处处显示出楚乔过人的胆识和勇气。

后世的人总是奇怪当年秀丽王为什么能以区区万人对抗夏军二十万精锐大军,还能在初期占据绝对的上风,但是只有帝国内部的高级军事指挥官才知道这其中的缘由。秀丽王当年虽然年轻,可是那个时代西南镇府使所使用的兵器,无一不是划时代的强兵产物,排天弩、礌石机、滚狼闸、轰雷炮、流火弹等等。这些东西,直到很多年后才被人破解其内在结构,而流火弹,更是等到了一千三百多年后的第二次技术革命才揭开了其神秘的面纱。

这些神秘的兵器在赤渡保卫战中横空出世,并且迅速在燕北军中普及开来,在几次北伐战争和后来的西蒙保卫战中发挥了无法估量的作用。

如果说以上的胜利凭借的是穿越前的知识和技术的便利,小说中也多次写到楚乔在面对面的实战肉搏中身先士卒、勇不可当,这依靠的就是强大的身体条件和坚毅的性格了。女强文的写作中,经常会为女主角设置一个现实生活中鲜少女性涉足的职业领域,比如楚乔穿越之前是一名出色的女特工。这个行业具有高度的隐秘性,对于从事者的体能、心理、道德各方面都有着非常高的要求,还需要经过长期的严苛训练,因此很少有女性涉足,在普通人的眼里也是非常神秘的职业。楚乔穿越前的特殊身份使她处变不惊、不畏惧死亡、能打能杀,为她在残酷条件下的存活提供了能力上的保证;同时,特工职业要求冷静的头脑和决断力,面对灭绝人性的杀戮时,楚乔保持着隐忍克制和强大的心理承受能力。应该说,"特工"这个特殊的职业设定为整部小说的情节提供了一个较为可信的前提,后面的内容也顺理成章。

楚乔凭借出色的头脑、过人的谋略和身先士卒的勇力受到了燕北士兵的崇敬,也折服了燕洵、诸葛玥和李策这些堪称人中龙凤的男性,但是她身上最能打动人的是她正直刚烈的性格和以天下苍生为重的情怀。楚乔自穿越后一直生活在最底层的奴隶当中,直接面对惨无人道的奴隶制度和草菅人命的贵族阶层,她发自内心地痛恨这种不平等、立志要推翻这腐朽的制度,这是她的信仰,是支撑她苦苦求生活下去的精神动力。楚乔的形象从一开始就有别于那些传统言情小说中为求自保而殚精竭虑的女性形象，她的胸怀、格局、志向，用伟大来形容并不为过。因此她在每一次为自由而战的搏杀中都不遗余力、身先士卒，当她得知燕洵要放弃燕北，让千万百姓来做诱饵引大夏军队屠杀而自己率大军去奇袭大夏腹地，夺得政权时，她痛斥这种灭绝人性的战略，并因此而与燕洵决裂：

"别碰我！"楚乔冷喝一声，眼神锐利如森寒的刀子："在战略上没有任何问题，但是你们抛弃了拥护你们的人民！抛弃了在你们最困难情况下始终坚定不移保护支持你们的百姓！你们辜负了人民的期望，欺骗千万人的信任，将他们推向火坑！你们为了自己的荣华富贵，为了自己的自私自利，却要让上千万的人去死！"

楚乔选择背水一战，独自率领伤亡惨重的士兵对抗强大的大夏铁骑，同燕北百姓共生死。这种宁折不弯的血性和慷慨赴死的英雄主义精神为苦守孤城的士兵带来战斗的勇气、为生死一线的百姓带来希望，也让读者热血沸腾、心生崇敬。这种人物设定较之于一般穿越文中穿越到富贵人家谈情说爱、风花雪月的女主角而言更加投合现代女性的自我期许：在竞争激烈的职场和社会中拼杀，每个女性都希望自己是像楚乔一样无惧生死、勇不可当的"女战神"：

夏军速度极快，转瞬就冲杀过来，楚乔认识赵齐，少女眼神凌厉，一下跳下马背，剑锋凌厉，一脚踏在男人的背脊上，银芒一闪，还没待赵齐惨叫一声，登时就将男人的头颅割了下来！
"赵齐已死！尔等快快束手就擒！"
"轰！"
好似一个惊雷在平地中炸响，四十万大军的护卫之中，竟然在对方的一个冲击之下溃散，楚乔身材纤细，高高的坐在马背上，高举着赵齐的头颅，眼神凌厉，背脊挺拔。

千军万马之中取上将首级如同探囊取物本是中国古典小说中描写男性勇将的惯用手段，楚乔依靠腥风血雨、一刀一枪的拼杀，证明了自己毫不逊色于任何历史上男性战神的实力。整部小说也因此带有强烈的理想主义色彩和正面的、催人奋进的价值观，开拓了网络小说女性写作的新向度和新领域。

《十一处特工皇妃》毕竟是一本商业性的大众言情小说，在描写楚乔的成长经历时，爱情也是小说重点表现的内容。同一般的穿越言情类似，楚乔以其真实耀眼的能力和坚忍顽强的性格吸引了几位身世显赫、各方面都出类拔萃的男性的爱慕：有同楚乔幼年相逢、相濡以沫的燕世子燕洵，有为楚乔抛弃所有、无悔付出的世家少主诸葛玥，有看似玩世不恭、却默默守护楚乔的卞唐太子李策，甚至大夏的两位皇子也对楚乔显露出爱慕之情，这样的设定同传统言情模式中用意一致，在女性向的网络小说中也很常见。在网络文学的场域中，有一个专门的术语来指代这种女主角的人物设定："玛丽苏"，楚乔的身上或多或少也有这种倾向。这个名词的来源可以追溯到1973年在美国出现的一部关于科幻小说《星际迷航》的同人作品，作者设计了一个名叫"Mary Sue"的完美女性形象，她以自己过人的才华拯救了全人类，还凭借惊人的美貌征服了众多男性。后来这个人名被用来指代一种非常自恋的写作心态：作家在作品主人公的身上投射自己的理想幻象，并设置作品中众多异性为之倾心。这种写法在通俗流行文学中非常常见，《十一处特工皇妃》也未能免俗。

但是同一般的穿越文中女主角在几份感情中间纠缠不清、患得患失的常见写法不同，楚乔的爱情观更加坚定清晰：世子燕洵在她幼年时保护了她，即使后来满门遭屠，楚乔也与他生死相依，并且帮助他回到燕北、重整旗鼓，夺回失去的权力和地位。但是当二人在理想、追求和价值观上发生不可调和的分歧时，楚乔毅然决然地斩断情丝、选择为天下苍生而孤军奋战。早期的诸葛玥阴沉冷血、喜怒无常，是楚乔和燕洵的死敌，之后慢慢被楚乔影响，认同楚乔对奴隶制度的痛恨和为天下苍生谋求太平盛世的愿景，放弃荣华富贵而同楚乔并肩作战、最终赢得了楚乔的爱情。在人生和感情的道路上，楚乔每走一步都非常坚定果决，并且为自己作出的每一个决定负责，是现代女性追求和欣赏的独立自主的人格。她的爱情观也是完全符合现代价值标准的：爱情中的男女双方完全平等、有共同的理想和追求，并为之携手奋斗，较之于几个女子为了一个男人而钩心斗角、自相残杀的"宫斗""宅斗",这种志同道合、生死与共的感情是非常健康和积极的。

总之,作为穿越言情小说中的一个亚类,女强文在言情小说的框架中,突破传统女性形象塑造的桎梏,追求男女平等和独立自主的人格,塑造了众多能力出众、性格坚强的女性强者形象,曲折地反映了当代女性的自我认知和期许。

女尊文在女性意识的张扬程度上远远超过女强文,它构筑了一个"女尊男卑"的架空世界,对既定的两性关系进行颠覆性的易位书写:女性登基坐殿、主持朝政、纵横沙场、发展实业,扮演社会的主流和支柱角色;男性则相妻教子、成为女性的附庸,甚至要依靠美色邀宠——现实世界的男女关系以夸张变形的方式出现在女尊文中,很多作品还涉及关于男性美色的赏玩式描写。"在女尊类小说之中,首先突出表现出来的是女性欲望的张扬:生活欲望、政治欲望、身体欲望、情感欲望等等,是基于女性性别立场的欲望的狂欢。在女尊小说的世界中,女性居于社会的统治地位,社会的意识也是基于女性本位的文化意识,男性成为女性的附庸。在这样的文化背景下,女性可以堂堂正正地建功立业,主持朝堂,玩转商界,坐拥美男。这当然会极大地满足现实女性的性别身份期待,获得女性创作者与阅读者的青睐与追捧。"[①]值得注意的是,女尊文中对于性别秩序的挑战沿袭了压抑女性几千年的男尊女卑的两性相处模式,女性在女尊世界中种种权力扩张、为所欲为其实是男权世界的投影,过于偏激和膨胀的"女尊"意识要通过打压异性来实现,本质上依然是对男权社会压抑女性的延续,反映了简单粗暴的二元对立、非此即彼的思维方式。

女尊小说为在男权社会中受压抑的女性欲望提供了一个文字的"乌托邦",通过狂欢化的叙事来发泄内心的不满,这种极端的停留在想象中的性别秩序的反转非但不是实现男女平等的有效办法,而且具有相当强的自我欺骗性,是《阿Q正传》中的"精神胜利法"的新世纪网络文学版本,其本质同传统言情小说的"灰姑娘"模式并无二致,归根结底,只是一剂"安慰剂"。

---

① 李玉萍:《网络女尊小说初论》,《小说评论》2012年第5期。

三 无 CP 小说

在穿越小说中有一类非常特殊的新文类，被称为"无 CP 小说"，指的是小说中的主人公没有感情戏或者感情戏较少的一类作品。在女性写作中，情感，尤其是爱情向来是重点，不管是五四时期对恋爱婚姻自由的向往还是 20 世纪 90 年代对两性关系中女性意识的探讨，爱情都是绕不开的主题。及至网络小说时代，大部分的都市言情自不待言，玄幻、盗墓、悬疑等类型小说中也常常会夹杂着几段情感纠葛，为小说调节气氛、把控节奏、增加可读性、吸引女性读者。"女性"和"爱情"在某种意义上被紧密地联系在一起，即便是在女主角强大到天下无敌的"女强文"中，也少不了几位出色男性的呵护和陪伴。现实生活中，女性作为一种社会性别角色被赋予了固定的文化象征意味：柔情、母性、忍耐、包容，人们对于女性和爱情的固定看法亦是如此：爱情是女人生命的全部。不论时代，女性在成长过程中无数次地从各种渠道被灌输关于性别差异的陈词滥调：女性天生是柔弱的，需要保护；是感性的，需要引导；是优柔寡断的，需要有人替她作出决定……而中国几千年的封建文化更是把三从四德作为行为规范来约束和塑造女性的人格。在一代又一代类似信息的不断重复和强化中，女性对自我的认知被严重扭曲，女性的能力、思维、情绪和判断力也被严重低估，这些都在西蒙·波伏娃的《第二性》中得到了详尽的分析，在现实生活中可以找到数不胜数的例证。在这种氛围中，女性向的无 CP 小说的出现具有了不同寻常的意义，为女性写作开辟了新的话语方式，体现了当代女性意识的变迁。

无 CP 小说的大规模出现是在 2016 年前后，主打女性向言情小说的晋江文学城首次在首页设置了"纯爱/无 CP"板块，同言情小说、衍生/轻小说、原创小说并列，在无 CP 板块前 200 名排行榜上，已完结的有 20 部，其他作品保持着活跃的更新。[1] 祈祷君的《木兰无长兄》是口碑较好的无 CP 小说之一，讲述了 28 岁的女法医贺穆兰穿越到著名历史人物花

---

[1] 数据统计截至 2017 年 7 月 31 日 9：27，晋江文学城排行榜—非言情小说站—无 CP（http://www.jjwxc.net/channeltoplist.php? channelid=15&str=18）。

木兰身上，在木兰解甲归田之后重新开始奋斗，改写历史。女主角没有其他穿越文中各种"金手指"或超能力，整部小说写下来，情节围绕花木兰一个人展开，基本不涉及爱情，主题集中在花木兰作为民族英雄的成长，以及背负个人、民族、国家大任的艰辛与隐忍，在众多穿越言情小说中显得非常脱俗。这部作品在晋江文学城连载期间点击量上亿，实体书在2016年2月由百花洲文艺出版社出版，5本共计320万字，漫画版本在腾讯漫画连载，虽然并不是知名度很高的当红作品，但是在网文界中口碑甚好。

花木兰的故事在中国流传千古、妇孺皆知，女扮男装、替父从军的木兰甚至成为一种文化符号：在传统文化中被当作忠孝节义的道德典范；在民间文化中被当作具有传奇色彩的巾帼英雄；在女性主义批评中被当作当代女性生存困境的典型形象。如戴锦华所言："对当代中国妇女，'花木兰'，一个化装为男人的、以男性身份成为英雄的女人，则成为主流意识形态中女性的最为重要的（如果不说是唯一的）镜象。""当代中国妇女在她们获准分享社会与话语权力的同时，失去了她们的性别身份与其话语的性别身份；在她们真实地参与历史的同时，女性的主体身份消失在一个非性别化（确切地说，是男性的）假面背后。"[①] 而1998年的迪士尼动画《花木兰》更是以3亿美元的惊人票房使这个"中国女孩"的成长史成为全球性的神话。迪士尼动画里的木兰聪慧跳脱，尽管整部影片贯穿了许多醒目的中国元素，但它的女主角却是明显西方化了的迪士尼公主角色，从性格、外貌到言行、价值观，全然不是古代中国女子的反映。

《木兰无长兄》并没有像《木兰辞》那样遵循时间的线性结构，从木兰幼时写起，而是选取了一个新颖的时间节点作为故事的开端：从军12年的木兰解甲归田，被同乡的群众议论纷纷，面临着被父母逼婚的巨大压力，恰好贺穆兰穿越到了时年32岁的花木兰身上，故事从媒人上门提亲开始：

[①] 戴锦华：《涉渡之舟——新时期中国女性写作与女性文化》，北京大学出版社2007年版，第5—6页。

"花家的，不是我说，刘家的儿子虽然是娶续弦，但他家里清白，两个孩子年纪也小，现在养也是养的熟的，再说你家木兰……"那说媒之人顿了一顿，"要不是你家女儿是个女英雄，刘家也不会同意哇！"

袁氏被那说媒之人的"顿了一顿"弄得有些尴尬，但她性格慈善，说直白点就是懦弱，既没有辩驳也没有恼羞成怒，反倒附和着说：

"你说的是，这刘家听起来不错，不过……"

"不过什么？就算木兰曾经在军中当过女将军，成亲这种事也是要和常人一样的吧。她都三十好几了，如今不找个终身，以后岂不是连送终的人都没有？"

一个传奇式的将军，天子"策勋十二转、赏赐百千强"的英雄，倘若不是女性，恐怕荣归故里之后家家户户都要争抢着同他攀上亲事吧，然而木兰在乡间享受的却是闲言碎语和讨价还价式的提亲。这时，木兰的出场令人惊艳，她打扮成自己的鲜卑堂兄亲自上门去考察提亲的对象，身高七尺、器宇轩昂，没有人认出她的女儿之身，这也解释了"同行十二年，不知木兰是女郎"的疑惑。祈祷君在小说中将花木兰塑造成长身玉立、英气逼人的女子，颇有些女性主义批评家提倡的"雌雄同体"的美感：

卧房里在沐浴的贺穆兰用麻布擦过自己的身上，待看见花木兰这充满力量美感的身材时，忍不住赞叹了一声。

也许是因为女人和男人的身体构造不同，也许是因为花木兰一直做的是有氧运动而非器械运动，所以她的肌肉呈现的是一种十分均匀的流线型结构。每一块肌肉都十分结实，却不会血脉贲张到让人害怕的地步。

因为她常年在漠北经受风吹日晒，皮肤自然不会非常细腻，颜色也是呈现一种近似于小麦色的蜜色，但这种颜色恰恰是有肌肉的身材最适合的颜色。

不过，胸嘛……

这个……

……

花木兰的腹肌很漂亮哟，还有马甲线。

颇有意味的是，小说中花木兰的昔日同袍好友、镇西将军狄叶飞，因为容颜俊美，长得像女子而被戏称为"狄美人"，和花木兰的女生男相相反，狄叶飞是典型的男生女相。柔美的外表虽然成为很多同伴取笑的话题，却并不影响狄叶飞杀伐决断、果敢凌厉的性格。一般的网络小说在写到主角外貌时，总要特别强化他/她的性别特征，男性高大威猛、剑眉星目，女性纤细娇柔、柳眉杏眼，诸如此类。祈祷君在《木兰无长兄》里为读者呈现了一种颇为前卫和中性的审美观，身材高挑匀称、眉目明朗的花木兰从始至终都没有流露出任何"女性特质"，即使是小说结尾换上女装"对镜帖花黄"后"出门见火伴"，也只是使人惊叹像"菩萨"一样高贵大气。这种对小说主要人物的形象设定不能不说有着作者自己的考虑，网络类型小说中不乏美丽出众的女性形象，穿越言情小说中亦是如此，但作品中女性的美（无论出自男作家还是女作家的笔下）都是男性目光的投射，代表了男性话语的审美模式：女性特征突出、性格温婉、柔美可爱。即便是"女强文"也会把女主角写得符合主流审美标准，或美艳动人、或清纯可爱。这也是绝大多数网络小说"玛丽苏"情结泛滥的根源，女性缺乏足够的自我意识，要依赖于男性的眼光和价值判断来确立自己的位置，以男性的肯定来获得自己的存在感。无 CP 小说重心不在男女情感，自然对于女主角的外貌处理角度不同，而把更多的笔墨拿来描摹人物的行动和内心活动，大大提升了读者的阅读体验，在千篇一律的男帅女靓的设定中脱颖而出。

其实在中国历代文学史上，无 CP 小说在男性写作中是一种常态，《三国演义》《水浒传》《西游记》《儒林外史》都是无 CP 小说，除了爱情之外，历史的兴衰、信仰的坚定、理想的追求和破灭、生命的成长和消亡也都是恒久不变的文学母题。而值得玩味的是，历代的女性写作都绕不开一个"情"字，在中国古代抒情文学的写作传统中，女性写作者的抒情主题几乎都是伤春悲秋、思妇怨女；而男性文人在诗词歌赋中也常常模拟女子的口吻发表一些"断送一生憔悴，消得几个黄昏"的哀婉感叹，构成了中国传统文化中女性书写者与被书写者高度一致的形象。这种在两性关系中柔弱哀怨、被动的女性形象经过五四新文学运动、20世纪90年代的女性书写之后在当代文学中成为极少数现象，但是几千年的男性主导审美和价值在通俗流行文学中一脉流传，在网络类型小说中得到了生长的空间。女性写作中的无CP小说正是对这种思维定式的颠覆。

由于不着意于写情感纠葛，小说有了充足的空间去营造环境、铺陈场面、设计情节、描摹内心，主题也自然可以拓展到爱情之外，去表现辽阔的历史画卷、生动的风土人情，小说反映的社会面会更加辽阔。女性的世界不再局限在深宫后院，为博取某个男性的垂青而钩心斗角、尔虞我诈，一样可以心怀天下。有了这样的胸怀，再去理解历史人物，看到的就是不一样的风景：

> 贺穆兰是从内心里感激花木兰的。对比现代的生活来说，她如今穿越过来的生存状态当然不完美。她没有工作、没有目标、没有相熟的朋友亲人，若不是这里的皇帝实在慷慨，在她辞却官职以后赏赐了不少东西，怕是她连财物都没有多少。
>
> 打了这么多年仗，却是孑然一身，只能说她是淡泊名利或另有隐情的。
>
> 但贺穆兰依旧满心里感激原身的主人，因为即使是这样的生活，她也是得来不易的。若她不是穿成"花木兰"，她也许过的是没有遗产继承权、不能接受教育、不能随意抛头露面、必须接受丈夫的妻妾或者自己就成为妾室，然后过着一辈子不停的怀孕和生孩子的日子。
>
> 如今她能够得以穿着男装行走乡间，能够堂堂正正站在任何地方包括县府的大堂。
>
> 她的膝盖不必轻易的为谁弯曲，她的武力足以保证自己不会轻易受到伤害……
>
> 这都是花木兰留给她的宝贵财富。
>
> 并不是每一个人都要成为"女英雄"，但至少要理解。
>
> 千百年来，女性将军和"女英雄"寥寥可数，但正是这些伟大的女性为无数女人竖立起了一面旗帜，让所有女人为女人应有的自

由和强大而骄傲，并且朝着更幸福更自由的方向努力。

这些逆着时代而行的女人们，是真正的斗士。

作者丝毫不掩饰自己对于花木兰的欣赏和崇敬，这种欣赏不是由于她的赫赫战功、她"替父从军"的"孝行"这些男权社会、主流意识形态赋予她的光环，而是同为女性、对自己拥有的能力的自信和赞美。在这样的女性意识之下，花木兰面对血腥的战争、复杂的政局、阴谋诡计、谎言算计固守着自己的信念，她追求的是光明磊落、坦荡真实的人生，也以自己的行动去践行了这种人生。

无 CP 小说的出现其实也是对网络小说市场情爱描写泛滥现象的一个反拨，为了迎合读者的娱乐心理，近年来网络小说中描写爱情和情爱的内容泛滥成灾，玄幻、穿越、盗墓、悬疑、都市、职场……同人耽美自不待言，几乎每一种类型小说都被大段的爱情描写淹没，过度的爱情描写喧宾夺主、冲淡故事情节，甚至有一类 NP 小说，专门写一男多女或一女多男的多角恋爱，"戏不够，恋爱凑"，看多了让读者觉得空洞无聊、望之生厌。无 CP 小说的出现将小说的重心拖回到正常轨道，给网络穿越小说带来了一股清流。

穿越小说代表了网络文学时代女性书写的典型话语方式，反映了当代多元的女性意识。"这些女性穿越小说，无疑又非常中国化。一方面，这些小说消费性很强，性别定位的细分，主要来自市场引导，消费的暧昧性质，导致它必然会忠实唤起当下女性生存体验，特别是对物质和权力的批判和崇拜的双重悖论；另一方面，这又客观反映了中国在后发现代情况下的复杂诉求——女性自我诉求与女性形象被消费，女性解构历史与女性建构历史，同时出现了。"[1] 新媒体为女性提供自由发声的平台，女性通过写作，获得一定的话语空间和自我表达的渠道，女性意识在写作和阅读中得到启发和张扬，这些都在穿越小说的女性话语中得到了实践；同时，我们也应当看到，整个网络小说场域中的女性话语呈现出驳杂多元的价值取向，甚至有部分作品在女性意识上出现了倒退，回归到

---

[1] 房伟：《穿越的悖论与暧昧的征服——从网络穿越历史小说谈起》，《小说评论》2012 年第 1 期。

男权时代将女性"他者化""对象化"的做法，这些倾向在有些男性作家的笔下尤为明显。而这种情况的出现，不能仅仅以网络小说是通俗文学来解释，进而承认其合理性，通俗文学不代表价值观滞后；相反，作为网络通俗文学的女强文、无 CP 小说都显示出女性意识的觉醒和进步，为多元化的网络伦理生态提供了健康向上的可能性。

第 八 章

同人小说与粉丝文化

在新媒体文学场中，粉丝是一股不容忽视的力量，他们不仅承担了纸媒和传统电子媒体时代的读者、接受者身份，在移动互联网时代，粉丝已经成为网络文化生产链中不可缺少的一环。他们的力量不仅会影响到文化产业的具体面貌：哪部作品可以改编成影视剧，IP 大卖，具体影视剧中选角、角色的分量、剧集的长短、剧情的走向，更为我们的时代塑造了新的文化生态。这种作用，在众多网络类型小说的传播中都有典型的实例，比如《盗墓笔记》的粉丝"稻米"为了共赴小说中提到的2015 年 8 月 17 日"长白山十年之约"，蜂拥而至，造成了现实中长白山景区的不堪重负，为此小说作者不得不在微博中两次发文呼吁粉丝理性对待，成为 2015 年夏的一个文化事件。[①] 而根据《鬼吹灯》改编的电影《鬼吹灯之寻龙诀》在 2015 年底上映，首日票房过亿，最终达到惊人的16.2 亿元，成为华语片票房亚军。同一年，网络历史小说《琅琊榜》、言情小说《何以笙箫默》、玄幻仙侠小说《花千骨》纷纷被改编成为影视作品，创造收视率和票房奇迹，成为大众热议的话题，2015 年也因此被称为 IP 元年，网络文学作为最大的 IP 源头，在游戏、影视、动漫等衍生品市场上表现亮眼，这其中粉丝的贡献功不可没。

随着新媒体文学的成长，"粉丝文化"成为网络文学体系构造中不可或缺的因素。在这种新格局下，商业资本联合消费主义，塑造了他们的受众，而这些受众也以他们自身的思维，书写和改造着大众文化的面貌。

---

① 大批《盗墓笔记》粉丝赴十年之约，长白山景区不堪重负，2015 年 8 月 5 日，新华网（http://news.xinhuanet.com/local/2015-08/05/c_1116158089.htm）。

同人小说较之网络类型小说，更典型和集中地体现了粉丝文化的本质，可以从它的生产、传播、消费、评价各个环节看到"粉丝"的巨大推进力量，因此在本章中，作为典型案例来佐证粉丝文化同新媒体文学的密切联系。

第一节　同人小说的定义及发展

所谓同人小说，就是指借用已有作品的角色、背景等元素，发展新的故事情节，甚至诠释出新的故事主题的文学作品。"同人"这个说法来自日语的"同人志"（doujinshi），它原本指的是由一群志同道合的朋友将各自发表的作品集结成册，自费印刷出版并且在自己内部流传的作品集。后来由于日本动漫产业的发达和动漫电玩文化的流行，很多人对此非常痴迷，于是沿用商业作品的角色设计和背景设定按照自己的感情好恶来进行新的文学创作，并且在同人志上发布出来，这类创作渐渐成为同人界的主流，"同人小说"也就专门用来指称这一类的作品了。在欧美，类似的作品叫作书迷仿作（fan fiction），范围也扩展到以畅销书、电影、连续剧等各种流行文化为对象而衍生出的小说。

在我国，同人小说创作初具规模是伴随着互联网普及的过程而发生的，但是这种创作手法对于我们而言并不陌生。广义上说，古典名著《三国演义》就是基于《三国志》的同人小说，而明代中期以来《水浒传》《西游记》的续作、仿作大量涌现，其中不乏具有一定艺术价值的作品如《荡寇志》《西游补》等。鲁迅在《中国小说史略》中对后者有着高度的评价："惟其造事遣词，则丰赡多姿，恍忽善幻，奇突之处，时足惊人，间以俳谐，亦常俊绝。"[①] 对《红楼梦》的改写可能是我国文学史上规模最大的同人写作，自清代乾隆、嘉庆以后，不断出现的续书达到30余种，《红楼梦补》《红楼圆梦》《后红楼梦》《续红楼梦》……名目繁多，不一而足。内容大体上都是"使死者生之，离者合之，以释所憾"[②]，是典型的同人创作的心态。对《红楼梦》极为痴迷的张爱玲在中

[①] 鲁迅：《中国小说史略》，上海古籍出版社2004年版，第130页。
[②] （清）归锄子：《红楼梦补》，华夏出版社2000年版，第3页。

学时代就曾写过一篇六回的长篇章回体《摩登红楼梦》，用的是当时流行的鸳鸯蝴蝶派写法。虽说这种创作早已有之，但是它并没有"自觉"，只是作为文人自娱或者成功作品的"续貂"之作，始终没有能够发展壮大并且进入主流的文坛。

随着新媒体的发展，我国的同人小说开始在网络上出现，与传统媒体相比，互联网为同人小说的发展提供了最好的平台。同人小说的创作和阅读主体主要是青少年"粉丝"，他们的年龄主要集中在15—25岁。这一代青少年的成长过程正是流行商业文化在我国兴起的过程，网络类型小说和欧美日韩的流行文化构成了他们主要的文化资源，也成为他们创作同人小说的主要素材来源。无论是玄幻盗墓作品中的江湖儿女、快意恩仇还是言情小说、动漫作品中的浪漫青春、少年心事抑或欧美影视中的奇幻世界、无穷想象都强烈地吸引着这些阅历尚浅，却充满好奇心的青少年受众。特别是所有这些文艺作品中都充满着浓烈的情感因素，比如：日本动画《灌篮高手》《海贼王》里面为理想而战的昂扬斗志和兄弟情深；日本漫画《银河英雄传奇》和《圣传》中荡气回肠可歌可泣的英雄史诗；欧美奇幻小说《哈利·波特》《魔戒之王》里面对强大敌人的内心挣扎和心智成长，伙伴间的患难与共；盗墓小说里同生共死的热血情怀……这些被艺术化了的提纯了的感情能够在青少年受众的心里引起强烈的共鸣，以至在回味无穷不能自拔之余很自然地投入同人写作中来，为他们喜爱的人物创造更"好"的命运。

随着科技的发展和普及，互联网已经成为这一代青少年日常生活的必要组成部分，就像他们的上一代人习惯用电话来交流一样，移动互联网上的论坛、微博、微信是新媒体时代年轻人的交流方式。他们可以借助互联网方便地找到与自己拥有相同爱好的知音，自由地在网络论坛和文学网站的相关板块上发表自己创作的同人小说，就共同爱好的作品进行讨论和切磋。对于多是独生子女的孤独的都市青少年而言，这个过程既是一种心理的宣泄，又能获得与志同道合的朋友的可贵交流。同人小说的作者和读者都高度集中在某个特定人群中，也就是说同人小说的分类具体到某部动漫作品或者是某本书，它的作者和读者也就相应的是局限于这个小范围内的人。他们对于自己喜爱的对象有着相当透彻的了解，甚至熟悉到对每一句台词、每一个细节都了然于胸的地步，有时候"同人"们之间的交流在外行看来完全不知所云,而他们乐在其中,这种创作真正体现了"同人"的本义。

2001年,今何在的《悟空传》横空出世,在次年光明日报出版社出版后一版再版,在网上网下迎来好评如潮。这部作品的主要人物、场景和语言风格都来源于香港电影《大话西游》,而《大话西游》则是对《西游记》故事的颠覆性经典,以其"无厘头"的周星驰式搞笑风格大红于网络。作者借用被网民奉为宝典的《大话西游》人物,构造了一个后现代的取经故事,表达出的却全是当代人面对现实人生的困惑,对人的生存处境的思考。如作者所言:"这是一个关于本我与存在的命题",《悟空传》是第一部具有较大影响和反响的网络同人小说。2002年,一部以金庸小说人物为基础的同人小说《此间的少年》成为网络小说的领跑之作。这部作品中使用的人名如郭靖、黄蓉、令狐冲等都是出自金庸的15部武侠小说,讲述的却是每个人都难以忘记的大学校园生活和年少轻狂的青春时光,一时间成为高校中最流行最受欢迎的读物。这两部作品是网络同人小说初创期的代表作,它们以真挚的感情、深入的思考和充满灵性的文字彻底改变了很多人对于同人小说粗制滥造的偏见,被人们推崇为网络文学的精品。

之后十几年间,同人小说伴随着网络的普及得到长足发展,各个文学门户网站都开辟了这类作品的专区,以"同人"或"衍生"小说而命名,比如小说阅读网的同人小说频道、纵横中文网的竞技同人板块、起点中文网的二次元频道等都集结了大量的同人创作作品。同时,随着网络的普及和创作主体的进一步低龄化,现下的同人小说更多地以偶像组合、流行的网络类型小说和影视娱乐节目等为改编对象,内容主要集中在描写人物之间的爱情故事这个狭小的范围。

严格来讲,同人小说是按照创作手法进行的命名,一般是以动漫、小说、影视等作品为蓝本的二次创作,按照具体情节构造方式的不同可以分成完全原著演绎类、前传后续类、番外类、穿越类、原创角色类等。近些年出现了一种真人同人小说,写作者多为某个偶像组合、体育、娱乐明星的狂热粉丝,她们多借助自创女主的方式在作品中尽情释放自己对于偶像的喜爱和幻想。此类作品在较低年龄段的粉丝群中非常流行,总体而言作品质量不高,也不为正统的同人群承认,是亚文化中的边缘现象，在这一部分中不予详述。

第二节 同人小说的情感性特点

主流的同人小说呈现出某些类同的文本特点，其中最突出的一点就是这些小说的主题和内容都以描述情感为主，无论是早期以日本动漫为蓝本的同人作品还是当下流行的网络类型小说同人作品，绝大多数都将重点放在人物之间的情感状态上。同人小说的写作者会在原作中发掘大量的蛛丝马迹为自己构造的情感故事提供逻辑支持，甚至不惜歪曲作者的原意，无中生有地生发演绎出一段缠绵悱恻的爱情来。

究其原因，青春期的少年对爱情这个话题似懂非懂，又受到流行文化对爱情大力渲染的影响，在他们心中就形成一种时尚戏剧化了的、唯美夸张的爱情观。大多数作品将原始作品中人物之间的情感作为演绎的话题，热衷于给人物"配对"，制造CP①，并描写他们之间的缠绵爱情，而由于阅历的局限，这些虚构的爱情又呈现出千人一面、矫揉造作的状态。同时，由于受到日本一些描写同性爱情的动漫影响，一种"耽美同人"小说在近些年来大量地出现并且占据了同人小说创作的主流。这种小说用泛化的同性恋关系结构文章，描写唯美浪漫的同性（特别是男性美少年之间）的情感。对于并不了解同性恋真实情形和意义的多数青少年而言，耽美同人中的同性爱情只是他们渴望真挚亲密关系的一种投射，或者干脆只是一种被盲目追捧的时尚，满足他们的好奇心和青春期的情感躁动。

耽美同人最强大的创作和阅读群体被称为"腐女"②。这个群体主要由女高中生、大学生和年轻的女性白领构成，她们热衷于为原初作品中的人物配对，很多此类小说被按照配对的组合形式归类为某某CP，相应地，支持这种配对组合的人就会被称为某某党。比如《盗墓笔记》同人小说中的瓶邪CP（绰号"闷油瓶"的张起灵与吴邪），花邪CP（解语花

---

① CP，coupling 的简写，指同人作者对原初作品中的人物自行进行配对的写法。
② 腐女，源于日语ふじょし（fujoshi），专门指称对于BL作品（男男爱情）情有独钟的女性读者。

与吴邪),《哈利·波特》同人小说中的 HP/DM CP（哈利·波特与德克拉·马尔福)。这种制造 CP 的模式成为同人小说写作的一大模式，而 CP 的来源并不局限在小说和影视剧这类虚构文艺作品中，甚至扩大到了现实生活中的真人，包括青春偶像组合、影视明星和体育明星。在腐女们的世界里，只要有两个男性角色同时出现，就可以演绎出一段轰轰烈烈的爱情。在很多走红的网络类型小说之后，都会出现相当数量的耽美同人文，近年来最有代表性的当属《盗墓笔记》《琅琊榜》《斗罗大陆》等。

网络小说《琅琊榜》在起点中文网连载阶段就受到了读者的热烈追捧。小说将故事背景设置在一个架空的历史年代南梁，讲述赤焰军少帅林殊在 17 岁时遭到阴谋陷害，全军覆没，九死一生，浴火重生之后改头换面，蛰伏江湖，化名梅长苏，辅助故友靖王夺得皇位、昭雪冤案的故事。在一众穿越玄幻、法术灵药的网络类型小说中，《琅琊榜》不突出爱情，不渲染艳遇，不以奇巧淫技摄人眼目，不用神鬼幽灵结构起伏，整部作品着力刻画了一众血肉丰满性格各异的男性形象，通过男主人公梅长苏这一神秘角色将江湖与庙堂连接起来，着力表现的是扶持明君，重振山河的赤子之心和义薄云天、情义千秋的兄弟情深，连载以来，引起了网友强烈的关注，被评为架空历史类年度网络最佳小说，起点中文网排名持续榜首。

原作中的靖王和赤焰军少帅林殊曾经是出生入死、交情深厚的故友，林殊变成梅长苏后辅佐靖王争夺王位，又是惺惺相惜的君臣关系，再加上作品最初的设定就是为了表现重振山河的赤子之心和义薄云天的兄弟之情，因此在作品中不乏靖王和梅长苏之间默契、认同和互相关怀的描写：

> 萧景琰用力抿住发颤的嘴唇，眼皮有些发红，轻声道:"母亲……我有时候真的很难相信小殊就这样死了，我去南海之前他还跟我说，要给他带鸽子蛋那么大的珍珠回来当弹子玩，可等我回来的时候，他却连一块尸骨都没有了……甚至连林府，我们时常在一起玩闹的地方，也在一夜之间被夷为平地，变成了只供凭吊的遗迹……"
>
> "景琰，"静妃俯下身子，拭去儿子眼角的泪，柔声道,"只要你

没忘记他，他就还活着，活在你心里……"靖王突然站了起来，大步走到窗前，扶住窗台默然静立，好半天方道："我不想他活在我心里，我想他活在这世间……"

靖王还不知道化名苏哲的梅长苏就是他的故友林殊，决心不惜一切代价去救受人陷害的林殊旧部卫峥，梅长苏权衡利弊，力阻他意气用事：

"卫峥只是赤羽营的一个副将，这样值得吗？"

"等我死后见了林殊，如果他问我为什么不救他的副将，难道我能回答他说不值得吗？""殿下重情，我已深知，"梅长苏忍着情绪上的翻滚，深吸了一口气，"但还是不行。"

梅长苏同挚友蒙挚坦陈自己的考虑，决心独力面对风云诡谲的政治斗争，保全靖王刚毅正直的"赤子之心"，以求达成一个政治清明的社会氛围：

"蒙大哥，"梅长苏仿佛已从他的眼睛中读出他心中所思般，面上浮起安然的微笑，轻声道，"你现在明白了吧？很多事，我不能让景琰和我一起去承担。如果要坠入地狱，成为心中充满毒汁的魔鬼，那么我一个人就可以了，景琰的那份赤子之心一定要保住。虽然有些事情他必须要明白，有些天真的念头他也必须要改变，但他的底线和原则，我会尽量地让他保留，不能让他在夺位的过程中被染得太黑。如果将来扶上位的，是一个与太子誉王同样心性的皇帝，那景禹哥哥和赤焰军，才算是真正的白死了……"

蒙挚心中百感交集，只能重重地点头，好半天也说不出话来。虽然他答应过梅长苏很多次不吐露真相，但直到此刻，他才是真正的心悦诚服，将这个承诺刻在了心上。

从小说中看来，无论是叙述者还是作品中的人物，都是为重振朝纲，实现清明的政治理想作为第一要务，梅长苏、蒙挚和靖王之间的情义一方面是共历生死浴血奋战的兄弟之情，一方面是建立在共同的政治追求之上的知己之情，即使从以上直抒胸臆的情感表述来看，也并没有显现出任何儿女私情，可以归为"bromance"的倾向。如果非要把它扯上所谓的男男恋爱的暧昧缠绵，几乎是对这种崇高情感的亵渎。

在小说连载期间，作品获得了很高的人气，《琅琊榜》的读者群中有相当数量热衷发掘男男爱情的"腐女"，她们不仅仅满足于阅读小说作品，观看小说改编的影视剧，更热衷于发掘小说里每一种可能的情感组合，将她们心目中的CP从原作中剥离出来，亲自书写演绎她们所认为的"爱情"。百度搜索《琅琊榜》的同人小说，显示结果为约603000个①，这个数据当然不精确，但也能够从一个侧面证明关于这部作品的同人创作数量之多。

综观这些作品，大致分为两类：传统的言情小说写法，原作中爱而不得、历经艰辛的梅长苏和霓凰郡主二人在衍生作品里终成眷属；绝大多数同人创作采取了耽美小说的写法，将原著中的几个男性主要角色进行配对，不仅仅是靖王和梅长苏，蒙挚和梅长苏、小飞流和梅长苏、祁王和梅长苏、蔺晨和梅长苏……小说里形象俊朗的男性角色太多，几乎每个人都可以跟主角牵扯到某种情感。当然这其中被写得比较多的还是靖苏CP，二人之间惺惺相惜的兄弟情义被演绎成缠绵悱恻的爱情。

2011年4月，山东影视传媒集团（简称"山影"）买下了小说的改编权，根据网络民意选用了胡歌、刘涛、王凯、黄维德、靳东等一众演员，历经四年筹备，同名大型古装传奇剧于2015年9月19日在北京卫视和东方卫视同时上映，收视率长期稳居榜首。电视剧的热播又带动了新一轮的小说阅读热潮，一时间，《琅琊榜》成为坊间热门话题，微博话题阅读量达到15亿，百度指数达到150万，豆瓣评分9.2，各大视频网站的评分都在9.5分以上。可以说，无论是小说还是电视剧，《琅琊榜》都是近年来难得的口碑之作，书迷和剧迷众多也成了顺理成章的事情。电视剧的改编中，观众们最为关注的是两位男主角之间的情感互动。"对于这对被网友津津乐道的兄弟CP，李雪表示，拍摄中实际上已经在克制两人的感情了，并没有因为预料到观众会对此感兴趣而刻意夸大处理，'我们是在自觉地克制、跟着人物性格走向来拍的，我们不会拍得很尖锐泼

---

① 百度搜索"琅琊榜同人小说"，数据截至2016年10月10日15：11。

辣，也不会根据观众的需求来放肆处理人物关系。'"①

尽管如此，腐女群体作为强大的消费市场绝对不会被商家忽略，小说本身多重解读的可能性在具体化为影视形象之后被各方的力量导向市场最看好的方向：电视剧上映之前，两位男主角的扮演者演员王凯和胡歌频频在大众传媒上曝光，为电视剧宣传造势。无论是时尚杂志的封面，还是综艺节目，二人总是同进同出，面对各种腐女观众的狂热追捧，表现得言笑晏晏，虚与委蛇，无形中将整部小说和电视剧中原本并不突出的暧昧之情无限地扩大，极大地满足了消费群体的欲望。电视剧热映之后，这对 CP 成为很长一段时间的娱乐热点，关于二人的娱乐新闻、同人小说、同人漫画在各种媒体上盛行，甚至成为某种文化符号，在 2017 年中央电视台的春节联欢晚会上，二人合唱一曲《在此刻》，使众多腐女为之疯狂，其影响力可见一斑。另外，原本小说中着力塑造的宏大的家国情怀和铁血豪情却在强大的市场逻辑面前不战而败，至此，一部网络原创小说的主题改写成功完成，粉丝不仅使作品从浩如烟海的网文中脱颖而出，甚至通过他们的传播和接受重塑了作品的主题与人物。

在同人小说的文本形式上，存在着相当程度的类似性。绝大多数同人小说在叙述人称上采用了第一人称叙事，这种叙事角度常常具有较为强烈的个人倾向，便于描摹人物心理和微妙的情感变化，非常契合同人小说在内容上偏向表现情感的需求；同时，第一人称使得写作者的情感和价值判断成为小说叙事的合法逻辑，为幻想性的情节提供了非常主观和灵活的叙事角度，对于大多数并不具备太多小说叙事技巧的写作者而言，是最容易操作的一种叙事方式。读者在阅读网络文学作品或欣赏影视剧时产生了强烈的代入感，而这种代入感正是促使读者投入同人小说写作的强大驱动力，在由读者到作者的身份转化过程中，同人小说的特殊写作目的不会影响到写作者的写作态度，一般会延续自己在接受文艺作品时的角色角度，在自己构造的文学世界里去满足原作中不能得到完全满足的愿望。第一人称叙事给了写作者最大限度的表达自由，同样也使同人小说的读者，特别是跟写作者有着相类似的情感诉求的读者，在

---

① 《琅琊榜》导演：说苏靖 CP? 已经很克制了！新浪娱乐，2015 年 10 月 14 日（http：//ent. sina. com. cn/v/m/2015 - 10 - 14/doc - ifxirmpz8327840. shtml, 2016 年 10 月 17 日 11：08）。

阅读同人作品时获得巨大的共鸣和一种认同感、接纳感，这样，不仅写作者，而且阅读者，通过一部作品达成了情感的宣泄和交流，同人作品的根本使命在这个过程中得到完成。

总的来说，同人小说从诞生之初就是为了粉丝间的交流与沟通的非功利性的自发写作，这一点同其他网络类型小说有着根本性的区别，是一种"小众"写作，这种写作状态更能够代表纯粹的互联网精神，是新媒体写作的典型形态，值得研究者给予关注。但是另一方面，它的缺失也不容忽视。同人小说只在特定的圈子中流传，它更多地承载的是一种自娱自乐的情感寄托和同道中人内部交流的功能，传统文学性意义上的主题内容、情节结构、人物形象塑造等基本上不在写作者的考虑范围，这也自然造成了同人小说数量众多却质量不高的现实。在思想内容层面上，同人小说（尤其是以真人建构的同人小说）基本上以情爱为主题，在同一原始文本的衍生作品中大量重复，同质化现象严重，显示出写作者思想的单一表浅和平面化。在艺术技巧层面上，同人小说中大量存在的耽美作品采用腐女视角，对原作中的人物和人物关系进行随意的改写和臆想；一般侧重于表现沉浸式的体验，没有适当的叙事距离，沉浸在感官描写和牵强附会的情感纠葛中，总体而言缺乏理性的思考和分析，甚至很多时候会削平原作的深度，这一点，在大量臆想男男爱情的耽美文中都有非常充分的表现。

第三节 粉丝文化与网络写作

"粉丝"是英文 fans 的音译，指的是体育、电影等娱乐活动的狂热爱好者，大致相当于中文中某某迷、追星族之类的意思。这个词在国内最初的大规模使用是跟大众传媒分不开的。2005 年湖南卫视的真人选秀节目《超级女声》在全国引起收视高潮，节目开启了人气投票的环节，支持各个选手的"粉丝"们纷纷为自己的群体想出别出心裁的代号，比如李宇春的歌迷叫作"玉米"（宇迷的谐音），张靓颖的歌迷自称"凉粉"（靓粉的谐音），这种命名方式很快普及起来，成为一种有趣的语言学现象和文化现象。紧接着，在 2006 年的《百家讲坛》上，易中天教授凭借《易中天品三国》中妙趣横生的演讲吸引了大量的观众，他们自称为"意粉"。此后，各种流行文化的场合都出现了类似的命名，"粉丝"由之前幕后的无名状态逐渐获得了存在感，走向台前。同样，在文学领域，随着商业化写作声势渐涨，粉丝的力量受到了商业力量的注意，一些类型写作将营销的重点放在满足粉丝的需求上，同时也对流行文学的写作者进行明星式的包装，以吸引更多"粉丝"。在这种情况下，许多写作者脱离了传统写作以文字同读者交流的既定模式，开始接广告、出唱片、拍电影，多渠道多方位地展现自己的才华，而读者们，特别是相对低龄的读者，则以娱乐圈追星的方式来表达自己对作家的喜爱和支持。至此，类型小说的写作同流行文化实现了无障碍的整合，成为娱乐化运作中的一环。

严格来说，粉丝文化的出现远远早于网络同人小说的诞生，在文化生产和消费的场域中，"粉丝"一直都扮演着非常重要的角色。欧美的粉丝文化诞生于流行文化领域。1966年，由美国派拉蒙影视制作的科幻电视连续剧《星际迷航》开始上映。这部剧中的两个男主角舰长柯克和大副斯波克个性鲜明、形象高大俊朗，引起了许多女性观众的好感，她们纷纷以幻想的二人同性爱情为主题写作小说。这些作品逐渐形成了一种类型写作现象，它们有一个共同的特征就是以二位主人公的名字为题，以斜线分隔，因此这一类型的作品又被称为斜线小说（slash）。这是非常典型的粉丝参与文化生产的范例，粉丝由最初处在单纯接受状态的"迷"，逐渐不满足于被动接受现有的文化产品，有非常强烈的参与创作、发表自己意见的欲望，于是借助同人小说、同人漫画甚至同人影视剧的演绎来实现自己的愿望。

欧美大众文化研究在20世纪70年代开始将粉丝文化纳入其研究视野，迄今为止已成为文化研究的一个重要组成部分。"粉丝文化"研究涉及消费社会、大众文化、青年亚文化和传播学等多个学科领域，在将近半个世纪的研究中，涌现出一批有识见的学者，出现了许多广为接受的理论。其中最具影响力和代表性的是美国学者约翰·费斯克（John Fiske）提出的"生产性受众"理论、法国学者德塞都（Michel de Certeau）提出的"文本盗猎者"理论和美国学者亨利·詹金斯（Henry Jenkins）提出的"参与性文化"理论。

费斯克在斯图亚特·霍尔（Stuart Hall）的"编码/解码"理论的基

础上提出了"生产性受众"理论,认为粉丝群体通过对文化工业产品的对抗性解读向千篇一律、大量复制的消费主义大众文化提出了挑战,提供了一种具有相对独立精神的文化姿态和对策。"民众从来没有听任文化工业的摆布——他们选择将某些商品打造成通俗文化,但他们拒绝的商品远比其采纳的要多。粉丝是民众中最具辨识力,最挑剔的群体,粉丝们生产的文化资本也是所有文化资本中最发达、最显眼的。"① 这种研究立场赋予"粉丝文化"特殊的积极的意义,力图将粉丝的形象由被消费社会的文化工业催眠的"乌合之众"转变为以具有批判性眼光去进行有目的的文化消费来对抗媒介工业的斗士。

在粉丝研究领域的经典著作《文本盗猎者:电视粉丝与参与式文化》中,亨利·詹金斯借用了德塞都的"盗猎"概念,指出尽管在文化产品的生产和分配环节中粉丝是没有权力的,是依赖于文化工业的,但是在文化产品的消费中,粉丝却有很大的自主权。粉丝通过"盗猎"的方式在文化产品的消费过程中对文化产品进行个人化的重新阐释,粉丝"借用大众文化中的形象,扭转其原有意义,建构自己的文化和社会身份,从这一行为中粉丝们往往会提出一些在主导媒体中无法言说的想法"②。在《昆汀·塔伦蒂诺的星球大战——数码电影、媒介融合和参与性文化》一文中,詹金斯提出了"参与性文化"的理论,认为媒介融合改变了媒介消费的模式,新媒介技术"使普通公民也能参与媒介内容的存档、评论、挪用、转换和再传播"③,即在粉丝文化和粉丝写作中,读者不再是简单的信息的接受者,而是以极大的主体性和主动性参与到文化建构之中,创造出属于粉丝自己的文化产品,以此建构自己的意义空间,并提供出一种自下而上的文化生成方式。

国内的粉丝文化研究直接受到英美学者的影响,关注粉丝群体的行为和心理动因。具体到文学领域,国内网络文学的繁荣发展,伴随着诞

---

① [美]约翰·费斯克:《粉都的文化经济》,陆道夫译,载陶东风主编《粉丝文化读本》,北京大学出版社2009年版,第18页。

② [美]亨利·詹金斯:《文本盗猎者:电视粉丝与参与式文化》,郑熙青译,北京大学出版社2016年版,第22页。

③ [美]亨利·詹金斯:《昆汀·塔伦蒂诺的星球大战——数码电影、媒介融合和参与性文化》,载陶东风主编《粉丝文化读本》,北京大学出版社2009年版,第107页。

生了大量可供研究的小说文本粉丝，同时在媒体和各路商业资本的联手打造之下，形成了规模可观的"粉丝经济"和"粉丝产业"。同人小说的生产、传播、消费和评价的整个过程都可以作为典型例证，帮助我们清晰地看到消费文化、粉丝群和网络文学的博弈、抗衡与相互渗透。

一

新媒体的出现在技术层面上为读者和作者的互动提供了便利，在网络文学的各个发展阶段，写作者和网站、出版商的共同策划、联合发力已经成为常态，而受众，尤其是粉丝的力量也前所未有地影响到文本的生产。

这种影响首先表现在对于作家创作动机的激励上，《明朝那些事儿》是一本现象级的网络文学经典作品，作者当年明月在作品第七部《后记》中这样写道：

> 我还记得三月十日的那个夜晚，在孤灯下，我写下了自己的第一篇文章，由于第二天就要出差五天，我写完后就离开了，我当时认为此文可能会掉到十几页后，而五天后我回来时，居然在第三页找到了我的文章，而且萧斑竹已经加了精华，我认真的看了每一个回复，五天共有十七个，那时我刚下飞机，正是这些鼓励使我感动，我便提笔继续写了下去，因为我相信，只要认真的去写，认真的努力，是会有人喜欢历史，爱看历史的。于是我以每天三篇的速度不断更新，大家的鼓励和关注也越来越多，从每天几百到几千，再到几万，是大家与我一同成长。

《明朝那些事儿》成书七册，共计86万字，从2006年3月在天涯社区首发开始，一直到2009年4月全书完成，保持着基本每天更新的高产状态。在三年多漫长艰苦的写作过程中，"明矾"们的支持对于作者保持相对良好的写作状态有着非常大的激励效应。在其他优秀网络小说写作过程中类似的例子可以找到很多，网络文学的各种类型都有代表性的作家，在这些作家的周围聚集着众多的"粉丝"，网络小说作家在各种贴吧和小说连载网站的评论区同粉丝互动，粉丝的支持和鼓励是写作者不断写下去的动力源泉。

除此之外,许多网络文学作品在创作过程中吸收了粉丝的建议和意见,文本的面貌直接体现出粉丝的意愿,在这种情况下粉丝直接参与了文本的生产。粉丝影响文本面貌的先例可以追溯到纸媒时代,柯南·道尔爵士在写作《福尔摩斯探案集》时接受书迷的建议让福尔摩斯起死回生,这种范例在各个时期各个国家的通俗流行文学创作过程中并不鲜见。网络小说,除了极个别的类型,比如同人小说之外,定位基本上是商业产品,属于通俗流行文学,作者的写作必须尽量投合和满足读者的阅读兴趣与口味。而新媒体的技术便利为作者和粉丝之间的交流互动提供了非常便捷和快速的平台,在写作过程中,许多作者会参考粉丝的建议,对作品的人物形象塑造、情节走向乃至主题内容等作一定的调整,在有些情况下,粉丝的意愿甚至可以取代写作者自己的构思进入作品。网络小说的生产过程贯穿了粉丝和作者的互动,可以说是粉丝借作者之手来表达自己的诉求,二者一同完成文化产品的生产。借助便利的网络和移动网络技术,当代的媒体消费者不再单纯是被动的接受者,而转型为直接参与内容生产的"生产—消费者"[①],之前泾渭分明的生产者与接受者之间的界限消失了。"生产—消费者的出现改变了固有的媒体版图,过去那种大媒体集团得以垄断信息生产、控制信息流动的局面正被更趋民主也更加多元的大众参与式媒体形态所取代。这一转型不仅令媒体内容更加丰富,声音日趋繁复,而且也为粉丝社群的扩张和集体智慧的传播提供了机缘。"[②]

粉丝参与生产的文化产品不仅仅局限在文字类,范围相当宽广。以网络小说为例,小说可以带动一系列文化产业:动漫、网游、电视剧、网络剧、电影等,这些衍生产品的诞生相当一部分依赖于大数据的结果,而大数据正是基于广大受众群体进行的统计数据分析。比如盛行一时的网络小说《盗墓笔记》,关于这部作品的衍生文化产品有同名广播剧、网

[①] 原文为 prosumer,是英文 "producer"(生产者)和 "consumer"(消费者)的拼接形式,这个名词由美国经济学家比尔·奎恩博士在《生产消费者力量》中提出。

[②] 孙绍谊:《电影理论和电影批评:文化转型与知识分子的角色问题》,《上海大学学报》(社会科学版)2008年第5期。

络游戏和影视剧改编，形成了一条相当完备的产业链。这些文化产品从各个不同领域全方位地集中体现了盗墓粉丝（自称为"稻米"）的兴趣选择和关注点，只要对《盗墓笔记》有兴趣，几乎各个年龄层次、各种爱好的受众都能找到最适合自己的文化产品。诸如此类的例子举不胜举，国内热门的网络文学几乎都会有全方位的 IP 改编，此处不再赘述。

　　同人作品是粉丝参与文化生产的另一种方式，正如詹金斯所言，"粉丝群不对读者和作者进行彻底的区分。粉丝不仅消费预先生产的故事，还生产自己的粉丝杂志故事和小说、艺术图画、歌曲、录像、表演等"①。一部分粉丝热衷于对原始文本进行故事情节、人物关系的改写，以慰藉阅读原作时的种种遗憾，并获得创作的满足感，这类作品在英美文化研究中有一个专属的类别：粉丝小说（fan fiction），它的缩略形式 fan fic 被台湾学者翻译成"粉飞客"②之后，更多地用来指代那些写作同人小说的"高级粉丝"。当然，粉飞客们的创作同样并不局限于文字，也包括作品的同人歌曲、同人漫画、同人动画、同人广播剧和同人影视剧等形式。粉丝电影（fan-film）在欧美流行文化研究中成为引人注目的现象，詹金斯在对《星球大战》粉丝创作的大量粉丝电影进行分析之后，指出了粉丝电影现象中蕴含的媒介技术融合和文化的融合，这种融合将粉丝所拥有的各方面潜力尽可能发掘出来，对原始文本进行全方位的开发。1998年，全球最大的粉飞客官网 fanfiction.net 建立，为全球范围内的"粉飞客"提供了一个发布自己作品并且进行交流的平台，2000年，最初激烈反对同人创作的《星球大战》导演卢卡斯在官网上专门开辟了粉丝页面，以鼓励粉飞客们把他们创作的作品发布出来，为星战故事提供创作灵感，粉丝文化借助新媒体平台蓬勃地发展起来。

二

　　粉丝文化的传播方式集中表现为三大特点：细分化、小众化和流

---

① ［美］亨利·詹金斯：《大众文化：粉丝、盗猎者、游牧民——德塞都的大众文化审美》，杨玲译，《湖北大学学报》（哲学社会科学版）2008 年第 7 期。

② 粉飞客是我国台湾学者对英语 fan fic 的音译，本意指的是由粉丝创作的虚构类小说作品，在实际使用中用来指称从事同人作品创作的人或群体。

动性。

　　首先，新媒体为粉丝交流提供了分众传播的精细化的便利平台，粉丝内部的传播相当细化。在这个新旧媒体融合的时代，同一个文化产品会有多种传播方式，相应地也会形成不同形式的粉丝，他们对作品解读和关注的重点有很大的区别，因此交流一般都会局限在自己的小圈子里，偶有交集也常常会产生争议或引起论战。

　　书迷是粉丝最基本、最常见的形式。书迷群体交流的内容一般集中在作品内容、艺术技巧等方面，他们一般对原作有着切实的阅读体验和认同感。由影视剧进入的粉丝本质来说属于偶像粉丝，这一类粉丝对于剧本和故事情节没有太多的关注，他们是因为自己的偶像参与拍摄才对影视剧产生兴趣，因此，对于剧本和小说原作之间的差异也不敏感，这正是书迷和影视剧迷之间常常展开"原著党"与"改编党"之争的原因。同人粉丝不仅消费原作，而且亲自进行创作，同时也消费同人群体的创作，他们的交流更加关注作品中的情感互动，热衷为作品人物配对。相对而言，他们对原作的其他衍生形式兴趣不大。

　　同样一部作品的文本粉丝也可以细分为普通读者和同人读者，他们各自形成自己的交流圈子，相互之间几乎没有交集，很难看到同人小说的爱好者会和一般的书迷去探讨关于原著的问题。普通读者可以在文学连载网站的评论区或留言板区跟作者进行互动，可以在小说的贴吧或者文学连载网站的作品评论区同其他书迷讨论关于小说的阅读感受，或者去综合性论坛的读书板块发帖子表达自己的阅读感受，同看帖子的网友进行交流。而同人读者（往往也同时是同人作者）则有专门的同人作品贴吧，也会在一些同人论坛和小说网站的同人作品区跟同好们进行交流，他们交流的内容专注于挖掘原作中可供同人作品进行演绎的情感关系，讨论看到的同人作品的内容，或者发表自己的同人作品。

　　其次，粉丝传播总体而言是一种小众传播。以同人作品（包括同人小说、歌曲、漫画甚至影视剧）的传播为例，同人作品的创作，如前所述，是一种非功利、自发性的创作行为，创作主体的动机同一般的文艺创作不同，并不追求获得大众的认可和广泛的传播，更多的是为了自娱自乐，满足自己在阅读或观看原作后产生的表达冲动。同时"由于粉丝文本不是用来谋利的，不需要批量销售，所以和官方文化不同，粉丝不会试图在自己的社群之外去传播粉丝文本。粉丝文本是'窄播'文本，而不是广播文本"①。粉丝之间的交流一般是口口相传，而在线上或线下的小范围集会则是粉丝们交流的主要途径。他们通过网络贴吧、论坛、cosplay 同人集会展示自己对于同人文化的理解和演绎，而这种专门性极强的交流模式无形中形成一道屏障，有效地将绝大多数"外行"挡在了门外。

此外，这种细化的小众传播模式内部并不是铁板一块，各个粉丝群之间也具有一定的流动性。文化产品的受众接触到某一个作品并被它吸引开始，他的身份就变成了"粉丝"，这种迷恋和喜好很有可能会延伸到跟这部作品相关的其他形式上。最常见的是由文本向其他形式衍生产品的延伸，比如读者读到了《盗墓笔记》网络小说并为之吸引，到这里，他可以说是一个"书迷"，随着《盗墓笔记》的 IP 大卖，广播、影视剧陆续推出，一些书迷会去主动关注这些衍生产品，很可能同时成为影视剧粉丝；同时，虽然影视剧改编主要面对的对象是原作的书迷，但是随着影视改编剧的宣传和播出，很多没有接触过原作小说的观众会因为急欲得知后续的剧情发展去购买实体书或上网获取阅读资源，成为新一批的"书迷"，这个过程是由衍生产品到文本原作的逆向传播。

粉丝群体在流动和变化中常常会出现分裂、重合和交叉。同样以小说的影视剧改编为例，在影视剧改编中，首先是形式的巨变：由书面文字到立体视听的转换，是由读者的个体体验和想象落实为具体的场景与形象，对改编效果影响最大、最直接的是剧情的转换和演员的挑选。在剧情转换过程中，粉丝可能会分裂成两派：原著党和改编党，一部分对小说原作情有独钟的书迷不能容忍影视剧改编中的改动，所以经常有忠实书迷指责拙劣的影视改编毁掉原作；演员的挑选更是热播剧开拍之前必需的新闻炒作，这是最能吸引粉丝眼球、挑起粉丝大战的话题，《琅琊榜》《盗墓笔记》《花千骨》《何以笙箫默》……近年来热播的网络小说改编剧每一部的选角都会掀起粉丝的热议。而影视剧的投资方和拍摄方也会揣摩粉丝的心理，参考粉丝的意见（甚至完全遵从粉丝的意

---

① ［美］约翰·费斯克：《粉都的文化经济》，陆道夫译，载陶东风主编《粉丝文化读本》，北京大学出版社 2009 年版，第 11 页。

愿），作出令大多数粉丝满意的选择。偶像粉丝和文本粉丝在这个过程中身份实现了重合和交叉：一个"稻米"很可能同时又是偶像明星鹿晗或李易峰的"粉丝"。这种现象也就是德塞都所说的"游牧民"状态，在这个媒介融合的消费文化体系中，大多数粉丝都具有几重身份，他们"沿着一个个错综复杂的互文性网络，游走于各个媒介文本之间，在社群内和同好展开互动，而不同社群之间也有可能建立不稳定的同盟关系"[①]。这种流动性使得细化小众的传播有了交集，把各种不同形式的粉丝联结在一起，共同构成了多姿多彩、生机勃勃的文化景观。

三

新媒体时代文艺作品的评价体系同纸媒时代截然不同，传统的文学评价体系中，批评家居于金字塔顶端，掌握了"象征资本"。他们依靠文学理论、文学史的规律和自身的审美经验来对作品进行品评，指导创作；而一部作品能够被写入文学史成为经典，必须得到批评家的认可，各种文学奖的设置和评选、教材的编写和认定、学术著作和学术批评的关注就是这种认可的具体体现。新媒体的出现打破了这种秩序，在网络平台上，人人享有平等的发言权，权威的地位轻易被瓦解，评价的权力被下放到每一个网民手里，文学进入"群选经典"时代。"大众的'群选经典化'，是用投票、点击、购买、阅读观看等等形式，累积数量作挑选，这种遴选主要靠的是连接：靠媒体介绍，靠口口相传，靠轶事秘闻，'积聚人气'成为今日文化活动的常用话。"[②] "群选经典"的评价方式在以网络文学为代表的新媒体文学中得到典型体现，而粉丝在评价过程中起到了不可替代的作用。

网络文学在其起步阶段一度被文学批评边缘化：学院派的理论精英质疑这种新生写作形态的"文学性"，很少愿意关注，而且他们所依据的理论都是基于纸媒时代的文学理论，同新媒体时代的文本格格不入，并不能准确地把握对象；媒体批评背后的商业资本只关注文化产品的"交

---

① 蔡骐、彭欢：《亨利·詹金斯：新媒介及粉丝研究》，《中国传媒报告》2011年第4期。
② 赵毅衡：《两种经典更新与符号双轴位移》，《文艺研究》2007年第12期。

换价值",而对决定其交换价值的本质毫无兴趣,更多的是配合商业宣传造势。如此一来便形成了非常尴尬诡异的场面:一边是风生水起兀自野蛮生长的网络文学,一边是缄默不语的学术批评界,二者仿佛生活在互无交界的平行宇宙中。在这种情况下,对网络文学的有效批评只能依靠生活在新媒体文学场域中的网络"原住民"去完成,这种评价是自下而上的,是真正意义上的"群选经典"。

当然,"群选"并不是在真空中进行,无孔不入的商业资本对于网民的引导和操纵不容忽视。网络文学所处的文学场同样可以被看作一个象征体系,而作品的"人气"便是这个体系中最重要的象征资本。在这样的评价机制当中,"人气"也就成为判定一部作品优劣的重要甚至唯一因素,于是各大文学网站的排行榜成为网络小说遴选的战场,点击率成为作品人气的直观呈现。在排行榜和点击率的背后,聚集的是读者对于作者和作品的认可。较之于以往任何时代,粉丝在评价体系中的地位达到了一个空前的高度:粉丝的点击、投票对于象征资本的积累具有巨大意义,同时,象征资本在积累到一定程度之后可以顺畅地转化为其他的资本形式,如经济资本、社会资本、文化资本等,人气不仅给作者带来声誉,更可以直接转化为经济效益。具体到网络文学领域,粉丝的打赏可以为网站和作家带来真金白银的收入。商业资本在这个过程中起到了极为重要的作用,为了吸引更多的粉丝,积聚人气,作家和网站使出了浑身解数。作家要保持相当高的更新频率,保证作品的质量和尽量满足粉丝的口味以维持点击率(这两个诉求往往是矛盾的);网站则巧妙地设计出一套打赏体系,来刺激和鼓励粉丝消费。以起点中文网为例,网站为满足粉丝的需求推出了作品打赏的道具,单次额度从1元到100元不等,打赏的收入由网站和作者按照一定比例进行分配。作者除了得到粉丝的精神支持之外,更能收到直接的经济利益,无疑会激励他的写作行为;对于读者而言,"打赏"一词本身就带有某种主导性和优越感,可以满足粉丝在整个互动过程中的自我认同,同时,粉丝根据所打赏的金额也能获得相应的称号,从学徒、弟子、执事一直到最高级别的"盟主",这对于粉丝而言也是一种象征资本。如此一来,在粉丝的助力下,网络畅销书的作者获得高额的收入,登上作家富豪榜的前列已经不是什么新鲜事了,而这种经济上的收入无疑也是作品获得读者认同的一种反映，商业资本和粉丝文化在网络小说的评价体系中达成了合作和共赢。

同类型小说（尤其是玄幻小说）产业价值上亿的"打赏"体制相比，作为亚文化存在的同人小说评价中没有太多的商业元素参与，一直秉持着更为纯粹非功利的评价方式。虽然在声势和规模上远远比不上其他的主流类型小说，但是究其本质，同人小说却代表了最纯粹的粉丝文化精髓，它的传播和评价更多的目的是出于粉丝内部交流与沟通的需要，体现的是对粉丝文化共同主体的建构和认同。

学界在研究同人小说时有一个绕不开的问题就是关于衍生作品和原著的知识产权的关系，同人小说的传播主要依靠的是粉丝间的口口相传，同人粉丝通过网络平台阅读贴吧、论坛中的衍生作品，可能会把自己喜爱的作品通过转帖的形式传播到其他的论坛和贴吧中去，至于作品的知识产权通常不在考虑范围之内，而原作者一般也不会在意自己的作品被转帖。"粉丝把知识产权理解为某种'共享软件'，只有靠不同语境中的移动、不同方式的重述、对多样受众的吸引，以及另类意义的扩散才能累积价值"[1]。因此，在同人文学圈里，粉丝阅读和转发文本的行为不仅是前文所述的小众化的传播方式，其实也代表着一种认同和赞赏性的评价。

同人小说的评论区里主要是对角色互动的建议和意见，很少从文学技巧、思想主题等传统的文学批评角度进行评论。这也是网络文学时代大多数粉丝评论的特色："群选经典是无须批评的：与金庸小说迷辩论金庸小说的质量，与琼瑶、三毛小说迷辩论琼瑶、三毛小说的质量，几乎不可能。不是说偶像碰不得，而是他们的选择，本来就不是供批评讨论的，而是供追随的。在群选经典维护者眼中，在经典与'劣作'之间没有中间地带，没有讨论余地。其他人可以选择不追随，但是不可能选择分析性的辩论。"[2] 应该说，同受到商业资本操纵的其他网络小说类型相比，同人小说的"群选"更能体现纯粹的读者判断，是真正意义上的新

---

[1] ［美］亨利·詹金斯：《昆汀·塔伦蒂诺的星球大战——数码电影、媒介融合和参与性文化》，载陶东风主编《粉丝文化读本》，北京大学出版社2009年版，第110页。

[2] 赵毅衡：《两种经典更新与符号双轴位移》，《文艺研究》2007年第12期。

媒体"群选经典"评价模式。总体而言，不管是一般网络小说的粉丝还是同人粉丝，他们都构成了群选经典的基础，承担着"点击率为王"的消费文化领域中评价和遴选作品的重任，是贯穿新媒体文学场域生产—传播—消费—评价整个环节的基本动力。

粉丝群体中有一类"精英粉丝"延续了纸媒时代媒体"把关人"的角色，对普通的读者和粉丝有着巨大的影响力与引导力，在网络文学评价体系中起到非常重要的作用。"从追文族的讨论性帖子来看，如果某个书友表现出较高的分析水平，他会受到其他追文族的追捧，套用布尔迪厄的话说，他积聚了一定的文化资本，由此逐渐成为追文族共同体中的舆论领袖。在浩如烟海的网络文学中，普通书友常常难以甄别哪些是'爽文'，哪些是'毒文'、'雷文'，在此情况下，这些舆论领袖就起着重要的推荐、导读作用，既能让一部默默无闻的网文浮出水面，也能引导多数读者的阅读方向。"① 和一般同人粉丝只关注角色互动忽略文学技巧不同，精英粉丝多数具有相当好的文学素养，能够从相对专业的角度发现作品的优缺点；同时区别于一般的学院派批评家和学者，精英粉丝谙熟新媒体时代的文学场的游戏规则，对网络文学有着深刻的认同、理解和丰富的阅读体验。他们的身份集中在各个文学论坛的版主和核心成员中，一方面作为论坛或贴吧的管理者，对日常资源进行维护，通过"加精""推荐"等方式整理作品、选拔精品，类似于纸媒时代的编辑；另一方面，他们还会通过"盘点""评语""推荐语"的形式对论坛里的文章进行评论，起到的是文学批评家的作用。相较于站在传统经典纸媒文学的标准上去评判网络作品的学院派批评，精英粉丝跟网络文学作品有更好的接触，他们的判断和评判无论对于网络文学的写作者还是读者，都有着更好的接受度和有效性，是网络文学对抗商业化，建构新的批评体系和语言的有生力量。

四

作为大众文化研究的一个重要组成部分，粉丝文化贯穿于流行文化

---

① 黎杨全：《网络追文族：读写互动、共同体与"抵抗"的幻象》，《文艺研究》2012年第5期。

发展的各个阶段。"参与式文化"是对其特点的一个重要概括：在新媒体时代，文化产品生产传播链上的各个环节都离不开粉丝的参与，相对于传统媒体同受众之间单一向度的"传播—接受"关系，新媒体时代的大众拥有了更多的话语权和自主性，他们不仅欣赏文艺作品，还可以自己生产和传播喜爱的作品，并且拥有遴选经典、创造经典的机会。"参与式文化继承了通俗文化流行性的形式特征、草根文化平民化的主体特征以及亚文化崇尚个性的内容特征，同时，它又较为排斥媒介工业的商业性和娱乐性。"[1] 可以说，粉丝文化中蕴含了巨大的革命性和创造力，为网络时代的文化生产传播提供了一种新的范式和理念。

粉丝文化同时也承担了一定的社会功能：虚拟的网络社区为粉丝自我呈现和宣泄情感、寻求自我价值与认同提供了可能，加入粉丝团体能够使身处后现代社会的孤独个体获得全新的身份认同和情感慰藉；一些亚文化的粉丝群体更多地脱离主流商业文化的规训，寻求个性化的交流和表达，抵抗高度一体化、同质化的消费文化，是保持文化多元化和独立性的难能可贵的力量。此外，粉丝群体中还有像亨利·詹金斯这样的"学者粉"，他们一方面是"粉丝"，对于特定文化产品有着深刻的浸入式阅读体验和情感认同，另一方面是"学者"，将文化产品作为研究对象，用专业理性的态度去分析作品。这两种看上去相互矛盾的身份融合成一种综合性的积极的视角，为我国的网络文化研究和批评提供了可以借鉴的新思路。

当然，粉丝文化也具有相当的复杂性。约翰·费斯克在《粉都的文化经济》中分析了粉丝文化和官方文化、商业文化的关系，指出粉丝们希望自己与官方文化保持距离，并对文化工业产品进行反收编，但是他们又积极收藏着文化工业提供的大量物品，如书籍、唱片、纪念品等，成为文化工业的一个巨大的市场。[2] 在当下消费主义无孔不入的文化格局中，粉丝群体成为商业资本大力发掘和利用的"富矿"，甚至被开发成为

---

[1] 周荣庭、管华骥：《参与式文化：一种全新的媒介文化样式》，《新闻爱好者》2010年第12期。

[2] 参见[美]约翰·费斯克《粉都的文化经济》，陆道夫译，载陶东风主编《粉丝文化读本》，北京大学出版社2009年版，第17页。

规模效益惊人的产业。比如同人小说写作中的"CP"策略被延伸到现实生活中，并且以恶搞的娱乐化形式迅速流行起来。一时间，不管是影视演员、偶像组合还是综艺明星、体坛名将都被纳入腐女们的幻想世界中，各种"卖腐""卖萌"的表演也在主流媒体上演，在这个过程中，粉丝起到的作用是推波助澜、跟着市场的引导造势。粉丝文化被消费主义挟裹利用，原本蕴含其中的亚文化因素和具有冲击力的思想相应地被流行化，打造成为某种文化符号，掀起一波未平一波又起的流行浪潮。

尽管如此，在流行文化发展的各个阶段，粉丝文化通过同消费文化不断的矛盾、对抗、融合和对话始终保有强盛鲜活的生命力，并持续产生新的因素，丰富着大众流行文化的内涵，同时为网络文学和社会文化的整体发展提供了强大的动力源泉。

结　语

　　媒体改变文学传播方式，进而改变文学观念甚至文学本身，这个说法可以在新媒体时代的文学现象中得到很好的例证。文学与人的日常生活的联系从未像现在这样紧密，现代都市人每日在新媒体构筑的密实网络当中穿梭，除去睡觉的时间，互联网和手机几乎占据了人们所有的工作和闲暇光景，承载于这些媒体之上的新文类于是也全方位地贯穿于人们生活的各个细节：移动阅读改变了人们的阅读方式，微信朋友圈为人们提供了全新的交流方式，玄幻、穿越、盗墓、悬疑、动漫同人小说构成都市青少年主要的阅读内容，带给人们前所未有的阅读体验……对于文学研究者而言，这些令人眼花缭乱的新文类呈现出的状态与传统意义上的文学观念构成了很大的反差：它们嘻嘻哈哈，一点正经没有、内容琐细芜杂，人人可以参与、写作目的是"找乐子"……这样的文字凭什么吸引到如此众多的读者？它在整个文学世界中占据了怎样的地位？它们的意义何在？

一

　　在传统纸媒文学的比照下，新媒体语境中的新文类在形式和内容上呈现出种种新的特质：创作传播过程的全民写作、分众传播、商业化运作；文本内容中反映出的个人体验、流行化的亚文化和经典改写；写作手法上的互文性、反讽与恶搞、身体叙事等，正是这些特质蕴含了新文类的文学价值和文学意义。概括而言，新文类在文学形式上提供了一种"群智"（wisdom of the crowd）创作与传播模式；在文学内容上以微小话语和地方性知识（local knowledge）①构成了对元语言宏大叙事（grand narrative）和超验知识体系的补充，为文学世界提供了新的审美体验。

　　文学创作一直以来都是一种个人性非常强的活动，作家从选题、构思、选材到写作、修改大多都是独自完成的，而新文类的创作过程则完全打破了我们对于写作的预设。新媒体技术使私人化、平民化、普泛化、自主化的传播得以实现，自媒体（we media，也叫个人媒体，包括微博、微信、博客、论坛和新兴的视频网站等形式）可以利用现代电子技术向不特定的大多数或者特定的单个人传递各种各样的信息（包括各种新文类），在这种传播方式当中，信息的传播者（包括新文类的作者）不再局限在掌握话语权的社会精英或者国家的狭小范围中，每一个个体都拥有发布信息的权利，并且具备发布信息的实际可能性。这样一来，在互联网络和无线通信构成的文学世界中，文学接受者同时也可以成为写作者。当 Web 2.0 技术普及起来，新媒体的使用者也逐年增多达到一个相当可观的数量之后，新媒体世界就形成了一种在生物学上叫作自组织的信息传播模式，每个个体都同时作为消费者和生产者而存在。这个世界当中的知识体系和话语体系不再由特定的人群负责建造，而是从大众当中集合而成。有一个研究 Web 2.0 的科技论文当中经常出现的提法叫作"群智"，指的是一种集合了很多人智慧的信息组织形式，这个提法可以很好地概括新文类写作的形式特点。

　　新文类中的博客和微博就是典型的群智组织。首先，它们将"沉默的大多数"从失语的境遇中解放出来，赋予个体智慧的表达以自主的权利，这一点为群智组织的形成和运作提供了必要的前提。与以往的媒体模式，甚至网络 BBS 相比，博客和微博空间意味着更多的自由，网民能做的不仅是写作和发表，还享有编辑、链接、评论、删除等在以往属于媒体"把关人"的特权。从传播角度讲，它从单向的传播转向了集制作者、销售者、消费者于一身的系统，为每一个具有独特经验的个体都提供了言说的机会。另外，作为单个的博客或微博，它也是一种有效的信息整合平台，为群智组织的实现提供了有效的工具。博客和微博不仅仅

---

① 参见［美］克利福德·吉尔兹：《地方性知识》，王海龙、张家瑄译，中央编译出版社 2004 年版。

具有个人性，它们同时也是一个面向公众开放的系统，因为作为个体而言，信息整合能力毕竟有限，而博客和微博则赋予了所有人几乎相同的信息组织权力，每一次原创、转帖、评论甚至信息在每个节点间传播的时候，也就是每个博客和微博组织信息的过程，每个人用这些方式都可以发表自己的看法。只要你有组织信息的愿望，你就能用信息影响别人，这也是个互动过程。

"群智"组织在短暂存在的手机文学中同样可以得到有效的例证，无论是手机段子还是手机小说，都是快速损耗的消费品，需要有源源不断的新内容及时补充以满足大量的一次性消费。很少有人从文学的意义上考量这些文字，也很少有人专门以文学的角度进入这种文类的创作（榕树下网站有专门的手机文学创作，但是那几乎成为文学青年的自娱自乐，根本不具有在现实中流通的可能性，因此很难把它们归为手机文学，或许叫作微型小说或诗歌创作更加恰当），生活中流传的手机文学相当部分是"群众创作"，来源于民间流传的笑话段子、民谣俚语、顺口溜等，还有很多是手机使用者自创的，或者手机写手大量炮制的。虽然手机文学很快地退出了传播舞台，但是作为移动文学的雏形，它的后续形式——微信公众号自 2011 年推出之后一直方兴未艾，成为自媒体的代表形式之一。

新媒体文学世界中传播的内容不再像传统文坛中那样由少数人创作和给定。如传统的文学会因受众的要求不同按照精英文化、大众文化、主流文化等进行分类，由这一类当中的传播者策划传播内容，进行创作，然后在一定的受众范围内进行传播，这几个类别就像按照不同圆心转动的几个圆形，直径大小不同，圆心位置不同，虽然可能有交叉重叠的部分，但是每一个圆形内部信息运动的方向基本上都是由中心（传播者）向外围（接受者）扩散。在新媒体世界，首先分类的界限比较模糊，无论是精英学者还是娱乐明星都可能写微博、拥有个人订阅号，而且即便是精英学者书写的博客和微信订阅号也未必是学术性的，就像作家的博客和订阅号内容不见得是文学创作一样，横亘在书写者与接受者之间的界限消失了。既然创作不再是拥有话语权的"圆心"的任务，传播的方向也因此不再有规律可循，群智组织模式打破了文学创作属于少数精英享有的话语特权，开辟了前所未有的自由创作和传播空间，每一个有着创作愿望的人都可以在新媒体上发表自己的作品，这种情形应当说是非常有利于文学发展的。这一点在正文关于新文类创作与传播特点的章节中有着详细的论述，在此就不再赘言。

"群智"信息组织模式为新文类带来了丰富的微小话语和地方性知识，对于传统文学中的宏大叙事和超验知识体系构成有益的补充，使文学的某些本质功能出现回归和强化。文学中的"微小话语"是相对于"宏大叙事""元语言"而言的，指的是"剩余的文学想象"①，文学叙事中对生活本质的多样性和细微性的关注，对历史碎片、个人感觉等"异质性"话语的表达；而"地方性知识"指的是一种新型的知识观念，它涉及在知识的生成与发展过程中所形成的特定的语境（context），包括由特定的历史条件所形成的文化与亚文化群体的价值观，由特定的利益关系所决定的立场和视域等。

新文类对于微小话语和地方性知识的发掘与消费社会的运作规则有着密切的联系。随着社会经济和媒体科技的发展，受众对于文化产品的要求也越来越苛刻，三十几年前一部长篇小说在全国范围内引起巨大轰动、激烈争论和狂热阅读的现象在当下几近绝迹。消费时代的受众按照年龄、职业、阅读喜好分解成一个个群体，他们拒绝千篇一律的叙事模式和审美格调，消费文化就不得不向更琐细具体的细节中去寻找个性化的新奇话题，制造卖点，以开发越来越难以开发的阅读和接受市场。以前被文学评价体系归入通俗文化的武侠小说、侦探小说，还有在民间流传难登大雅之堂的鬼故事都被发掘出来，加上新媒体时代的流行文化、亚文化、科学技术的因素重新生产，从以往不见天日的犄角旮旯被搬上了专门的网站，摆到了图书消费市场最显眼的位置。这其中许多优秀作品涉及一直少人问津的远古神话或历史知识、道家的修炼理论、佛经禅意、中医药知识、考古知识等，包括很多动漫同人小说也将话题从某部具体作品延伸至相关的历史文化，使读者在阅读当中常常有大开眼界的感受。博客、微博和微信公众号的书写更是给个体以最自由的表达自己的空间，千人千面的叙述风格和关注点为同一热门话题提供了不同的书写方式和切入角度，突破了以往在传统媒体之上争鸣的限制，可以将不

---

① 陈晓明：《小叙事与剩余的文学性》，《文艺争鸣》2005年第1期。

同阶层、不同立场的话语真实地展现出来。这其中自然有主流或精英立场的"宏大叙事",有更具公信力的"意见领袖"代表大众价值的话语,但更多的是从前难以获得发言权的"微小话语"。在这些各具特色的"微小话语"中,"地方性知识"(当然也包括"地方性"的叙述方式)开始出现在大众视野当中,从前只在小范围内流传的文本现在可以被更多人阅读。读者可以接触到很多新鲜的话语和表达方式,比如很少出现在公众视野中的行为艺术家、前卫艺术家、动漫爱好者、都市流浪者、同性恋者等边缘人群,都可以通过博客、微博或其他新的文本类型来书写自己的真实生活状态、表达自己的真实情感、展示自己的作品和创作理念,而不需要再依靠作家来为自己"代言"。这些内容对于有兴趣的接受者而言是以前很难得到的第一手资料,也在客观上促成了新的文类的不断出现。这些话语由被遮蔽到可以自由表达,不能不归功于新媒体创造的开放的传播环境,它们大大地充实了新媒体世界(其实是整个文学世界)的表现内容,为多元化的文学格局提供了崭新的审美体验。

新文类是多种文化形态的奇妙组合,它以生动多变的异质性活力构成了对超验知识体系和元话语的有效补充。其中最突出的特点是新文类对想象力的充分解放和对文学叙事功能的重视:玄幻小说对瑰丽奇幻的"架空世界"的营造和跌宕起伏的故事情节为我们被压抑已久的想象力提供了释放的空间;悬疑小说写作者对于"编故事"的热忱在某种意义上讲显示出了对文学叙事功能的回归;盗墓小说释放了民间被遮蔽的各种亚文化和在当代文坛几近绝迹的热血情怀;而大量的微信公众号和同人写作相对于当下心气浮躁、琐屑现实的传统文坛是一种更为纯粹的书写,体现了写作的原初意义和建构精神家园的文学本质。尽管在新文类写作中真正出色的作品不多,但是我们却能够在这些最消费主义的形式当中看到一些最没有功利性的真实书写,即使这些书写凤毛麟角,也足以代表新文类最可贵的品质和最有发展潜力的特点。

二

新文类在创作形式和文本内容上的意义是与其内在的局限混杂在一起的。在本书当中,我将重点放在阐述其创新特质之上,没有系统地梳理新文类的局限性,但是这些局限性客观存在,并且内在地生长于新文类的本质当中，或多或少地影响着新文类的发展。消费文化在整个社会的流行使得生长于其中的新媒体成为其统治区域，绝大多数在新媒体上写作的人都不能超越这种主流的意识形态，从而加入为消费文化推波助澜的阵营当中，这就使得新文类的创作在整体上成为消费文化的一个重要部分。它在主观上缺乏批判的高度，客观上生存的环境也被消费文化包围，既不承担社会精英文化的制造和传承责任，也不代表社会最优秀文化和最高的认识审美水平，而是作为一种文化商品或商品文化而具有了许多消费文化的特性。

首先，新文类以流行为导向并且与大众媒体一道制造着流行，成为都市消费文化工业中重要的一环，有着明显的时尚化倾向。这一点与新媒体的时尚化是密切相关的：新媒体由于具有先进的科学技术属性，因此能够使用新媒体客观上是对使用者能力的一种肯定，利用新媒体技术开发出来的、功能越来越多的电子产品轻松实现信息的上传、下载、修改、发送……在功能的实现之外，也在更抽象的符号层面标志着使用者"掌握时代科技潮流"。将新媒体的科技属性与时尚联系起来是商业社会的一种营销策略，目的是引起消费者的购买欲望。在这样的语境中，基于新媒体传播技术的新文类也就被主观地赋予了时尚的特征。这一方面的确是因为要创作或阅读新文类首先要具备一定的软硬件条件，这些条件把一部分人排斥在外，另一方面更多地来自消费文化的舆论导向。消费文化利用各种大众媒体向人们灌输各种各样的流行时尚观，其中具有较高技术含量的科技也被消费文化抓进了流行时尚的阵营，于是一些新文类也因为其载体的科技性因素被消费文化加上了"酷"的标签，受到追逐时髦前卫的人群的喜爱。比如2004年前后的博客写作、2009年前后的微博写作和近年来流行的微信个人订阅号的写作。

微信个人订阅号迎合了现代人群渴望标榜个性差异和展现自我的普遍心态，同10年之前的博客写作热潮非常相似。应当说，博客在我国的火爆程度很大程度上是一种集体心理暗示，是博客开发商（BSP）和大众媒体联手的商业成功。大多数博客写作者的开博行为并非出于写作的需要，而是一种不甘落在潮流之后的追风行为，这一点可以从庞大的沉睡博客①数量中得到证明。这种写作动机的时尚性在博客书写中具体地表现为书写内容和文字形式的时尚性，打开任何一个博客网站的主页，扑面而来的全是活色生香的美女、明星名人的八卦、纠缠不清的情感叙述和恶搞文字；同样，新文类的其他种类也大体上呈现出类似的景象：玄幻小说中角色扮演（RPG）游戏的明显痕迹，同人小说对流行影视、日韩时尚和偶像明星的狂热追捧，都市言情小说中风花雪月、中产趣味的蔓延无一不代表着时尚的前沿审美价值。如同西美尔所说："时尚是对既定模式的模仿，它满足了社会调适的需要；它把个人引向每个人都在行进的道路，它提供一种把个人行为变成样板的普遍性规则。但同时它又满足了对差异性、变化、个性化的要求。"②这表明对时尚的追逐与市场经济对个性化表现的鼓励同这种文化导向是内在一致的，"时尚不过是我们众多寻求将社会一致化倾向与个性差异化意欲相结合的生命形式中的一个显著的例子而已"③。青少年群体在自我认知的建构过程中一方面追求个性的差异化，一方面寻求同龄人的认同，他们是新文类的主力创作者和创新者。处在由青年主导时尚的"后喻文化"社会中的其他大众则意欲通过文化消费的时尚化来满足对自身社会等级和身份向往的"调适的需要"，他们要努力跟上社会的潮流，因此也往往成为一些易于接受的新文类（如博客、微信个人订阅号等）的追随者。渗透着商业意识形态的文化工业具有强大的穿透力，它可以轻易地磨灭大众的个性、消解他们对于残酷现实的反抗和批判性，生活在消费文化营造的社会文化氛围之中，写作的主体在博客当中表现出的正是法兰克福学派所批判的传媒文化工业制造出来的单一趣味：写作成为没有边界的娱乐，为写作者营造了一个虚假的自由乌托邦，"娱乐所承诺的自由，不过是摆脱了思想和否

---

① 沉睡博客指的是很长时间都不更新的博客空间，根据中国互联网络协会发布的《2006年中国博客调查报告》显示，在近3400万的博客空间总量中，有超过70%（2300万）的博客空间平均1个月更新不到1次，成为名副其实的"睡眠博客"，而此时据博客最红火的时间仅仅过了两年而已。

② [德]齐奥尔格·西美尔：《时尚的哲学》，费勇译，文化艺术出版社2001年版，第72页。

③ 同上。

定作用的自由"①。

新媒体以及新文类的时尚化造成的一个直接后果就是创作中重复现象的大量出现。首先是类型文本创作中的重复在穿越、玄幻、悬疑等小说中俯拾皆是,我们可以轻易地将大量的同类作品归结为几种情节模式和要素。如玄幻小说中男主人公机缘巧合得到武功秘籍或宝物,由此获得超能力,在一次次磨难或武功比试中获得成长,并得到几个美女的爱慕,最后打败邪恶强大的敌人或完成艰难的任务后心智和武功都产生质的飞跃,成为至尊无上的高人。这些情节的组合在许多玄幻作品中一再重演,形成了一种固定的模式,被称为"玄幻修真小说"。此外还有以时空变换结构小说情节的"穿越小说"、以描写黑社会或流氓为题材的"黑道小说"、以描写探险寻宝为题材的"盗墓小说"等,都有一套大同小异的特定的情节组合和叙事要素。一般在最初一部优秀作品出现以后大量的跟风作品就会出现在媒体上,这些跟风作品大多数都是媒体和出版社根据对市场的预测组织写手炮制出来的,是一种纯粹按照文化工业"配方程式"制造出来的商品,也很难说有什么文学价值。具体到各个创作主体个人而言,自我重复也是新文类写作者的一个通病,因为媒体制造时尚的一个重要手段就是反复强调某一种信息,写作者要出名就要争取足够的媒体曝光率、密集地推出新作品。而新文类的作者一般年龄不大、阅历不深,他们的写作一半源于个人体验,一半源于想象,这种经验性的写作对个人体验的消耗是非常大的,再加上新文类普遍的"高产"现象,资源很快枯竭又没有精力和时间去补充酝酿,创作中的自我重复就必然出现。如同法兰克福学派所批判的那样,艺术作品的独一无二存在被批量生产的艺术产品所取消,缺失独特生命体验的作品对于人的主体性被无情地消解,由重复走向封闭,新文类的自我突破和提高(无论是精神上还是技术上)都失去了可能。

当然,我们在指出新文类局限性的同时应当看到,这些现象不仅仅出现在新文类当中,也普遍地存在于传统文坛中。当我们在为传统文学的危机忧心忡忡的时候,不应该将原因统统归结到消费文化或新媒体对

---

① [德]霍克海默、阿多诺:《启蒙辩证法》,渠敬东、曹卫东译,上海人民出版社 2003 年版,第 161 页。

文学环境的冲击上，因为这"不只是'文学性'的危机，更是'文学质'即文学精神的危机，而从'文学是人学'的观点看，这种文学的危机，说到底还是反映了当今社会生活所存在的问题，反映了人现实生存的片面性与精神匮乏"①。

三

正如本书绪论中所说，"新文类"这种提法本身就是为了论述展开方便的权宜之计。随着新媒体在我们日常生活中的进一步普及和新的媒体技术的发展更新，它所指涉的内容会有很大的变化。本书所论述到的一些文类将会随着传播的普及不再新鲜，而更多的我们未曾见过的新文类将涌现出来，这些都是我们所无法预料的。

新文类的时尚化在构成了它的局限的同时也为新文类注入了创新的动力，因为时尚具有很大的流动性："社会较高阶层的时尚把他们自己和较低阶层区分开来，而当较低阶层开始模仿较高阶层的时尚时，较高阶层就会抛弃这种时尚，重新制造另外的时尚。"② 这种对时尚的追逐使新文类可能具有的"惰性"受到挑战，在实在的市场利益驱使和抽象的时尚理念变换的双重刺激下，我们可以预见，各种新的类型小说将在新媒体上不断出现，而具有形式革命意义的新文类也将不断涌现出来。前者一方面出于市场开发边缘话题、捕捉读者猎奇心理的商业策略，另一方面则是新媒体使用者自我表现的"群智"模式必然带来的结果，后者则源于新文类自身的可开发性和科技发展带来的新的可能性。比如博客由出现到普及只经历了短短的几年，它整合了各种信息资源和表现形式，成为新文类中最能代表新媒体特色的书写形式之一。从2009年开始，博客慢慢被微博取代，"微时代"到来。到2011年前后微信出现并迅速扩张，到当下微信个人订阅号的兴盛，随着网络科技的发展和多种技术手段的融合，自媒体的发展分化出一些新的信息传播方式。这些新的传播

---

① 赖大仁：《文学"终结论"与"距离说"——兼谈当前文学的危机》，《学术月刊》2005年第5期。

② [德]齐奥尔格·西美尔：《时尚的哲学》，费勇译，文化艺术出版社2001年版，第72页。

方式代表了更前卫的时尚，同时为文学的创作和传播带来了新的生长点和更多的可能性。

　　此外，新媒体技术和新文类的发展为文学提供更多新的叙事技巧。当网络文学刚刚出现的时候，研究者们敏锐地注意到超文本方式的革命性意义，它打破了文字的线性传播惯性，为叙事提供了多种选择，是人类复杂思维和认知方式在文学中的形象体现，有着特殊的叙事魅力。特别是在新媒体技术的支持下，通过超链接可以使故事向不同的方向发散，实现小说在情节发展过程中的多重路径选择。虽然这种小说形式迄今为止还没有太多人进行尝试，但是这种超文本小说是一种具有先锋性的写作策略和言说方式，它最典型地代表了新媒体技术与文学叙事艺术相互结合共同发展的可能性。在传统的文学类型中，有不少作家用小说创作的方式对超文本写作进行了尝试，也创作出一些作品。但是经过长期的阅读实践，我们发现这些作品只是作为研究材料停留在理论分析层面，也没有什么有影响的作品能引起人们的注意，而超文本写作也仅仅是作为一种文学技巧的艰难探索在进行，难以在实际操作层面得到推广，更谈不上对文学格局产生什么重大影响。我们需要有一种更自然的方式来诠释这种新的文学理念，既然这种叙述方式产生于新媒体当中，那么新媒体带来的文学形式应该更容易将这种理念熔铸到文学实践当中。博客写作使互文性的言说方式得到了淋漓尽致的表现，也为多种媒体形式的结合提供了顺畅的平台，超文本链接也在这种新文类中得到普遍的使用。虽然将超文本纳入具体的文学叙事还没有太有说服力的例子，但是我认为新媒体技术和新文类的开发必将为文学叙事方式注入创新的生命力，我们已知的新叙事方式将得到更多更有力的运用，而我们无法预知的叙事技巧也会逐渐涌现，并且给文学带来更多的可能性和活力。

　　新媒体和新文类是一个开放性的话题，它们对文学传播方式、文学观念和具体的文学文本的影响远远不是一本书能够探讨清楚的，但还是希望这本书能够给变动不居的文学世界留下一个剪影，留下一点思考的痕迹。而在日新月异的新文类写作中所承载的文学精神，无论在什么时代、以怎样的形式、附载于怎样的载体，都代表着人类最美好的体验，永远不会枯竭，一如昨日，一如今天。

参 考 文 献

一 中文著作类

陈平原：《千古文人侠客梦》，新世界出版社2002年版。

陈昕：《救赎与消费——当代中国日常生活中的消费主义》，江苏人民出版社2003年版。

戴锦华：《涉渡之舟——新时期中国女性写作与女性文化》，北京大学出版社2007年版。

戴锦华：《隐形书写——90年代中国文化研究》，江苏人民出版社1999年版。

黄发有：《准个体时代的写作》，上海三联书店2002年版。

黄鸣奋：《超文本诗学》，厦门大学出版社2002年版。

蒋荣昌：《消费社会的文学文本》，四川大学出版社2004年版。

金元浦主编：《文化研究：理论与实践》，河南大学出版社2004年版。

李银河：《同性恋亚文化》，中国友谊出版公司2002年版。

刘勰：《文心雕龙》，王志彬译注，中华书局2012年版。

鲁迅：《中国小说史略》，上海古籍出版社2004年版。

孟繁华：《众神狂欢——世纪之交的中国文化现象》，中央编译出版社2003年版。

南帆：《双重视域——当代电子文化分析》，江苏人民出版社2001年版。

欧阳友权：《网络文学本体论》，中国文联出版社2004年版。

欧阳友权：《网络文学五年普查（2009—2013）》，中央编译出版社2014年版。

欧阳友权：《网络文学研究成果集成》，中国文联出版社2016年版。

潘知常、林玮：《大众传媒与大众文化》，上海人民出版社2002年版。

钱理群、温儒敏、吴福辉：《中国现代文学三十年》，北京大学出版社1998年版。

邵燕君：《倾斜的文学场——当代文学生产机制的市场化转型》，江苏人民出版社2003年版。

邵燕君主编：《网络文学经典解读》，北京大学出版社2016年版。

陶东风、胡疆锋主编：《亚文化读本》，北京大学出版社2011年版。

陶东风主编：《粉丝文化读本》，北京大学出版社2009年版。

汪民安：《身体的文化政治学》，河南大学出版社2004年版。

王瑾：《互文性》，广西师范大学出版社2005年版。

王晶：《西方通俗小说类型与价值》，云南人民出版社2002年版。

王宁：《多元共生的时代》，北京大学出版社1993年版。

王晓明：《在新意识形态的笼罩下——90年代的文化和文学分析》，江苏人民出版社2000年版。

王岳川主编：《媒介哲学》，河南大学出版社2004年版。

吴秀明：《转型时代的中国当代文学思潮》，浙江大学出版社2001年版。

杨魁、董雅丽：《消费文化——从现代到后现代》，中国社会科学出版社2003年版。

于洋、汤爱丽、李俊：《文学网景：网络文学的自由境界》，中央编译出版社2004年版。

张京媛主编：《当代女性主义文学批评》，北京大学出版社1992年版。

张荣翼：《流行艺术研究》，天津社会科学院出版社2000年版。

章培恒、陈思和主编：《开端与终结——现代文学史分期论集》，复旦大学出版社2002年版。

赵毅衡：《文学符号学》，中国文联出版社1990年版。

周宪：《20世纪西方美学》，南京大学出版社1999年版。

周志雄：《网络文学的发展与评判》，人民出版社2015年版。

二 翻译著作类

［德］哈贝马斯：《公共领域的结构转型》，曹卫东译，上海学林出版社1999年版。

［德］霍克海默、阿多诺:《启蒙辩证法》,渠敬东、曹卫东译,上海人民出版社2003年版。

［德］齐奥尔格·西美尔:《时尚的哲学》,费勇译,文化艺术出版社2001年版。

［俄］巴赫金:《拉伯雷研究》,白春仁等译,河北教育出版社1998年版。

［法］波德里亚:《消费社会》,刘成富、全志钢译,南京大学出版社2000年版。

［法］蒂费纳·萨莫瓦约:《互文性研究》,邵炜译,天津人民出版社2003年版。

［法］罗兰·巴特:《显义与晦义》,怀宇译,百花文艺出版社2005年版。

［法］皮埃尔·布迪厄:《艺术的法则——文学场的生成和结构》,刘晖译,中央编译出版社2001年版。

［法］雅克·拉康、让·鲍德里亚等:《视觉文化的奇观——视觉文化总论》,吴琼编,中国人民大学出版社2005年版。

［加］埃里克·麦克卢汉、弗兰克·秦格龙编:《麦克卢汉精粹》中译本序,何道宽译,南京大学出版社2000年版。

［美］阿瑟·阿萨伯杰:《通俗文化、媒介和日常生活中的叙事》,姚媛译,南京大学出版社2002年版。

［美］戴安娜·克兰:《文化生产:媒体与都市艺术》,赵国新译,译林出版社2001年版。

［美］戴卫·赫尔曼:《新叙事学》,申丹译,北京大学出版社2001年版。

［美］丹尼尔·贝尔:《资本主义文化矛盾》,赵一凡等译,三联书店1989年版。

［美］道格拉斯·凯尔纳:《媒体奇观——当代美国社会文化透视》,史安斌译,清华大学出版社2003年版。

［美］哈罗德·布鲁姆:《影响的焦虑:一种诗歌理论》,徐文博译,江苏教育出版社2006年版。

［美］亨利·詹金斯:《文本盗猎者:电视粉丝与参与式文化》,郑熙青译,北京大学出版社2016年版。

［美］杰姆逊:《后现代主义与文化理论》,唐小兵译,陕西师范大学出版社1987年版。

［美］克里斯多夫·拉斯奇：《自恋主义文化》，陈红雯、吕明译，上海文化出版社 1988 年版。

［美］理查德·罗蒂：《偶然、反讽与团结》，徐文瑞译，商务印书馆 2003 年版。

［美］罗杰·菲德勒：《媒介形态变化：认识新媒介》，明安香译，华夏出版社 2000 年版。

［美］马尔库塞：《爱欲与文明》，黄勇、薛明译，上海译文出版社 1987 年版。

［美］马尔库塞：《单向度的人——发达工业社会意识形态研究》，张峰、吕世平译，重庆出版社 1988 年版。

［美］马克·波斯特：《第二媒介时代》，范静哗译，南京大学出版社 2000 年版。

［美］尼尔·波兹曼：《娱乐至死》，章艳译，广西师范大学出版社 2004 年版。

［美］尼葛洛·庞帝：《数字化生存》，胡泳译，海南出版社 1996 年版。

［美］斯坦利·J. 巴伦：《大众传播概论：媒介认知与文化》，刘鸿英译，中国人民大学出版社 2005 年版。

［美］约翰·奥尼尔：《身体形态——现代社会的五种身体》，春风文艺出版社 1999 年版。

［英］多米尼克·斯特里纳蒂：《通俗文化理论导论》，阎嘉译，商务印书馆 2001 年版。

［英］吉姆·麦克盖根：《文化民粹主义》，桂万先译，南京大学出版社 2001 年版。

［英］迈克·费瑟斯通：《消费主义与后现代文化》，刘精明译，译林出版社 2000 年版。

［英］尼克·史蒂文森：《认识媒介文化——社会理论与大众传播》，王文斌译，商务印书馆 2001 年版。

［英］斯特里纳蒂：《通俗文化理论导论》，阎嘉译，商务印书馆 2001 年版。

［英］西利亚·卢瑞：《消费文化》，张萍译，南京大学出版社 2003 年版。

［英］约翰·斯道雷：《文化理论与大众文化导论》，常江译，北京大学出

版社 2010 年版。

［英］约翰·汤林森:《文化帝国主义》，冯建三译，上海人民出版社 1999 年版。

三 外文著作类

Anna Everett, *New Media: Theories and Practices of Digitextuality*, New York: Routledge, 2003.

Chris Chilling, *The Body and Social Theory*, London, Newbury Park, Calif: Sage Publications, 1993.

Dick Hebdige, *Subculture: The Meaning of Style*, London, New York: Routledge, 1991.

Marjorie Ford, Jon Ford, *Mass Culture and Electronic Media*, Boton, MA: Houghton Mifflin, 1999.

Simon Dentith, Parody, London, New York: Routledge, 2000.

Stuart Hall, *Resistance through Rituals: Youth Subculture in Post-War Britain*, London: Hutchinson University Library, 1976.

四 期刊论文类

曹怀明:《大众传播语境下文学话语的转型》，《理论学刊》2005 年第 10 期。

陈力君:《世纪之交文学生态系统中经典的命运轨迹》，《理论与创作》2006 年第 1 期。

陈龙:《对话与潜对话："女性书写"的现实内涵》，《当代外国文学》2002 年第 1 期。

陈晓明:《小叙事与剩余的文学性》，《文艺争鸣》2005 年第 1 期。

戴锦华:《奇遇与突围——90 年代女性写作》，《文学评论》1996 年第 5 期。

戴锦华、王干:《女性文学与个人化写作》，《大家》1996 年第 1 期。

董希文:《互文性与网络文学》，《海南大学学报》（人文社会科学版）2006 年第 7 期。

董希文:《文学文本互文类型分析》，《文艺评论》2006 年第 1 期。

樊星：《新生代文学与传统神秘文化》，《华中师范大学学报》（人文社会科学版）2005年第1期。

范小伟：《对超文本网络文学创作的思考》，《中州学刊》2006年第5期。

方兴东、胡泳：《媒体变革的经济学与社会学——论博客与新媒体的逻辑》，《现代传播》2003年第6期。

房伟：《穿越的悖论与暧昧的征服——从网络穿越历史小说谈起》，《小说评论》2012年第1期。

葛红兵：《身体写作》，《当代文坛》2005年第3期。

韩云波：《大陆新武侠与武侠小说的文体创新》，《西南师范大学学报》（哲学社会科学版）2004年第6期。

黄发有：《传媒趣味与文学症候》，《天津社会科学》2006年第2期。

黄鸣奋：《"网络三客"艺术论》，《南京师范大学文学院学报》2004年第1期。

黄鸣奋：《网络文学之我见》，《社会科学战线》2002年第4期。

黄平：《没有笑声的文学史——以王朔为中心》，《文艺争鸣》2014年第4期。

姜明：《轻阅读：当代阅读模式的另一种可能》，《文艺争鸣》2015年第10期。

赖大仁：《文学"终结论"与"距离说"——兼谈当前文学的危机》，《学术月刊》2005年第5期。

黎杨全：《网络追文族：读写互动、共同体与"抵抗"的幻象》，《文艺研究》2012年第5期。

李存：《试论"短信文学"》，《文艺评论》2005年第1期。

李少群：《"双声"话语与意义重构——中国现代女性写作的文化考察》，《山东社会科学》2012年第12期。

李玉萍：《网络女尊小说初论》，《小说评论》2012年第5期。

刘海涛：《文学新形态与文学博客群》，《学术研究》2006年第3期。

刘象愚：《经典、经典性与关于"经典"的论争》，《中国比较文学》2002年第6期。

刘轶：《博客：开启"全民写作"的时代》，《社会观察》2006年第5期。

刘自力：《新媒体带来的美学思考》，《文史哲》2004年第5期。

[美]亨利·詹金斯:《大众文化:粉丝、盗猎者、游牧民——德塞都的大众文化审美》,杨玲译,《湖北大学学报》(哲学社会科学版)2008年第7期。

孟繁华:《新世纪:文学经典的终结》,《文艺争鸣》2005年第5期。

南帆:《传媒链接小说:网络文学的革命》,《大家》2002年第1期。

欧阳友权:《网络叙事的指涉方式》,《文艺理论研究》2004年第3期。

秦海鹰:《互文性理论的缘起与流变》,《外国文学研究》2004年第3期。

施惟达、樊华:《论消费主义时代的精神生产》,《文学评论》2006年第3期。

孙绍谊:《电影理论和电影批评:文化转型与知识分子的角色问题》,《上海大学学报》(社会科学版)2008年第5期。

陶东风、罗靖:《身体叙事:前先锋、先锋、后先锋》,《文艺研究》2005年第10期。

王爱松:《日常生活叙事的双重性》,《文艺评论》2002年第4期。

王海威:《御灵:日本式的恐怖——作为日本恐怖片的解读线索》,《当代电影》2005年第5期。

王虎:《网络恶搞:伪民主外衣下的集体狂欢》,《理论与创作》2006年第6期。

王晓渔:《"恶搞文化"的症候分析》,《南方文坛》2006年3月。

王岳川:《消费社会中的精神生态困境》,《北京大学学报》(哲学社会科学版)2002年第7期。

吴泽泉:《快感的诞生——对戏说经典现象的文化学分析》,《中州学刊》2005年第4期。

许道军、张永禄:《论网络历史小说的架空叙事》,《当代文坛》2011年第1期。

严锋:《超文本和跨媒体的文学》,《中国比较文学》2002年第4期。

杨春忠:《本事迁移理论视界中的经典再生产》,《中国比较文学》2006年第1期。

杨向荣:《图像转向抑或图像霸权——读图时代的图文表征及其反思》,《中国文学评论》2015年第1期。

姚爱斌:《"大话"文化与青年亚文化资本》,《文学理论与批评》2005年第3期。
叶祝弟：《奇幻小说的诞生及创作进展》，《小说评论》2004年第4期。
於可训：《文学的流行与流行文学》，《南方文坛》2001年4月。
俞学雷：《个人化写作的合法性及其待解的问题》，《当代文坛》2004年6月。
张健平：《文物与奇观、空间与权力——文物意识与盗墓小说的互文性研究》，《当代文坛》2016年第6期。
赵冠文、郭玲玲：《论分众传播的产生及发展》，《理论界》2006年第11期。
赵宪章：《论网络写作及其对传统写作的挑战》，《东南大学学报》（哲学社会科学版）2002年第1期。
赵学勇：《消费时代的文学经典》，《文学评论》2006年第5期。
赵毅衡：《两种经典更新与符号双轴位移》，《文艺研究》2007年第12期。
赵勇：《数码时代的阅读与写作》，《书屋》2003年第9期。
周荣庭、管华骥：《参与式文化：一种全新的媒介文化样式》，《新闻爱好者》2010年第12期。
周宪：《读图时代的图文战争》，《文学评论》2005年第6期。
朱全定、汤哲生：《当代中国悬疑小说论——以蔡骏、那多的悬疑小说为中心》，《文艺争鸣》2014年第8期。

五　其他类

艾瑞咨询《2015年中国网络文学IP价值研究报告》，2016年8月17日，新浪网（http：//www.chinaz.com/game/gdata/2015/1230/490534.shtml）。
中国互联网络信息中心：第39次《中国互联网络发展状况统计报告》2017年8月11日（http：//www.cnnic.net.cn/hlwfzyj/hlwxzbg/hlwtjbg/201701/t20170122_66437.html）。

后　　记

　　2017年的8月据说是武汉史上最炎热的酷暑天，在41摄氏度的高温里结束这本书稿的时候，内心的惶惑多于释然。从2007年博士毕业到2017年扩充和修订完博士论文，隔着十年的光阴，网络文学也从知者寥寥的新生事物到如今发展得如火如荼，其中的起伏变化是论文写作期间无法预见的。因此，书稿的修订工作量很大，进行过程中常常陷入自我怀疑：面对这样一个枝蔓横生、变动不居的研究对象，我常常被巨大的文字流挟裹而迷失其中、失去理性的判断，深感自己能力的局限；但是在仔细考察具体现象或文本的过程中，我又常常会感受到令人振奋的灵感和启发，正是这些零星的闪光点让我持续地关注着这个文学场域，见证着它的激荡变化。

　　刚进大学的时候，《第一次的亲密接触》一度在同学中成为热议的话题，这也是我同网络文学的"第一次亲密接触"，之后不断涌现出新文类的写作：博客、短信小说、微博、玄幻、悬疑、穿越等等类型小说、耽美、同人等亚文化写作及至晚近的微信公众号、朋友圈……文字同新媒体的碰撞产生出无穷的变化，在持续近二十年的关注过程中，作为中国原创网络文学的第一代读者，我见证了它的萌芽、抽条、野蛮生长乃至枝蔓横生，由最初的好奇、赞叹，到偶尔的迷惑、怀疑。然而对于新媒体写作的价值，我从来没有怀疑过：新媒体改变了人的生存方式，也必将影响到意识形态的呈现方式。线上的文学生产、传播、接受塑造了新文类的面貌，在技术上为写作提供了巨大的机遇和无限的可能，因此，我们在层出不穷的新文类写作中可以发掘出许多革命性的新的特质，这些特质或许能为文学的发展提供某种灵感，为文学的面貌提供更多的可能性。同时，我们也应该看到，在新文类写作纷繁变化、五色炫目的外表之下，文学的内核，亘古至今，并无二致。

赫拉克利特有句名言：人不能两次踏入同一条河流。人们很喜欢用流水来抒发对人生时光流逝的感慨，哗啦啦的流水自顾自地唱着歌淌过去，无坚不摧的岁月刀锋却在水面上留不下任何痕迹。在这世间，唯一不变的正是变化本身，对于文学又何尝不是如此。

这本书从起意到落定的几年间，经历了焦躁排斥、游移不定、痛下决心、埋头实干的几番波折起落，也算是给自己学术生涯的一个阶段性的交代，虽然由于时间关系和自己的见识有限，必定存在着大量的遗憾，但希望能够以此为契机，激励自己敬畏时间、踏实做事。

最后照例是致谢部分：这本书终于付梓出版，首先要感谢的是湖北大学文学院的各位师长，没有他们的关心和督促，我不可能下决心去重新修订和扩充自己的论文；我所在的文艺学教研室是一个温暖的大家庭，教研室的各位老师在工作和生活中对我关照有加，鼓励我抓紧时间完成这项工作；同时，更要感谢我的两位导师：武汉大学文学院的昌切教授和湖北大学文学院的蔚蓝教授，二位老师一直宽容地对待我的懒散和浮躁，不仅时时关心我的工作和成长，更在人格和学风方面给我树立了完美的典范；中国社会科学出版社的刘志兵编辑在整个出版过程中付出了辛勤的劳动，帮助我解决了很多棘手的问题，他专业高效的职业精神和友好宽容的态度是我学习的榜样。此外，本书受到湖北省社科基金资助，也一并感谢！

2017 年 8 月于湖大琴园